JULIA CORBIN
DAS GIFT DER WAHRHEIT

JULIA CORBIN

DAS
GIFT
DER
WAHRHEIT

THRILLER

DIANA

Sollte diese Publikation Links auf Webseiten Dritter enthalten, so übernehmen wir für deren Inhalte keine Haftung, da wir uns diese nicht zu eigen machen, sondern lediglich auf deren Stand zum Zeitpunkt der Erstveröffentlichung verweisen.

Von Julia Corbin sind im Diana Verlag erschienen:
Die Bestimmung des Bösen
Das Gift der Wahrheit

Verlagsgruppe Random House FSC® N001967

Originalausgabe 08/2018
Copyright © 2018 by Diana Verlag, München,
in der Verlagsgruppe Random House GmbH,
Neumarkter Straße 28, 81673 München
Dieses Werk wurde vermittelt durch die Literarische Agentur
Thomas Schlück GmbH, 30827 Garbsen
Umschlaggestaltung: t.mutzenbach design, München
Umschlagmotive: © Shutterstock/Dmitrij Skorobogatov;
Sooa; science photo
Satz: Leingärtner, Nabburg
Druck und Bindung: GGP Media GmbH, Pößneck
Printed in Germany
Alle Rechte vorbehalten
ISBN 978-3-453-35977-2

www.diana-verlag.de
Dieses Buch ist auch als E-Book lieferbar

The truth is rarely pure and never simple.

Oscar Wilde, The Importance of Being Earnest

Die Mannheimer Kripo

Alexis Hall
Sie schreckt nicht davor zurück, die Leitung der härtesten Mordfälle zu übernehmen. Anders, als man bei ihr vermuten könnte: Sie ist klein, blond und erklärte Katzenliebhaberin. Die Vergangenheit ihrer Eltern wurde ihr schon einmal zum Verhängnis, es wird nicht das letzte Mal gewesen sein …

Karen Hellstern
Halls beste Freundin: Quirlig, trägt ihr Herz auf der Zunge und ist dennoch eine knallharte Wissenschaftlerin. Die Kriminalbiologin taucht in die düstere Welt der leichenzersetzenden Organismen ein. Ihr Markenzeichen: der himmelblaue Bulli, der sie zu jedem Tatort bringt.

Oliver Zagorny
Die gute Seele des Teams, immer dabei die Welt zu verbessern. Liebt seine Teenie-Tochter abgöttisch, auch wenn sie ihn manchmal zur Verzweiflung bringt. Gibt auf seinem Hof den Haustieren von Mordopfern ein Zuhause.

Martina Dolce
Alexis' Chefin: Ihr Nachname ist das einzig Süße an ihr. Die Frau hat Biss, und selbst die Staatsanwaltschaft tanzt nach ihrer Pfeife. Ihre Angst, abgehört zu werden, verschlägt das Team an die seltsamsten Orte.

Stephan Landeaux

Polizeibeamter im Dienste von Europol. Sexy – daran können auch seine steifen Anzüge nichts ändern. Graue Augen, die Frauenherzen schmelzen lassen – Alexis' eingeschlossen. Steht auf scharfes Essen und Whiskey.

Polizist Bauwart

Der Riese mit den Augenringen. Seine neugeborenen Töchter halten ihn ordentlich auf Trab. Bei seinem Anblick wechselt Omi die Straßenseite, dabei ist der Bodybuilder sanft wie ein Lamm.

Polizist Matt Volkers

Das Arschloch im Team. Rassistisch, frauenfeindlich und spießig, dennoch hält etwas sein Herz auf dem rechten Fleck. Genialer Ermittler, der seinem Beruf alles geopfert hat. Seine größte Angst: die anstehende Pensionierung.

Linda Landgraf

Staatsanwältin, die im Kampf für Gerechtigkeit auch mal die Krallen ausfährt. Finanzierte ihr Studium mit Modeljobs. Liebt Süßigkeiten, High Heels und Frauen. Vor ihrer täglichen Joggingrunde ist der Morgenmuffel nicht zu gebrauchen.

Teil 1

MANNHEIMER TAGEBLATT

Internationales Geschehen
Donnerstag, 04.05.1998

Pereira – Ein anonymer Anrufer soll der Polizei in der kolumbianischen Stadt Pereira einen Hinweis gegeben haben. Jetzt bestätigte der örtliche Staatsanwalt, Eduardo Cunha, dass nahe der Stadt im Westen Kolumbiens tatsächlich ein Massengrab gefunden worden sei.

Cunha nannte keine genaue Zahl von Opfern, verifizierte jedoch, dass die Leichen ausschließlich weiblich seien. Zwei der Opfer wurden von Ärzten und Spezialisten exhumiert. Sie wurden in ein Labor gebracht, um durch DNA-Tests ihre Identität und den Zeitpunkt ihres gewaltsamen Todes festzustellen.

1

1988, Kolumbien

»Sie gehört dir«, sagte der Vater zu seinem Sohn.

Der Junge wusste, was nun folgen würde, dennoch zuckte er nicht zurück, als die Hand vorschnellte und ihn mit furchtbarer Härte auf der linken Seite erwischte. Die Wucht des Schlags riss ihn vom Stuhl. Es dröhnte in seinen Ohren, als er sich aufrappelte und erneut seinem Vater gegenüber Platz nahm.

»Warum habe ich das getan?«, fragte Vater.

»Weil ich nicht auf sie aufgepasst habe.«

Wieder ein Schlag. Dieses Mal auf die andere Gesichtshälfte.

»Sie ist dein Eigentum. Niemand darf sie verletzen.«

»Ja, Vater.«

»Was wirst du nun tun?« Der Mann sah den Jungen an. Er erwiderte seinen Blick. Keine Furcht zeigen. Keine Schwäche.

Der Schädel des Mannes war kahl rasiert, die buschigen Augenbrauen verbanden sich zu einer durchgezogenen Linie, die seine tief in den Höhlen liegenden Augen noch schwärzer wirken ließ. Als der Junge klein gewesen war, hatte Vater gestattet, dass er sich an ihn kuschelte. Es hatte sich angefühlt, als umarmte er einen Granitblock.

Der Mann trommelte mit seinen vernarbten Fingern auf den Tisch. »Na los.«

»Ich werde dafür sorgen, dass es nicht wieder geschieht.«

Der Mann nickte. »Weißt du, was das Wichtigste im Leben ist?«

»Nein, Vater.«

»Die Familie.«

Der Junge merkte sich diese Worte, um sie jederzeit wiederholen zu können, sollte Vater erneut danach fragen.

»Das Überleben des Einzelnen zählt nichts. Bedroht jemand deine Schwester, droht er uns allen.« Auf seiner Stirn bildeten sich zwei steile Falten. Seine breiten Hände fuhren rastlos über den Tisch, wirbelten Staub, Dreck und Mäusekot auf.

Es war lange her, dass der Junge Angst empfunden hatte. Die Misshandlungen durch seinen Vater waren brutal, aber er hatte nie um sein Leben gefürchtet. Dieses Mal war es anders.

»Mutter ist schwanger. Ein Sohn.« Vater sprach es nicht aus, doch der Junge wusste, was es bedeutete: Konkurrenz.

Nach einer gefühlten Ewigkeit entließ der Mann den Jungen aus seinem Blick. Innerlich erzitterte er vor Erleichterung, äußerlich gestattete er sich keine Schwäche. In seinem kurzen Dasein hatte der Junge bereits gelernt, ums Überleben zu kämpfen. Er hatte sich am Leben festgebissen und würde nicht mehr loslassen. Egal zu welchem Preis.

»Kümmere dich jetzt um deine Schwester.«

Der Junge gehorchte, stand auf und verließ das baufällige Haus. Er ging durch den schlammigen Innenhof zu dem Verschlag, in dem ein halbes Dutzend magerer Ziegen ihres Schicksals harrten. Mit vier Jahren hatte er die erste geschlachtet. Noch immer glaubte er beim Anblick der Tiere den scharfen Geruch des Blutes zu riechen.

Das kleine Mädchen hockte auf einem Schemel, die Füße

bis zu den Knöcheln im Schlamm, und melkte die Ziegen. Das fadenscheinige Kleidchen unterstrich ihre Magerkeit ebenso wie der Wust an dunklen Locken, der ihrem Gesicht etwas Mausartiges verlieh.

»Zieh dich aus«, sagte der Junge.

Sie schob die Unterlippe vor, knöpfte den Kittel auf und zog ihn über den Kopf.

Der Junge musterte sie von oben bis unten, begutachtete die Striemen und blauen Flecken, die die Schläge der anderen Kinder hinterlassen hatten.

»Das nächste Mal wehrst du dich.«

»Das habe ich!« Sie sah ihn trotzig an.

Er schlug ihr mit aller Kraft ins Gesicht. Ihr Kopf schnellte zur Seite, und sie stürzte ohne einen Laut von sich zu geben in den Matsch. Instinktiv hatte sie sich mit den Händen abgefangen und dabei ihr Kleid tief in den Dreck gedrückt.

Der Junge spürte keinen Zorn, keine Genugtuung oder sonstige Regung bei dem Schlag. Sie musste bestraft werden, ebenso wie er für seine Fehler büßte. »Warte hier.«

Sie wischte das Blut von ihrer Lippe, starrte ihn aufsässig an, fügte sich aber seinem Befehl.

Der Junge ging ins Haus, nahm einen Hocker, um an das obere Regal im Medizinschrank zu kommen. Er nahm Jodtinktur, ein paar Pflaster und einen Tupfer. Damit kehrte er zu seiner Schwester zurück. Fast schon zärtlich umfasste er ihr Gesicht. Sie gehörte ihm, er musste für sie sorgen.

Das Mädchen weinte nicht, als das Jod in ihren Wunden brannte. Sie hielt ganz still, um den Jungen nicht zu reizen. Seine Schläge waren härter als die der anderen Kinder.

»Wasch dein Kleid, bevor Mutter es sieht«, sagte der Junge, nachdem er sie versorgt hatte.

Er zögerte, ins Haus zurückzukehren. Vater war noch

nicht fertig mit ihm. Einen Augenblick malte der Junge sich das Leben ohne ihn aus. Die Freiheit, tun zu können, was er wollte. Dann wischte er den Tagtraum zur Seite. Dafür war keine Zeit. Je länger Vater warten musste, desto härter würde die Strafe ausfallen.

Der Mann brachte ihn hinter das Haus, wo der Gürtel bereits über dem Gestell hing, an dem sie geschlachtetes Vieh aufhängten. Der Schlamm war von den Jahren, in denen das Blut ins Erdreich gesickert war, schwarz verfärbt.

Stumm zog er sich aus, faltete seine Kleidung, bevor er sich vorbeugte und sich an einem Balken abstützte. Der erste Schlag klatschte mit ungebremster Wucht auf die weiche Haut seines Rückens. Der zweite traf dieselbe Stelle, und der Schmerz vervielfachte sich. Kein Ton drang über die Lippen des Jungen. Er hielt durch, zitternd, Rotz aus seiner Nase laufend, bis Vater fertig war.

2

Heute

Der Totenschädel lächelte Karen aus einem Bett von Windengewächsen und Farnen an, das an diesem kalten Frühlingsmorgen von einer Zitterpappel überschattet wurde. Risse im ausgebleichten Knochen, der an manchen Stellen von dunklen Flecken überzogen war, verliehen ihm ein antikes Äußeres. Die nahezu perfekte Vorlage für romantisch-schauerliche Poster, die sich schwarz gekleidete Teenager ins Zimmer hingen. Nur fehlte hier die Romantik.

Das war die nüchterne Realität eines Menschen, den man wie ein Stück Abfall nicht weit vom Mannheimer Klärwerk entsorgt hatte. Sie befand sich auf einer lang gezogenen Halbinsel, die den Altrhein vom Hauptarm trennte, für Spaziergänger kaum zu erreichen und auch für die Polizisten eine echte Herausforderung. Anfangs hatten sie ihre Materialien mehrere Hundert Meter durch ein grünes Dickicht transportieren müssen, bis endlich jemand ein Boot aufgetrieben hatte, das nun hin und her pendelte.

Karen Hellstern blendete ihre Umgebung aus. Die Polizisten, die leise über die »Käferfrau« - wie man sie hinter ihrem Rücken nannte - tuschelten, die Mitarbeiter der Spurensicherung und die in Zivil gekleideten Beamten der Kriminalpolizei. In diesem Augenblick zählten nur die menschlichen Überreste, genauer gesagt ihre Bewohner.

Normalerweise hätte man sie nicht wegen eines Knochenfundes gerufen. Sie benötigte man, solange Gewebe vorhanden war, das den verschiedensten Lebensformen Nahrung bot. Mit dem Schwinden des organischen Materials zogen sich auch die nekrophagen Organismen zurück, womit Karens Tätigkeit als Kriminalbiologin ein Ende fand. In diesem Fall jedoch lagen die sterblichen Überreste zwar zum größten Teil skelettiert vor, doch der Oberkörper war weitgehend erhalten geblieben, zumindest der Teil, der von einem Oberteil umschlossen war. Die Unterarme bestanden nur noch aus Stümpfen, und die restlichen Knochen lagen für ungeübte Augen wirr durcheinander unter einer Schicht aus Winden, Gräsern und Moos. Karen hingegen sah den verkrümmten Körper einer Frau, der hier im Laufe der Jahre skelettiert war.

»Kannst du schon etwas sagen?«, durchbrach Alexis Hall, Erste Kriminalhauptkommissarin und ihre engste Freundin, ihre Konzentration. »Wieso ist sie nicht komplett verwest?«

Karen deutete auf das bräunliche Oberteil, dessen ursprünglich violette Farbe sich nur an wenigen Stellen erahnen ließ. »Das besteht aus einer Synthetikfaser, die kaum Sauerstoff durchlässt. Dadurch ist der bakterielle Verwesungsprozess zum Erliegen gekommen, und der Torso hat sich in eine sogenannte Wachsleiche verwandelt.«

»Nicht zu vergessen, dass dieser Synthetikmist nicht verrottet«, sagte Oliver Zagorny, Ökofreak und Alexis' Partner. In seiner Cargohose und dem Regenhut sah er aus, als käme er direkt von einer Exkursion in den Tropen. Wie üblich, wenn das Wetter feucht und kühl war, ließ er seine rechte Schulter kreisen. Vor einigen Monaten war er angeschossen worden, und obwohl die Wunde gut verheilt war, schmerzte ihn die Narbe bei Wetterumschwüngen.

Alexis sah ihn vorwurfsvoll an und wandte sich an Karen. »Bitte kein Vortrag.«

»Ignorier sie einfach.« Oliver grinste. »Jedes Detail könnte für die Ermittlung wichtig sein.«

Karen lächelte zurück. Immerhin ein Polizist, der sich für ihre Arbeit interessierte. »Bei der Entstehung von Wachsleichen wandeln sich die Hautfette eines Verstorbenen in Leichenlipide, die sich im Gewebe einlagern. Es entsteht eine an Wachs erinnernde Substanz auf der Haut, die die weitere Verwesung verhindert. Der Körper ist sozusagen von einer wächsernen Schutzschicht umhüllt. Mit einem ähnlichen Effekt haben zahlreiche Friedhöfe zu kämpfen.«

»Deshalb will ich eine Einäscherung«, murmelte Alexis und strich sich eine Strähne ihres kurzen blonden Haares aus dem Gesicht. »Handelt es sich wirklich um eine Frau?«, fügte sie mit festerer Stimme hinzu.

Karen war zwar keine Medizinerin, aber sie hatte so viele Tote gesehen, dass sie mit einem Blick auf den Hüftknochen erkannte, dass die Leiche weiblich war. Das Alter war schon schwieriger. Anhand des Beckenknochens, des Schädels und der Zähne vermutete sie Anfang dreißig.

Sie gab Alexis eine kurze Zusammenfassung, dann winkte sie einen Fotografen von der Spurensicherung herbei und deutete auf einen Ulmenschössling. »Können Sie den von allen Seiten aufnehmen?« Sie kniete sich neben den nur wenige Zentimeter dicken Stamm und wies auf einen Knochen, durch den die Pflanze gewachsen war. Er schwebte ein Stück über dem Boden und wurde bereits teilweise von dem Holz umschlossen.

»Wie ist das geschehen?«, fragte Oliver.

»In dem Hüftknochen muss ein Loch gewesen sein.«

»Eine Schusswunde?«

»Möglich, es könnte aber auch eine natürliche Ursache sein. Gutartige Tumore können so etwas verursachen, und die Betroffenen erfahren zu Lebzeiten üblicherweise nichts davon.«

Oliver ging in die Hocke und fuhr mit der Hand über die glatte Rinde. »Kannst du herausfinden, was die Ursache war?«

»Möglicherweise. Ich werde es im Labor aufsägen und auf Spuren untersuchen. Dürrast wird allerdings nicht begeistert sein, wenn ich ihm den Knochen klaue.« Dr. Dürrast war Rechtsmediziner und hatte für Kriminalbiologen im Allgemeinen und Karen im Besonderen nicht viel übrig.

Alexis verzog das Gesicht. »Ich werde mich um ihn kümmern.«

Karen wartete, bis der Mann von der Spurensicherung seine Arbeit abgeschlossen hatte, dann sägte sie mit Olivers

Hilfe zuerst den oberen Teil der Ulme ab, bevor sie die erstaunlich tiefe Pfahlwurzel ausgrub und in einer Kiste verstaute. »Ich brauche die gesamte Pflanze. Sorgst du bitte dafür, dass sie zu meinem Auto transportiert wird?«

»Klar, aber was genau hast du vor?«, fragte Alexis.

»Die Liegezeit bestimmen. Diese Ulme ist offensichtlich durch das Loch im Knochen gewachsen. Das bedeutet, dass sie erst keimte, nachdem die Leiche hier lag. Mithilfe der Jahresringe kann ich also herausfinden, seit wann sie hier liegt.«

»Kannst du das nicht sofort erledigen?«

»Bei der Größe benötige ich ein Mikroskop, um sicher zu sein. Sie ist trotz der Nährstoffe aus der Leiche nicht gut gewachsen. Ich vermute jedoch zwei Jahre.«

»Dann wird es mit Zeugen schwierig. Gibt es Anzeichen von Gewalteinwirkung?«

Karen schüttelte den Kopf. »Nicht auf den ersten Blick, aber ich bin auch kein Rechtsmediziner.«

»Wie kommt sie bloß auf die Insel?«, grübelte Alexis.

»Vielleicht ein Junkie, der sich den goldenen Schuss gesetzt hat«, mutmaßte Oliver.

»Mitten im Wald auf einer Halbinsel? Das kann ich mir nicht vorstellen.«

Karen nahm in der Zwischenzeit eine Pinzette und hob den durch das Leichenwachs regelrecht festgeklebten Stoff im Ausschnitt der Frau an. »Das ist interessant.«

Sofort verstummten Alexis und Oliver und beugten sich vor.

3

Karen nahm eine weitere Pinzette und zog eine zerrissene Kette mit einem goldenen Medaillon heraus. Der Mitarbeiter der Spurensicherung wollte sie ihr abnehmen, aber sie hielt ihn auf. »Einen Moment bitte.« Sie zog frische Handschuhe an und betrachtete es aus der Nähe. »Scheint echtes Gold zu sein. Es ist nicht gerostet oder angelaufen.«

»Vielleicht ein Erbstück«, sagte Alexis.

Vorsichtig öffnete Karen den Anhänger und zuckte zusammen. »Dann möchte ich diese Familie nicht kennen.« Im Inneren des Medaillons befand sich kein Bild, sondern eine sorgfältig präparierte und in Harz gegossene Spinne.

»Ist das widerlich«, murmelte der Mitarbeiter der Spurensicherung.

Karen schloss das Amulett und überreichte es ihm. »Ich brauche es so schnell wie möglich zurück, um eine Artbestimmung vorzunehmen.«

Der Mann nickte. »Ich setze es oben auf die Liste. Nach der langen Zeit und der Feuchtigkeit wird ohnehin nicht viel daran zu finden sein.«

»Ist das nicht eine einfache Kreuzspinne?«, fragte Oliver.

»Auch da gibt es verschiedene. Am weitesten verbreitet ist die Gartenkreuzspinne, *Araneus diadematus*, daneben gibt es noch die Vierfleckkreuzspinne, die seltene Gehörnte Kreuzspinne und einige andere Arten.«

»Ist so ein Anhänger ein Modetrend, der mir entgangen ist?«

»Zumindest keiner, der mir bekannt ist«, entgegnete Karen, wobei sie sich insgeheim eingestehen musste, dass dieses Schmuckstück eine morbide Faszination auf sie ausübte.

»Was für ein kranker Spinner fertigt so ein Medaillon an?«, murmelte Alexis.

»Vermutlich derselbe, der sie getötet hat«, erwiderte Oliver.

»Sehr witzig«, sagte Alexis.

»Auf Terraristikmessen kann man diverse eingegossene Tiere kaufen. Vom Skorpion bis zur Schlange. Vielleicht hatte das Opfer Kontakt zu der Szene«, gab Karen zu bedenken.

»Mir gefällt das alles nicht.« Oliver schüttelte den Kopf. »Hält der Mann deiner Schwester nicht Bartagamen?«

»Seit dem Studium. Ich kann ihn fragen, ob er etwas über Spinnenschmuck weiß.«

»Das wäre gut.« Er rieb sich über die Unterarme, als wäre ihm kalt. »Wie geht es eigentlich Louise?«

»Gut, die Therapie scheint zu helfen. Sie ist stärker, als ich es je für möglich gehalten habe.«

»Das freut mich«, sagte Alexis. »Richte ihr Grüße von mir aus.«

»Komm morgen zum Essen, dann kannst du es ihr persönlich sagen.«

»Ich glaube nicht, dass das eine gute Idee ist.«

»Red keinen Schwachsinn. Du kommst. Keine Diskussion.«

Alexis seufzte, und Oliver rollte theatralisch mit den Augen. »Und was ist mit mir?«

»Du darfst natürlich auch kommen, wenn du mein überglückliches Schwesterchen mit ihrem Mann sehen willst.« Es war ein offenes Geheimnis, dass Oliver eine Schwäche für Louise hatte.

»Danke für diese überaus herzliche Einladung.« Oliver zwinkerte ihr zu. »Leider muss ich ablehnen. Meine Tochter kommt zu mir. Sie will so eine romantische Vampirserie mit mir ansehen.«

Karen stöhnte. »Und da wundert sich einer, warum ich lieber Zeit mit Krabbeltieren verbringe.« Sie wandte sich an einen Mitarbeiter der Spurensicherung. »Ich bräuchte eine Probe von dem Kleidungsstück. Seid ihr fertig mit ihr?«

»Einen Moment«, sagte er, ging ein paar Meter, bis er am Rhein stand. »Hey, Richard«, brüllte er in Richtung des anderen Flussufers. »Können wir etwas von dem Oberteil abschneiden?«

»Dokumentiert es halt«, schallte es zurück.

»Wofür gibt es eigentlich Funkgeräte?«, flüsterte Oliver ihr zu, und Karen grinste.

Schließlich kehrte der Mann zurück und half ihr, etwas von dem Stoff abzuschneiden und in einer sterilen Beweismitteltüte zu verpacken. Nachdem alle Tüten verstaut und beschriftet waren, fing sie einige der Fliegen und Käfer ein, die sie auf den Überresten fand. Es waren wenige, und bei dem Zustand der Leiche würde sie aus ihnen voraussichtlich keine wichtigen Erkenntnisse ziehen können. »Ich bin fast fertig«, sagte sie und stand auf. »Ich nehme noch eine Probe vom Flusswasser, dann bin ich weg.«

»Wozu Wasserproben?«

»Ich habe da einen Verdacht«, wich sie aus. »Ich verrate euch mehr, sobald ich etwas herausgefunden habe. Bis dahin möchte ich, dass ihr unvoreingenommen bleibt.«

»Nun gut«, sagte Alexis.

Karen sah ihr an, dass es ihr nicht gefiel, aber sie kannten einander zu gut, als dass Alexis versucht hätte, eine Erklärung aus ihr herauszukitzeln.

Oliver begleitete sie durch den Wald, während Alexis

zurückblieb, um den Abtransport der Leiche vorzubereiten. Nach wenigen Schritten waren die anderen Menschen hinter Büschen und Bäumen verschwunden, kurz darauf waren sie auch außer Hörweite.

»Wie geht es Alexis?«, fragte sie.

»Du bist ihre Freundin.« Oliver schob einen tief hängenden Ast zur Seite.

»Dann ist sie zu dir also genauso offen wie mir gegenüber.«

Er blieb kurz stehen und drehte sich zu Karen um. »Ich fühle mich nicht wohl bei diesem Gespräch. Sie ist meine Partnerin und Freundin.«

»Ich mache mir Sorgen um sie.«

Er seufzte und ging weiter. Die Krempe seines Hutes wippte im Takt seiner Schritte. »Sie muss sich über vieles klar werden.«

»Umso dringender braucht sie Freunde, stattdessen igelt sie sich ein. Manchmal habe ich den Eindruck, sie vertraut niemandem mehr, auch mir nicht.«

»Das siehst du falsch. Sie traut sich selbst nicht.«

Sie erreichten das Ufer, und Karen tauchte ein Schraubglas ins Wasser, wartete, bis es vollgelaufen war, um es anschließend zu verschließen und in ihrer Tasche zu verstauen. »Fertig.«

Schweigend gingen sie zurück. Alexis stand noch immer neben der Leiche und diskutierte mit einem Mann von der Spurensicherung, der mit einem Leichensack in der Hand gestikulierte. »Wir können nicht den ganzen Tag auf Ihre Staatsanwältin warten.«

»Worum geht es?«, fragte Oliver.

»Linda möchte das Opfer sehen, aber die Spurensicherung hat es eilig.«

»Wie wäre es, wenn Sie alles andere bereits nach drüben schaffen? Ich bin sicher, bis Sie damit fertig sind, ist die Staatsanwältin ebenfalls da.«

Alexis nutzte die Gelegenheit, um die Umgebung auf eigene Faust zu erkunden. Oliver übernahm in der Zwischenzeit die Koordination der anderen Einsatzkräfte am Fundort. Sie ließ sich nicht von dem Boot zurück zur Autobahnbrücke bringen, sondern folgte einem schmalen Pfad durch das dicht wachsende Gestrüpp. Ein perfektes Versteck für eine Leiche – niemand verirrte sich auf die Halbinsel. Wäre nicht eine Drohne von einem Hobbypiloten dort abgestürzt, hätten sie die sterblichen Überreste wohl nie gefunden. Ihr Instinkt sagte ihr, dass die Frau ermordet worden war. Mit dem Gedanken im Hinterkopf blickte sie auf die Uhr, als sie an der Autobahnbrücke ankam. Sie hatte eine knappe Viertelstunde gebraucht. Wie hatte der Täter das mit einer Leiche bewältigt? Es musste ein sehr starker Mann gewesen sein, oder er hatte ebenfalls ein Boot genommen. Sie kniete nieder, untersuchte den Boden. Mit einer Schubkarre wäre es nahezu unmöglich, durch das Unterholz und die zahlreichen aus dem Erdreich herausragenden Wurzeln zu kommen. Da hatte sich jemand sehr viel Mühe gegeben, um die Tote zu verstecken.

Sie blendete die Beamten, Einsatzfahrzeuge und sich sammelnden Schaulustigen aus, versuchte sich vorzustellen, was der Killer gesehen hatte. Kaum ein Ort bot so viel Sicherheit beim Entsorgen einer Leiche. Mit ausgeschalteten Scheinwerfern hätte er unbemerkt bis ans Ufer fahren können. Das Rauschen der Autobahn über ihr auf der Brücke überlagerte alle anderen Geräusche. Das nahe gelegene Klärwerk hielt Spaziergänger fern, und Verwesungsgerüche würden schnell diesem zugeschrieben werden.

Ein Kollege kam auf sie zu, doch sie verwies ihn mit ein paar knappen Worten an Oliver und ging stattdessen zur Autobahnbrücke. Sie brauchte einen Moment Ruhe, um ihre Gedanken zu sammeln und ein erstes Gefühl für den Täter zu bekommen.

Ihr letzter großer Fall im vergangenen Jahr hatte tiefe Spuren hinterlassen, und während man sie auf der einen Seite als Heldin feierte, glaubte sie immer noch, das Getuschel in ihrem Rücken zu spüren.

Sie war die Tochter von in London als »Ironcrown-Killer« bekannten Serienmördern, die im Kugelhagel der Polizei gestorben waren. Ein deutsches Paar hatte sie daraufhin adoptiert, und bis vor wenigen Monaten war ihre Herkunft ein Geheimnis gewesen. Wie sie feststellen musste, zu Recht. Viele Kollegen hatten sie ihr Misstrauen spüren lassen. Bei Karen und Oliver hingegen war es das genaue Gegenteil. Alexis fühlte deren ständige Sorge um sie, und das wirkte mit der Zeit regelrecht erdrückend. Erst recht, weil sie mit ihren Befürchtungen nicht ganz falsch lagen. Sie hatte sich noch nicht wieder gefangen. Zu viele Fragen um ihre Herkunft, ihre Taten und ihre Vergangenheit schwirrten in ihrem Kopf umher.

Sie ging zu einem der Pfeiler aus rotem Sandstein, in dem eine Rundbogentür ins Innere führte. In den an Schießscharten erinnernden Fenstern hatte Taubenkot weiße Streifen hinterlassen. Sie stieg die Treppen empor, gelangte in einen Innenraum, von dem aus weitere Stufen zur Autobahn hinaufführten. Oben angekommen, stand sie auf dem Mittelstreifen der Autobahn. Die Luftwirbel der vorbeirauschenden Autos rissen an ihren Haaren. Sie schloss die Augen und ließ das Tosen der Autobahn alles übertönen. Alle Gefühle, alle Zweifel. Es war eine Besonderheit dieser

Brücke, dass man den Mittelstreifen als Fußgänger zur Überquerung des Rheins nutzen konnte. Es überraschte Alexis nicht, dass sie ausgerechnet zu ihren Füßen eine Leiche gefunden hatten. Die Brücke zog das Unglück regelrecht an. Bereits bei ihrem Bau 1940 ereignete sich ein Unfall, der dreißig Menschen das Leben gekostet hatte. 1981 wurde auf der Frankenthaler Seite ein Doppelmord verübt, und nur neun Jahre später im Maisfeld unterhalb der Brücke eine verkohlte Leiche gefunden.

Gab es einen passenderen Ort, um eine Leiche zu entsorgen?

4

Kurz nach Alexis' Rückkehr wurde Linda vom Boot gebracht. Die Warterei hatte Alexis nervös werden lassen. Ein unbestimmtes Gefühl trieb sie zur Eile.

Sie schickte der Juristin einen Beamten entgegen, der ihr aus dem Boot half. Alexis musste zugeben, dass Linda mit Stöckelschuhen und engem Bleistiftrock auch mitten im Wald eine gute Figur machte.

»Das waren *Sarah Cassells* für zweihundert Euro.« Die Staatsanwältin deutete auf ihre schlammbespritzten Schuhe. Rehbraune Pumps aus strukturiertem Veloursleder, passend zu ihrer cremefarbenen Bluse.

»Du lernst es halt nie.« Oliver begrüßte sie mit einem Wangenkuss.

»Du meinst, dass ich mich in einen Waldschrat verwandeln soll, wie du?«

»Solche Worte tun auch mir weh.«

Linda lachte. »Wer's glaubt.« Sie band ihre dunkle Lockenmähne mit einer Spange nach hinten. Alexis spürte einen Stich Eifersucht. Diese Frau sah vermutlich selbst nach mehreren durchgearbeiteten Nächten noch umwerfend aus.

Linda Landgraf und sie hatten zur gleichen Zeit ihren Job angetreten und waren im Lauf der Jahre zu Freundinnen geworden. Linda war der Einstieg damals schwergefallen. Ihr Studium hatte sie durch Modeljobs finanziert, und einige Beamte fanden es witzig, Unterwäschebilder von ihr als Bildschirmhintergrund einzurichten und anzügliche Kommentare in ihrer Gegenwart abzugeben. Aber Linda hatte sich davon nicht beeindrucken lassen und sich schnell einen Ruf als knallharte Juristin erarbeitet.

Sie klärten sie über den Fund auf. »Ich muss zugeben, das gefällt mir nicht.« Linda kniete sich neben die Leiche, betrachtete die ausgefransten Stummel ihrer Arme, aus denen die Knochen ragten. »Fingerabdrücke werden wir wohl keine bekommen«, stellte sie trocken fest. »Fehlen hier nicht ein paar Fingerknochen?« Sie deutete auf die Ansammlung feiner Knöchelchen im Gras.

Karen hob anerkennend eine Augenbraue. »Möglicherweise hat sie ein Tier verschleppt. Finger können auch von kleinen Räubern wie Ratten weggetragen werden. Die Zähne sind jedoch vollständig, und DNA können wir auch gewinnen.«

»Dann macht euch an die Identifizierung. Wenn ihr etwas braucht, wisst ihr ja, wo ihr mich findet. Das Medaillon hat die Spurensicherung?«

»Ich erhalte es demnächst für weitere Untersuchungen zurück.«

»Nun mal Klartext«, sagte Linda und sah sie ernst an. »Was haltet ihr von der Sache?«

Alexis zögerte einen Moment. Sie horchte in sich hinein, versuchte die Fakten zu sortieren. »Ich gehe von einem Verbrechen aus. Mich würde es nicht wundern, wenn es sich dabei nicht um eine Einzeltat handelt. Der Täter hat sich viel Mühe gegeben, die Leiche zu verbergen, und ist dabei gewissenhaft vorgegangen. Ein gut gewählter Ablageort, keine erkennbaren Spuren, die zu ihm führen. Das spricht gegen eine Tat im Affekt. Zudem passt der Anhänger nicht zu der Frau.« Sie wies auf das ehemals violette Oberteil. »Sie scheint modebewusst gewesen zu sein, aber nicht von der extravaganten Art. Es gibt keine Hinweise auf Piercings oder andere Arten von Körperkunst.«

»Dann glaubst du, dass es die Handschrift des Mörders ist?«

»Mein Gefühl sagt es zumindest.«

»Das wird leider nicht ausreichen. Ihr werdet den Fall vorerst alleine bearbeiten müssen. Die Frau ist schon lange tot, und uns fehlen momentan Beamte.«

Alexis verschränkte ihre Hände ineinander, um sich ihre wachsende Unruhe nicht anmerken zu lassen. »Muss es immer so laufen? Erst ein Berg von Leichen, bevor wir die Mittel bekommen, einen Fall vernünftig zu untersuchen?«

Lindas Blick wurde ernst. »Du weißt, dass das nicht meine Entscheidung ist.«

»Ja, tut mir leid.« Alexis stieß frustriert die Luft aus. »Manchmal habe ich nur das Gefühl, gegen Windmühlen zu kämpfen.«

»Such nach ähnlichen Fällen und informier mich, sobald ihr sie identifiziert habt.« Die Staatsanwältin wirkte noch immer verärgert. Alexis sah sie verwundert an. Üblicherweise war sie nicht so dünnhäutig.

Linda wandte sich an Oliver. »Führ mich bitte zu dem Mann von der Spurensicherung, der das Medaillon hat. Ich möchte es mir ansehen.« Während Oliver mit ihr übersetzte und den Leichenwagen ans Ufer beorderte, half Alexis beim Abtransport der Leiche und überwachte die Sortierung des Beweismaterials. Die Obduktion wurde auf den nächsten Tag angesetzt. Anschließend fuhr sie zusammen mit Oliver zum Präsidium in den Mannheimer Quadraten.

»Wie stehen die Dinge mit deiner Exfrau?«, eröffnete sie das Gespräch, nachdem sie auf die Hauptstraße eingebogen waren, um sich von der Erinnerung an den bleichen Schädel in seinem grünen Totenbett abzulenken. »Will sie immer noch wegziehen?« Olivers Ex Fiona war in Alexis' Augen ein Miststück. Sie hatte ihn wegen eines reichen Typen verlassen und überlegte, nach Frankfurt zu ziehen und dabei ihre gemeinsame Tochter mitzunehmen.

»Beschissen. Ich bin am Überlegen, mir einen Anwalt zu nehmen und ihr diese Flausen auszutreiben.« Er seufzte. »Ich will aber auch nicht, dass Lene in einem Rechtsstreit aufgerieben wird.«

Sie betrachtete ihren Partner von der Seite, sah die Furchen, die die Sorgen in den letzten Jahren in sein Gesicht gegraben hatten. Selbst seine vordergründig offene und lockere Art schien immer mehr zur Fassade zu verkommen. »Du solltest es trotzdem tun. Vielleicht schreckt sie bereits ein Schreiben vom Anwalt ausreichend ab, wenn sie merkt, dass du es ernst meinst. Was sagt Lene denn dazu?«

»Sie kann sich nicht entscheiden. Fiona lockt sie mit einem doppelt so großen Zimmer und einer Schule, an der es auch Reitunterricht gibt. Da kann ich nicht mithalten.«

»Möglicherweise überrascht sie dich und will lieber bei dir und ihren Freunden bleiben. In dem Alter musst du keine Rundumbetreuung mehr garantieren.«

»Danke«, sagte Oliver leise und sah sie kurz an, bevor er sich wieder auf die Straße konzentrierte.

Sie hätte ihn zu gern gefragt, ob der kurze Moment des Glücks mit Fiona all den Ärger wert war. Aber sie kannte die Antwort. Allein Lenes Existenz war für Oliver Entschädigung genug. Alexis legte den Kopf in den Nacken und döste für die restliche Fahrt.

Sie parkten in der Tiefgarage des Präsidiums und gingen schweigend in das sandfarbene Haus mit der klassischen Fassade aus dem 19. Jahrhundert. Beide waren zu müde, um zu reden. Die mitunter lockeren Gespräche am Tatort konnten nicht darüber hinwegtäuschen, dass ihnen jede Leiche zusetzte. Die Konfrontation mit der Zerbrechlichkeit des menschlichen Lebens ließ sich nie ganz ausblenden.

Alexis fühlte sich wie erschlagen und drehte in ihrem Büro als Erstes die Heizung auf. Ihre Finger waren durch die Feuchtigkeit und die kühle Luft steif, und sie glaubte, ihr würde nie wieder warm werden.

Sie öffnete eine Schublade und holte eine Tasche mit Ersatzkleidung heraus. Oliver hängte in der Zwischenzeit Hut und Jacke auf und stellte seine Gummistiefel neben den Heizkörper. Es dauerte nur Minuten, dann waren die Fensterscheiben beschlagen.

»Ich ziehe mich um und erstatte anschließend Dolce Bericht. Such du doch mal nach passenden Vermisstenfällen.«

Ihren Nachnamen verdankte die Kriminaloberrätin und gebürtige Heppenheimerin Martina Dolce der Heirat mit einem Italiener – er war auch das einzig Süße an der knallharten Ermittlerin.

Die Damentoilette im Präsidium war klein und wirkte mit den winzigen ockerfarbenen Fliesen sehr altbacken. Alexis richtete sich her, frischte ihr Make-up auf und war nicht zum ersten Mal für ihre praktische Kurzhaarfrisur dankbar.

Die Besprechung mit ihrer Chefin verlief kurz und schmerzlos. Sie folgte ihrer Ansicht, dass dem Fall trotz des Alters der Leiche Priorität zukommen sollte. Das Medaillon gab ihnen zu denken. Zwei Polizisten, Volkers und Bauwart, sollten sie inoffiziell unterstützen.

»Ich habe die Suche auf einen Zeitraum von gut zwei Jahren ausgedehnt«, sagte Oliver statt einer Begrüßung, als sie in ihr gemeinsames Büro zurückkehrte. Er saß mit gerunzelter Stirn vor seinem PC. »In diesem Zeitraum wurden in der Rhein-Neckar-Region 1321 Frauen als vermisst gemeldet, achtzehn Fälle sind noch offen.«

Alexis schüttelte den Kopf. Sie kannte die Zahlen, aber es erschütterte sie immer wieder, wie viele Menschen jedes Jahr verschwanden. Einhunderttausend Vermisstenfälle gab es deutschlandweit, vierzig Prozent davon waren Kinder. »Wie viele sind zwischen fünfundzwanzig und vierzig?«

»Dreizehn.«

»Lass mich mal die Bilder sehen.«

Oliver rückte zur Seite, öffnete die Bilddateien und ordnete sie auf dem Monitor nebeneinander an.

Dreizehn lächelnde Gesichter. Dreizehn Schicksale. Dreizehn Familien, die auf eine Antwort warteten, was mit ihren Müttern, Töchtern, Cousinen, Frauen und Schwestern passiert war. Vielleicht würden sie nun einer Gewissheit geben können.

»Diese beiden können wir anhand des Körperbaus ausschließen.« Sie deutete auf zwei fülligere Frauen. Dann wies sie auf eine andere. » Wenn ich mir ihre Arme anschaue, ist sie drogenabhängig. Öffne mal bitte die Akte von der Dunkelhaarigen mit dem Trägertop.«

Oliver klickte sich durch die Dokumente. »Stimmt. Letzte Verhaftung im März vor zwei Jahren, verschwunden ist sie im Juli.«

»Dann wird sie es wahrscheinlich nicht sein. Unser Opfer hat, soweit man es an den Überresten ihrer Unterarme erkennen kann, keine Einstichstellen oder weist andere Anzeichen von Drogenmissbrauch auf. Gibt es weitere mit entsprechenden Einträgen?«

Er reduzierte die Bilder auf acht.

»Das sind immer noch viele. Diese ist zu schlank.« Wieder eine weniger. Sieben. Sie seufzte, setzte sich auf die Schreibtischkante und nippte an ihrem Kaffee. Zu bitter. Sie hatte das Stevia vergessen. Mist. »Lass mich einen Moment nachdenken.« Sie rief sich das Bild der Leiche vor Augen, verglich die Länge der Oberschenkelknochen im Geist mit ihren eigenen. »Sie war relativ groß, aber nicht riesig. Schließ alle Frauen unter eins fünfundsechzig und über eins achtzig aus.«

Es verblieben noch fünf.

»Damit können wir arbeiten. Schick die Akten an die Rechtsmedizin, damit morgen direkt ein Abgleich des Zahnstatus gemacht werden kann.«

Mehr konnte sie in diesem Moment nicht tun. Sie kaute auf der Innenseite ihrer Wange, grübelte, ob sie etwas übersah, aber da war nichts. Stillstand. Wie sie das hasste.

Nachdem sie die restlichen Arbeitsstunden mit Papierkram und diversen Anrufen verbracht hatte, beschloss sie, zur Abwechslung pünktlich Feierabend zu machen. Seit sie die Leiche gesehen hatte, verfolgte sie das Gefühl, dass da kein einfacher Fall vor ihr lag und dass es ihr letzter ruhiger Abend für die nächsten Wochen werden würde.

»Ich mache Schluss«, sagte sie zu Oliver.

Er sah sie überrascht an, stand auf und legte eine Hand auf ihre Stirn. »Hm. Kein Fieber. Soll ich mich freuen, weil du mal meinen Rat befolgst, oder sollte ich mir Sorgen machen?«

Sie lachte. Schritt für Schritt kehrten sie zu ihrer Freundschaft zurück. Sie hatte zu viele Geheimnisse, was ihre wahre Herkunft und ihre Vergangenheit betraf, vor ihm gehabt, und er hatte es ihr lange übel genommen. Zu Recht, wie sie eingestehen musste, doch nach und nach konnte sie sein Vertrauen zurückgewinnen.

»Warte, ich komme mit.« Er fuhr seinen Computer herunter, nahm seine abgewetzte Jacke und setzte sich eine Mütze auf den Kopf.

»Wir haben April, fast schon Sommer.« Alexis hob eine Augenbraue.

»Das sagst du. Der Wind ist kalt.«

Sie schnaubte. »Du willst doch nur das weichende Haar verbergen.«

Er riss die Augen auf. »Wo?« Das Entsetzen war nicht gespielt.

Sie lachte erneut. »Erwischt.«

»Du bist unmöglich.«

Sie schlossen ihr Büro ab und gingen die Treppen des Präsidiums hinab. Das Gebäude war alt, und trotz mehrfacher Renovierungen sah man ihm das auch an. Die steinernen Stufen erinnerten Alexis an ihre ehemalige Schule, und die Wände wirkten eher grau als weiß. Trotzdem war es eine Art zweites Zuhause.

Auf dem Weg nach unten kam ihr eine Gestalt entgegen,

von der sie nicht gedacht hatte, dass sie sie so bald wiedersehen würde. Verdattert blieb sie stehen. Freude mischte sich mit Nervosität und dem unguten Gefühl, das Überraschungen bei ihr auslösten.

Stephan Landeaux war zurück in Mannheim.

5

Wie immer sah er trotz oder vielleicht auch gerade wegen seiner dezenten, eher konservativen Kleidung unverschämt gut aus. Eine einzelne Strähne seines leicht gelockten Haares hing ihm in die Stirn, lenkte von dem energischen Kinn und seinen kantigen Zügen ab. Er musterte sie aus grauen Augen, erfasste Autoschlüssel, Jacke und Handtasche. »Um die Uhrzeit auf dem Weg nach Hause? Bist du krank?«

Oliver lachte, klopfte Stephan auf die Schulter und eilte die Treppe hinunter. »Ich lass euch mal alleine. Bis morgen!«

Alexis sah den Franzosen an – noch immer von ihren widerstreitenden Gefühlen überrumpelt. Nachdem er sie im vergangenen Jahr bei der Suche nach dem Serienkiller unterstützt hatte, war sie zweimal mit ihm essen gegangen, und es war schön gewesen. Mehr als das, musste sie sich eingestehen.

Dann hatte Europol ihn zurück nach Den Haag beordert, und trotz ihrer Versuche, sich zum Telefonieren zu verabreden, war es bei gelegentlichen WhatsApp-Nachrichten geblieben. Ihrer beider Leben war zu sehr von Fällen und dringenden Terminen bestimmt. Zumindest redete sie sich das ein. Dabei hatte sie seine Kontaktversuche immer wieder abgeblockt. Warum, konnte sie sich nicht wirklich erklären. Es gab zwar eine lange Liste von Gründen, aber sie wusste, dass sie nur vorgeschoben waren.

Und nun war er hier.

Auf der einen Seite freute sie sich, auf der anderen brachte er sie durcheinander. Nachdem sie im vergangenen Jahr ein ausgesprochen schlechtes Händchen bei Männern gehabt hatte, fühlte sie sich so unsicher wie ein Teenager. Ihr Ex hatte erst nach der Trennung sein wahres Gesicht gezeigt, und sie fragte sich noch immer, wie ihre Menschenkenntnis sie so sehr hatte im Stich lassen können.

»Knochenfund. Läuft alles langsam an.«

Er nickte. Das war das Schöne bei Stephan. Sie brauchte nicht viele Worte, um ihm etwas begreiflich zu machen. Er kannte den Polizeialltag und die verrückten Arbeitszeiten.

»Was machst du hier?«, brach es aus ihr heraus. Nicht unbedingt die freundlichste Gesprächseröffnung.

»Kann ich dir das an einem etwas gemütlicheren Ort erzählen? Ich würde dich gerne zum Essen einladen und dir erklären, warum ich hier bin. Wie wäre es mit dem Thailänder, von dem du mir erzählt hast?«

Sie trat einen Schritt zurück. Warum wich er ihr aus? Doch sie kannte ihn gut genug, um zu wissen, dass er ihr nicht antworten würde, solange er nicht bereit dazu war. Also überlegte sie nicht weiter. »Reservierst du uns einen Tisch um halb acht?« Sie sah auf die Uhr. Bei dem Verkehr, der momentan auf der A656 herrschte, blieb ihr nur wenig Zeit. »Tut mir leid, aber ich muss gleich weiter.«

»Kein Problem. Ich bringe dich zu deinem Auto.«

Ihre Schritte hallten im Treppenhaus wider, während in einem der oberen Stockwerke eine Tür quietschend aufgestoßen wurde und ein Stimmenwirrwarr erklang.

»Wie ist es dir die letzten Wochen ergangen?« Stephan öffnete die Eingangstür und ließ ihr den Vortritt. Ein kräftiger Windstoß kam ihr entgegen, pfiff an den Ornamenten vorbei, die den gelben Sandstein des Präsidiums verzierten.

»Wie immer viel zu tun, aber nichts Außergewöhnliches. Bis heute zumindest.«

»Der Knochenfund?«

Sie nickte. »Was wir bisher wissen, verheißt nichts Gutes.«

Er drang nicht weiter in sie, wusste, dass sie ohnehin nicht darüber sprechen durfte. »Wie geht es Karen und ihrer Schwester?«

Die beiden Frauen waren von dem Serienmörder entführt worden, den Stephan geholfen hatte zu fangen. Louise wäre beinahe gestorben, und das Ereignis hatte bei den Schwestern körperliche und seelische Narben hinterlassen.

»Sie halten sich wacker«, antwortete Alexis. »Und Karen geht es gut, solange es Louise gut geht.«

»Ich weiß, dass du nicht darüber reden möchtest, aber manchmal kann es helfen.«

»Ich kann mir einfach nicht verzeihen«, sagte sie leise. Sie hatte damals einen Mann getötet, von dem sie gedacht hatte, er hätte ihr helfen können, Louise zu finden. Offiziell war es Notwehr gewesen, aber sie wusste es besser. Seither machte sie sich Vorwürfe.

»Der Einzige, der Schuld trägt, ist dieser Durchgeknallte, und den hast du hinter Gitter gebracht.«

Alexis war froh, als sie ihr Auto erreichten, einen Alfa Romeo MiTo. Klein, sportlich und feuerrot. Verlegen sah sie zu Boden. Nach einer unbeholfenen Verabschiedung stieg sie ein und brauste mit brennenden Wangen davon.

Die Fahrt kostete weniger Zeit als erwartet. Obwohl ihr Arbeitsplatz sich in Mannheim befand, lebte sie in Peterstal, einem winzigen Ort am Rand von Heidelberg, der offiziell noch als Stadtteil galt. Sie liebte die Universitätsstadt mit den historischen Gebäuden, der urigen am Neckar gelegenen Altstadt und dem bunt gemischten Publikum. 30 000 der 145 000 Einwohner waren Studenten, dazu kam ein großer Teil an Universitätsangestellten und im Sommer nahezu unüberschaubare Massen an Touristen.

Sie parkte in der Auffahrt ihres alten, kastenförmigen Hauses, das in einer abgelegenen Seitenstraße direkt am Waldrand lag. Es war nicht gerade ein Blickfang, und an manchen Stellen bröckelte sogar der Putz, aber für sie war es ihr persönlicher Zufluchtsort. Endlich wieder.

Sie schloss die Tür auf und wurde sofort von Cookie und Coffee, ihren beiden Katzen, begrüßt. Die eine braun-weiß gescheckt und die andere ein kleiner schwarzer Teufel. Ihr verstorbener Kater war von der ruhigen Sorte gewesen, ganz im Gegenteil zu diesen beiden Wirbelwinden.

Sie kraulte sie zwischen den Ohren, wollte geistesabwesend ihren Schlüssel auf das abgenutzte Schränkchen neben der Tür legen. Sie war so in Gedanken, dass sie erst bemerkte, dass dort nichts stand, als er rasselnd zu Boden fiel. Die Katzen fauchten und rannten ins Wohnzimmer. Alexis ging in die Knie und barg einen Moment den Kopf in den Händen. Sie hatte sich noch nicht an die neuen Möbel gewöhnt.

Nachdem Alexis in ihren eigenen vier Wänden überfallen worden war, hatte sie erwogen, das Haus zu verkaufen, doch sie wollte ihr Leben nicht aufgeben. Deshalb hatte sie einen Kredit aufgenommen, ihre Möbel ausgetauscht und eine hochmoderne Alarmanlage installiert. Dabei hatte sie sich im Geiste von den schrecklichen Erinnerungen verabschiedet. Zumindest war das der Plan gewesen.

Keine Zeit für Grübeleien. Sie ging in die Küche, nur um festzustellen, dass eine Obstschale, das letzte Geschenk ihrer verstorbenen Adoptivmutter, der Toberei ihrer Katzen zum Opfer gefallen war. Für einen Moment überrollte sie das Gefühl, mit ihrem Leben überfordert zu sein. Sie schloss die Augen, unterdrückte die Tränen. Kurz erwog sie, das Date mit Stephan abzusagen, dann schob sie den Gedanken beiseite. Sie konnte sich nicht ewig verkriechen. Also trank sie ein Glas Leitungswasser, räumte die Scherben weg, um anschließend ihrem lautstark miauenden Gefolge frisches Futter in die Näpfe zu füllen. Rohes Putenfleisch mit Mango.

Danach begab sie sich sofort unter die Dusche, ein Ritual, um sich von den grausamen Dingen zu lösen, mit denen sie jeden Tag konfrontiert wurde. Manchmal fühlte sie sich, als sauge die Arbeit ihr die Lebensfreude aus. Oft genug ertappte sie sich bei der Frage, wie sie sich vergnügen konnte, wenn da ein Verbrechen darauf wartete, aufgeklärt zu werden. Dass man den Mörder eines Menschen fand. Eines Menschen, der nie wieder ausgehen, lachen oder weinen würde.

An diesem Abend fiel es ihr noch schwerer als gewöhnlich. Das Bild der halb verwesten Leiche ließ sie nicht mehr los.

Vor dem Kleiderschrank verbrachte sie mehr Zeit als üblich. Was waren ihre Absichten? Sie seufzte. Keine Fernbeziehung.

Also entschied sie sich für ein hochgeschlossenes Etuikleid in Schwarz mit einem breiten, roten Streifen in der Mitte. Halbhohe Absätze und eine dezente Kette komplettierten ihr Outfit. Sie kontrollierte ihr Äußeres im Spiegel, bemerkte das nervöse Zittern ihrer Hand.

Auf in den Kampf.

6

Tatjana, ihre studentische Hilfskraft, kam Karen auf dem düsteren Flur entgegen. »Dr. Hellstern«, sagte sie lächelnd, wobei es um ihre Mundwinkel nervös zuckte. »Ich habe alle Käfer versorgt. Da Sie nicht da waren und gleich Feierabend ist, wollte ich schon gehen.« Sie stieß hektisch die Luft aus.

Karen sah auf die Uhr. Das Mädchen war nur fünf Minuten zu früh dran. Typisch Tatjana. Sie war absolut zuverlässig, aber auch übereifrig, und obwohl die Studentin seit fast einem Jahr für sie arbeitete, behandelte sie Karen immer noch, als wäre sie ein schlafendes Löwenweibchen, das einmal gereizt sie mit Haut und Haaren verschlingen würde. »Kein Problem. Wie sehen die Larven von Stamm 38B aus?«

»Sehr gut. Sie wachsen schnell, keine Anzeichen von Fehlfunktionen.«

Neben ihrer Tätigkeit als Dozentin und Kriminalbiologin forschte Karen auf dem Feld der Entwicklungsbiologie, die sich mit der Frage beschäftigte, wie sich aus einer einzelnen befruchteten Zelle ein komplexer Organismus entwickeln kann. Dazu züchtete sie transgene Käfer, mit denen es möglich war, im lebenden Tier die Entwicklung eines Gewebes aus einer einzelnen Zelle zu verfolgen.

Karen versuchte sich an einem Lächeln, das ihr bei dem

Gedanken an die tote Frau, die man neben der Kläranlage entsorgt hatte, misslang. »Sehr schön. Dann können wir nächste Woche mit dem Screening beginnen. Haben Sie einen schönen Abend.«

Die Miene der Studentin erhellte sich. Sie wirkte erleichtert. »Danke! Ich muss noch meinen Seminarvortrag für Professor Ehnke fertigstellen, aber danach geht es in die Badewanne.« Sie winkte ihr zu und trottete den Gang hinunter. Raus aus dem Keller, hinein in das Leben.

Ein Bad klang gut. Karen sah erneut auf die Uhr. Wenn sie noch eine Stunde im Labor blieb, hatte sie vielleicht eine Chance, sich ebenfalls diesen Luxus zu gönnen.

Sie stellte ihre Tasche in das winzige Büro, in dem sich Bücher, naturwissenschaftliche Magazine und ausgedruckte Paper türmten. Dort zog sie ihren Laborkittel an, nahm die Proben und ihr Laborjournal und brachte sie in ihr deutlich größeres Labor. Bevor sie sich jedoch an die Arbeit machte, kontrollierte sie ihre Käferzucht im Nebenraum. Unter von einer Zeitschaltuhr regulierten UV-Lampen und bei überwachter Temperatur stapelten sich Plastikboxen, in denen die Tiere lebten. Sie war froh, dass es sich bei ihren Versuchstieren um Käfer handelte. Es waren die reinsten Fressmaschinen. Solange sie ausreichend Nahrung fanden, musste man sich über ihre Zufriedenheit keine Gedanken machen.

Zurück im Labor packte sie die Insekten vom Leichenfundort in saubere Schraubgläser, träufelte Essigsäureethylester, auch Essigester genannt, auf kleine Wattebauschkügelchen und gab sie in die Behälter. Der austretende Dampf würde die Tiere innerhalb kürzester Zeit töten. Sie stellte sie in die hinterste Ecke, damit sie den Todeskampf nicht sehen musste. Es mochte lächerlich sein, aber dieser Schritt fiel ihr noch immer schwer. Er ließ sich nur leider nicht vermeiden. Zur Bestimmung der genauen Unterart musste sie zum Teil die exakte Beschaffenheit der Mundwerkzeuge oder Fühler untersuchen, und das war bei lebenden Tieren nicht möglich. Darüber hinaus dienten sie als Beweismittel und mussten entsprechend für andere Sachverständige zur Verfügung stehen.

Nachdem sie auch die anderen Proben versorgt hatte, nahm sie den oberen Teil des Ulmensprosses und legte ihn auf eine sterile Unterlage. Dann holte sie eine Rasierklinge, um eine hauchdünne Scheibe abzuschneiden, die sie mit etwas Wasser auf einen Objektträger gab.

Unter dem Mikroskop konnte sie zwei Jahresringe erkennen. Das helle, lockere Gewebe des Frühholzes, das entsteht, wenn auf die winterliche Ruhephase die starke Wachstumsphase des Frühjahrs folgt. Das folgende Spätholz war deutlich dichter und damit dunkler, wodurch sich die charakteristischen Ringe bildeten. Die Leiche lag also tatsächlich seit zwei Jahren auf der Halbinsel.

Nun löste Karen behutsam den Knochen von der Pflanze, machte Abstriche von dem Loch und untersuchte auch diesen unter dem Mikroskop. Als sie ihre Notizen machte, hörte sie ihr Handy im Nebenraum klingeln. Sie ging hinüber und sah auf das Display. Alexis. »Hey, Süße«, meldete sie sich. »Gut, dass du anrufst. Ich habe Neuigkeiten.«

»Bist du etwa immer noch bei der Arbeit?«

Karen sah auf die Uhr, seufzte innerlich und verabschiedete sich gedanklich von ihrer Badewanne. »Noch eine Weile. Und du? Schon Feierabend?« Sie setzte sich ein Headset auf, verband es mit dem Handy und steckte dieses in die Tasche ihres Laborkittels. Dann ging sie zurück ins Labor, um die Wasserproben auf die Artverteilung der Diatomeen, sogenannte Kieselalgen, zu untersuchen. Dabei handelte es sich um einzellige Organismen, die Fotosynthese betreiben und ihren Trivialnamen der Hülle aus Siliziumdioxid verdanken. Die Gehäuse waren filigrane Gebilde von unterschiedlichstem Aussehen, aus denen mithilfe von Färbemittel sogar winzige Kunstwerke geschaffen wurden, die nur unter dem Mikroskop sichtbar sind.

»Stephan ist wieder da«, drang die Stimme ihrer Freundin an ihr Ohr. »Wir gehen heute Abend essen.«

Karen lächelte. »Willst du dir mein grünes Kleid leihen? Es wird deine Hupen ordentlich betonen.« Ihr Grinsen wurde breiter, als sie sich Alexis' Augenrollen vorstellte.

»Es ist nur ein Abendessen.«

»Wenn du auf den Kerl scharf bist, solltest du dich auch mal herausputzen.«

»Stephan ist nicht so.«

»Er ist immer noch ein Mann …«

»… und kein Affe«, unterbrach Alexis sie.

»Genau. Primatenweibchen haben keine runden Brüste, das ist Menschenfrauen vorbehalten. Vermutlich, weil unsere Babys mit ihren flachen Gesichtern ansonsten beim Stillen ersticken würden.«

»Danke für die Belehrung«, erwiderte Alexis trocken. »Was würde ich nur ohne dieses überaus hilfreiche Wissen anfangen.«

»Hör auf zu mosern«, sagte Karen, gab die Wasserprobe in ein Becherglas und versetzte sie mit der gleichen Menge Salzsäure. Der vorhandene Kalk in der Hülle reagierte heftig, und ein dicker Schaum bildete sich auf der Oberfläche. Karen stellte den Abzug eine Stufe höher, um nichts von den Dämpfen einzuatmen. Anschließend verdünnte sie die Masse mit Leitungswasser und erhitzte sie auf einer kleinen Kochplatte.

Diese Reinigung war wichtig, da sie zur Herstellung der Diatomeenpräparate alle organischen Stoffe und die Kalkablagerungen entfernen musste. Die Systematik der Diatomeen beruhte allein auf dem Aussehen der Schale. »Es schadet jedenfalls nicht, wenn du dich etwas aufhübschst, um ihn zu ködern. Es ist wissenschaftlich erwiesen, dass Männer viel Wert auf Äußerlichkeiten legen. Entgegen der landläufigen Meinung Frauen übrigens auch; sie wagen nur meistens nicht, das offen zuzugeben.«

»Wer sagt denn, dass ich an ihm interessiert bin?«

»Ich bin nicht blind, und du wärst reichlich dämlich, den Kerl nicht zu wollen. Er ist heiß, intelligent und einer von den Guten.«

»Er lebt in Frankreich und den Niederlanden.«

»So weit entfernt ist es auch nicht.« Nachdem die Gasentwicklung der Salzsäuremischung nachgelassen hatte, verdünnte Karen die Masse und begann sie zu erhitzen.

»Mag sein …« Alexis seufzte. »Warum muss immer alles so kompliziert sein?«

»Das ist es doch gar nicht, Süße. Du willst ihn und er dich. Den Rest werdet ihr schon lösen.«

»Nun gut. Was hast du für Neuigkeiten?«

»Gib mir einen Moment. Ich muss dazu wieder in mein Büro gehen.« Sie nahm die Probe von der Elektrokochplatte und stellte sie unter den Abzug zum Abkühlen. Dann ging sie in den Nebenraum und öffnete die Bilder vom Tatort. »Ich habe das Loch im Knochen untersucht. Ich bin mir sicher, dass es natürlichen Ursprungs ist, lasse den Knochen aber dennoch zur Rechtsmedizin bringen. Die Überreste liegen jedenfalls seit zwei Jahren am Klärwerk.« Sie vergrößerte die Aufnahmen vom Oberkörper der Toten und glaubte, darauf einen winzigen dunklen Fleck zu erkennen, der sich kreisrund von den anderen abhob. »Du solltest veranlassen, dass die Pathologie das Gewebe auf Spinnengifte analysiert.«

Für einen Moment herrschte Schweigen. »Muss ich wirklich nachfragen, wieso?«

»Nur ein Gefühl. Ich kann es nicht begründen, nur, dass ich nach dem Spinnenmedaillon gegoogelt habe. Es gab keinen Modetrend, der mir entgangen ist. Außer ein paar verrückten Terraristikfans trägt niemand derartigen Schmuck, und selbst da ist er sehr umstritten, da dafür die Tiere extra getötet werden.«

»Du glaubst, dass sie von einer Spinne gebissen wurde?«

»Die Knochen sehen weitgehend intakt aus, wir haben weder Einschusslöcher noch Verletzungen durch Messer oder stumpfe Gewalt gefunden. Falls der Mörder das Spinnenmedaillon bei der Leiche zurückließ, könnte es ein Hinweis sein. Es muss eine besondere Bedeutung für ihn haben.«

»Das gefällt mir nicht.«

»Mir auch nicht«, pflichtete Karen ihr bei. Dieser Zusammenhang mit den für die meisten Menschen unliebsamen Spinnentieren machte den Fall besonders rätselhaft.

»Danke für die Infos. Ich muss dann los.«

»Viel Spaß heute Abend. Ich will morgen einen ausführlichen Bericht.« Karen legte auf und ging in ihr Labor zurück. Sie übergoss den jetzt kalkfreien Bodensatz der Wasserprobe vorsichtig mit konzentrierter Schwefelsäure, wobei die Masse heiß wurde und sich braun verfärbte. Gedankenverloren sah sie zu. Sie hätte auch gerne wieder ein Date. Nicht, dass sie keine Männer in ihrem Leben hatte, aber niemand, der mit ihr ausging oder um sie warb. Sie seufzte und sah auf die Uhr. Wie sollte sie auch noch einen Mann in ihr Leben integrieren?

Sie stellte das Glas auf eine Heizplatte im Abzug und erhitzte das Gemisch, bis es zu rauchen begann. Aus einer Tropfflasche gab sie nun wenige Tropfen Salpetersäure dazu. Eine sehr heftige Reaktion setzte ein, bei der braune, giftige Gase entstanden. Nachdem die Gasentwicklung gestoppt war, nahm sie die Probe von der Kochplatte und stellte sie zum Abkühlen zur Seite. Die restlichen Arbeitsschritte würde sie in den folgenden Tagen erledigen. Am Ende würde sie die einzelnen Diatomeenarten und ihre Häufigkeit bestimmen.

Jedes Gewässer verfügte über seine eigene, charakteristische Zusammensetzung. Die Verteilung schwankte dabei teilweise innerhalb weniger Meter, sodass man mit ihrer Hilfe feststellen konnte, wo jemand gestorben war.

Eilig packte sie ihre Sachen und fuhr nach Hause in ihre kleine, aber gemütliche Wohnung. So selten, wie sie sich in ihr aufhielt, war sie mehr als ausreichend, und es gab sogar eine Badewanne. Tatjanas Worte hallten in ihrem Kopf nach, also ließ sie sofort nachdem sie angekommen war die Wanne ein, schnappte sich ein Buch und legte sich mit einem Glas Wein in das warme Wasser. Sie seufzte, als es ihre verspannten Muskeln lockerte. Sie wäre beinahe in der Wanne eingeschlafen, sodass sie anschließend direkt ins Bett ging.

7

Die Videoqualität war nicht so gut, wie er sich das wünschen würde. Zu dunkel war es in dem Raum gewesen und seine Bewegungen zu hastig. Vielleicht sollte er das nächste

Mal ein Stativ verwenden, überlegte er. Aber nein, dann würde er nicht mehr ganz nah an sie heranzoomen können. Er würde nicht mehr ihre vor Schmerzen und Angst aufge-rissenen Augen festhalten können. Die Essenz seines Werkes würde fehlen.

Auf dem Bildschirm schrammten die Finger der dunkel-haarigen Frau über den Beton, splitterten und hinterließen blutige Striemen. Die finale Phase hatte begonnen, in der sie jede Kontrolle über ihren Körper verlor und Schmerz die Herrschaft übernahm. Schmerzen, die er verursacht hatte. Die Spinnen mochten das Gift produzieren, doch er hatte gelernt, diese kleinen, tödlichen Kreaturen seinem Willen zu unterwerfen. Durch ihr Gift lernte er, eine Sym-phonie der Qual zu komponieren, zu der die Frau tanzte.

Sie fing an, sich die Arme an der Stelle aufzukratzen, an der er das Spinnengift injiziert hatte, doch diese kontrol-lierte Bewegung endete, als eine neue Welle von Schmer-zen sie durchflutete und ihr Körper sich in Krämpfen auf-bäumte. Die Kamera ging ganz nah an sie heran, glitt über ihren schweißbedeckten, nackten Körper, während sie das Rückgrat so weit durchbog, dass es kurz davor stand zu brechen.

Er nahm jeden Zentimeter ihrer schweißbedeckten Haut in sich auf, weckte die Erinnerungen an den Geruch von Angst und Blut in sich. Bald würde er wieder auf die Jagd gehen.

Blutiger Schaum bildete sich vor dem Mund der Frau. In einem Krampfanfall hatte sie sich die Unterlippe halb durchgebissen. Ihr Atmen ging in ein Röcheln über, aber noch war es nicht vorbei.

Die Kamera entfernte sich ein Stück. In einer letzten Kraftanstrengung hob sie die Hand. »Töten Sie mich«, flehte sie mit einer kaum noch als menschlich zu erkennenden Stimme. »Erlösen Sie mich.«

Dann überrollten sie die Schmerzen erneut. Ihr Körper zuckte und krampfte, ein abgespreizter Finger brach, als sie unkontrolliert gegen die Wand schlug, doch sie schien es kaum wahrzunehmen. Dieser Schmerz war nichts im Vergleich zu dem, was das Spinnengift in ihr anrichtete.

Schließlich wurde das Röcheln ihres Atems langsamer, ihre Bewegungen erlahmten.

Die Kamera hielt den letzten Moment ihres Lebens in Nahaufnahme fest, als ihre Augen brachen. Die letzten Atemzüge beherrschte sie die Angst vor dem Tod. Diese letzten Sekunden, in denen der Wunsch zu sterben von der tief sitzenden Angst vor dem Ende übermannt wurde.

8

Alexis fuhr mit der Straßenbahn zum Bismarckplatz, lief ein Stück durch die Altstadt, bis sie in eine der Gassen abbog, die in Richtung Neckar führten. Der Stadtkern war voller Leben. Studenten strömten aus ihren Seminaren, Passanten schlenderten an den Geschäften vorbei oder kehrten in einem der zahlreichen Gasthöfe und Restaurants ein. Es hatte aufgehört zu regnen, nur der Boden war noch von Pfützen gekennzeichnet.

Alexis genoss die Anonymität der Menschenmenge. Nach der Aufklärung ihres letztes Falls war sie von den lokalen Medien als eine Art Superheldin der Polizei gefeiert worden. Im kleinen Peterstal war sie damit ungewollt zur Be-

rühmtheit geworden, die selbst beim Brötchenholen ange-
sprochen oder begafft wurde. Sie wusste nicht, wie sie mit der
Aufmerksamkeit umgehen sollte. Sie fühlte sich wie eine
Hochstaplerin. Wegen ihr wäre Louise beinahe gestorben.
Und sie hatte einem Menschen vertraut, der sich als Mörder
erwiesen hatte. Sie war vieles, aber ganz sicher keine Heldin.

Das *Kwan Kao* befand sich in einem alten Gebäude, dessen Klinkersteinfassade in einem dunklen Grün gestrichen
worden war. Darauf prangten goldene Ornamente, und
über die Fenster wanderte eine kunstvoll gezeichnete Herde
Elefanten.

Stephan erwartete sie an der Bar, nahm ihr den Mantel
ab und führte sie an ihren Tisch. Es entstand ein Moment
des unbehaglichen Schweigens.

»Hast du den Mörder in den Pyrenäen fassen können?«,
eröffnete Alexis schließlich das Gespräch mit einem beruflichen Thema.

Er seufzte. »Ja, aber du möchtest nicht wissen, was da für
ein Papierkrieg auf mich zukommt. Es handelt sich um
einen 21-jährigen Kraftfahrer aus Andorra mit einer Vorliebe für brünette Huren. Da er sowohl in Spanien als auch
in Frankreich gemordet hat, muss ich nun vor drei Ländern
Rechenschaft ablegen, und die Diskussion, bei wem er als
Erstes vor Gericht gestellt werden wird, wird wohl noch
Monate andauern. Elende Bürokratie. Falls ich wieder mit
dem Rauchen anfangen sollte, weißt du warum.«

So unterhielten sie sich weiter über ihre Arbeit, bis das
Essen kam. Der Duft nach Erdnüssen und Kokosnuss stieg
verlockend von Alexis' Curry auf.

Stephan betrachtete sein Pad Thai, das mit Limettenspal-
ten und Chilis kunstvoll dekoriert worden war. »Deine
Empfehlung war mal wieder ausgezeichnet.«

Sie lächelte, verfluchte sich dabei, dass sie es nicht schaffte, das Gespräch am Laufen zu halten. Sie war zu nervös, zu abgelenkt von dem Leichenfund, der ihr noch immer im Kopf umherschwirrte.

Sie aßen eine Zeit lang schweigend. Schließlich legte Stephan sein Besteck zur Seite und sah sie an. »Ich weiß, dass du mir keine Details verraten kannst, aber der neue Fall beschäftigt dich. Möchtest du mir davon erzählen?«

»Hatten wir uns nicht vorgenommen, weniger über die Arbeit zu sprechen?«

»Vielleicht waren wir da voreilig. Wir leben beide für unseren Beruf. Das auszuklammern macht keinen Sinn.«

Alexis seufzte. »Ich komme nicht damit zurecht, wenn ich eine Jane Doe habe. Das mag lächerlich sein, aber ich frage mich immer, wie es den Angehörigen in der ganzen Zeit gehen mag.«

Er nahm sein Weinglas und trank einen großen Schluck. »Mir geht es genauso. In Straßburg wartet immer noch ein Mann darauf, identifiziert zu werden, und es vergeht keine Woche, in der ich nicht daran denke.«

Sie sah ihm in die Augen, und das Verständnis, das sie darin fand, löste eine Welle an Empfindungen in ihr aus. Geborgenheit. Vertrauen ... Beklommenheit. Angst, erneut auf eine Täuschung hereinzufallen.

Sie schob die negativen Gefühle zur Seite. Sie durfte ihr Leben nicht länger von der Vergangenheit bestimmen lassen, dennoch war es ihr ein Bedürfnis, darüber zu sprechen. Mit ihm. »Es ist nicht nur das«, sagte sie leise. »Jeder neue Fall erinnert mich an meine leiblichen Eltern.«

»Vermisst du sie?«

Sie sah ihn überrascht an. Er war der erste Mensch, der ihr diese Frage stellte. Normalerweise schlugen ihr nur Entsetzen, Verachtung oder Mitleid entgegen. Schließlich waren ihre Eltern berüchtigte Serienkiller gewesen, deren Leben im Kugelhagel der Polizei endete, als Alexis ein Kind gewesen war. Niemand schien sich vorstellen zu können, dass sie nicht nur Hass für sie empfand. »Manchmal«, flüsterte sie. »Sie waren gut zu mir.« Sie rang mit sich, bevor ihr die folgenden Worte über die Lippen kamen. »Ich frage mich, wie sie wirklich waren. Die wahre Sarah, der wahre Loyd und nicht die Abziehbilder des Bösen, zu denen die Medien sie machten.«

»Hast du immer noch Angst, ihnen in irgendeiner Art ähnlich sein zu können?« In seiner Stimme schwang kein Vorwurf mit, obwohl es nicht das erste Mal war, dass sie über dieses Thema sprachen. Alexis' Adoptivvater war ein Forscher, der an der Genetik des Bösen arbeitete und das sogenannte *kill:gen* entdeckt hatte. Ein Gen, das gehäuft bei Menschen mit der Veranlagung zur Gewalttätigkeit auftrat. Erst vor Kurzem hatte sie erfahren, dass sie dieses Gen ebenfalls in sich trug. Zusammen mit ihrer Familiengeschichte trieb sie seither die Frage um, wer sie in Wahrheit war. Eine tickende Zeitbombe, die sich als Polizistin tarnte?

Sie nippte an ihrem Wein. »Ich versuche damit abzuschließen. Ich weiß, dass ich den Unterschied zwischen Gut und Böse kenne. Nur wie lange noch?« Sie nahm einen weiteren Schluck. »Aber es ist nicht nur das. Ich kann es kaum in Worte fassen. Die meisten wissen, welche Eigenschaften sie von ihrer Mutter haben, welche vom Vater oder Onkel. Alles, was ich von meinen Eltern weiß, ist, dass sie Killer waren.«

Er ergriff ihre Hand. »Deine Herkunft bestimmt nicht, wer du bist. Ich sehe hier nicht die Tochter von Serienmördern vor mir, sondern dich als davon losgelösten Menschen.

Ein Mensch, der klarer zwischen Gut und Böse unterscheiden kann als die meisten von uns.« Er machte eine Pause. »Aber du könntest auch versuchen, mehr über deine Eltern herauszufinden, um die verwirrenden Bilder, die du von ihnen hast, zu ordnen.«

Sie sahen einander in die Augen. Für einen Moment schien die Welt stillzustehen. Dann kam die Bedienung, und der Augenblick verflog. Sie bestellten Kaffee, und Alexis sammelte sich, während die zierliche Asiatin den Tisch abräumte. Derweil dachte Alexis über Stephans Vorschlag nach. Der Gedanke, mehr über ihre Eltern zu erfahren, war verlockend. Dennoch … Sie hatte sich vorgenommen, die Vergangenheit endlich ruhen zu lassen. »Danke«, sagte sie leise. »Derzeit ist das keine gute Idee.«

Er legte seine Hand auf die ihre. »Versteck dich nicht vor dem, wer und was du bist.«

Sie senkte den Blick und blieb ihm eine Antwort schuldig.

»Ein Gutes hatte mein Aufenthalt in den Pyrenäen«, sagte Stephan schließlich. »Auf einem Flohmarkt in einem winzigen Dorf habe ich etwas entdeckt, das dir gefallen wird. Warte einen Moment.« Er ging zur Garderobe, holte eine Plastiktüte und reichte sie ihr. »Nach unseren Gesprächen über das Elvis-Festival dachte ich mir, dass das etwas für dich sein dürfte.«

Alexis lächelte unsicher. »Das wäre nicht nötig gewesen.«

»Ich weiß, aber ich musste an dich denken.«

Sie errötete und versuchte es zu überspielen, indem sie sich auf die Tüte und deren Inhalt konzentrierte. Eine Schallplatte – die Single *Too Much* von Elvis Presley. Ein seltenes Sammlerstück, das ihr noch fehlte. Sie war sprachlos, holte die Platte behutsam aus ihrer Hülle und betrachtete sie. »Ich weiß nicht, was ich sagen soll.«

»Du könntest dich bedanken und mir versprechen, dass es nicht unser letztes Abendessen war.«

Ihr lag die Antwort auf den Lippen, dass er es gewesen war, der Deutschland verlassen hatte, aber das wäre unfair gewesen. Also schenkte sie ihm stattdessen ein neutrales Lächeln. »Sollen wir ein Stück spazieren gehen? Zum Neckar?«

»Gerne.« Sie bezahlten und gingen nach draußen. Der kühle Wind ließ sie frösteln. Als er es bemerkte, legte er einen Arm um ihre Schultern und zog sie an sich. Für eine Sekunde erstarrte Alexis, dann ließ sie es zu und stellte zu ihrer Überraschung fest, dass es sich einfach nur gut anfühlte. So schlenderten sie durch die Altstadt zur Alten Brücke. Zum ersten Mal an diesem Abend genoss sie das Schweigen. Arm in Arm blickten sie von der gemauerten Brücke, die nur für Fußgänger freigegeben war, über den Fluss. Das weiche Licht der Laternen schimmerte im Wasser.

»Wir sollten das wiederholen«, sagte er.

Sie drehte ihren Kopf und betrachtete sein Profil, das sich vor den Lichtern der Stadt abzeichnete. »Wie lange bleibst du dieses Mal?« Mit dem Gedanken an seine Abreise verschwand ihr Wohlgefühl. »Warum bist du überhaupt hier?«, setzte sie leise hinzu.

Er sah sie aus seinen kühlen, silbergrauen Augen an. »Zumindest für einige Monate, dann werde ich weitersehen.«

Sie wandte sich ihm ruckartig zu. »Wie das?«

»Europol eröffnet in einer Reihe von Ländern Außenstellen als Erweiterung der bisherigen Bestrebungen zur länderübergreifenden Ermittlungsarbeit. Ich werde mit einem Kollegen den Standort in Mannheim leiten.«

»Reiner Zufall?«, fragte sie.

Er beugte sich vor. Sein Gesicht näherte sich ihrem. »Nein«, flüsterte er. Seine Lippen kamen näher, streiften zuerst nur zärtlich, fast schon zögerlich ihren Mund. Sie kam ihm entgegen, und sie fanden sich in einem Kuss. Alexis' Knie wurden weich, und sie lehnte sich an Stephan. Sie spürte, dass auch er unter seiner Kleidung zitterte.

»Das wollte ich schon lange tun«, flüsterte er.

Der Rausch des Kusses pulsierte durch ihre Adern, vibrierte in ihrem Innern. Doch sobald sie die Augen öffnete, holte sie die Realität ein. »Du kannst nicht wegen mir hierherziehen. Deine Freunde, Familie …«

»Meine Eltern sind tot, und meine Schwestern leben in Paris. Ich sehe sie ohnehin nur wenige Male im Jahr.«

»Und Chloé?« Der Name kam ihr nur schwer über die Lippen. Bei ihrem zweiten Treffen hatte Stephan ihr von seiner kleinen Tochter erzählt. Alexis hatte von seiner Ehe gewusst, die nach dem Tod seines ersten Kindes zerbrochen war. Was er ihr zunächst verschwiegen hatte, war die Tatsache, dass seine Exfrau Margret schwanger gewesen war, als sie ihn damals verließ. Er selbst erfuhr von seiner Tochter erst Wochen nach ihrer Geburt. Seither hielt Stephan sich auf Margrets Wunsch weitgehend aus Chloés Leben heraus. Sie sah den Schmerz in seinem Gesicht und wünschte, sie könnte ihn so einfach wegwischen wie die einzelnen Regentropfen, die vom Himmel herunterfielen und sich in seinen langen Wimpern verfingen.

Er sah nach oben und ließ einen Tropfen auf seine Handfläche fallen. »Ich bringe dich zu deinem Auto.«

»Ich bin mit der Straßenbahn gefahren, aber wenn du möchtest, kannst du mich zur Haltestelle begleiten.«

Während sie über Pflastersteine zurück in die Altstadt gingen, schwieg Stephan so lange, dass Alexis schon dachte, dass er ihre Frage nicht beantworten würde, doch dann seufzte er. »Ich sehe sie jedes zweite Wochenende, und das kann ich auch, wenn ich in Mannheim lebe. Sollte sie jemals mehr Kontakt mit mir wünschen und ihre Mutter es zulassen, kann ich immer noch weitersehen.«

»Trotzdem ...« Sie suchte nach Worten, um ihr Unbehagen auszudrücken. »Es ist zu viel Verantwortung. Wenn es mit uns nicht funktioniert, hast du dein ganzes Leben für mich auf den Kopf gestellt.«

»Ich bin ein erwachsener Mann und habe eine Entscheidung für mich getroffen«, sagte er entschieden. »Ich möchte die Chance haben, dich besser kennenzulernen, und ich mache es auch für mich. Es muss sich etwas in meinem Leben ändern. Wie kann ich für Chloé ein guter Vater sein, wenn ich ewig der Vergangenheit nachhänge?«

Alexis nickte bedächtig. »Ich versteh dich.« Sie zögerte einen Moment, dann rang sie sich zu einem Lächeln durch. Das letzte Mal war es ihr bei Stephans Abreise nicht gut gegangen. Trotz ihrer wenigen Treffen hatte er ihr gefehlt. Nun stand er vor ihr. Sollte sie nicht vor Glücksgefühlen übersprudeln? *Reiß dich zusammen,* mahnte sie sich. Sie stellte sich auf die Zehenspitzen, schlang ihre Arme um seinen Hals und küsste ihn. Es fühlte sich so richtig an, und doch hielt sie etwas in ihrem Inneren zurück. Sie spürte sein Herz unter ihren Fingern rasen. »Morgen Abend ist ein Abendessen bei Karen. Möchtest du mich begleiten? Louise wird auch da sein. Sie wird sich freuen, dich zu sehen.«

Seine Antwort bestand aus einem weiteren Kuss. Dieses Mal war Stephan forscher, zog sie enger an sich, und Alexis' Atem beschleunigte sich.

Es war spät, als sie sich voneinander verabschiedeten. Zurück in ihrem Haus lag Alexis noch lange mit klopfendem

Herzen und wunden Lippen wach. Die Zweifel, die in ihrem Inneren auf und ab wogten, wurden von einer Welle des Glücks davongespült. Zumindest für einige Stunden.

9

Mal wieder kam Karen einige Minuten zu spät zur Obduktion. Dürrast, ein Unsympath von einem Rechtsmediziner, würde begeistert sein. Schnell zog sie sich Überzieher für die Schuhe, einen OP-Kittel und zwei Lagen Latex-Handschuhe an und stürmte in den Raum. Alexis, Oliver und die Staatsanwältin Linda Landgraf waren bereits da, ebenso ein Riese von einem Mann, sicherlich knappe zwei Meter groß mit krausen blonden Haaren und kaffeebraunen Augen. Er wirkte zwischen den Leichen völlig fehl am Platz. Wie ein Surferboy in der Arktis. Ein neuer Mitarbeiter oder ein Student? Sie musterte ihn von oben bis unten. »Hallo, ich bin Karen Hellstern, Kriminalbiologin«, stellte sie sich vor und streckte ihm die Hand entgegen. »Sind Sie der neue Assistent?«

Er hob seine Hände, an denen ein bräunliches Sekret klebte. »Sorry, Händeschütteln ist nicht.« Er grinste, ein absolutes Lausbubengrinsen, das seine Augen aber nur streifte.

Verlegen zog sie ihre Hand zurück. Sie benahm sich wie eine Anfängerin.

Linda lachte leise, während sich Alexis räusperte. »Das ist Dr. Naumann, unser neuer Rechtsmediziner. Dr. Dürrast musste aus gesundheitlichen Gründen kürzertreten.«

Volltreffer, direkt ins Fettnäpfchen. Ein guter Start. Wieso hatte sie niemand vorgewarnt?

»Nennen Sie mich Chris.« Er beugte sich wieder über den blanken Edelstahltisch, auf dem die Knochen und der Torso sorgfältig angeordnet lagen. »Wie ich bereits sagte: Das Skelett ist nicht vollständig erhalten. Vor allem die kleineren Knochen fehlen. Vermutlich haben Tiere sie fortgetragen. Es handelt sich um eine Frau Anfang dreißig.«

Sie biss sich auf die Unterlippe. Er hätte die Überreste nicht einfach aus dem Leichensack holen dürfen. Falls sich darin noch irgendwelche Insekten versteckt hatten, waren sie nun geflohen. »Ich hoffe, dass wir in Zukunft gut zusammenarbeiten werden, aber ...«

»... ich hätte auf Sie warten sollen«, vervollständigte er ihren Satz und deutete auf einen Tisch an der Rückseite des Raumes. »Das war leider nicht möglich, da noch drei weitere Leichen auf mich warten, aber ich habe während meines praktischen Jahres mit einem Kriminalbiologen zusammengearbeitet. Dort hinten finden Sie den geschlossenen Leichensack, ein Netz, vier in Gläsern verstaute Fliegen und einen Käfer, vermutlich ein Totengräber.«

Karen sah ihn stumm an. Alexis lachte. »Sie ist sprachlos. Das trage ich mir in meinen Kalender ein.«

Karen warf ihrer Freundin einen bösen Blick zu, bevor sie zu dem besagten Tisch ging und tatsächlich eine Reihe von fein säuberlich beschrifteten Schraubgläsern vorfand.

»Wenn Sie möchten, können Sie in Zukunft einfach ein paar Minuten früher kommen. Ich lasse Sie jederzeit rein.«

Sie war zwar ein wenig verärgert, dass er sie übergangen hatte, aber die Freude, dass der Neue offen für ihre Methoden war, überwog. »Mit wem haben Sie zusammengearbeitet?«

»Klaus Fischer in München.«

»Offensichtlich war er ein guter Lehrer.«

»Danke.« Er wandte sich der Toten zu. »Ich wurde darüber informiert, dass Sie eine Mindestliegezeit von zwei Jahren bestimmt haben. Vom Grad der Verwitterung an den Knochen würde ich ein Jahr mehr veranschlagen.«

»Das wäre erstaunlich«, entgegnete Karen und beugte sich nun ebenfalls über die Leiche. »Dann hätte die Ulme lange gebraucht, um zu keimen. Da sie direkt unter den Knochen hervorgewachsen ist, kann das Samenkorn nicht nachträglich hingeflogen sein.«

Er zuckte mit den Schultern. »Vielleicht hat ein Tier die Überreste bewegt. Nach den Tatortfotos zu urteilen, hätten wenige Zentimeter ausgereicht.«

»Mag sein«, gab Karen zu. »Ich halte es allerdings für unwahrscheinlich. Wenn Sie die Fotos anschauen, werden Sie feststellen, dass die Knochen weitgehend geordnet vorlagen.«

»Wie Sie meinen«, sagte er. »Ich kann Ihnen nur meine Einschätzung geben, und die besagt eindeutig, dass die Überreste drei Jahre alt sind.«

Er ging zu einem Plastikbehälter und holte den Knochen hervor, durch den die Ulme gewachsen war. »Ich habe das Loch bereits heute Morgen untersucht und stimme Ihnen zu. Die Ursache ist natürlichen Ursprungs. Vermutlich ein gutartiger Tumor und definitiv zu Lebzeiten entstanden.«

»Also wieder Sackgasse«, murmelte Alexis.

In dem Moment betrat der rechtsmedizinische Assistent Konradis mit den Röntgenaufnahmen den Raum. Sie hatte ihn vor allem als verbissenen Mann in Erinnerung, aber heute wirkte er fast schon entspannt, auch wenn er seinen neuen Vorgesetzten beäugte, als wäre er sich nicht sicher, was er von ihm halten sollte.

»Sehr gut«, sagte Chris, nahm die Aufnahmen entgegen

und hängte sie an eine Leuchttafel. »Sie können die Knochen bereits entfernen und in Reinigungslösung legen, damit wir sie später genauer untersuchen können.«

Alexis war an den Schaukasten getreten. »Ich kann keine Verletzungen entdecken.«

Der Rechtsmediziner betrachtete die Aufnahmen gründlich. Karen spürte, wie Alexis und vor allem Oliver unruhig wurden. Typisch Cops, keine Geduld für die Wissenschaft. Bei ihnen musste alles schnell gehen.

»Außer einer Verdickung an der sechsten Rippe, die auf einen verheilten Bruch hindeutet, kann ich ebenfalls keine Hinweise auf Gewalteinwirkung erkennen.«

»Also weiterhin unbekannte Todesursache«, murmelte Linda. Wie immer war sie überaus geschmackvoll und ausgesprochen weiblich gekleidet. Karen sah an sich hinab und wünschte sich beim Anblick ihrer grünen Hose und der bequemen dunkelbraunen Schuhe etwas von Lindas Modebewusstsein.

Chris nahm nun ein Skalpell und setzte zum klassischen Y-Schnitt an. Nachdem er die Hautlappen zur Seite geklappt, die Rippen durchtrennt und das Brustbein herausgehoben hatte, begann er, jedes einzelne Organ zu entnehmen und zu untersuchen. Selbst Karen würgte es, als er gräuliche Klumpen aus dem Inneren herausholte. Dort war die Verwesung durch Darmbakterien weiter vorangeschritten, bevor sie auch da zum Erliegen gekommen war. Konradis notierte Gewicht und Größe.

»Kann ich eine Gewebeprobe der Lungenüberreste und eine Probe vom Knochenmark haben?«, fragte Karen.

»Selbstverständlich, zuerst möchte ich sie mir aber selbst genauer ansehen.« Er ging zu einer der Schüsseln, holte die Lungenflügel heraus und legte sie in eine Wanne.

Karen musste heftig schlucken, als der Gestank ihr in die Nase drang. Ein feiner Schweißfilm bildete sich in ihrem Nacken.

Der Rechtsmediziner nahm ein Skalpell und öffnete das Organ. »Nach der langen Zeit ist es schwer zu beurteilen, aber ich kann keine Anzeichen von Wasser in der Lunge entdecken.«

»Dann können Sie Ertrinken ausschließen?«

»Nein, dieser Umkehrschluss ist nicht möglich.« Chris entnahm eine Gewebeprobe, die er Konradis mit der Anweisung übergab, für Karen eine Kühltasche mit den Präparaten vorzubereiten. »Das Ertrinken verläuft nach einem bestimmten Schema. Nach der ersten Panikreaktion und dem Luftanhalten kommt es irgendwann zur unwillkürlichen Inspiration von Wasser durch den immer größer werdenden Atemreiz. Das führt zur Aspiration zunächst kleinster Flüssigkeitsmengen, wodurch sich in der Regel ein Laryngospasmus, ein Stimmritzenkrampf, ausbildet, der ein Atmen unmöglich macht. Der zunehmende Sauerstoffmangel mündet in einer Bewusstlosigkeit, bei der sich in fünfzehn Prozent der Fälle der Krampf nicht löst, wodurch kein Wasser in der Lunge zu finden ist.«

»Dann bringt uns das also auch nicht weiter?« Linda sah auf ihre Uhr.

Chris ging zu der Leiche zurück, um die nun freigelegte Innenseite der Wirbelsäule zu untersuchen. »Leider nicht. Die Verwesung ist zu weit fortgeschritten. Vielleicht sagen uns die Knochen mehr – das wird allerdings mehrere Tage beanspruchen. Ich kann nur sagen, dass sie vermutlich eine gesunde, schlanke Frau war. Nichtraucherin. Natürlich gibt es ohne das restliche Gewebe zahlreiche Möglichkeiten, aber momentan kann ich in dieser Hinsicht nicht weiterhelfen.«

»Existieren Hinweise auf eine Lähmung der Atemwege?«, fragte Karen. Es war weiterhin nicht mehr als ein
Bauchgefühl, kombiniert mit einigen schwachen Indizien,
das sie an einen Tod durch Spinnengift glauben ließ. Viele
Spinnen verursachten neben schrecklichen Schmerzen
Muskelkrämpfe und Lähmungen, die in seltenen Fällen
zum Tod führen konnten.

Chris sah sie forschend an, zuckte dann aber nur mit den
Schultern. »Ohne das Gewebe von Gesicht und Kehlkopf
kann ich das nicht beurteilen.«

»Möglicherweise ergibt das toxikologische Gutachten
etwas«, sagte Oliver unglücklich.

»Nach der langen Zeit würde ich mir keine zu großen
Hoffnungen machen.«

Karen beugte sich erneut vor, nahm ein Vergrößerungsglas und suchte die Haut im Bereich des Schlüsselbeins ab,
wo sie auf dem Foto einen dunklen Fleck entdeckt hatte.
»Könnte das eine Einstichstelle oder ein Biss von einem In-
sekt sein?«, fragte sie schließlich und deutete auf einen kleinen, dunklen Punkt, der durch die Verfärbung der Haut
leicht zu übersehen war.

Der Rechtsmediziner zog die Lampe näher heran und
studierte den Fleck eingehend. »Möglich wäre es. Geben
Sie mir etwas Zeit, um es genauer zu untersuchen. Ich gebe
Ihnen morgen Bescheid.«

»Du glaubst immer noch an Spinnengift?«, fragte Alexis.

Karen hob die Hände. »Es ist nur ein Gefühl.«

Chris sah sie von der Seite an, sagte aber nichts.

»Können Sie die Frau identifizieren?«, wandte sich Alexis
mit kaum verhohlener Ungeduld an ihn.

Die Anspannung der Polizisten brachte Chris nicht aus
der Ruhe. Im Gegenteil. Karen hatte den Eindruck, dass er

sich bei seiner Dokumentation des möglichen Bisses extra Zeit ließ, bevor er begann, die Zahnschemata mit dem der unbekannten Toten zu vergleichen. Die ersten legte er nach wenigen Sekunden weg. Beim dritten zögerte er, sortierte es dann aber ebenfalls aus.

Beim vierten nahm er sich am meisten Zeit, ging sogar zu der Leiche, um sich zu vergewissern. »Das ist sie«, sagte er. »Simone Fuchs.«

Oliver durchsuchte den Aktenstapel, ergriff schließlich eine Mappe und blätterte darin. »Vierunddreißig Jahre, einst wohnhaft in Wallstadt, ledig. Der Vater Manfred Fuchs ist als Kontaktperson angegeben.«

»Dann wissen wir ja, was wir als Nächstes zu tun haben«, sagte Alexis und seufzte.

»Seit wann wird sie vermisst?«, fragte Linda.

»Sie verschwand im August vor etwas mehr als drei Jahren.«

Karen sah Chris an, der sie mit einem triumphierenden, aber nicht unsympathischen Lächeln ansah. *Wart nur ab,* dachte sie. So schnell würde sie sich nicht geschlagen geben.

Linda wandte sich an Alexis. »Informiert bitte die Familie. Ich werde in Zusammenarbeit mit Frau Dolce eine Pressemitteilung verfassen. Mittlerweile haben die Medien Wind von der Sache bekommen.«

Karen beobachtete, wie sich Alexis verabschiedete und gemeinsam mit Oliver den Saal verließ. Beide wirkten nicht gerade glücklich über ihre Aufgabe, und Karen wusste, warum sie niemals Kriminalbeamtin hätte werden können: Der Umgang mit den Angehörigen würde sie kaputtmachen. Sie blieb lieber in zweiter Reihe.

10

Sie verbrachten die Fahrt schweigend. Draußen schien die Sonne, und im Radio liefen Songs, die bereits als der nächste Sommerhit ausgerufen wurden, aber weder Oliver noch Alexis war nach Fröhlichkeit zumute.

Simone Fuchs hatte keine Vorstrafen. Sie war Buchhalterin in einem mittelständischen Betrieb gewesen, hatte brav ihre Steuern bezahlt, sich um Kinder mit Leseschwäche gekümmert und war der Polizei nicht einmal auch nur wegen eines kleinen Verkehrsdelikts aufgefallen. Ihr Vater, der in Lindenhof, einem Stadtteil von Mannheim, wohnte, hatte sie als vermisst gemeldet, nachdem sie nicht zur Arbeit erschienen war und auf keinen Telefonanruf reagiert hatte. Ein Nachbar hatte sie in Jeans gekleidet abends das Haus verlassen sehen, und seither fehlte jede Spur.

Sie hatten Probleme, einen Parkplatz zu finden, sodass sie eine Straße weiter parkten und den restlichen Weg zu Fuß zurücklegten. Trotz der mehrstöckigen Gebäude und der Nähe zum Hauptbahnhof war dieser Teil von Mannheim relativ grün. Das verdankte er nicht zuletzt dem Stephanienufer und dem Schlossgarten mit der Rheinpromenade. Im Hintergrund erhob sich der stolze Victoria-Turm als Wahrzeichen des Stadtteils – ein fast einhundert Meter hohes Hochhaus mit Glashülle, dessen Grundriss die Form einer Raute hatte.

Manfred Fuchs lebte in einem fünfstöckigen Haus, in dessen Erdgeschoss sich ein Mobilfunkladen befand. Sie klingelten und warteten darauf, eingelassen zu werden. Laut ihren Unterlagen war der Vater des Opfers achtundsechzig und seit einigen Jahren in Rente. Der Lärm der vielbefahrenen Straße dröhnte in ihren Ohren, und die Abgase brannten in den Augen. Sie wusste, warum sie lieber auf dem Land wohnte.

Nach einer gefühlten Ewigkeit krächzte eine Stimme aus der Gegensprechanlage. Sie war so undeutlich, dass Alexis nichts verstand. Also stellte sie sich kurz vor und bat, hereinkommen zu dürfen. Nach ein paar weiteren kryptischen Lauten erklang der Türöffner, und sie fanden sich in einem Treppenhaus wieder, das nach abgestandenem Rauch und Seife roch. Im zweiten Stock empfing sie ein gepflegter Mann mit langen, grauen Haaren, die er zum Pferdeschwanz zurückgebunden trug. Seine hellen Augen wurden von buschigen Augenbrauen überschattet.

»Sie kommen wegen Simone«, sagte er ruhig. »Ich warte seit drei Jahren auf diesen Besuch.«

»Vielleicht sollten wir uns setzen«, antwortete Oliver.

Der Mann trat einen Schritt zur Seite. »Einfach den Gang hinunter.«

Hatten sie den Rauchgeruch bereits im Treppenhaus als unangenehm empfunden, so fühlte sich die Luft in der Wohnung trotz geöffneter Fenster an, als könnte man sie schneiden. Dabei konnte man Manfred Fuchs nicht vorwerfen, sein Zuhause zu vernachlässigen. An den Wänden hingen Poster von bekannten Rockmusikern der 70er, die Möbel aus dunklem Holz glänzten, und auch der Spiegel in der Garderobe blitzte. Auf dem Weg zum Wohnzimmer kamen sie an einer Küche, die vermutlich noch nie benutzt worden war, und einem Musikraum mit diversen Gitarren vorbei.

Sie setzten sich auf eine Ledercouch, und während sie darauf warteten, dass der Mann ebenfalls Platz nahm, suchte Alexis nach den richtigen Worten. »Wie Sie bereits vermutet haben, sind wir wegen Ihrer Tochter hier. Es tut mir leid,

Ihnen das mitteilen zu müssen, aber wir haben gestern ihre Leiche gefunden.«

Er schloss die Augen, lehnte sich in seinem Sessel zurück. Seine Lippen zuckten. »Sie wurde ermordet.«

»Das können wir nicht mit Sicherheit sagen.«

»Ich habe immer damit gerechnet, dass so etwas passiert.« Er schüttelte den Kopf und drehte sich eine Zigarette.

»Wieso das?«, fragte Alexis und warf einen Blick aus den Augenwinkeln zu Oliver, der ebenso verdutzt wirkte.

»Steht das nicht in Ihren Akten?« Der Mann zog die Nase hoch und schluckte. »Sie war ne Lesbe. Mit einundzwanzig hat sie uns das eröffnet. Hatte ich mir aber bereits gedacht. Komisch war sie schon immer. Hat nie einen Jungen mit nach Hause gebracht.«

»Sie meinen, Sie und Ihre Frau hat das Outing Ihrer Tochter nicht überrascht?«

»Die eh nicht.« Er rollte seine Zigarette so fest, dass das Papier riss. »Das verfluchte Biest hat sich aus dem Staub gemacht, als Simone achtzehn wurde. ›Ich habe meinen Teil getan‹, hat sie nur gesagt. Und nachdem sie von der Lesbensache erfahren hat, wollte sie mit Simone nichts mehr zu tun haben. Mit ihrer eigenen Tochter! Als wenn die olle Schnapsdrossel perfekt wäre.«

»Können Sie uns Name und Anschrift geben?«

»Silke Fink. Habe seit Jahren nichts mehr von ihr gehört. Sie soll sich auf Mallorca rumtreiben.«

»Was ist mit der Wohnung Ihrer Tochter geschehen?«

»Ich habe ein halbes Jahr die Miete gezahlt. Dann …« Er schluckte. »Ihre Sachen stehen in einer Lagerhalle in Fahrlach.«

»Dürfen wir sie uns bei Bedarf ansehen?«

Er stand auf, ging zu einem Schränkchen, das an der

Wand hing, und nahm einen Schlüssel. »Bringen Sie ihn einfach irgendwann zurück. Ich habe noch einen.«

»Hatte Ihre Tochter Feinde?«

»Mehr als genug. Sie war in so einem Homoverein aktiv, und es gab genug Spinner, die sie dafür hassten.«

Alexis zuckte bei dem verächtlichen Begriff zusammen. Manfred Fuchs hatte offenbar nicht viel für queere Menschen übrig. Die Liebe zu seiner Tochter hatte ihr Bekenntnis aber scheinbar doch nicht gemindert. »Können Sie uns einige Namen nennen?«

»Im Vogelstang gibt es so einen Verein, der behauptet, Homos heilen zu können. Mit denen hat sie sich angelegt. Lebenshilfe irgendwas.«

Alexis machte sich eine Notiz. Eine verschwommene Erinnerung an einen Skandal, die sie aber nicht näher greifen konnte, tauchte auf.

»Lebte sie in einer Beziehung?«

Manfred Fuchs hatte es endlich geschafft, sich mit seinen zitternden Händen die Zigarette zu drehen, und steckte sie an. Alexis rutschte ein Stück in Richtung des geöffneten Fensters.

»Da war wohl eine, aber es war eine komplizierte Geschichte. Genaues weiß ich auch nicht. Fragen Sie mal in ihrem Homoverein nach, da hatte sie Freunde.«

»Das werden wir.« Alexis nahm ihr Handy und zeigte dem Mann ein Foto von dem Spinnenmedaillon. »Besaß Ihre Tochter so ein Schmuckstück?«

Der Mann schüttelte den Kopf. »Sicher nicht. Sie hatte nichts für Spinnen übrig. Als Kind musste ich sie immer aus ihrem Zimmer entfernen und dann bei ihr sitzen, bis sie eingeschlafen war.« Seine Augen waren feucht.

Alexis stellte noch einige abschließende Fragen und ließ

sich die Adresse von dem Verein geben, bevor sie und Oliver sich verabschiedeten und das Treppenhaus hinuntereilten. Vor der Tür blieben sie stehen und atmeten tief ein. Alexis genoss, wie die kühle Luft in ihre Lungen strömte – in dem Moment störten sie selbst die Abgase nicht.

»Sollte der jemals in der Rechtsmedizin liegen, kennen wir bereits die Todesursache«, sagte Oliver. »Wie kann man nur in so einer verqualmten Luft leben?«

»Vermutlich ist er es gewohnt.« Sie gingen langsam zu ihrem Auto zurück. »Was hältst du von der ganzen Sache?«, fragte sie Oliver.

»Ein Hassverbrechen wäre eine Möglichkeit.«

»Lass uns nur hoffen, dass es bei dieser einen Toten bleibt. Von diesem Verein, der Schwule und Lesben heilen möchte, habe ich gehört. Er hat vor ein paar Jahren für einigen Wirbel gesorgt.«

»Daran erinnere ich mich. War da nicht ein Stadtrat Mitglied?«

»Find du es heraus, ich versuche die geheimnisvolle Frau, mit der Simone Fuchs eine Beziehung hatte, aufzuspüren.«

Zurück im Büro wurden sie jedoch von Linda erwartet, die sie mit ungewohnt ernster Miene ansah. »Alex, wir müssen reden. Kannst du uns bitte einen Kaffee holen, Oliver?«

»Das ist nicht nötig«, hielt Alexis ihn auf. »Wir haben keine Geheimnisse voreinander. Nicht mehr.« Sie sah ihm fest in die Augen, und er nickte ihr zu.

»Es ist etwas Ernstes.«

»Trotzdem«, beharrte Alexis.

»Nun gut, setzt euch.« Linda deutete mit einer Selbstverständlichkeit auf zwei Stühle, als wäre es ihr Büro. »Ihr kennt Per Milbrecht?«

»Den Staatsanwalt?«, fragte Alexis. »Ich habe bei der letzten Mordserie mit ihm zusammengearbeitet.«

»Er kam heute in mein Büro, da er weiß, dass wir befreundet sind. Gegen dich werden Ermittlungen aufgenommen.«

»Wegen dem Schuss in Notwehr? Habt ihr sie nicht mehr alle?«, fuhr Oliver dazwischen.

Alexis zuckte bei seinen Worten zusammen. Sie hatte diesen Mann erschossen, aber war es wirklich Notwehr gewesen? Sie wusste nur, dass sie ihn in dem Augenblick so sehr gehasst hatte wie nie jemanden zuvor.

»Es geht nicht darum.« Linda hob die Hände. »Beruhige dich.« Erst als er sich in seinem Stuhl zurücklehnte, fuhr sie fort. »Es geht um Phillip Halls Tod. Magnus war bei Milbrecht und hat Anzeige erstattet.«

»Was?« Alexis glaubte einen Moment, den Halt in der Realität zu verlieren. Ihr Onkel beschuldigte sie nun auch offiziell des Mordes an seinem Sohn?

Sie erinnerte sich gut an die Zeit, als er ihr nähergestanden hatte als ihr Adoptivvater. Obwohl er um ihre Herkunft wusste, hatte er ihr nie das Gefühl gegeben, etwas anderes zu sein als seine geliebte Nichte. Dann kam jener Sommertag, der alles änderte. Alexis war gerade vierzehn Jahre alt gewesen, als beide Familien bei Magnus grillten. Nach dem Essen ließ man sie mit einem Buch allein im Garten. Phillip hatte lange darum gebettelt, dass sie mit ihm spielen sollte, aber sie fühlte sich zu erwachsen dafür. Irgendwann war er abgezogen. Einige Zeit später beschloss Alexis zum Teich zu gehen, der verborgen von Hecken am anderen Ende des parkähnlichen Gartens lag. Nachdem sie durch den eisernen Torbogen gegangen war, blieb sie stehen. Es dauerte, bis ihr Verstand erfasste, was ihre Augen sahen. Das

Gitter, das den Teich abgedeckt hatte, war zur Seite gerückt worden. Zwischen den Pflanzen schwamm ein kleiner, lebloser Körper. Phillip.

Für ihren Cousin kam jede Hilfe zu spät. Offiziell wurde Phillips Tod als Unfall eingestuft, auch wenn niemals geklärt wurde, wieso das Gitter verschoben war. Magnus fand seine eigene Erklärung und gab Alexis die Schuld. Bis heute war sie sich nicht sicher, wem er mehr zürnte – ihr, weil er glaubte, sie habe seinen Sohn getötet, oder ihrem Adoptivvater, weil er sie in die Familie gebracht hatte. Ihre Tante hingegen verfiel in Apathie und trennte sich einige Jahre darauf von Magnus. Alexis hatte sie seither nicht mehr gesehen.

»Es tut mir leid«, sagte Linda. »Ich weiß, dass es nicht deine Schuld war, aber Mord verjährt nicht, und genau dessen beschuldigt er dich. Milbrecht muss Untersuchungen einleiten.«

»Sie war noch ein Kind«, wandte Oliver ein, schlug auf die Lehne seines Stuhls und sprang auf. »Das kann nicht dein Ernst sein.«

»Ich war gerade vierzehn geworden«, sagte Alexis leise. »Damit war ich im schuldfähigen Alter.«

»Es werden Beamte aus einem anderen Bezirk herangezogen, damit nicht der Verdacht aufkommt, dass die Polizei etwas vertuschen würde. Magnus hat seine Bedenken in dieser Hinsicht geäußert. Deshalb ist er direkt zur Staatsanwaltschaft gekommen.«

»Einen Dreck hat er.«

Alexis sah ihren Partner überrascht an. Solche Gefühlsausbrüche kannte sie nicht von ihm.

»Wie kannst du nur so ruhig bleiben?«, wandte er sich an sie.

Das fragte sie sich auch. Sie fühlte sich, als beobachtete sie das Leben einer fremden Person. »Er weiß ganz genau, dass es nach all der Zeit unmöglich sein wird, zu ermitteln, wer das Gitter entfernt hat und wie Phillip letztendlich ertrank. Er will es nur nicht länger für sich behalten.«

»Und dabei zerstört er deinen Ruf. Wenn das an die Öffentlichkeit kommt …«

»Dann ist die Hexenjagd erneut eröffnet«, flüsterte Alexis. Es wäre das gefundene Fressen für die Medien. So wie sie Magnus kannte, ging es ihm genau darum. Er ertrug es nicht, dass die Brut des Bösen, wie er sie nannte, als Heldin gefeiert wurde. In seinen Augen riss er ihr vermutlich die Maske vom Gesicht und zeigte der Öffentlichkeit ihr wahres Ich.

Linda sah auf ihr Handy. »Es tut mir leid, aber ich muss gehen. Ich habe gleich einen Termin bei Gericht.« Sie sah aufrichtig geknickt aus. »Das Ganze tut mir schrecklich leid.«

»Es ist nicht deine Schuld.« Alexis stand auf, und sie umarmten sich kurz zum Abschied.

Nachdem die Staatsanwältin gegangen war, standen sich Oliver und Alexis einen Moment gegenüber.

»Schöne Scheiße«, durchbrach er schließlich die Stille.

Sie lachte auf. »Das kann man wohl sagen …« Sie spürte Tränen in ihre Augen steigen. »Ich hole mir einen Kaffee. Willst du auch einen?«

»Klar, aber soll ich uns den nicht holen?«

»Nein, lass nur«, wehrte sie ab. »Ich brauche einen Moment.«

Auf dem Weg zur Kaffeemaschine machte sie einen Abstecher auf die Toilette und schloss sich in eine Kabine ein. Sie klappte den Toilettendeckel runter und vergrub den

Kopf in den Händen. So weit reichte also Magnus' Hass auf sie. Neben ihrem Adoptivvater war er das letzte bisschen Familie, das ihr noch geblieben war. Ohne Nachzudenken nahm sie ihr Handy und rief bei Magnus im Büro an. Seine ältliche Sekretärin, die früher wie eine liebevolle Tante für Alexis gewesen war, nahm ab. Dieses Mal ließ sie sich jedoch auf kein Gespräch mit ihr ein, sondern verlangte nur, mit Magnus zu sprechen.

Er ließ sie betont lange in der Warteschleife hängen, bis sie beinahe aufgelegt hätte.

»Was willst du?«, meldete er sich schließlich.

Wenn ich das nur wüsste, dachte Alexis, der in diesem Moment die Worte fehlten.

»Willst du mich bedrohen? Vergiss es. Du sollst für das büßen, was du getan hast.«

Seine Worte verletzten Alexis mehr, als sie erwartet hatte. »Ich war noch ein Kind«, sagte sie leise. »Ich hätte Phillip niemals etwas angetan.«

»Erzähl das deinem Anwalt.«

»Können wir uns treffen, versuchen, uns auszusprechen? Wir sind doch eine Familie.«

»Du wagst es, von Familie zu sprechen?« Mit einem Mal schrie er sie an. »Wegen dir und meinem verfluchten Bruder habe ich meine verloren. Verflucht seist du.« Damit legte er auf.

Sie war Oliver dankbar, dass er ihr keine Fragen stellte, als sie erst eine Viertelstunde später in ihr Büro zurückkehrte.

Sie rief zuerst bei Karen an. »Sag mir bitte, dass du etwas Hilfreiches entdeckt hast«, sprach sie in betont lockerem Tonfall in den Hörer. Sie wollte mit Karen nicht über die drohende Klage sprechen. Nicht jetzt.

»Nur den Verdacht, dass die Leiche ursprünglich nicht vom Fundort stammt. Sie muss an einem anderen Ort abgelegt worden sein.«

»Wie kommst du darauf?«

»Nun, dieser Chris …«

»Du meinst den neuen Rechtsmediziner, den du angeschmachtet hast?«, unterbrach Alexis sie.

»Er ist schon ein Blickfang.« Sie hörte Karens Grinsen regelrecht durch das Telefon. »Wie auch immer, er scheint was von seinem Fach zu verstehen und behauptet, dass die Leiche etwa drei Jahre alt ist. Das passt aber nicht zu dem Ulmenschössling, der zwei Jahre Liegezeit andeutet.«

»Und wenn er recht hat, dass die Knochen von einem Wildtier bewegt wurden?«

»Nachdem sie ein Jahr offen herumlagen? Das Fleisch wäre schon längst verschwunden. Von daher gab es keinen Grund, warum sich ein Tier daran hätte zu schaffen machen sollen.«

»Dann ist halt ein Vogel darauf gelandet.«

»Hast du die Menge an Winden, also Schlingpflanzen, gesehen? Die wuchern wie Unkraut und sind ziemlich reißfest. Ein kleines Tier hätte da nicht zufällig etwas verschieben können.« Sie seufzte. »Lass es mich anders formulieren: Mein Bauchgefühl sagt mir, dass die Überreste bewegt wurden.«

»Du meinst, der Täter hat sie erst ein Jahr an einem anderen Ort gelagert?«

»Mag sein. Vielleicht wurde ihm der alte Aufbewahrungsort zu gefährlich. Aber ich tippe auf ein anderes Szenario. Ich habe mich ein wenig mit den Hochwassern der letzten Jahre beschäftigt. In dem Zeitraum, von dem ich vermute, dass die Leiche bewegt wurde, gab es eines im

Mai, das stark genug war, um den Fundort zu überschwemmen. Danach folgte kein weiteres dieser Intensität.«

»Dann wurde sie angeschwemmt?«

»Ich gehe davon aus. Sie lag irgendwo in Flussnähe, das Hochwasser hat sie mitgenommen und in der Nähe der Kläranlage wieder ausgespuckt. Das Einzige, was mir zu denken gibt, ist die Tatsache, dass nur wenige Knochen fehlen. Hätte sie offen gelegen, hätte alles, was das Skelett zusammenhält, verwesen müssen und wir hätten nichts oder nur Einzelteile entdeckt. Die einzige Erklärung ist, dass etwas diesen Prozess verlangsamt hat. Vielleicht eine feuchte Umgebung wie an einem Flussufer.«

»Nun gut, nehmen wir an, du hast recht mit deiner Theorie. Kannst du herausfinden, wo die Tote herkommt?«

»Ich versuche es. Du musst wissen, dass jedes Gewässer seine eigene Zusammensetzung an Organismen hat. Vor allem die Diatomeen sind da interessant. Ich hoffe, dass die Artenzusammensetzung, die ich in den Lungenüberresten und dem Stoff gefunden habe, anders ist als die vom Fundort. Durch das Leichenwachs müssten die Kieselalgen mit konserviert worden sein.«

»Wann rechnest du mit einem Ergebnis?«

»Nicht vor morgen. Mein ganzes Labor riecht inzwischen nach Salzsäure. Ich brauche dringend eine Pause.«

»Wofür benötigst du die Probe vom Knochenmark?« Alexis nippte an ihrem Kaffee. Wie jedes Jahr hatte sie sich vorgenommen, ihre Tagesration zu reduzieren, aber von diesem Vorsatz hatte sie sich längst wieder verabschiedet. Bei einer Obduktion würde man bei ihr vermutlich Kaffee statt Blut in den Adern finden.

»Der Neue kann vielleicht nicht sagen, ob die Frau ertrunken ist, aber ich kann es möglicherweise.«

Nun wurde Alexis hellhörig. »Wie das?«

»Bist du bereit für einen neuen Vortrag?«

»Soll ich dir Oliver ans Telefon holen?«

»Schon gut, ich fasse mich kurz. Beim Ertrinken schluckt man anfangs automatisch viel Wasser und atmet es ein. Die darin existenten Diatomeen gehen sofort in die Blutbahn über und sammeln sich im Knochenmark.«

»Wenn du dort welche findest, ist sie also vermutlich ertrunken.«

»Genau, und da die Silikathülle der Kieselalgen bei der Verwesung nicht zersetzt wird, müssten sie auch noch vollständig vorhanden sein.«

»Womit du möglicherweise bestimmen kannst, wo die Leiche herstammt.«

»Du hast es verstanden.« Karen klang zufrieden. »Habt ihr denn inzwischen Neuigkeiten?«

Alexis gab ihr einen schnellen Überblick.

»Das wird Linda nicht gefallen. Habt ihr die Mutter ausfindig gemacht?«

»Nein, und ich weiß auch nicht, was ich ihr sagen sollte. Für ihre Tochter hat sie sich ja offensichtlich nicht interessiert.«

»Und wenn sie die Mörderin ist?«

»Unwahrscheinlich. Laut dem Vater ist sie irgendwo auf Mallorca und hat mit ihrer Vergangenheit abgeschlossen.« Alexis holte tief Luft. »Eines noch. Wegen heute Abend … Darf Stephan mich begleiten?« In Erwartung von Karens Reaktion hielt sie ihr Handy ein ganzes Stück von ihrem Ohr weg, trotzdem war der Jubelschrei nicht zu überhören.

»Erzähl, seid ihr endlich zusammen?«

»Das nicht, aber er zieht nach Mannheim.«

»Du bist ein Glückspilz. Aber natürlich kann er kommen. Ich hoffe, er mag Pasta. Ich bin immer noch überfordert, für eine vegane Schwester zu kochen.«

»Du bist mit dem Kochen an sich überfordert.« Alexis lachte. »Keine Sorge, Stephan ist da ziemlich unkompliziert.«

»Habt ihr wenigstens rumgeknutscht?«

»So würde ich das nicht nennen.«

»Also ja.« Wieder das hörbare Grinsen. »Und, küsst er gut?«

»Ach, sei still.«

»Na, deine Begeisterung lässt zu wünschen übrig.«

»Ich bin einfach unsicher. In einem Moment schwebe ich auf Wolke sieben, und dann frage ich mich, ob das nicht alles ein Fehler ist.«

»Zuerst war es dir zeitlich zu nah an dem Mist mit deinem durchgeknallten Ex, dann wolltest du keine Fernbeziehung, und nun zieht der Kerl nach Mannheim, und du bist immer noch nicht glücklich?«

»Ich weiß nicht, ob ich überhaupt eine Beziehung will.«

»Du sollst ihn ja nicht gleich heiraten. Ihr wart ja nicht mal in der Kiste.« Eine kurze Pause. »Oder?«

»Nein. Ich bin ja nicht du.«

»Autsch.«

»Vermutlich hast du recht. Nach den letzten Fehlgriffen bin ich einfach durch den Wind.«

»Ich bin sicher, Stephan versteht das, also verkriech dich nicht in deinem Schneckenhaus.«

Nach dem Gespräch schloss Alexis die Augen und versuchte ihre Gefühle zu sortieren. Sie bewunderte Karen. In Gefühlsdingen war sie auf der einen Seite sehr überschwänglich, emotional und offen, auf der anderen aber auch pragmatisch. Sie fürchtete keine Verletzungen und schüttelte jede Enttäuschung ab, wie ein Hund einen Regenguss.

11

1988, Kolumbien

Am Morgen nachdem seine Schwester mit den blauen Flecken von der Schule nach Hause gekommen war, stand der Junge trotz seiner Schmerzen früh auf. Er nahm sich ein Glas Ziegenmilch, griff seine Schulsachen und rannte in den Hof. Seine Eltern lagen noch in ihrer winzigen Schlafkammer direkt neben dem Ziegenstall. Aus ihrem Raum erklangen grunzende Laute.

Der Junge ging nicht in die vier Kilometer entfernte Schule, sondern folgte einem unbefestigten Weg, in den Autos tiefe Furchen gezogen hatten. An einer Wegkreuzung, die von Cashewbäumen überschattet wurde, platzierte er seine Tasche auf einer frei liegenden Wurzel, sorgsam darauf bedacht, sie nicht zu beschmutzen.

Dann legte er sich auf die Lauer, leise, heimtückisch wie eine Zecke. Er hörte das Mädchen, bevor er es sah. Sie summte ein dämliches Lied, unbedarft, als wüsste sie nicht, welche Schrecken die Welt bereithielt. Vielleicht wusste sie es wirklich nicht. Groß wie ein Kalb und ebenso kräftig hatte sie früh gelernt, wie sie ihre Kraft einsetzen musste, um zu bekommen, was sie wollte. Selbst ihre Mutter zuckte vor der Wucht ihrer Fäuste zurück, und ihr Vater war selten zu Hause.

Eigentlich war es ein schöner Tag. Die Sonne brannte nicht zu heiß vom Himmel, eine leichte Brise strich sanft über die Haut, und der Geruch nach warmer Erde hing in der Luft.

Der Junge registrierte von alledem nichts. Er wusste nicht, wie man das Leben genoss, kannte nur den Kampf ums Überleben, und diesen drohte er zu verlieren. Letzte Nacht hatte der Junge davon geträumt, das Schlachtmesser zu nehmen und das Baby aus Mutters Leib zu schneiden. Es war ein wohltuender Traum. Ein nutzloser Traum. Vater mochte seinen Mut für solch eine Tat anerkennen – totschlagen würde er ihn dennoch.

Als sie mitten auf der Kreuzung war, stellte er sich ihr in den Weg.

»Was willst du, Kleiner?«, fragte sie und entblößte dabei zwei Reihen schief stehender Zähne. Sie überragte ihn um mehr als einen Kopf, aber der Junge fürchtete sie nicht. Sie wusste nicht, was Schmerzen waren. Er würde das ändern.

Seine Antwort bestand aus einem Schlag in die Magengrube, der sie keuchend nach vorne kippen ließ. Er trat ihr von hinten gegen die Beine, um sie von den Füßen zu holen, doch sie war zu schwer. Nun erwachten auch in dem Mädchen die Überlebensinstinkte. Sie holte aus, erwischte mit der Faust seine Wange. Der Junge zuckte kaum.

Da sah er zuerst Erkenntnis und dann Angst in ihren Augen. Sie wusste nicht, wie sie mit der Situation umgehen sollte. Kleinere Mädchen zu quälen im Schutz ihrer Freundinnen war eine Sache. Hier draußen alleine gegen einen Angreifer zu stehen, eine andere.

Der Junge schlug zu, traf ihre Nase mit Präzision, hörte

es knacken. Ein Schwall Blut schoss aus ihren Nasenlöchern. Sie schrie auf, griff reflexartig nach ihrem Gesicht. Er nutzte die Gelegenheit und trat erneut gegen ihre Beine. Dieses Mal gaben sie nach, und das Mädchen stürzte zu Boden. Ihr Ellbogen prallte auf einen Stein. Sie krümmte sich, verbarg ihren Kopf zwischen den Händen. Doch es reichte dem Jungen noch nicht. Drei Mal trat er sie, hörte voller Genugtuung, wie sie ihre Pein in die Welt brüllte. In diesem Augenblick fühlte er sich machtvoll, und zum ersten Mal in seinem Leben regte sich seine Männlichkeit, wuchs an und drückte gegen seine Hose. Er trat sie immer wieder, beherrschte sich gerade so weit, dass er sie nicht tötete.

Schließlich beugte er sich keuchend über sie, rieb dabei mit den Händen über seinen Schritt. Mit einem Aufstöhnen ergoss er sich in seine Hose.

Das Mädchen schluchzte. Sie sah zu ihm auf, das eine Auge bereits zugeschwollen, und was er in ihrem Gesicht las, verstärkte seine Befriedigung. »Du weißt, wer ich bin?«

Als sie nicht antwortete, trat er ihr gegen den Kopf. Die Nase verschob sich mit einem Knirschen. Das Mädchen schrie. »Ja. Ja. Ich kenne deine Schwester.«

Er stieß ein zufriedenes Grunzen aus. »An dem Tag, an dem sie noch einmal mit einer Schramme nach Hause kommt, töte ich dich. Du wirst ab jetzt auf sie aufpassen. Hast du verstanden?«

»Ja«, wimmerte sie. »Ihr wird nichts geschehen.«

Der Junge kehrte zum Baum zurück, nahm seine Sachen und ging zur Schule. Das Mädchen ließ er zurück, ohne sie eines weiteren Blickes zu würdigen. Er stimmte ein Lied an – dasselbe, das sie vorher gesummt hatte. Heute barg die Welt keine Schrecken für ihn.

12

Alexis holte Stephan an seinem Hotel, dem Dorint, ab. An der letzten Ampel kontrollierte sie ihre Haare zum dritten Mal, bevor sie um die Ecke bog. Der Tag war lang und mühsam gewesen. Sie war gemeinsam mit der KT zum Lager gefahren, um die Sachen von Simone Fuchs zu durchsuchen. Wie befürchtet, hatte es keine neuen Erkenntnisse gegeben. Alexis hatte einen Stapel Ordner und Briefe mitgenommen, um sie durchzusehen, und der Laptop der Frau wurde in der Zwischenzeit in die IT-Abteilung weitergegeben. Vielleicht fanden sich in ihren E-Mails Hinweise auf mögliche Verdächtige. Nach einer schnellen Überprüfung gab es mehr als genug Menschen, die sowohl mit ihrem Verein als auch mit ihrer Person ein Problem hatten.

Stephan wartete bereits draußen auf Alexis und winkte, sobald er sie erblickt hatte. Er öffnete die Autotür und beugte sich vor. »Chic siehst du aus.«

»Danke.«

»Tut mir leid, ich habe ganz vergessen zu fragen. Soll ich irgendetwas mitbringen? Ich habe nur eine Flasche Wein dabei.« Er hob eine dunkelblaue Geschenkverpackung an.

»Nicht nötig. Steig ein.«

Er setzte sich auf den Beifahrersitz, hauchte ihr einen Kuss auf die Wange. »Ich freue mich, dich zu sehen.«

»Gleichfalls. Bist du bereits auf Wohnungssuche?«

»Es ist nicht einfach, etwas zu finden. Zudem kann ich mich nicht entscheiden, wo ich suchen soll. Die Mannheimer Innenstadt spricht mich nicht an, wäre aber praktisch. Heidelberg ist wunderschön, aber weit zu fahren. Hast du irgendwelche Ratschläge?«

»Du hast doch bisher in der Stadt gelebt, da würde sich

Schwetzingerstadt anbieten. Ist zwar etwas teuer, aber es gibt dort schöne Wohnungen.«

Alexis war froh, dass sie sich über seinen geplanten Umzug und den aktuellen Immobilienmarkt in Mannheim unterhalten konnten. Es lenkte sie von ihrer Nervosität ab, die ihr Herz pochen ließ und ihre Finger zum Kribbeln brachte.

Karen wohnte im Stadtteil Friesenheim zwischen der Radrennbahn und dem Friesenpark in einem Haus mit drei Parteien. Die Eingangstür war in Himmelblau gestrichen, in dem kleinen Vorgarten stand eine Bank und daneben ein Springbrunnen.

»Ihr seid die Ersten«, wurden sie von Karen begrüßt, die ihnen in ausgewaschener Jeans barfüßig öffnete. »Freut mich, dass ihr es geschafft habt.« Sie umarmte Alexis und nach kurzem Zögern auch Stephan.

Er überreichte ihr den Wein, den sie in der kleinen Küche auf einen Tisch unter dem Fenster stellte. »Komm mit, Stephan, ich zeige dir mein bescheidenes Zuhause.«

Während die beiden im Flur verschwanden, ging Alexis zum Herd, rührte in der Tomatensoße. Daneben lag ein Schneidebrett mit teilweise geschnittenem Salat und Gemüse. Sie machte sich daran, die Paprika zu waschen. Die Arbeit und das leise Gemurmel von Stephan und Karen beruhigten sie. Es war eine Normalität, die ihrem Leben viel zu lange gefehlt hatte.

Als die beiden zurückkamen, scheuchte Karen sie aus der Küche. »Geht ins Wohnzimmer und trinkt ein Glas Wein. Heute seid ihr die Gäste.« Sie drückte Stephan die Flasche in die Hand, die er mitgebracht hatte.

Sie setzten sich auf die Couch, und Stephan schenkte ihnen ein. »Auf diesen Abend.« Er stieß mit ihr an. Nachdem sie einen Schluck getrunken hatten, legte er seinen

Arm um sie, und sie genossen für einige Minuten die Gegenwart des anderen.

Es klingelte an der Tür. »Das muss Louise sein«, rief Karen aus der Küche. »Macht bitte jemand auf?«

Alexis stand auf und wurde, kaum dass die Tür offen war, von Louise umarmt. »Es tut gut, dich zu sehen«, sagte sie.

Markus war wie immer zurückhaltender. In der Beziehung der beiden war er der ruhende Pol.

»Toll siehst du aus.« Alexis musterte Louise von oben bis unten. Sie trug ein eng anliegendes dunkelblaues Kleid mit weißem Kragen und einem Gürtel, der ihre schmalen Hüften betonte. Sie sah in jeder Hinsicht anders aus als ihre Schwester, und dieser Unterschied erstreckte sich ebenfalls auf den Charakter. Karen liebte die Wissenschaft und lebte für ihre Arbeit, während Louise früher ein Partygirl gewesen war, das durch die Clubszene zog. Vielleicht verstanden sie sich gerade wegen dieser Gegensätzlichkeit so gut.

»Ich fühle mich auch so.« Sie drehte sich im Kreis. »Wirklich«, bekräftigte sie, als sie Alexis' kritischen Blick bemerkte.

»Bringst du schon mal das Baguette in die Küche?«, bat Louise ihren Mann, der eine Tüte von der Bäckerei Glück in Händen hielt. Nachdem er gegangen war, griff sie nach Alexis' Hand. »Ich hatte nie richtig Gelegenheit, dir zu danken.«

»Das brauchst du nicht.« Sie versuchte, ihr die Hand zu entziehen, doch Louise gab nicht nach.

»Karen sagte mir, dass du dir noch immer Vorwürfe machst.«

»Mach dir wegen mir keine Gedanken. Ich komme schon klar.«

»Mag sein, aber wir kennen uns seit einer Ewigkeit. Ich lasse nicht zu, dass du dir solche Dummheiten einredest.«

»Ich habe dein Leben riskiert, weil ich mich nicht beherrschen konnte. Das kann ich nicht entschuldigen.«

»Das musst du aber. Du bist auch nur ein Mensch.« Sie umarmte sie. »Ich danke dir jedenfalls, dass du mich damals aufgespürt hast, und nun lass uns zu den anderen gehen.«

Alexis ging durch den schmalen Gang voraus, der in die Küche führte. Sie bemerkte erst, dass etwas nicht stimmte, als sie Louises Schritte hinter sich nicht mehr hörte. Sie drehte sich um und blickte in Louises angststarrtes Gesicht.

13

Sie sah in die Küche, versuchte zu entdecken, was der Freundin solche Angst machte, aber da waren nur Markus, Stephan und Karen, die sich um den Salat kümmerte. Alexis nahm Louises Hand. »Sprich mit mir. Was ist los?«

Das Gespräch verstummte, als sich ihnen alle zuwandten. Klappernd fiel Karen das Messer aus der Hand. »Was ist?«

Alexis folgte Louises Blick. Er hing an Stephan. Da begann sie zu verstehen. »Stephan«, sagte sie leise. »Würde es dir etwas ausmachen, ins Wohnzimmer zu gehen?«

In dem Moment löste sich Louises Starre. »Nein, es geht schon.« Sie holte tief Luft.

Alexis sah, dass ihre Hände zitterten, und umfasste sie an den Schultern, um sie in die Küche zu führen. Stephan hatte inzwischen die Lage erfasst. Kommentarlos stellte er die Salatschüssel ab und verließ den Raum. Markus goss ein Glas Wasser ein und brachte Louise einen Stuhl. »Trink einen Schluck.« Er strich seiner Frau über das Haar.

»Es ist o.k.«, sagte Louise, und dieses Mal klang ihre Stimme deutlich fester. »Für einen Moment war ich wieder in diesem Bunker.« Sie schüttelte sich. »Macht euch keine Sorgen, es ist alles wieder gut.«

»Was hat Stephan damit zu tun?«, fragte Karen.

»Er war der Erste, den sie gesehen hat, als sie dem Tod nahe im Bunker erwachte.«

Während die anderen Louise gut zuredeten, hielt sich Alexis zurück. Sie wollte ihrer Freundin keine falschen Versprechungen machen. Louise würde niemals wieder wie früher werden, nie wieder völlig unbefangen sein, aber das musste sie selbst herausfinden. Sie ging zu Stephan ins Wohnzimmer. Er saß auf der Couch, hielt in einer Hand sein Weinglas, in der anderen lag sein Handy. Eine Locke seines dunklen Haares hing ihm in die Stirn, und sie hätte sie ihm gerne aus dem Gesicht gestrichen. Stattdessen setzte sie sich neben ihn.

Er legte das Handy hastig zur Seite und sah zu ihr auf. Für einen Moment glaubte sie so etwas wie Verlegenheit und Zorn auf seinem Gesicht zu sehen. »Wie geht es ihr?«, fragte er.

»So weit gut. Es war nur ein kleiner Erinnerungsschub.«

»Ich verstehe.« Er stellte sein Glas auf dem niedrigen Holztisch ab. »Ich gehe dann besser.«

Sie wandte sich ihm zu, ergriff seine Hand. »Das brauchst du nicht. Es geht ihr wirklich gut.«

Er schüttelte den Kopf. »Ich habe ohnehin eine Nachricht bekommen, um die ich mich kümmern muss. Ich gehe. Für heute ist es besser so.«

»Nun gut.« Obwohl sie das Gefühl hatte, dass er ihr etwas verheimlichte, beugte sie sich vor, gab ihm einen sanften Kuss. Er zog sie an sich und umschlang sie mit seinen

Armen. Seine Finger wanderten über ihren Rücken, hinauf zu ihrem Nacken. Ihr Atem beschleunigte sich, und sie benötigte eine Sekunde, um in die Realität zurückzufinden, als er sich von ihr löste.

»Das sollten wir fortsetzen«, flüsterte er ihr ins Ohr.

Sie lachte. »Keine Einwände.«

Stephan stand auf. Sie reichte ihm die Hände, und er zog sie hoch. Für einen Moment genoss sie seine Nähe, dann trat sie einen Schritt zurück. »Ich bringe dich nach draußen.«

Schweigend gingen sie in den Flur.

»Du willst gehen«, erklang Louises Stimme in ihrem Rücken. Sie stand im Eingang zur Küche, noch immer blass, aber sie sah Stephan ohne ein Anzeichen von Panik an.

»Es tut mir leid, aber die Arbeit ruft«, erwiderte der Franzose.

»Nichts da.« Louise klang so entschlossen, wie Alexis es selten erlebt hatte.

»Ich muss wirklich gehen«, erwiderte Stephan mit fester Stimme. »Es tut mir leid, aber wir müssen das ein anderes Mal nachholen.« Er ging in die Küche und verabschiedete sich von allen, bevor Alexis ihn zur Tür brachte. Er drückte ihr einen Kuss auf die Lippen. »Ich rufe dich an.«

Alexis lehnte sich einen Moment gegen die Tür, nachdem er verschwunden war. Die Leere, die er zurückließ, überraschte sie.

Zurück bei den anderen, half sie den Tisch zu decken und stellte Nudeln und Soße auf Holzuntersetzer. Dazu gab es frisches Baguette und Salat. Die ersten Minuten herrschte eine angestrengte Stimmung am Tisch, doch dann entspannten sich alle, und die ersten Lacher erklangen.

Beim Nachtisch stand Markus auf und holte aus Louises

Handtasche eine Flasche Sekt. »Wo sind die Gläser?«, fragte er. »Wir haben einen Grund zum Anstoßen.«

Karen war die Erste, die es begriff. »Du hast die Zusage für den Laden?«

Ihre Schwester nickte strahlend. Sie träumte seit Jahren davon, ein eigenes Café zu eröffnen, hatte diesen Wunsch aber aufgeschoben, als sie erfahren hatte, dass sie schwanger war. Nachdem ihr Sohn kurz nach der Geburt gestorben war, hatte sie lange mit Depressionen zu kämpfen gehabt. Inzwischen hatte sie sich weitgehend erholt und beschlossen, neu anzufangen. Das eigene Café war für sie ein wichtiger Schritt.

Karen sprang auf und zog sie in die Arme. »Ich freue mich so für dich.« Sie klang aufrichtig, doch Alexis sah die Anzeichen von Sorge in ihrem Gesicht.

Alexis schloss sich den Glückwünschen an und bot Louise ihre Hilfe bei den notwendigen Renovierungsarbeiten an.

Markus kam mit den Gläsern zurück, und sie stießen an. Louise plapperte fröhlich von ihren Plänen für das Café und all den Dingen, auf die sie sich freute. Nur die Blässe ihrer Wangen und die Schatten unter den Augen erinnerten an die Angst, die sie vor Kurzem überwältigt hatte.

Etwa zwei Stunden später verabschiedete das Paar sich. Alexis gab vor, Karen beim Aufräumen helfen zu wollen, um die Gelegenheit zu nutzen, mit ihr zu sprechen. »Alles in Ordnung mit dir?«, fragte sie, während sie die Gläser in die Spülmaschine räumten.

Sie zuckte mit den Schultern. »Ich mache mir Sorgen um Louise. Nicht dass sie sich zu viel zumutet.«

»Irgendwann muss sie wieder auf die Beine kommen, sich neu erfinden.«

Karen öffnete den Schrank unter ihrer Spüle, holte einen Spülmaschinentab heraus und legte ihn in das entsprechende Fach. »Was soll ich denn sagen? Ich weiß es doch selber nicht. Auf der einen Seite freue ich mich für sie, aber auf der anderen … Mir wäre es lieber, wenn sie es langsamer angehen und nicht gleich einen eigenen Laden eröffnen würde.«

»Ich verstehe dich, aber Louise ist so viel stärker, als wir alle gedacht haben.«

»Sie ist meine kleine Schwester. Ich mache mir immer Sorgen um sie.« Karen schloss die Spülmaschine und stellte sie an. Dann nahm sie einen Putzlappen und begann, hektisch den Küchentisch abzuwischen. Schließlich warf sie den Lappen auf den Tisch. »Ich hätte auf sie aufpassen müssen, stattdessen ist sie wegen mir in den Fokus eines irren Killers geraten.«

»Schon gut.« Alexis zog sie in ihre Arme. »Es war nicht deine Schuld. Wie kannst du nur so etwas denken?«

»Das sagst gerade du«, erwiderte Karen trocken und setzte sich auf die Tischplatte. »Lass uns von etwas anderem reden. Wie ich sehe, läuft es gut mit Stephan und dir.«

Alexis spürte ihre Wangen rot werden.

Karen lachte. »Du brauchst gar nichts zu sagen. Das Strahlen deiner Augen verrät dich. Wurde aber auch Zeit.«

»Da ist noch etwas …«

Ihre Freundin sah auf und erkannte sofort, dass es etwas Ernstes war. »Rück schon mit der Sprache raus.«

Es kostete Alexis einiges an Überwindung, ihr von Magnus und der drohenden Anklage zu erzählen, aber sie wollte nicht wieder anfangen, vor ihren Freunden Geheimnisse zu haben.

»Das ist harter Tobak«, sagte Karen schließlich, nachdem Alexis ihr alles geschildert hatte. »Wie kann ich dir helfen?«

»Niemand kann das.« Alexis strich sich durch die Haare, registrierte dabei, wie spröde sie waren. Sie hatte sich in den letzten Wochen zu wenig um sich selbst gekümmert. Seit dem Gespräch mit Linda sah sie ihren toten Cousin immer wieder vor sich, wie er im Wasser trieb. Ob sie wach war oder schlief. Wieso hatte sie nicht besser auf ihn aufgepasst? Die lange unterdrückten Schuldgefühle drängten mit voller Wucht an die Oberfläche.

»Es liegt nun allein bei der Staatsanwaltschaft und Magnus.«

Karen öffnete eine Plastikbox und begann, die Reste der Pasta einzufüllen und die leeren Teller zu dem übrigen Geschirr zu stellen, das nicht mehr in die Spülmaschine gepasst hatte. »Da kann kaum etwas Gutes bei herauskommen. Hast du nicht noch Kontakte zur Presse, die du nutzen kannst, um deinem Onkel zuvorzukommen?«

»Das bringe ich nicht fertig. Ich kann kaum mit dir darüber sprechen.«

»Ich verstehe, aber denk darüber nach. Es bringt nichts, wenn du nur darauf wartest, dass man dich zur Schlachtbank führt.« Karen musterte sie von oben bis unten. »Du siehst schrecklich aus und brauchst dringend eine Runde Schlaf. Willst du heute Nacht hierbleiben?«

Zu ihrer Überraschung verspürte Alexis das erste Mal seit langer Zeit das Bedürfnis, wieder in ihr eigenes Haus zu fahren, um die Stille und Abgeschiedenheit zu genießen. »Nein, danke, aber lass mich dir noch helfen.«

Karen sah sich im Raum um. »Ist doch so gut wie geschafft. Den Rest räume ich alleine auf.«

14

Am nächsten Morgen war Oliver bereits im Büro, als Alexis eintraf. »Ich habe Informationen über den *Verein zur Selbstfindung e. V.* zusammengetragen. Da sitzen wohl einige selbst ernannte Sittenwächter, die eine ganze Reihe von Dingen als krank und falsch ansehen. Ganz vorne dabei sind Homosexuelle, die sie mit einer Reorientierungstherapie heilen möchten.«

Alexis stellte ihre Tasche ab und nippte an dem Kaffee, den sie sich mitgebracht hatte. »Womit sie den aktuellen Stand der Wissenschaft ignorieren.«

»Deshalb geriet auch der ehemalige Stadtrat Ernst Kämmerer in die Kritik. Er gehörte wohl zu den Vorsitzenden und war verantwortlich für eine Reihe fragwürdiger Therapien, die schon an Folter grenzten. Als Folge davon zog er sich vor drei Jahren aus der Politik zurück. Pikantes Detail: Laut Gerüchten soll er sich selbst der Behandlung unterzogen haben.«

»Dann endete seine Karriere also zeitgleich mit dem Verschwinden von Frau Fuchs? Wie ging es weiter?« Der Stadtrat hatte sich in diesem Moment einen Platz ganz oben auf ihrer Liste der Verdächtigen erobert.

»Seit dem Skandal wurde es ruhig um den Verein. Sie bieten nur wenige Seminare an, und eine ganze Reihe von Vorträgen wurde abgesagt.«

»Gibt es eine Verbindung zu Simone Fuchs?«

»Nur dass sie dem Verein *Queer in Mannheim e. V.* angehörte, der unter anderem an der Organisation des Christopher Street Day in Mannheim beteiligt ist, und beim damaligen Skandal eine Protestparty ins Leben rief. Inwiefern sie darin involviert war, kann ich nicht sagen.«

»Wird Zeit, dass wir dort mit jemandem sprechen.«

Zehn Minuten später machten sie sich auf den Weg nach Mannheim-Gartenstadt, wo dem Verein ein Gebäude gehörte, in dem laut Webseite gerade ein Treffen einer Selbsthilfegruppe stattfinden sollte. Sie fuhren in den Westen der Gartenstadt und kamen an der Gnadenkirche vorbei, deren Bau bereits in den 1930er-Jahren geplant worden war. Durch den Zweiten Weltkrieg musste der Kirchenbau allerdings aufgeschoben werden, sodass sie erst 1949 eingeweiht wurde. Der aus rötlichen Trümmerbausteinen errichtete Kirchturm und die Buntglasfenster des Chors gehörten zu den Wahrzeichen dieses Stadtteils.

Ihr Ziel, ein kastenförmiges, an eine Turnhalle erinnerndes Gebäude, verfügte über einen großen vorgelagerten Parkplatz. Über dem Eingang hing in Regenbogenfarben der Vereinsname, und aus der Tür strömte ihnen eine Gruppe von Menschen entgegen. Sie gingen direkt ins Büro, das sich am Ende eines langen Ganges im Erdgeschoss befand. Eine krausköpfige Brünette saß bei halb geöffneter Tür an einem Schreibtisch und arbeitete an etwas, das wie ein Kursplan aussah.

Sie stellten sich vor und erkundigten sich nach Simone Fuchs.

Die Frau verschränkte die Arme vor der Brust. »Ist sie endlich wieder aufgetaucht?«

»Sie kennen sie?«

»Sie hat ehrenamtlich Kurse gegeben und mir bei der Büroarbeit assistiert, bis sie plötzlich verschwand.«

»Sie haben sich keine Sorgen gemacht?«

Sie zuckte mit den Schultern. »Menschen kommen und gehen. Nach dem Ärger mit diesem Selbstfindungspack hat es mich nicht überrascht, dass sie abgehauen ist.«

»Was war denn vorgefallen?«

Sie stand auf und öffnete einen Schrank, aus dem sie einen Pappkarton holte. Sie wühlte eine Weile darin herum, bis sie ihnen einen Artikel aus dem *Mannheimer Tageblatt* reichte. Dort war ein Bild von Simone Fuchs zu sehen, die einem gesetzten Mann Mitte fünfzig einen Eimer mit einer bunten Farbmischung über den Kopf goss. Neben dem Passbild, das der Vermisstenmeldung beilag, war dies das erste Foto, das sie von ihrem Opfer zu sehen bekamen. Eine schmale Person mit blonden Haaren und einem energischen Zug um die Lippen, der ihren Kampfgeist verriet.

Lesbische Aktivistin attackiert Stadtrat lautete die Schlagzeile.

»Warum hat sie das gemacht?«

»Sie war Patin für einen jungen Mann, der Probleme mit seiner sexuellen Identität hatte. Mark Ries stammte aus einer streng religiösen Familie und fühlte sich wegen seiner Neigungen als Sünder. Simone versuchte ihm zu helfen, aber entgegen ihrem Rat ließ er sich bei diesen Selbstfindungsverbrechern behandeln.« Sie verzog ihre Lippen vor Verachtung. »Sie redeten ihm ein, dass er in Sünde leben würde und dass er geheilt werden müsse. Nur leider funktionierte es nicht, und so beging er Selbstmord, als ihm klar wurde, dass er niemals heterosexuell werden würde.«

»Und darüber war Frau Fuchs aufgebracht.«

»Wären Sie das nicht? Sie strebte eine Klage an, wodurch der ganze Wirbel um den Stadtrat erst zustande kam.«

Alexis sah auf das Datum der Zeitung. Simone Fuchs war etwas über zwei Wochen später verschwunden.

»Kämmerer behauptete, dass Marks Seele von vornherein verdorben gewesen sei und sein Selbstmord nur die Bestätigung dafür. Daraufhin ist sie ausgerastet. Ist ihr etwas zugestoßen?«

»Es tut mir leid, Ihnen das mitteilen zu müssen, aber ihre Leiche wurde gefunden. Sie ist vor drei Jahren gestorben.«

Die Frau wurde blass. »Sind Sie sicher? Natürlich sind Sie das«, stellte sie mit zitternder Stimme fest. »Sie war so mutig und stark. Damit habe ich nicht gerechnet. War es Mord?«

»Momentan gehen wir davon aus.«

»O Gott«, hauchte sie. »Schauen Sie sich diesen Ernst Kämmerer an. Er hat sie gehasst. Wegen ihr musste er als Stadtrat zurücktreten.«

»Danke für die Information.« Alexis holte ihr Smartphone heraus und öffnete ein Bild von dem Spinnenmedaillon. »Hat Frau Fuchs so ein Schmuckstück getragen?«

Die Frau zuckte vor dem Anblick zurück. »Ganz sicher nicht. Daran würde ich mich erinnern.«

»Eine letzte Frage. Wissen Sie, ob Frau Fuchs in einer Beziehung lebte?«

»Das war so eine komplizierte Sache. Ich habe ihre Freundin nur einmal gesehen. Lassen Sie mich nachsehen. Sie müsste auf der Gästeliste von einer unserer Partys stehen.«

Sie klickte sich durch einige Ordner, öffnete ein Dokument und ging eine lange Liste von Namen durch. »Gabriela Thalberg. Eine Anschrift habe ich nicht.« Alexis notierte den Namen in einer Memo-App auf ihrem Handy.

»Das hilft uns sehr.«

Die Frau zögerte, bevor sie ihre Frage stellte. »Wer kümmert sich um die Beerdigung?«

»Vermutlich ihr Vater. Haben Sie seine Anschrift?«

Sie blätterte durch ein Adressbuch. »Lebt er noch immer im Lindenhof?«

Alexis nickte.

»Ich setze mich mit ihm in Verbindung. Danke.«

Sie verabschiedeten sich und gingen durch das nun verlassene Gebäude nach draußen. Im Auto brach Oliver das Schweigen. »Sollte es so einfach sein?«

»Du meinst den Stadtrat?«

»Er hat ein starkes Motiv.«

»Das stimmt, wir sollten ihn uns vorknöpfen. Zuerst möchte ich aber mit dieser Thalberg sprechen.«

»Wir sind nicht weit von der Bäckerei Glück entfernt.« Olivers Stimme nahm einen hoffnungsvollen Klang an.

Alexis grinste und war dankbar für ihren guten Stoffwechsel. Louise arbeitete in dem Geschäft, und ihr Partner nutzte jede Gelegenheit, um sich mit Gebäck und Kaffee einzudecken. »Du fährst und ich versuche in der Zwischenzeit, die Adresse von der Thalberg herauszufinden.«

Karens Schwester schenkte ihnen ein strahlendes Lächeln. Als sie ihnen Nussstangen und Cappuccino brachte, nahm sie Alexis kurz zur Seite. »Lass uns den gestrigen Abend demnächst nachholen, damit ich deinen Schnuckel richtig kennenlernen kann. Ich mache uns ein leckeres Kartoffelchili.«

»Der Fall …«, setzte Alexis an.

»Unfug«, unterbrach Louise sie. »Es gibt immer einen Fall. Ich rede mit Markus und rufe dich an.« Sie hauchte ihr einen Kuss auf die Wange und ging zurück an ihre Arbeit.

»Ist alles o.k.?«, fragte Oliver.

Alexis spürte, wie sie rot wurde. Keine Geheimnisse, ermahnte sie sich. »Sie möchte Stephan kennenlernen.«

Oliver stieß sie spielerisch in die Seite, während er in seine Nussstange biss. »Du und der Franzose? Läuft da jetzt doch etwas?«

»Er zieht nach Mannheim.«

»Das sind gute Nachrichten. Ich finde ihn zwar zu steif,

aber zumindest kann ich keine krankhaften Züge bei ihm entdecken.«

»Das nenne ich Fortschritt.«

»Das kann man wohl sagen.«

Er nippte gerade an seinem Cappuccino, als sein Handy klingelte. »Fiona«, sagte er mit einem Stirnrunzeln, nahm ab und ging durch das Gewühl nach draußen. Wenige Minuten später kam er zurück. »Ich muss weg«, sagte er tonlos. »Lene hat sich im Sportunterricht verletzt. Sie ist im Krankenhaus.«

»Ist es schlimm?«, fragte Alexis. »Soll ich mitkommen?«

»Nein, es geht schon. Es scheint nur eine Platzwunde am Kopf zu sein, aber sie wollen ein CT machen, um sicherzugehen.«

»Dann hau ab. Ich informiere Dolce.«

»Ich setze dich am Präsidium ab.«

»Red keinen Unsinn. Ich fahr mit der Bahn.«

»Nun gut.« Er umarmte sie. »Danke.«

»Ruf mich an, sobald du Genaueres weißt«, rief sie ihm hinterher, war sich jedoch nicht sicher, ob er sie hörte. Sie setzte sich, biss lustlos in ihr Gebäck, ergriff ihr Handy und benachrichtigte ihre Chefin. »Kommen Sie ins Büro«, wurde sie von ihr angewiesen. »Bauwart und Volkers sind unterwegs. Sobald sie zurück sind, soll einer von ihnen Sie zu der Befragung von dieser Frau Thalberg begleiten.«

Alexis klopfte mit dem Zeigefinger ein Stakkato auf dem Tisch. Das dauerte ihr zu lang. »Die beiden sind überlastet. Kann ich nicht Hellstern mitnehmen? Es geht nur um eine Zeugenbefragung, und mit dem möglichen Bezug zu Spinnen könnte die Sichtweise einer Biologin hilfreich sein.«

Dolce stimmte ihr zu. Karen hatte schon oft Hinweise entdeckt, die sie übersehen hätten, und was sollte bei einer einfachen Befragung schon schiefgehen? Nun musste Alexis nur noch Karen dazu überreden, ihr Labor zu verlassen.

15

Karen freute sich über die Gelegenheit, für ein paar Stunden aus ihren Kellerräumen zu kommen. Die kochenden Kieselalgen verströmten trotz Abzug einen Geruch, der das gesamte Kellergeschoss beherrschte. Sie schnüffelte an ihrer Kleidung, als sie ins Auto stieg. »Rieche ich immer noch nach Säure?«

»Ich merke nichts«, sagte Alexis und startete den Motor.

»Warum ist Oliver nicht dabei?«

»Lene ist im Krankenhaus.«

»Was?«, fuhr Karen ihre Freundin an. Sie kannte Lene und mochte das etwas altkluge Mädchen sehr. »Warum hast du nichts gesagt? Ist es schlimm?«

Alexis hob beschwichtigend eine Hand vom Lenkrad. »Offenbar nicht. Er ruft an, sobald er mehr weiß. Tut mir leid, ich wollte dir keinen Schreck einjagen«, fügte sie hinzu.

»Hoffentlich geht es der Kleinen bald wieder gut.« Eine Weile fuhren die Freundinnen schweigend weiter, bis Karen das Thema wechselte. »Gibt es etwas Bestimmtes, auf das ich bei dem Besuch achten soll?«

»Die Spinnensache geht mir nicht aus dem Kopf. Halt die Augen offen, ob du etwas entdeckst, das man damit in Verbindung bringen könnte.«

Gabriela Thalberg, eine einfache Bürokraft, lebte mit

ihrer fünfzehnjährigen Tochter in Ilvesheim, einer Gemeinde, die direkt an Mannheim angrenzte und zum größten Teil auf einer Insel in einer Neckarschleife zwischen Kanal und Fluss lag. Karens verstorbene Großmutter hatte in dem Ort gelebt, sodass sie ein wehmütiges Gefühl beschlich, als sie über die Brücke fuhren und sie die vertrauten Gebäude wiedersah.

Sie hielten vor einem kleinen Haus ohne Vorgarten, dafür aber mit einem großen Balkon. Bei ihrer Ankunft kam gerade eine Frau von offensichtlich lateinamerikanischer Abstammung die Straße hinunter und ging die Treppe zur Haustür hinauf. Ihr langes, schwarzes Haar wehte im Wind. Alexis stieg aus. »Frau Thalberg?«

Die Frau drehte sich um und sah sie fragend an. Alexis zückte ihren Dienstausweis und stellte sich vor. Karen sparte sie dabei aus. »Dürfen wir einen Moment hereinkommen?«

»Ist etwas mit meiner Tochter?«

»Wir sind nicht wegen ihr hier.«

Sie sah sie unschlüssig an, zuckte dann mit den Schultern. »Kommen Sie mit.«

Sie schloss die Haustür auf, legte Mantel und Schlüssel ab und führte sie in ein kleines Wohnzimmer, das von Couch und Fernsehschrank fast vollständig ausgefüllt wurde. Karen fühlte sich unwohl, ungebeten in die Privatsphäre eines anderen Menschen einzudringen.

»Möchten Sie etwas trinken?«

»Ein Glas Wasser wäre nett«, erwiderte Alexis.

Während Gabriela Thalberg in die Küche ging, sah sich Karen im Raum um. Er war sehr nüchtern gehalten. Ein einzelnes Bild hing an der Wand, das man in einem Einrichtungshaus als Massenware kaufen konnte. Keine Erinnerungsstücke, keine Fotos. Einzig einige DVDs von typischen Jugendfilmen, eine Tasche mit Schminksachen auf dem Wohnzimmertisch und ein Stapel Schulbücher brachten Lebendigkeit in das Zimmer. Das mussten die Habseligkeiten der Tochter sein. Es wirkte, als lebte die Mutter wie ein Gast im eigenen Haus.

Die Frau kam zurück, stellte zwei Wassergläser auf Untersetzern vor ihnen ab.

»Kennen Sie eine Simone Fuchs?«, fragte Alexis.

Frau Thalberg wurde blass und sank in das Polster der Couch. Sie war eine kleine, zierliche Person, und in diesem Augenblick sah sie fast aus wie ein Kind. »Ja, natürlich. Haben Sie sie gefunden?«

»Es tut mir leid, Ihnen mitteilen zu müssen, dass ihre Leiche entdeckt wurde.«

»Simone«, flüsterte die Frau. Ihr Kehlkopf zuckte, als sie ein Schluchzen unterdrückte.

Karen musste sich beherrschen, um sich nicht zu der Frau zu setzen und sie in die Arme zu nehmen. Frau Thalbergs Schmerz erinnerte sie an Louise und deren schrecklichen Verlust.

»Es tut mir leid, Sie belästigen zu müssen, aber dürfen wir Ihnen einige Fragen stellen?«

Frau Thalberg verschränkte die Arme vor der Brust. »Ich wüsste nicht, wie ich Ihnen helfen kann.«

»Es dauert nur wenige Minuten«, antwortete Alexis verwundert über die abwehrende Haltung der Frau.

Nach einer Weile des Schweigens nickte sie. »Merle müsste zu Hause sein, sie hat erst am Nachmittag wieder Unterricht. Seien Sie ihr gegenüber bitte diskret, ich möchte nicht, dass sie verstört wird.«

»Selbstverständlich.«

»Wer ist denn da?« Als hätte man sie gerufen, kam ein

Mädchen um die Ecke. Sie war hochgewachsen, schlaksig, mit schulterlangen Haaren und denselben großen Rehaugen wie ihre Mutter. Im Gegensatz zu so vielen ihrer Altersgenossinnen war sie weder modern gekleidet, noch hatte sie sich die Mühe gemacht, sich mit Make-up herauszuputzen. Sie trug eine schlichte Jeans, Stiefeletten und ein zu weites Sweatshirt in Cremefarben, das zumindest ihre hellbraunen Augen betonte.

»Nur ein paar Leute von der Stadt, die einige Fragen haben. Musst du nicht zum Bus?«

Karen registrierte verblüfft das Fehlen jeder Neugierde bei dem Teenager. Statt zu protestieren, nahm Merle brav ihre Tasche vom Küchentisch und trottete zum Flur. Nach einem leisen »Tschüss« fiel die Eingangstür hinter ihr zu.

»Ein liebes Mädchen.«

»Das ist sie.« Die Frau schluckte. »Sind Sie sicher, dass es sich um Simone handelt?«

Alexis nickte. »Es tut mir leid. Waren Sie eng mit ihr befreundet?«

Frau Thalbergs Augen füllten sich mit Tränen. Sie schloss sie einen Moment, dann hatte sie sich gefasst. »Sie wollen wohl eher fragen, ob wir ein Paar waren.«

»Waren Sie es?«

»Ja.« Frau Thalberg rang sichtlich mit sich, bevor sie die nächsten Worte ausstieß. »Ich kann Ihnen auch sagen, wer sie ermordet hat.«

Alexis hob überrascht die Augenbrauen.

»Mein Exmann. Ich habe ihn verlassen – für sie.«

»Wie lange ist das her?«

»Drei Jahre. Kurz darauf ist sie verschwunden.«

Karen wechselte einen Blick mit Alexis. Das passte – das Motiv war ebenfalls stark. Sitzen gelassen zu werden, war schlimm genug, wegen einer Frau für manchen Mann ein Albtraum.

»Leben Sie derzeit in einer Beziehung?«, führte Alexis die Befragung fort.

Die Frau stieß ein bitteres Lachen aus. »Damit er auch sie töten kann?«

Karen sah sich erneut um, nahm das klinisch reine Wohnzimmer in sich auf, in dem keine Spur von Frau Thalbergs Persönlichkeit steckte, und verstand mit einem Mal. Nach dem Verschwinden ihrer Partnerin hatte sie sich regelrecht ausgelöscht. Wer nichts besaß, wer nichts liebte, dem konnte man auch nichts nehmen. Aber konnte man das noch als Leben bezeichnen? Nur ihre Tochter war ihr geblieben.

Alexis holte ein Foto von dem Spinnenmedaillon hervor. »Haben Sie das schon mal gesehen?«

Ausdruckslos starrte Gabriela Thalberg es an. »Nein, Simone hatte eine Spinnenphobie.«

»Dann hatte sie auch keine Kontakte zur Terraristikszene?«

»Zu was für einer Szene?« Die Frau schüttelte den Kopf. »Den Begriff höre ich zum ersten Mal.«

»Waren Sie damals bei der Polizei?«

Sie schnaubte. »Ohne Beweise oder eine Leiche konnten sie nichts machen. Wegen dem Skandal dachten alle, dass sie irgendwo neu anfangen wollte. Aber als sie abends nicht nach Hause kam, wusste ich, dass ihr etwas zugestoßen ist.«

»Neigt Ihr Exmann zu Gewalt, oder weshalb verdächtigen Sie ihn?«

»Steht das nicht in Ihren Akten? Er terrorisiert uns.«

»Liegt eine Anzeige gegen ihn vor?«

»In der ersten Zeit war ich fast jede Woche bei der Polizei. Sie haben mich immer wieder weggeschickt, da er keine Spuren hinterlässt und Merle sich weigert, darüber zu sprechen. Da habe ich es aufgegeben. Meine Tochter geht inzwischen zu einem Psychologen, der uns helfen möchte.«

»In welcher Art verübt Ihr Mann diesen Terror?«

»Er lauert uns auf, ruft teilweise mitten in der Nacht an, bedroht mich. Und dann …« Sie stand auf. »Warten Sie bitte einen Moment.« Sie ging die Treppe nach oben.

Karen war zu erschüttert, um etwas zu sagen. Sie sah, dass es Alexis ähnlich erging. »Wieso hilft den beiden niemand?«, fragte sie schließlich leise.

»Solange keiner zu Schaden kommt, ist es schwierig, da wir zum einen auf eine Anzeige des Opfers angewiesen sind und zum anderen auch Beweise benötigen.«

Sie nahm sich ein Glas und trank einen Schluck. »Dann ist sie ihrem Ex ausgeliefert?«

»Ich weiß nicht mehr als du. Lass uns abwarten, was sie uns zeigen möchte.«

»Versprich mir nur eins.«

Ihre Freundin sah sie fragend an.

»Hilf ihr, so weit es möglich ist.«

Alexis nickte ihr stumm zu. Auf der Treppe waren die Schritte von Frau Thalberg zu hören. Sie brachte einen Schuhkarton mit und stellte ihn auf den Wohnzimmertisch. In seinem Inneren befanden sich eine Reihe von Umschlägen, alle an Gabriela Thalberg adressiert.

»Darf ich?« Alexis nahm einen Brief und öffnete ihn. Ein einfaches weißes Papier kam zum Vorschein, auf dem Wörter aus einzelnen Buchstaben aufgeklebt waren. *Verreck, du Hure.*

Karen nahm einen weiteren. *Schlampen sterben einsam.* »Sind die alle so?«

Die Frau nickte. »Ich habe ein Jahr lang fast jede Woche

so einen Brief bekommen, dann genügte es ihm nicht mehr.«

»Er fing an, Sie zu verfolgen.«

Frau Thalberg schluchzte auf. Karen öffnete ihre Handtasche und reichte ihr ein Taschentuch, das die Frau dankbar annahm. »Nicht nur das. In unserem Haus standen manchmal Dinge an einem anderen Ort, als wolle er mich wissen lassen, dass wir nirgends vor ihm sicher sind.«

»Warum sind Sie nicht weggezogen?«

»Er hätte uns überall gefunden, und dann wurde es irgendwann besser.«

»Oder haben Sie sich nur daran gewöhnt?«

Karen fühlte eine leichte Übelkeit in sich aufsteigen. Wie ertrug es Alexis nur, ständig mit solchen Geschichten konfrontiert zu werden? Mit zitternden Fingern kontrollierte sie den Sitz des Seidentuchs, das sie um den Hals trug, um die Narben zu verbergen, die die Drahtschlinge hinterlassen hatte, an der sie ihr Entführer aufgehängt hatte. Zum ersten Mal begann sie, Alexis' Ängste zu verstehen. Es gab das Böse. Es war nicht nur irgendein abstrakter Gedanke. Aber wie schaffte sie es, dabei so ruhig zu bleiben? Sie sah zu ihrer Freundin rüber, die leicht vornübergebeugt auf der Couch saß und sich Notizen machte. Konnte sie das Leid im Gegensatz zu ihr wirklich ausblenden? Oder verbarg sie ihre wahren Gefühle? Schlüpfte sie erneut in die Rolle der perfekten Polizistin, die sich niemals eine Schwäche oder gar einen Fehler gestattete?

»Es ist zur Routine geworden. Irgendwann denkt man nicht mehr darüber nach, bis ...«

»... er sich etwas noch Schrecklicheres ausdenkt«, vervollständigte Alexis ihren Satz. »Hat er Ihnen jemals körperliche Gewalt zugefügt?«

»Nicht mehr, seit ich ihn verlassen habe.«

»Und Ihrer Tochter?«

Sie ballte ihre Hände zu Fäusten. »Ich weiß es nicht. Er darf sie weiterhin sehen, und Merle redet nicht … aber … sie hat sich verändert.«

Karen stand auf. Sie konnte bei diesem Gespräch nicht ruhig sitzen. Das war unerträglich. Wenn sie es mit Leichen zu tun bekam, hatten die alles hinter sich. Diese Familie hingegen lebte in Angst, und es war kein Ende abzusehen.

Sie ging langsam durch den Raum, spähte durch die offen stehenden Türen, suchte nach Hinweisen auf Terrarien oder eine Vorliebe für Spinnen, aber da war nichts. Das Haus war so klinisch rein, dass hier kein einziges Krabbeltier überleben konnte, und nirgendwo standen die typischen Utensilien für Terrarien herum.

»Wie heißt er?«

»Marco Hernandez.«

»Wo ist er jetzt?«

»Vermutlich bei der Arbeit im Louisenpark.«

»Wir werden mit ihm sprechen.«

»Können Sie meinen Namen da bitte heraushalten? Er bringt mich um, wenn er erfährt, dass ich ihn beschuldigt habe.«

Karen sah in ihren milchkaffeebraunen Augen die nackte Angst. Was mochte der Mann ihr alles angetan haben?

»Natürlich«, sagte sie, bevor Alexis antworten konnte. Sie sah, wie ihre Freundin zum Protest anhob, ihr einen missbilligenden Blick zuwarf, dann aber doch das Thema wechselte.

»Hatte Simone sonst irgendwelche Feinde? Wir haben gehört, dass sie Streit mit einem der Stadträte hatte.«

Gabriela schnaubte verächtlich. »Mit diesem Kämmerer.

Das ist ein Drecksack, aber ihm fehlt der Mumm für so etwas.«

»Fällt Ihnen sonst jemand ein, der ein Problem mit ihr hatte?«

»Die Liste ist lang. Sie war sehr engagiert, überlegte sogar, in die Politik zu gehen. Da zog sie den Hass von einigen rückständigen Menschen auf sich.«

»Und im familiären Umfeld?«

»Ich habe keine Familie.« Ihre Miene verriet Bitterkeit bei den Worten, und Karen tat sie mit einem Mal leid. »Simones Mutter ist vor Jahren abgehauen, und ihr Vater hat sie geliebt.«

»Erinnern Sie sich, ob sie vor ihrem Verschwinden anders war als sonst?«

»Ich habe oft darüber nachgedacht, aber da war nichts. Sie ist morgens aus dem Haus, schrieb mir von der Arbeit aus noch eine Mail, und dann habe ich nie wieder etwas von ihr gehört.«

Alexis stand auf und reichte der Frau ihre Karte. »Falls Ihnen noch etwas einfällt oder Sie Hilfe brauchen, rufen Sie mich an.«

Karen sah die Skepsis in den Augen von Gabriela Thalberg. Sie hatte das Vertrauen in die Polizei schon vor langer Zeit verloren, sah ihnen auch nicht nach, als sie das Haus verlassen hatten. Warum hatte sie trotzdem mit ihnen gesprochen? War es der letzte verbliebene Funke Hoffnung, dass sich doch noch alles zum Guten wenden könnte?

»Was meinst du?«, fragte Alexis, als sie im Auto saßen.

»Ich bin kein Cop.«

»Aber dein Bauchgefühl.«

»Das sagt mir, dass ihr Ex unser Killer sein könnte. Wenn sie befürchten muss, dass er ihre Geliebte getötet hat, dann erklärt es auch, warum sie seither die Füße stillgehalten hat. Ich verstehe nur nicht, was das mit dem Medaillon soll. Welche Bedeutung hat es für den Mörder?«

»In der Symbolik stehen Spinnen oft für Hinterlist und Täuschung«, erwiderte Alexis.

»Durchaus eine passende Grabbeigabe für den Menschen, der einem die Frau ausgespannt hat.«

»Das denke ich auch.« Alexis' Gesicht bekam den harten Ausdruck, den sie immer zeigte, wenn sie ein Ziel vor Augen hatte. »Dann knöpfe ich mir diesen Kerl mal vor.«

Sie wollten gerade ins Auto steigen, als Karen eine Bewegung hinter einem Haus ausmachte, wo ein schmaler Kiesweg zwischen den angrenzenden Gärten hindurchführte. Sie blieb stehen, kniff die Augen gegen das Sonnenlicht zusammen und spähte in die Richtung. Zuerst sah sie nur einen schattenhaften Umriss, dann erkannte sie die zusammengekauerte Gestalt eines Mädchens, das ihr zuwinkte.

»Da ist jemand«, sagte sie leise zu Alexis und lief langsam los.

Kaum hatte das Mädchen bemerkt, dass man sie entdeckt hatte, richtete sie sich auf und schritt einige Meter in den Weg hinein. Karen erkannte sie sofort an ihrem dunklen Haar und dem weiten Sweatshirt. Merle, Gabriela Thalbergs Tochter.

Sie lehnte an einem Gartenzaun und konnte Karen dennoch ohne sich aufzurichten in die Augen blicken. In ihrem Gesicht kämpften Angst und Unsicherheit um die Vorherrschaft. Die kindlichen Züge waren fast verschwunden, ihre Lippen leicht nach unten gezogen.

Karen vergewisserte sich, dass Alexis ihr gefolgt war, und stellte dabei fest, dass sie sich außer Sichtweite von Merles Haus befanden.

Das Mädchen trat einen Schritt zurück, zog die Schultern hoch und sah wie der Inbegriff eines Menschen aus, der eine Entscheidung bereute.

»Merle?«, fragte Karen leise.

Das Mädchen presste ihre schmalen Hände an die Oberschenkel. »Sind Sie Polizistin?«

»Ich arbeite an der Universität, aber meine Freundin ist bei der Polizei«, antwortete Karen und deutete auf Alexis, die neben sie getreten war. »Hast du uns belauscht?«

Merles Augen weiteten sich. »Nein ... Das würde ich niemals tun«, stammelte sie und wich noch weiter zurück.

Karen hob beschwichtigend die Hände. Die heftige Reaktion erschütterte sie. »Schon gut. Ich habe mich nur gewundert, wie du darauf kommst.«

»Ich habe aus dem Fenster gesehen, wie Sie sich vorgestellt haben. Sie sind nicht die ersten Polizisten, die vorbeikommen, und niemand sonst zeigt so einen Ausweis vor.«

»Clever«, sagte Karen mit einem Lächeln. »Wie können wir dir helfen?«

»Sind Sie wegen Simone hier? Ist alles in Ordnung mit ihr?«

Das Flehen in Merles Stimme versetzte Karen einen Stich, doch bevor sie antworten konnte, legte Alexis ihr eine Hand auf die Schulter und schüttelte den Kopf. »Du solltest mit deiner Mutter darüber sprechen.«

»Ich wusste es.« Merle wurde blass und schwankte. Sie hatte offensichtlich die richtige Schlussfolgerung gezogen. »Warum hat er es getan?«

Karen trat vor, um sie zu stützen, aber das Mädchen keuchte erschreckt auf und wich aus. »Wen meinst du?«, fragte sie, erntete aber nur einen verstörten Blick.

»Ich muss gehen«, sagte Merle und wandte sich abrupt ab.

»Warte. Wir können dir helfen.« Karen versuchte sie aufzuhalten, doch Alexis hielt sie zurück.

»Lass sie. Sie ist minderjährig. Wir dürfen sie nicht ohne Einwilligung ihrer Mutter befragen.«

»Wir können sie doch nicht einfach gehen lassen?«

Alexis schüttelte den Kopf. »Du reagierst zu emotional. Wir wissen noch nicht, was hier vor sich geht.«

»Hast du ihrer Mutter nicht zugehört?«

»Sie könnte lügen. Wir dürfen keine voreiligen Schlüsse ziehen. Komm, ich bringe dich zur Uni. Im Moment können wir nicht mehr tun.«

16

Alexis fuhr zurück ins Büro. Der Besuch bei Frau Thalberg setzte ihr zu, auch wenn sie es sich nicht eingestehen wollte. Sie verstand Karen und hätte Merle zu gerne weiter befragt, aber ohne die Erlaubnis der Mutter war das nicht möglich. Zudem glaubte sie nicht, dass sie von dem Mädchen etwas erfahren würden. Sie hatte offensichtlich Angst. Vor dem Vater? Sie musste ihn dringend aufsuchen.

Auf der Höhe des Technomuseums erreichte sie Olivers Anruf, der mehr als erleichtert klang, dass es seiner Tochter so weit gut ging. Die Wunde am Kopf war nicht tief, und unter den Haaren würde man die feine Narbe nicht sehen. Am Nachmittag wollte er wieder im Büro sein.

In der Zwischenzeit erledigte Alexis Papierkram und sammelte Informationen über den Exmann der Thalberg,

Marco Hernandez, und den ehemaligen Stadtrat Ernst Kämmerer. Sie hatten beide starke Motive, aber keine Vorstrafen. Die politische Karriere des Stadtrats war mit dem Skandal des Selbstmordes von Mark Ries beendet gewesen, ebenso seine Ehe. Er hatte eine eigene Partei gegründet, deren Führung sich nach anfänglichen Erfolgen innerhalb von zwei Jahren zerstritt, was zur Auflösung führte. Seither war es still um ihn geworden.

Marco Hernandez' Leben war ebenso unauffällig. Er arbeitete als technischer Angestellter im Luisenpark, dem größten Park Mannheims mitten im Zentrum der Stadt, und war für Planung und Umsetzung der Wildtiergehege verantwortlich. Er zahlte pünktlich Unterhalt und war bis zu der Trennung von seiner Frau nicht weiter in Erscheinung getreten. Danach allerdings hatte sie ihn mehrfach angezeigt, aber keiner der Fälle war weiterverfolgt worden, da keine ausreichenden Beweise vorlagen. Vor einem Jahr hatte Frau Thalberg offenbar aufgegeben, und Hernandez war vom Radar der Polizei verschwunden.

Vom Polizeipräsidium bis zu dem am Neckar gelegenen Luisenpark waren es nur wenige Kilometer. Sie parkten in der Nähe des Carl-Benz-Stadions und gingen die restlichen Meter zum Eingang zu Fuß.

Nach einem kurzen Gespräch mit einem älteren Herrn und einem Telefonat wurden sie zum Terrarium im kleinen Pflanzenschauhaus geschickt. Selbst zu dieser Jahreszeit wimmelte es in dem Park von Menschen, die entlang der kunstvoll angelegten Blumenrabatten schlenderten.

Oliver führte sie zielsicher durch die verschlungenen Wege, bis sie zu einem großen Gebäude kamen, in dessen Inneren eine angenehme Wärme herrschte. Alexis sah ratlos auf die zahlreichen Schilder, die in verschiedene Richtungen zeigten. Baumfarnhaus. Schmetterlingsparadies. Kakteenhaus. »Kennst du dich hier aus?«

»Musst du das wirklich fragen?« Er grinste. »Folge mir einfach.«

Er führte sie durch eine dschungelartige Halle, in der tropische Luftverhältnisse herrschten, vorbei an exotischen Pflanzen in einen eher nüchternen Raum voller Terrarien.

Mitten zwischen Schildkröten, Schlangen und Bartagamen fanden sie Marco Hernandez. Obwohl er nicht sehr groß war, hatte er etwas Einschüchterndes, das Alexis nicht richtig fassen konnte. Sie sah zu Oliver hinüber, der sich sichtlich versteifte. Hernandez' tiefschwarze Augen nagelten sie fest, als sie sich vorstellten. Unter den kurz geschorenen Haaren zeichneten sich mehrere Narben ab. In seinen Händen hielt er einen Meterstab, den er wie einen Schlagstock führte. Alexis nickte Oliver zu, das Gespräch zu übernehmen. Hernandez würde mit einem anderen Mann vermutlich offener sprechen.

»Haben Sie einen Moment Zeit?«, fragte Oliver.

»Als wenn ich eine Wahl hätte, wenn Sie hier auftauchen.«

»Noch haben Sie eine.«

Der Mann schnaubte. »Sparen Sie sich die versteckten Drohungen.« Er wandte sich ab und winkte ihnen zu, ihm zu folgen.

Alexis und Oliver wechselten einen Blick. Der Mann wirkte routiniert im Umgang mit der Polizei. Hernandez führte sie in das Gehege der Zebramangusten, das er offensichtlich gerade gereinigt hatte. Dennoch hing der strenge Geruch der Tiere in der Luft. Alexis sah durch die Glasscheibe in den dazugehörigen Außenbereich, in dem die Tiere unter einer Wärmelampe saßen. Erinnerungen an einen Zoobesuch mit ihrer leiblichen Mutter kamen in ihr hoch. Sie hatte Tiere geliebt. Bilder, wie sie gemeinsam Ziegen fütterten, über Rentiere staunten und die Eleganz der Pumas bewunderten, zogen vor ihren Augen vorbei. Alexis schaffte es einfach nicht, diese widersprüchlichen Bilder zu vereinen. Wie hatte diese Frau es fertiggebracht, so viele Menschen auf grausame Weise zu ermorden? Und gleichzeitig Liebe und Zärtlichkeit für ihre Tochter aufzubringen? Alexis versuchte, die ewig gleiche Grübelei zu verscheuchen und sich auf Hernandez zu konzentrieren.

»Kennen Sie eine Simone Fuchs?«, kam Oliver direkt zur Sache und riss Alexis aus ihren Gedanken.

»Wieso wollen Sie das wissen?« Der Mann verschränkte die Arme vor der Brust und trat einen Schritt zurück.

»Bitte beantworten Sie meine Frage.«

»Nun, die Tatsache, dass Sie hier sind, sagt doch alles. Natürlich kenne ich sie. Meine Frau hat mit ihr gevögelt.«

»Und darüber waren Sie nicht sehr erfreut.«

»Was denken Sie denn? Haben Sie Kinder?«

»Eine Tochter.«

»Na, wie ginge es Ihnen, wenn Ihre Kleine plötzlich bei einem Lesbenpärchen leben würde?«

»Ich wäre nicht begeistert.«

Alexis musterte Oliver, sah das Zucken in seinen Augenwinkeln, das in letzter Zeit immer auftrat, wenn er von seiner Exfrau sprach.

»So kann man es auch ausdrücken. Aber dieses Weib hat sich ja aus dem Staub gemacht, sobald sie meine Ehe zerstört hatte. Geschah Gabriela recht.«

Oliver sah sich in dem Raum um. »Arbeiten Sie auch mit Spinnen?«

»Nein, sie passen nicht ins Konzept.« Hernandez war anzusehen, wie wenig er davon hielt.

»Dann kennen Sie sich mit diesen Tieren aus?«

»Was soll denn die Fragerei? Natürlich, es ist mein Job. Bevor ich hierherkam, habe ich in einem Zoofachgeschäft gearbeitet, das auf Spinnen spezialisiert ist.«

Oliver zückte sein Notizbuch. »Halten Sie auch privat Spinnen?«

Der Mann wurde zunehmend gereizter. Er schlug mit dem Zollstock gegen seine Handfläche. »Ich habe in der Arbeit genug mit Viechern zu tun, da brauche ich zu Hause nicht auch noch welche. Wenn Sie mir nicht bald verraten, was los ist, dann sage ich nichts mehr. Ist etwas mit Merle?«

Alexis war sich nicht sicher, aber sie glaubte, tatsächliche Sorge in seinen Augen zu sehen.

»Die Leiche von Frau Fuchs wurde gefunden. Wir ermitteln in ihrem Mordfall.«

»Und Sie glauben, ich war das? Hat mich meine Ex angeschwärzt?«

»Hätte sie Grund dazu?«

»Sie will mich von Merle fernhalten und versucht seither, mir etwas anzuhängen.«

»Hören Sie, ich verstehe das. Meine Ex ist auch ein Miststück.« Oliver öffnete seine Brieftasche und holte ein Foto heraus. Es zeigte nicht Lene, sondern ein anderes Mädchen. Er trug diese Aufnahme nur zu diesem Zweck bei sich. Alter Polizistentrick. »Seit Jahren sehe ich mein Kind kaum noch. Sie möchten nicht wissen, wie oft ich ihrem Neuen gerne die Fresse poliert hätte. Wenn Sie mit uns kooperieren, werde ich für eine milde Strafe sorgen.«

Marco Hernandez presste die Lippen aufeinander, seine Kieferknochen traten vor Anspannung vor. »Ich denke, Sie sollten jetzt gehen.«

Oliver reichte ihm seine Visitenkarte. »Wenn Sie es sich anders überlegen, rufen Sie an.«

Nachdem sie einige Meter zwischen sich und das Pflanzenschauhaus gebracht hatten, brach Alexis das Schweigen. »Der Typ gefällt mir nicht.«

»Mir auch nicht. Ich bin mir aber nicht sicher, ob er einfach nur wütend ist, weil seine Ex ihm übel mitspielt, oder ob er ein Drecksack ist.«

»Du hättest die Angst in Frau Thalbergs Augen sehen sollen. Die war echt.«

Oliver wiegte den Kopf. »Manche Frauen sind nun mal berechnend.«

17

Zurück an der Universität dekantierte Karen die zuvor hergestellte Lösung mit den Kieselalgen, bis sie einen neutralen pH-Wert erreichte, und nahm anschließend den nur noch aus Diatomeen und feinstem Sand bestehenden Bodensatz in destilliertem Wasser auf. Sie musste zugeben, dass es ihr gefallen hatte, mit Alexis die Befragung durchzuführen, auch wenn sie die Begegnung mit Merle nicht vergessen konnte. Es war etwas anderes, als nur im Labor zu sitzen, Daten auszuwerten und zu hoffen, irgendeinen Beitrag zu leisten. Das war näher am Leben, fühlte sich aber auch entsprechend realer an. Der Gedanke an Frau Thalberg, die ihre Geliebte verloren hatte und in Angst vor ihrem Ex lebte, machte ihr zu schaffen. Es war eine Sache, von solchen Vorkommnissen in den Medien zu hören, und eine andere, sie ungefiltert mitzubekommen.

Die Auswertung der Diatomeen gestaltete sich mühsam. Sie musste mindestens fünfhundert Schalen bestimmen, wozu sie die Kieselalgen zuerst nach ihrer Form und Größe vorsortierte, bevor sie zu der Arbeit am Bestimmungsschlüssel überging. Die Sonne berührte bereits die Dächer der Stadt, als sie fertig war. Nacken und Rücken schmerzten, und in ihrem trockenen Mund hatte sich ein pelziger Belag gebildet. Nun musste sie nur noch die prozentuale Verteilung der Häufigkeiten berechnen, um einen Vergleichswert zu haben.

Mit einem Stoßseufzer sah sie zu der zweiten Probe, die sie aus dem Fluss entnommen hatte. Diese musste sie auch noch auswerten. Ebenso wie die von der Leiche, die nach dem Säurebad unter dem Abzug zum Auskühlen stand.

Um ihrem Rücken Entspannung zu gönnen, ging sie zuerst zum im Erdgeschoss gelegenen Kaffeeautomaten und zog sich ein scheußlich schmeckendes Gebräu, das angeblich Kaffee sein sollte. Sie musste unbedingt daran denken, ihre kaputte Kaffeemaschine zu ersetzen. Immerhin machte das Zeug wach, und die Bewegung tat ihrem steifen Körper gut. Sie nippte an dem Plastikbecher, wobei sie Olivers Stimme in ihrem Geist ausblendete, die ihr einen Vortrag über Plastikmüll hielt.

Auf dem Rückweg in ihr Labor massierte sie mit der freien Hand ihren Nacken. Diese elendige Müdigkeit. Mit leiser Verwunderung registrierte sie die Stille im Gebäude. Sonst waren die Stimmen der Studenten selbst nachmittags bis in ihr Büro zu hören. Vermutlich waren sie alle im Nachbargebäude, um eine Studentenfete vorzubereiten.

Sie schaltete das Radio in ihrem Büro ein, drehte es so laut auf, dass sie es auch im Labor hörte, und blätterte durch die aktuelle Ausgabe des *Mannheimer Tageblatts*. Seit dem Fund der Leiche beherrschte sie die Schlagzeilen, und auch

Alexis war erneut in den Fokus geraten. Die Heldin von Mannheim. Karen nahm einen weiteren Schluck von dem Kaffee und verzog das Gesicht. Sie betrachtete ein Zeitungsfoto vom Leichenfundort mit ihrer Freundin im Vordergrund und sich selbst am Ufer kniend. Alexis würde über die neuerliche mediale Aufmerksamkeit nicht glücklich sein.

Später, nach Stunden des Auszählens, hatte Karen schließlich ihr Ergebnis. Kein felsenfester Beweis, aber das Resultat erfüllte sie mit einer gewissen Befriedigung.

Sie zog Kittel und Handschuhe aus, wusch ihre Hände und ging in ihr Büro. Dort angekommen, trank sie etwas Zitronenlimonade, um den noch immer vorhandenen Geschmack von Kaffee loszuwerden, setzte sich auf ihren Stuhl und genoss einen Moment der Ruhe, bevor sie zum Telefon griff.

»Was gibt's?«, meldete sich Alexis.

»Ich habe Neuigkeiten«, antwortete Karen. »Zum einen kann ich mit Sicherheit sagen, dass die Frau nicht ertrunken ist. Im Knochenmark ließen sich keine Diatomeen nachweisen. Dafür kann ich beweisen, dass die Leiche ursprünglich nicht vom Klärwerk stammt.«

»Das musst du mir genauer erklären«, sagte Alexis.

»Die Zusammensetzung des Rheins auf beiden Seiten der Halbinsel stimmt nicht mit der überein, die ich in der Kleidung und den Lungenüberresten des Opfers gefunden habe. Sie muss also an einem anderen Ort mit Wasser in Kontakt gekommen sein, woraufhin sich der Stoff vollsog und auch in die Lunge Wasser eindrang.«

»Dann wurde sie bei dem Hochwasser angespült?«

»Davon gehe ich aus. Vermutlich hat der Rhein die Leiche vor zwei Jahren von ihrem anfänglichen Liegeplatz mitgenommen.«

»Wie sicher bist du dir?«

»Ziemlich. Zusammen mit dem Ulmenschössling und Chris' Abschätzung des Todeszeitpunkts ergibt sich ein schlüssiges Gesamtbild.«

»Kannst du herausfinden, wo sie ins Wasser geworfen wurde?«

Karen schluckte. Vor lauter Müdigkeit hatte sie so weit noch nicht gedacht. Ihre Triumphgefühle verflüchtigten sich, als sie an das Ausmaß der ihr bevorstehenden Aufgabe dachte. »Ich kann mir die Strömungsdaten vom Rhein besorgen und mit einem Kollegen aus der limnologischen Abteilung sprechen, um das Gebiet einzugrenzen. Und dann ...« Sie seufzte. »Wenn ich ausreichend Proben sammle oder Untersuchungsergebnisse anderer Forscher auftreibe, wäre es möglich.«

»Wir brauchen diese Info.«

»Ich weiß.« Sie unterdrückte einen Seufzer. Wenn sie Pech hatte, musste sie noch Dutzende von Diatomeenzählungen durchführen.

Nachdem sie aufgelegt hatte, versuchte sie, Dr. Weber vom limnologischen Institut anzurufen, erreichte aber nur einen Mitarbeiter seiner Arbeitsgruppe, der ihr mitteilte, dass er bereits nach Hause gegangen war.

Kurz überlegte sie, es ihm gleichzutun, aber sie wusste, dass sie keine Ruhe finden würde. Da wartete ein Mörder darauf, gefasst zu werden, und sie sah noch immer Gabriela Thalbergs angsterfülltes Gesicht vor sich. Es lag womöglich in ihren Händen, wie schnell die Frau mit ihrer Tochter wieder in Frieden leben konnte.

Also loggte sie sich in ihren PC ein und begann nach Papern zu suchen, die sich mit der Zusammensetzung von Diatomeen im Rhein beschäftigten. Zu ihrer Erleichterung fand sie einige, die sie abspeicherte. Mit ein wenig Glück würde sie nur wenige Proben selbst sammeln und auswerten müssen. Sie packte ihre Sachen und fuhr nach einer letzten Kontrolle ihrer Käfer nach Hause

18

Merle erwachte im Dunkeln, nur die Klebesternchen über ihrem Bett spendeten etwas Helligkeit. Sie registrierte, dass einer ihrer Arme auf der Decke lag und ganz kalt war. Rasch zog sie ihn in die Wärme, rollte sich in ihrem schmalen Bett zusammen und lauschte ihrem Atem, während sie auf den Schlaf wartete. Ihr Wecker tickte in einem beständigen Rhythmus. Sie roch den leichten Duft von Flieder, den ein Duftkissen verströmte, gemischt mit dem schalen Geruch ihres Atems.

Dann bemerkte sie es. Der Grund, warum sie aufgewacht war. Ein kratzendes Geräusch am Fenster. Sie zog die Decke ein Stück herunter und starrte in die Dunkelheit, bereute es, die Rollläden nicht heruntergelassen zu haben, aber außer dem tief hängenden Mond, dessen Licht durch die Äste des Goldregens schimmerte, sah sie nichts Ungewöhnliches. Vielleicht nur der Wind, der Zweige gegen ihr Fenster schlug, beruhigte sie sich. Doch da war es wieder, und etwas blitzte vor dem Fenster auf. Sie hielt den Atem an. Da war jemand. War er gekommen, um sie zu bestrafen? Angst legte sich wie eine schwere, nasse Decke auf sie. Sie wollte fortrennen. Wo sollte sie hin? Zu ihrer Mutter? Die würde ihr nicht helfen. Halb betäubt vom Stakkato ihres Herzens fixierte sie das Fenster, während sie nach ihrem Handy auf dem Nachtschränkchen tastete. Sie verbarg es unter der Decke, damit das Licht nicht zu sehen war. Rasch wählte sie Caros Nummer, schaltete das Display aus, bevor sie es an ihr Ohr legte. Es klingelte eine gefühlte Ewigkeit. Sie hoffte, dass Caros Dad nicht aufwachte. Das gäbe richtig Ärger. Dieser Gedanke verflüchtigte sich wie Nebel in einer Sturmböe, als sie erneut eine Bewegung am Fenster bemerkte. Sie konnte den Blick nicht abwenden.

»Was ist denn los?«, drang unvermittelt die Stimme ihrer Freundin an ihr Ohr. Merle zuckte zusammen, starrte wie gelähmt nach draußen. Da war jemand.

»Hallo? Bist du noch dran?«

Endlich begann ihr Verstand wieder zu arbeiten. »Hier ist jemand am Haus«, wisperte sie.

»Was?«, rief Caro so schrill, dass Merle das Handy beinahe weggeworfen hätte.

»Nicht so laut.« Das Entsetzen schnürte ihr die Kehle zu.

»Wo ist deine Mutter?« Nun klang auch Caro panisch.

»Ich kann nicht weg«, hauchte Merle. »Ich habe Angst, dass er mich sieht.«

»Du musst fliehen!«

Das Mädchen antwortete nicht, bemühte sich, ihre Gliedmaßen davon zu überzeugen, sich zu bewegen, aber sie war wie festgefroren.

»Ich hole Hilfe!«, rief Caro, und sie hörte ein Rascheln. »Lauf zu deiner Mutter!«

Ein kratzendes Geräusch erklang am Fenster. Eine Welle der Panik durchflutete Merle, und sie schrie auf. Endlich gehorchten ihre Beine, und sie sprang aus dem Bett. Der Bettvorleger rutschte unter ihren Füßen weg, und sie wäre beinah gestürzt. Gerade rechtzeitig fing sie sich mit den

Händen am Türgriff ab. Doch als sie auf den Lichtschalter schlug und die Tür aufriss, schrie sie erneut auf. Der Boden war mit einem Teppich aus großen, schwarz-gelb gestreiften Spinnen bedeckt. Manche kämpften miteinander, andere lagen reglos auf dem Boden. Die langen Vorderbeine einer Spinne tasteten über Merles nackten Fuß. Nun war es kein Schreien, sondern ein schrilles Kreischen wie von einer Sirene, das über ihre Lippen kam. Für einen Moment befand sie sich in einer gedanklichen Blase, in der die Welt stillzustehen schien. Die Vorgänge vor ihrem Fenster waren vergessen.

Sie hörte, wie sich im oberen Stock eine Tür öffnete. »Alles okay?«, rief Gabriela.

»Hier sind überall Spinnen!« Merles Stimme überschlug sich.

»Ich komme. Bleib ruhig.«

»Du verstehst nicht«, schrie sie. »Die sind wirklich überall!« Hastig trat sie zurück, um dem Meer aus Spinnen zu entkommen, das sich wie ein wogender Teppich auf sie zubewegte.

Sie hörte die weichen Schritte ihrer Mutter auf der Treppe. »O mein Gott!«, rief sie aus. »Was ist denn das?«

»Sind die giftig?«, fragte Merle und japste nach Luft. Die Panik kehrte zurück, stärker als zuvor. Ihre Mutter kam nicht. Sie war genauso hilflos wie sie.

»Ich weiß nicht.« Die Stimme ihrer Mutter zitterte. »Mach deine Zimmertür zu. Ich ziehe Schuhe an, dann hole ich dich. Halt dich von den Viechern fern.«

Merle sah erneut nach draußen, suchte nach einem anderen Ausweg, aber die Spinnen waren überall.

Sie wollte die Tür nicht schließen, nicht ihren einzigen Fluchtweg versperren, aber als eine über ihre Füße krabbelte, schleuderte sie das Tier zur Seite und warf die Tür zu. Einige Spinnen wurden dabei zerquetscht, anderen wurden Beine ausgerissen, woraufhin sie sich unkoordiniert um die eigene Achse drehten.

Merle biss sich auf die Unterlippe, bis sie blutete. In dem Zimmer waren zu viele. Sie hielt das nicht aus.

Sie ging zum Fenster, sah nach draußen, schluchzte dabei vor Angst. Was, wenn er sie dort erwartete? Eine Spinne fiel auf ihren Kopf. Instinktiv fasste sie zu, spürte, wie der weiche Körper unter ihren Fingern nachgab. Als sie die Hand zurückzog, klebten Schleim und ein langes Bein an ihr. Sie würgte, streifte es an der Wand ab und fuhr panisch durch ihre Haare, bis auch der Rest von dem Tier auf dem Boden lag. »Kommst du?«, rief sie nach ihrer Mutter. Keine Antwort.

Sie musste hier raus. Sie riss die Tür auf, wollte an den Spinnen vorbeistürmen, aber da stand jemand am Ende des Flurs. Es war nicht ihre Mutter. Merle schrie so laut, dass ihr Hals schmerzte. War er gekommen, um sie zu holen? Sie schlug die Zimmertür wieder zu. Für einen Moment vergaß sie ihre Angst vor den Spinnen, rannte zum Fenster, öffnete es und spähte in alle Richtungen. Außer dem Fliederbusch und ein paar Beetpflanzen war nichts zu sehen. Ihre Hände zitterten, beinahe wäre sie abgerutscht, als sie auf das Fenstersims kletterte, aber dann war sie oben und sprang. Der Mulch federte nach, ein Splitter bohrte sich in die weiche Haut zwischen ihren Zehen, doch sie spürte den Schmerz kaum.

Sie drehte sich zur Straße, rannte los. Als sie an der Ecke ankam, legte sich eine Hand auf ihre Schulter.

19

Es war fünf Minuten nach zwei, als Karen der Anruf erreichte. Zuerst klingelte ihr Festnetztelefon, was sie mit einem Fluchen quittierte und sich die Decke über den Kopf zog. Als jedoch auch ihr Handy vibrierte, wurde ihr bewusst, dass es etwas Ernstes sein musste. Ein Brand im Institut, schoss es ihr durch den Kopf. Hoffentlich hatten ihre Käfer überlebt. Ansonsten … Sie wollte sich nicht ausmalen, um wie viele Jahre es ihre Forschung zurückwerfen würde. Mit einem Mal war sie hellwach. »Ja«, sprach sie mit belegter Stimme ins Handy.

»Weißt du noch, wo Frau Thalberg wohnt?«, fragte Alexis ungewohnt knapp.

Karen schlang die Bettdecke um sich. Ihre Käfer waren vergessen. »Ist etwas passiert?«

»Das kannst du wohl sagen. Wir brauchen dich hier.«

»Ist es die Mutter oder das Mädchen?«

»O nein, sorry, so war das nicht gemeint«, wehrte Alexis ab. »So schlimm ist es nicht, aber ich verstehe jetzt, warum sie sich verfolgt fühlt. Komm einfach her und schau es dir an.«

Auch wenn es nur eine Redewendung war, so glaubte Karen doch zu spüren, wie ihr ein Stein vom Herzen fiel. Merle lebte. Sie bemerkte, dass sie die Luft angehalten hatte, atmete einmal bewusst ein und aus, bevor sie aufstand und Jeans, Pulli, Unterwäsche und Socken zusammensuchte. Sie putzte sich im Bad hastig die Zähne, dann rannte sie zu ihrem alten VW-Bus hinunter, der ihr zwar schon viel Spott eingebracht hatte, den sie aber heiß und innig liebte. Bunt mit Hippiecharme und jeder Menge Charakter passte das Auto zu ihr.

Bevor sie losfuhr, kontrollierte sie die Klappboxen im

Heck, ob sie auch alle wichtigen Gefäße und Werkzeuge dabeihatte.

Die Straßen waren um die Uhrzeit leer, als sie über die Augustanlage am stillen City Airport vorbeifuhr, und sie musste sich konzentrieren, um nicht wegzudösen. Mit dem Wissen, dass es den Thalbergs gut ging, war das Adrenalin aus ihren Adern gewichen, und sie spürte die frühe Stunde. Schließlich kramte sie einhändig in ihrer Handtasche, um sich ein Kaugummi herauszuholen. Sie schüttelte sich einen aus der Plastikbox – wieder eine dieser Umweltsünden, die Oliver in Rage bringen würde.

Endlich bog sie in die Straße ein und sah vor Thalbergs Haus ein Polizeifahrzeug mit Blaulicht und Alexis' MiTo stehen. Olivers neues Hybridfahrzeug parkte am Ende der Straße. Im Vorbeifahren sah sie Mutter und Tochter in Begleitung von zwei uniformierten Beamten im Vorgarten. Sie stellte sich hinter Oliver und ließ vorerst alles im Auto, solange sie nicht wusste, was sie dort erwartete.

Ihre Freundin hatte offenbar das charakteristische Knattern ihres Busses gehört und kam ihr aus dem Haus entgegen. »Das ist krank«, sagte sie kopfschüttelnd.

Was Karen mehr als alles andere erschütterte, war die Tatsache, dass Alexis kreidebleich war und auch Oliver, der hinter ihr aus dem Haus trat, ein Schaudern nicht unterdrücken konnte.

»Was ist denn los?«

»Komm mit«, erwiderte Alexis. »Wenn du es nicht mit eigenen Augen siehst, glaubst du mir doch nicht.«

»Ich bleibe draußen und spreche mit den beiden.« Oliver deutete auf Mutter und Tochter. »Der Krankenwagen müsste gleich da sein, dann lasse ich sie durchchecken. Das Mädchen scheint unter Schock zu stehen.«

Karen entdeckte Merle, die in eine Decke gehüllt in einem Polizeiwagen saß. Das Mädchen sah so verloren aus, dass sie am liebsten zu ihm gegangen wäre.

Alexis berührte sie am Arm. »Alles in Ordnung?«

Karen straffte ihre Schultern und atmete tief durch, zwang sich zur Konzentration und nickte ihrer Freundin zu. Gemeinsam gingen sie auf das Haus zu. Was hatte sich darin bloß zugetragen?

»Das kann nicht sein«, entfuhr es ihr, als sie die Tür öffnete. Reflexartig trat sie einen Schritt zurück. In dem Haus wimmelte es von gelb-schwarz gestreiften Spinnen. Mit ihren langen Beinen waren sie fast so groß wie Karens zugegebenermaßen zierliche Handfläche.

»Hast du so etwas schon mal gesehen?«, fragte Alexis.

»Nicht in Deutschland.« Karen trat über die Schwelle und blickte sich in dem Flur um, der vor wenigen Stunden zwar eine etwas sterile, aber dennoch wohnliche Atmosphäre ausgestrahlt hatte. Nun wirkte er auf sie wie eine bizarre Kunstinstallation, die den Verfall der Moderne illustrieren wollte. »Das muss ich mir genauer ansehen.«

»Kann ich dich alleine lassen? Ich hatte genug Spinnen für heute.« Alexis schüttelte sich. »Ich hatte vorhin eine in meinem Kragen.«

»Sie tun dir nichts.«

»Eklig sind sie trotzdem.«

Karen beugte sich vor und packte eine sanft am Hinterbein. »Ansichtssache. Ich komme klar. Kümmere dich um Merle und ihre Mutter.«

Insgeheim war es Karen sogar recht, alleine mit den Tieren zu sein. Etwas Derartiges hatte sie noch nie gesehen, nur davon gehört, dass sich manche Spinnenarten zusammenrotten können. Das hier war neu. Zuerst ging sie durch die Räume im Erdgeschoss, vorsichtig darauf bedacht, keine Spinne zu zertreten, registrierte dabei, wo die meisten Exemplare vorkamen und wie sie sich verhielten. Erst auf den zweiten Blick entdeckte sie die deutlich kleineren, hellbraunen Spinnen. Das waren die Männchen, die oft von den Weibchen getötet wurden. Einige waren in Kämpfe verwickelt, andere lagen bereits reglos in den Ecken. Bei der Anzahl an toten Spinnen ging sie davon aus, dass man sie alle zusammen in wenigen Boxen transportiert hatte, wodurch die Kämpfe dort bereits angefangen hatten. Mit einem Schaudern betrachtete sie Merles Zimmer, direkt vor ihrer Tür war die größte Ansammlung von Spinnen. Was in dem Mädchen vorgegangen sein mochte? Wenn sie bisher keine Spinnenphobie gehabt hatte, dann sicher jetzt. Sie ging in den oberen Stock. Dort gab es praktisch keine Tiere. Die wenigen, die sie fand, schienen von unten hochgekrabbelt zu sein, um Zuflucht zu suchen.

Sie ging nach draußen, atmete die kühle Nachtluft ein, in der ein schwacher Geruch nach Flieder hing.

»Kannst du das erklären?«, fragte Oliver leise. Sie hatte nicht bemerkt, wie er sich ihr genähert hatte. Alexis gesellte sich ebenfalls zu ihnen.

»Nein. Es kommt vor, dass sich manche Arten zu Schwärmen ansammeln. In Indien gab es einige Vorfälle mit Riesenspinnen, die sogar zu Toten geführt haben. In diesem Fall handelt es sich aber um eine einheimische Wespenspinne, *Argiope bruennichi*. Von ihr ist mir derartiges Verhalten nicht bekannt.«

»Sind sie giftig?«

»Alle Spinnen sind giftig«, erklärte Karen. »Die wenigsten Arten können jedoch die menschliche Haut durchdringen, und die Menge an Gift, die sie injizieren, ist so gering, dass die meisten Spinnen als harmlos anzusehen sind. Die Wespenspinne ist jedenfalls ungefährlich. Normalerweise kommt sie an sonnigen Standorten mit niedriger Vegetation vor. Ihre bevorzugte Beute sind Heuschrecken.«

»Dann hat sie jemand ausgesetzt?«

»Das ist die einzige Erklärung. Diese Spinnenart ist zwar häufig, tritt aber nicht in diesen Massen auf. Was ich jedoch viel beunruhigender finde, ist die Tatsache, dass sie sich an manchen Stellen im Haus ansammeln. Üblicherweise hätte die Mehrheit die Flucht ergreifen müssen, stattdessen bleiben sie und kämpfen.«

»Wie erklärst du dir das?« Alexis holte ihr Notizbuch hervor und begann mitzuschreiben.

»Gute Frage. Es gab Versuche mit Spinnenpheromonen, also Duftstoffen, mit denen man sie anlocken kann. Es ist sogar gelungen, sie synthetisch herzustellen, aber es ist nicht so, als könne man sie in jeder Apotheke kaufen. Ich werde Proben nehmen und der Sache nachgehen.«

»Jedenfalls kennt dieser Irre sich mit Spinnen aus«, stellte Oliver fest.

»Nicht nur das«, sagte Karen. »Er braucht auch einiges an Platz. In der Theorie ist es zwar einfach, diese Spinnen zu züchten und zu halten, als Radnetzspinne braucht sie aber eine Möglichkeit, ihr Netz zu spannen. Deshalb sind ihre Terrarien relativ groß.«

»In der Natur kann er sie nicht gefangen haben?«, fragte Alexis.

Karen machte ein paar Beamten von der Spurensicherung Platz, bevor sie zu einer Antwort ansetzte. »Bei der Menge halte ich es für unwahrscheinlich. Genaues kann ich allerdings erst sagen, wenn ich weiß, ob der Täter ein Spinnenpheromon verwendet hat. Damit könnte man in der Theorie die Tiere anlocken und dann einsammeln.«

»Eine spontane Tat können wir damit ausschließen?«

»Mit ziemlicher Sicherheit. Das sieht nach einer gut geplanten Aktion aus. Ihr solltet vorerst auch davon ausgehen, dass dem Täter größere Räumlichkeiten, wie ein Keller, zur Verfügung stehen, um die Tiere zu halten.«

»So irre dieser Kämmerer auch zu sein scheint, hat sich wohl der Ex gerade zu unserem Hauptverdächtigen gemausert«, stellte Oliver fest. »Mir geht nur nicht in den Kopf, wie man das seiner eigenen Tochter antun kann.«

»Es kann kein Zufall sein, dass wir eine Leiche mit einem Spinnenmedaillon finden, und kurz darauf passiert das«, stimmte Alexis zu. »Bleibt nur die Frage, ob jemand versucht, uns auf eine falsche Fährte zu locken, oder ob Hernandez uns herausfordern will.«

Karen sah zu dem Krankenwagen, der inzwischen eingetroffen war. Merle saß alleine im Heck des Autos, während ihre Mutter sich einige Meter entfernt mit einem Sanitäter unterhielt. »Wie geht es ihr?«

»Den Umständen entsprechend gut«, erwiderte Oliver. »Frau Thalberg ist ziemlich aufgebracht, und dem Mädchen wurde ein leichtes Beruhigungsmittel verabreicht.«

»Redet sie?«

»Mit mir jedenfalls nicht, dabei spüre ich, dass sie etwas vor uns verbirgt.«

»Sie hat Angst«, sagte Alexis leise.

»Meinst du, das weiß ich nicht?«, schnappte Oliver. Er wandte sich ab, ging ein paar Meter, bevor er zu ihnen zurückkehrte.

Karen hatte ihn noch nie so wütend gesehen.

»Brauchst du eine Pause?«, fragte Alexis ihren Partner.

»Tut mir leid.« Oliver atmete tief durch. »Warum das Mädchen? Das ist das, was ich nicht verstehe. Wenn es der Ex ist, könnte man das noch irgendwie einordnen, warum er die Mutter terrorisiert, aber dieser Spinnenangriff war gegen Merle gerichtet. Ein Kind. Was für ein perverses Arschloch macht so etwas?«

Karen beobachtete Merle, die den Kopf an die Rückwand des Fahrzeugs gelehnt mit angezogenen Beinen auf der Trage saß. In ihrem Pyjama wirkte sie schrecklich dünn und zerbrechlich. »Darf ich mit ihr sprechen? Mich kennt sie schon, und vielleicht schüchtere ich sie nicht so sehr ein wie ein Polizist.«

Alexis' Handy vibrierte, und sie holte es aus der Jackentasche, um ihre Nachrichten zu checken. »Die Chefin. Sie will, dass ich sie gleich anrufe.« Sie sah zu Karen und fuhr sich durch ihre kurzen Haare. »Ich weiß nicht, ob das eine gute Idee ist. Dir fehlt die Distanz.«

»Muss das etwas Schlechtes sein? Wir sollten alles versuchen, um die Wahrheit herauszufinden.«

Alexis biss sich auf die Unterlippe. Sie machte sich über jede noch so kleine Sache viel zu viele Gedanken. Vermutlich erst recht, nachdem sie nun im Fokus der Staatsanwaltschaft stand, aber dafür fehlte Karen nach dem, was sie in der letzten Stunde gesehen hatte, die Geduld. »Ich werde mit Sicherheit nicht tatenlos zusehen, wie einem Mädchen das Leben zur Hölle gemacht wird.«

»Nun gut«, sagte Alexis nach einem Augenblick des Schweigens. »Sei vorsichtig. Wer weiß, ob der Irre uns nicht in diesem Moment beobachtet.«

Karen ging zum Rettungswagen, stützte sich mit einer Hand an der Tür ab, während sie sich ein Stück hineinlehnte, um Merles Aufmerksamkeit auf sich zu ziehen. Das

Mädchen starrte jedoch weiterhin stumpf auf seine gefalteten Hände.

»Darf ich dir Gesellschaft leisten?«, fragte Karen.

Das Mädchen zuckte nur mit den Schultern, rückte aber ein wenig zur Seite, sodass Karen sich zu ihm setzen konnte.

»Erinnerst du dich an mich?« Karen lehnte sich gegen die Wand und spürte die Kälte des Metalls in ihrem Rücken. »Ich war mit meiner Freundin bei euch zu Besuch.«

»Die Cops.«

Merle sah noch immer nicht auf, aber immerhin sagte sie etwas. Wenn auch so leise, dass Karen sie kaum verstand. »Ich bin keine Polizistin, sondern Biologin.«

»Dann haben Sie keine Angst vor Spinnen?«

Mit einem Mal sah das Mädchen sie direkt an. Ihre Augen waren rot gerändert, und ihre Unterlippe zitterte.

»Sie gehören nicht zu meinen Lieblingstieren, aber zum Fürchten finde ich sie nicht. Eigentlich sind sie sogar ganz spannend.«

Merle schlang ihre Arme um sich, als würde sie frösteln. »Die sind einfach nur widerlich.«

»Dabei gibt es sogar Spinnen, die in erster Linie vegetarisch leben«, versuchte Karen ein Gespräch ins Laufen zu bringen und das Mädchen von den schrecklichen Dingen abzulenken.

»So ein Unsinn.«

Karen spürte, wie ihr Versuch fehlschlug und Merle sich wieder in sich zurückzog. »Ich sage die Wahrheit«, sagte sie behutsam, holte ihr Handy hervor und suchte über Wikipedia das Bild einer bernsteinfarbenen Spinne mit einem breiten, grünen Längsstreifen. »Das ist *Bagheera kiplingi*. Weißt du, wo der Name herkommt?«

Erleichtert registrierte Karen, wie Merle sich vorbeugte

und das Foto beäugte. »Die klingt wie der Panther aus dem Dschungelbuch.«

»Genau, und *kiplingi* leitet sich vom Namen des Autors des Dschungelbuchs Rudyard Kipling ab.«

»Und die soll Vegetarier sein?«

»Sie frisst auch Insekten, aber der größte Teil ihrer Nahrung ist pflanzlich und stammt von Akazien. Sie lebt in Mexiko.« Für einen Moment hegte Karen die Hoffnung, dass Merle ihr noch eine weitere Frage stellen würde, doch mit einem Mal huschte ein Schatten über das Gesicht des Mädchens, es zog die Beine an und umschlang sie mit seinen Armen.

»Kannst du mir beschreiben, was heute Nacht passiert ist?«, fragte Karen rasch, bevor sich Merle wieder vollständig in ihre Welt zurückzog.

»Das habe ich doch schon den Cops erzählt.«

»Ich bin Biologin, ich achte auf Dinge, die den Polizisten nicht auffallen. Tust du mir den Gefallen?«

Merle zögerte, dann fing sie an, stockend, mit monotoner Stimme zu berichten. Karen fiel es schwer, ihr nur zuzuhören, anstatt sie in die Arme zu nehmen und zu trösten, aber sie musste sich konzentrieren. Merles Schilderung endete mit dem Nachbarn, der ihre Schreie gehört und sie draußen gefunden hatte.

Karen fühlte sich in ihrer Annahme bestätigt, dass die Spinnen nicht einfach nur ins Haus gebracht worden waren. Jemand musste sie mit Pheromonen an spezifische Orte gelockt haben. »Danke«, sagte sie zu dem Mädchen. »Das hilft mir sehr.«

»Und was habe ich davon?« Das erste Mal sah Merle sie direkt an. »Sie schnappen ihn doch nie.«

»Wie kommst du darauf?«

»Warum sollte sich jetzt etwas ändern? Es geht seit Jahren so.«

Sie wusste, dass es ein Fehler war, aber in diesem Moment konnte sie nicht anders. Sie ergriff die Hand des Mädchens und drückte sie. »Ich verspreche dir, dass ich dir helfen werde. Du musst mich nur lassen.«

Merle zog ihre Hand zurück. Sie glaubte ihr offensichtlich nicht, aber zumindest ein Samenkorn des Vertrauens war gesät.

20

Der folgende Morgen begann für Alexis mit stechenden Kopfschmerzen. Sie hatte weniger als drei Stunden geschlafen und dabei von Spinnen und ihren klebrigen Netzen geträumt. Eine neue Variante der Albträume, die sie seit ihrer Kindheit quälten. Mit einer Spur Bitterkeit dachte sie, dass sie fast schon dankbar für die Ereignisse des letzten Jahres sein sollte, denn hatte sie früher nur ein begrenztes Repertoire an Nachtmahren heimgesucht, so gab es nun eine abwechslungsreiche nächtliche Vorstellung.

Sie blinzelte mit verquollenen Augen in das Licht der Nachttischlampe, die sie die ganze Nacht über brennen ließ, und tastete nach dem Messer, das sie unter ihrem Kopfkissen aufbewahrte. Ihren neuen Waffenschrank hatte sie in das Schlafzimmer gestellt und trug den Schlüssel immer um den Hals. Sie hatte sich schon immer einsam gefühlt. Ihr ganzes bisheriges Leben hatte sie verschwiegen, dass ihre Eltern Serienkiller waren. Fast war es eine Erleichterung, dass dieses Geheimnis nun gelüftet war und sie nun nichts mehr verbergen musste. Zumindest in der Theorie. In der Realität spürte sie, wie sie sich immer weiter zurückzog. Sie war sich nicht sicher, ob sie jemals wieder einem anderen Menschen wirklich würde vertrauen können, und nun noch die Sache mit Magnus. Bald würde man sie wieder als die potenzielle Mörderin betrachten.

Schwerfällig stand sie auf. Cookie und Coffee blieben eingerollt im Bett liegen. Erst nach einer Dusche und einer Tasse Kaffee regten sich in Alexis die Lebensgeister. Bevor sie aus dem Haus ging, füllte sie noch das Katzenfutter und Wasser auf, dann eilte sie durch den stürmischen Morgen zum Auto.

Auf der Autobahn ließ sie ihre Gedanken schweifen. Frau Thalberg und ihre Tochter hatte sie in einem Gasthof in der Nähe des Käfertaler Waldes untergebracht, der von der Polizei öfter für solche Zwecke verwendet wurde. Sie hatte für diese Nacht einen Beamten vor dem Haus postiert, wusste aber, dass sie die Mittel für einen dauerhaften Schutz nicht genehmigt bekommen würde.

Bei der Vorstellung umklammerte sie ihr Lenkrad so fest, dass es schmerzte. Es konnte doch nicht sein, dass sie abwarten musste, bis den beiden etwas zustieß.

Sie rief kurz bei Stephan an, um ihre Verabredung für den Abend abzusagen. Sie war jetzt schon zu erschöpft, und der Tag hatte noch nicht mal begonnen. Am Vorabend hatten sie lange telefoniert, während sie in eine Decke eingerollt auf der Couch gelegen hatte. Allmählich gelang es ihr, sich ein wenig auf ihn einzulassen.

Karen hatte zugesagt, sich um das Einfangen der Spinnen zu kümmern. Weder die Biologin noch Oliver waren einverstanden damit, einfach einen Kammerjäger zu beauftragen.

Sie parkte ihr Auto auf dem Parkplatz des Präsidiums, verfluchte den Lärm, den das Zuschlagen der Tür verursachte, und ging in das altehrwürdige Gebäude. Bevor sie auch nur in Erwägung zog, mit der Arbeit zu beginnen, holte sie sich einen Kaffee aus der kleinen Küche, die sich ihr Dezernat teilte. Volkers und Bauwart, zwei ihrer engsten Kollegen, saßen bereits dort und nippten an ihren Tassen. Vor Volkers, einem ältlichen, übergewichtigen Mann, der wegen seiner Art, die nicht viel mit Political Correctness zu tun hatte, nie in die höheren Ränge aufgestiegen war, lag ein dickes Thunfischsandwich. Angewidert verzog sie das Gesicht. Allein der Geruch ließ Übelkeit in ihr aufsteigen.

»Schlimme Nacht?«, fragte Bauwart, ein lauter Hüne mit einer sanften Ader.

»Nicht schlimmer als deine.« Alexis zwang ein Lächeln auf ihre Lippen. Ihr Kollege war erst vor wenigen Wochen Vater von Zwillingsmädchen geworden, und nach einer komplizierten Schwangerschaft war seine Frau noch nicht ganz wiederhergestellt, sodass er einen Großteil der Arbeit stemmen musste.

»Es wird besser. Meine Mutter übernachtet alle zwei Tage bei uns, damit wir etwas zur Ruhe kommen. Ansonsten wäre ich schon längst von der nächsten Brücke gesprungen.«

»Ich hatte dich gewarnt«, brummte Volkers.

»Du bist halt ein alter Misanthrop.«

»Steck dir deine Fremdwörter sonst wohin. Was war bei dir los?«, wandte er sich an Alexis.

Sie fasste die Geschehnisse knapp zusammen. Sie wollte, dass die beiden auf dem Laufenden waren. Sie war fest entschlossen, Frau Thalberg und Merle zu helfen, auch wenn es inoffiziell geschehen musste.

»Solche Drecksäcke gehören für den Rest ihres Lebens weggesperrt. Wie kann man das seiner Tochter antun?« Bauwarts mächtige Pranken ballten und streckten sich abwechselnd.

»Lass uns mal abwarten, ob er es wirklich ist. Bisher haben wir nur die Aussage der Ex.«

»Und die Tochter?«

»Sie schweigt, sobald man auf ihren Vater zu sprechen kommt. Laut ihrer Mutter ist sie ängstlich und verstört. Ich würde sie ja gerne Norden vorstellen, aber sie ist bereits bei einem Psychologen in Behandlung.«

»Dann rede mit ihm. Vielleicht kann er dir ein paar Hinweise geben, wie du zu ihr durchdringen kannst.«

»Das habe ich vor.«

»Eigentlich kannst du den Ex gleich verhaften. Bei den Südländern sind Schläge doch an der Tagesordnung«, brummte Volkers.

Alexis seufzte. »Ich weiß, dass du es nicht so meinst, aber reiß dich zusammen. Solche Kommentare können richtig Ärger verursachen.«

Volkers wollte aufspringen, doch Bauwart legte ihm eine Hand auf die Schulter.

Alexis nahm ihren Kaffee und ging in ihr Büro, das sie mit Oliver teilte. Dort holte sie eine Packung Aspirin aus dem Schreibtisch und schluckte zwei, bevor sie sich an die Bewältigung des Papierkrams machte. Elende Bürokratie. Manchmal fragte sie sich, wie viele Verbrechen sie verhindern könnte, wenn sie nicht die meiste Zeit gezwungen wäre, irgendwelche Berichte zu verfassen und Formulare auszufüllen. Kurze Zeit später traf auch Oliver ein. Er sah ebenso übermüdet aus wie sie und setzte sich nach einer knappen Begrüßung an seinen Platz.

Um kurz nach elf klingelte ihr Telefon. Karen.

»Ich bin mir ziemlich sicher, dass ich weiß, woher die Leiche stammt«, sagte die Kriminalbiologin.

»Nun rück schon raus mit der Sprache«, sagte Alexis unwirsch.

»Schon gut, kein Grund, gleich pampig zu werden.«

»Tut mir leid, mein Schädel brummt.«

»Mir geht es ähnlich. Also ich kann das Gebiet auf die Kopflache am Friesenheimer Altrhein eingrenzen. Die Artenzusammensetzung der Diatomeen ist dort sehr spezifisch. Ich schicke dir die Adresse aufs Handy.«

»Soll ich gleich einen Suchtrupp losschicken?«

Karen zögerte. »Lass uns erst mal alleine nachsehen. Wenn wir nichts finden, nehme ich eine Gewässerprobe, um es selbst zu überprüfen. Ich berufe mich hier auf eine vier Jahre alte Untersuchung.«

Alexis verkniff sich einen bissigen Kommentar. Ihre Laune war wirklich unterirdisch. Sie wusste, dass ihre Freundin ihr Bestes gab und dass ihr genauso sehr daran gelegen war wie ihr, Frau Thalberg und ihre Tochter zu beschützen.

»Habt ihr noch mal mit dem Ex gesprochen?«

»Nein, den knöpfen wir uns heute Abend vor. Wir wollten die ersten Ergebnisse der KT und von der Rechtsmedizin abwarten. Wann sollen wir uns in Friesenheim treffen?«

»In einer Stunde? Bring Gummistiefel mit.«

»Als wenn ich so etwas hier rumliegen hätte. Und nach Hause schaffe ich es nicht mehr.«

»Kein Problem, ich habe noch ein Paar.«

Na super, dachte Alexis. Viel schlimmer konnte der Tag nicht mehr werden.

Im Gegensatz zu ihr wirkte Oliver regelrecht euphorisch, als sie an der Kopflache, nur wenige Kilometer vom Mannheimer Zentrum entfernt, ankamen. Während der Fahrt hatte sie sich über das in einer Rheinaue gelegene Naturschutzgebiet informiert. Es war von Silberweiden-Auenwald, Schilfröhricht und Seggenried gekennzeichnet und bildete als Überschwemmungsgebiet des Rheins den Lebensraum für zahlreiche Libellenarten, Watvögel und den Teichrohrsänger. Durch das nahe gelegene Industriegebiet verirrten sich nur selten Menschen an diesen Ort. Der perfekte Ort, um Leichen abzuladen.

Oliver hatte wie so oft darauf bestanden zu fahren, da sein Auto das umweltfreundlichere sei. Das mochte zwar stimmen, aber Alexis hegte den Verdacht, dass bei ihm dann doch eher der Kerl durchkam, der einfach Spaß an seinem Auto hatte.

Sie parkten seitlich auf einem Feldweg in der Nähe eines Firmengeländes. Karens Bus stand ein paar Meter weiter. Sie winkte ihnen zu. »Helft mir mal beim Ausladen.«

Alexis starrte schockiert auf die Kisten. »Willst du das alles mitnehmen?«

»Fast.« Karen grinste. Sie beugte sich vor, holte aus einer ramponierten Klappbox ein Paar über die Oberschenkel reichende Gummistiefel. »Für dich. Sie sind schon etwas steif, aber dicht. Möchtest du auch eine wasserfeste Hose?«

»Fragst du das ernsthaft?«

Karen kicherte und warf einen Blick auf Oliver, der mal wieder wie frisch aus dem Dschungel importiert aussah. »Perfekt vorbereitet, wie immer.«

»Ich habe mir die Karte angesehen. Müssen wir das gesamte Gebiet absuchen?«

»Wir sollten uns zuerst auf den Uferbereich konzentrieren. Spaziergänger verirren sich nie dorthin. Das Gelände ist sehr unwegsam. Ein sehr versteckter und unbeachteter Ort – ein ideales Versteck.«

Karen nahm einen Gürtel, an dem eine Reihe von Schraubgläsern befestigt war. Oliver folgte ihrem Beispiel, und schon bald darauf machten sie sich auf den Weg.

Immerhin verschwanden Alexis' Kopfschmerzen. Ob es an den Aspirin, der Bewegung oder der frischen Luft lag, war ihr in diesem Fall reichlich egal. Sie atmete tief ein und spürte, wie der Druck von ihr abfiel. Sie war so darauf konzentriert, keine Fehler zu machen, dass sie ständig unter Strom stand.

Karen nahm eine Karte mit und führte sie an der Firma vorbei über einen Feldweg. Anschließend gingen sie in den Wald hinein, der den Fluss säumte. Der schmale Wildpfad verlor sich an einem Hochsitz, sodass sie sich nun durch das Gehölz kämpfen mussten. »Das artet ja in eine Wanderung aus«, murmelte Alexis.

»Gleich sind wir da. Wir sind hier am Zusammenfluss von Bonadieshafen und Rhein. Die Diatomeenzusammensetzung vom Lungengewebe müsste dieser Ecke entsprechen. Die Flussschleife vom Bonadieshafen verbindet Neckar und Rhein, wodurch das Gewässer charakteristisch ist.«

Der Boden war weich, und an manchen Stellen stand das Wasser vom Regen der letzten Tage. Unter den Bäumen, an denen das frische Grün im Wind raschelte, hörten sie das Gezwitscher von Vögeln und das Rascheln von Amseln im Laub des vergangenen Herbstes. Der Weg war mühsam, da überall kleinere und größere Äste lagen und der Untergrund uneben war. Zwischendurch mussten sie eine Art Wall hinunterklettern, um auf eine Ebene mit dem Fluss zu kommen. Trotzdem erreichten sie nach wenigen Minuten das Wasser.

Oliver sah auf die andere Flussseite hinüber, auf der sich eine Reihe alter Häuser und das Tierheim befanden. »Ich liebe den Rhein.«

»Wenn wir in einem netten Café sitzen würden, würde ich dir sogar zustimmen«, sagte Alexis und rückte ihren Gürtel mit den Gefäßen zurecht.

»Ich nehme hier eine Probe, dann laufen wir Richtung Norden mit der Strömung. Mal sehen, ob wir etwas entdecken.«

»Ein Schild mit dem Aufdruck *Tatort, bitte Spuren einsammeln* wäre äußerst praktisch.«

Nachdem Karen ein Gefäß gefüllt und beschriftet hatte, kämpften sie sich weiter durch das Geäst. Dann wichen die Bäume ein Stück zurück, sodass sie einen schmalen Kiesstrand entlangliefen. Als sie zu einer Böschung kamen, hob Karen die Hand. »Moment.«

Sie kletterten den Hang hinauf, an dem vor einiger Zeit offenbar das Wasser aufgelaufen sein musste. An seinem oberen Ende fand sich Treibholz, das vor langer Zeit angeschwemmt worden war. Karen blieb auf halber Höhe stehen, zog Handschuhe an und hob vorsichtig etwas hoch, das auf den ersten Blick wie eine Ansammlung kleiner Steine wirkte.

»Ich glaube, wir sind an der richtigen Stelle.«

Alexis ging zu ihr und sah auf das, was sie in den Händen hielt.

»Ist es das, was ich vermute?«, fragte sie leise.

Die Biologin nickte. »Das sind menschliche Fingerknochen. Passend zu denen, die bei Simone Fuchs fehlen.«

»Was glaubst du, was geschehen ist?«

»So auf die Schnelle ist es schwer zu sagen. Eventuell hat der Täter die Frau ursprünglich hier begraben. Durch die Nähe zum Fluss ist die Erde feucht genug, dass die sterblichen Überreste gar nicht oder nur langsam verwesten und sich zumindest Teile in eine Wachsleiche verwandelten. Etwa ein Jahr später kam das Hochwasser, unterspülte die Böschung, wodurch es zu einem kleinen Erdrutsch kam und die Leiche in den Fluss gelangte.«

»Und der Rhein spuckte sie an der Kläranlage wieder aus«, ergänzte Alexis. »Lasst uns das Umfeld in Augenschein nehmen, dann rufe ich die Spurensicherung.«

Sie gingen ein Stück in den Wald hinein. Nach wenigen Metern entdeckte Alexis eine Stelle, an der vor Kurzem gegraben worden war. »Mist.« Manchmal hasste sie es, recht zu haben.

Nun zog sie ebenfalls Handschuhe an und trug vorsichtig die erste Schicht Erde ab. Oliver kniete sich neben sie, um ihr zu helfen. Karen nahm in der Zwischenzeit Proben von der Erde und sammelte Würmer und Käfer ein. Keiner sprach ein Wort.

In etwa einem halben Meter Tiefe stießen sie auf etwas Nachgiebiges. Sanft schob Alexis das restliche Erdreich zur Seite und legte das beinahe unversehrte Gesicht einer jungen Frau frei. Ihre milchigen, offen stehenden Augen waren eingefallen und mit Erde verkrustet.

»Mir wird schlecht«, murmelte Oliver und ging einige Meter zur Seite.

Karen nahm seinen Platz ein und grub mit Alexis die obere Hälfte des Torsos aus. In der Vertiefung zwischen den Knochen des Schlüsselbeins entdeckten sie auch hier ein Medaillon.

»Damit dürfte die Frage wohl geklärt sein, ob es sich um eine Einzeltat handelt«, sagte Alexis leise.

»Und was machen wir nun mit Frau Thalberg und ihrer Tochter?«

»Den Täter schnappen. So schnell wie möglich.« Alexis stand auf, zückte ihr Handy und leitete alle notwendigen Maßnahmen ein.

Das würde ein langer Tag werden, dachte Karen. Für sie alle.

Teil 2

MANNHEIMER TAGEBLATT

Internationales Geschehen
Montag, 12.08.1998

Mutmaßlicher Serienkiller gefasst

Pereira – Nachdem im Mai dieses Jahres nahe der kolumbianischen Stadt Pereira ein Massengrab mit sechsundzwanzig Frauen zwischen achtzehn und neunundzwanzig Jahren gefunden worden war, erfolgte heute die Verhaftung eines Verdächtigen. Der örtliche Staatsanwalt, Eduardo Cunha, bestätigte, dass ein Mann Anfang zwanzig festgenommen wurde. Er plane, schon bald die Anklage zu erheben und für die Höchststrafe zu plädieren.

Er begründete dies mit der besonders abscheulichen Natur der Taten. Die Opfer wurden mehrfach vergewaltigt, bevor ihr Mörder sie erstickte und ihnen eine Spinne im Mund platzierte.

Kolumbien musste sich erst Ende der 70er- und Anfang der 80er-Jahre mit einem der schrecklichsten Serienmörder der Geschichte auseinandersetzen, als Pedro Alonso López, *das Monster der Anden*, gestand, über 300 kleine Mädchen vergewaltigt und ermordet zu haben.

Die Todesstrafe wurde bereits 1910 in Kolumbien abgeschafft.

21

1989, Kolumbien

Der Junge wachte auf, weil er pinkeln musste. Seine Schwester lag nackt neben ihm im Bett. Seit einem halben Jahr teilten sie sich das Lager, obwohl er seither kaum Schlaf fand. Sie lutschte noch am Daumen, und das saugende Geräusch irritierte ihn.

Der Junge zog den Vorhang zur Seite, der ihren Schlafplatz vom restlichen Raum trennte. Sie waren noch immer zu viert. Das Baby war tot geboren worden – ein Freudentag im Leben des Jungen.

Er schwankte schlaftrunken zur Tür, hielt inne und starrte in das Dämmerlicht. Sein müder Verstand benötigte ein paar Sekunden, um zu realisieren, dass er sich in Gefahr befand.

In der Ecke lauerte eine gelb-braune Spinne. Sie war riesig, deutlich größer als seine Hand und beobachtete ihn, als versuchte sie abzuschätzen, ob ihr Gift reichen würde, ihn zu töten. Er schrie auf, blieb wie versteinert stehen. Jedes Kind kannte die Bananenspinne, wusste um die Tödlichkeit ihres Giftes.

Vater hörte ihn und öffnete die verquollenen Augen. Die Angst im Gesicht des Jungen alarmierte ihn. Grunzend stand er auf und torkelte zu ihm. In dem Moment zuckte die Spinne herum und erhob die vorderen beiden Beinpaare in einer Drohgebärde. Der Junge starrte sie fasziniert an. Vergessen war die Furcht, machte einem Gefühl des Respekts

Platz. Das Tier war so klein, und doch zog es lieber in den Kampf, als sich seinem Schicksal zu ergeben.

Vater kam näher, wischte sich Rotz und Schlaf aus dem Gesicht. »Vorsicht«, sagte der Junge, doch der Mann stieß ihn zur Seite, sodass er stolperte und beinahe in Richtung der Spinne gefallen wäre.

Das Tier sah es offenbar trotzdem als Angriff, sprang nach vorne, über den Jungen hinweg und direkt an Vaters nackten Oberschenkel. Dieser schrie auf, fasste nach der Spinne und schleuderte sie von sich.

Der Junge reagierte schnell, nahm einen Besenstiel, holte aus und traf das Tier präzise in der Mitte. Es zerplatzte wie eine überreife Frucht.

In seinem Rücken erklang ein Ächzen. Er drehte sich um. Vater wankte, griff mit der einen Hand an sein Bein, mit der anderen stützte er sich an der Wand ab. Er zitterte, dann ging er in die Knie.

Mutter war inzwischen aufgestanden. Sie sagte keinen Ton. Von dem Stöhnen Vaters abgesehen, herrschte in der Hütte gespenstische Stille.

»Er braucht einen Arzt«, sagte der Junge.

»Kein Geld für so einen Quacksalber«, meinte die Mutter und stieß ihn an. »Los, pack mit an.«

Jeder nahm einen Arm, und so schleiften sie Vater zum Schlafplatz. Der Blick des Jungen fiel auf seine Schwester, die zusammengekauert in einer Ecke saß.

In den folgenden Stunden verschlechterte sich Vaters Zustand. Er stöhnte und keuchte, manchmal schrie er auf und schlug um sich, sodass sie ihn ans Bett fesselten. Der Tag brach an, und Mutter scheuchte sie nach draußen, um die anfallenden Arbeiten auf dem Hof zu erledigen. Es goss in Strömen, und der Boden war so matschig, dass sie stellenweise bis zu den Knien im Schlamm versanken. Erst am Abend kamen sie zurück ins Haus.

Mutter gab jedem von ihnen ein Stück Fladenbrot. Sie knabberten daran, während sie sich neben Vater setzten. Es faszinierte den Jungen, ihn so schwach zu sehen. Jetzt war er der Mann im Haus. Noch wagte er es nicht, den Gedanken laut auszusprechen.

Irgendwann ertrug Mutter die Schreie nicht mehr. Sie riss Vaters Decken weg. »Seht ihn euch an«, brüllte sie mit Hysterie in der Stimme. Der Junge gehorchte nicht, da packte sie ihn grob am Kinn. »Ich sagte, sieh ihn an.«

Der Junge zwang seine Augen auf Vaters zuckenden Leib, dessen geschwollener Penis steil nach oben stand, während er rasend vor Schmerzen stöhnte und an den Seilen riss, die ihn ans Bett fesselten. Sie schnitten ihm ins Fleisch, und Blut tropfte auf die schmutzigen Laken, doch ohne sie hätte er im Wahn um sich geschlagen. Es roch säuerlich nach Urin, Schweiß und Ziegenkot.

Der Blick des Jungen huschte zu Mutter. Ihre Augen waren hasserfüllt. Zum ersten Mal nahm er sie als eigenständiges Wesen wahr. Nicht nur ein Ding, das ihn kniff und trat, wenn Vater nicht da war. Er ahnte, dass sie zur neuen Größe in seinem Leben werden würde.

»Er ist nichts als ein Sack voll Knochen und Scheiße. Genauso wie du und du.« Sie tippte dem Jungen und der Schwester auf die magere Brust. »Merkt euch das.« Sie spuckte aus. »Irgendwann erwischt es jeden. Er war dumm.«

Der Junge war schockiert von ihrem Mut. Fasziniert sah er zu, wie sie Vater das Kissen auf das Gesicht drückte, bis er anfing zu zucken. »Es wäre so leicht, ihn jetzt zu töten.« Sie lachte und zog das Kissen wieder weg. »Das wäre zu einfach.« Sie trat ihm mit aller Kraft in die Seite. »Wer ist nun die Stärkere?«

Der Junge spähte in die Ecke, wo noch immer die tote Bananenspinne lag. Sie war so winzig, so unbedeutend, und dennoch hatte sie seinen Vater zu Fall gebracht. Diese Erkenntnis setzte etwas in seinem Inneren in Bewegung, erschütterte sein Bild von der Welt. Die Person, die er mehr als Gott gefürchtet hatte, lag im Sterben. Der Junge zweifelte nicht an dieser Tatsache.

Unauffällig bewegte er sich in die Ecke. Das hatte er früh gelernt: nicht auffallen, keinen Ton von sich geben. Nur dann war man sicher vor Schlägen und anderen Arten von unerwünschter Aufmerksamkeit.

Er nahm die aufgeplatzte Spinne, aus der weißlicher Schleim tropfte, packte sie an einem Bein und versteckte sie hinter einem Regal. Morgen würde er sie herausholen und in der Kiste aufbewahren, die all seine kärglichen Schätze beherbergte.

22

Alexis beobachtete die uniformierten Beamten, die das Gebiet mit Flatterband absperrten, während andere die eintreffenden Fahrzeuge der Spurensicherung auf die wenigen vorhandenen Parkmöglichkeiten verwiesen. Bauwart versuchte in der Zwischenzeit den Besitzer des verlassenen Fabrikgebäudes ausfindig zu machen, um dessen Hof nutzen zu können.

Schaulustige strömten aus der benachbarten Ortschaft herbei und behinderten sie bei der Arbeit.

Alexis war froh, dass der Leichenfundort für die Gaffer nicht einsehbar war. Sie beabsichtigte, die Wahrheit so lange wie möglich vor der Presse zu verbergen. Dabei musste sie sich eingestehen, dass es nicht nur im Sinne des Falles war. Der Gedanke, erneut in den Fokus der Medien zu geraten, bereitete ihr Unbehagen.

Während sie auf einen Rückruf von Linda wartete, betrachtete sie nachdenklich ihr Handy. Sie unterdrückte den Wunsch, Stephan anzurufen. Das wäre äußerst unprofessionell, aber nach ihrer Entdeckung ahnte sie, dass es in den nächsten Tagen kaum eine Gelegenheit geben würde, mit ihm zu sprechen. Sie trat einen kleinen Stein zur Seite. Warum kam immer etwas dazwischen, sobald sie die Hoffnung hegte, etwas Normalität in ihr Leben zu bringen?

Endlich klingelte es und riss sie aus ihren Gedanken. Linda meldete sich, klang dabei abgehetzt und außer Atem. »Ich bin mitten in einer Verhandlung«, sagte sie. »Was gibt es so Dringendes?«

»Wir haben herausgefunden …«

»Moment.«

Alexis hörte ein quietschendes Geräusch, das Klappern von Lindas High Heels auf Fliesen, und dann verstummte das Stimmengewirr im Hintergrund.

»Jetzt. Ich sitze auf der Damentoilette im Gericht.«

Alexis schilderte ihr die Ereignisse der letzten Stunde.

»Eine Leiche oder gleich mehrere?«

»Das wissen wir noch nicht. Wir haben einen Leichenspürhund herbeordert, aber es dauert noch etwas, bis er eintrifft.«

»Was sagt dein Bauchgefühl?«

Alexis dachte einen Moment nach. »Hier liegen noch mehr. Frau Fuchs ist vor Jahren gestorben, die Leiche, die wir hier entdeckt haben, ist sehr frisch. Unwahrscheinlich, dass es nur die beiden waren.«

Für einen Moment herrschte Stille in der Leitung. »Wie kann es sein, dass Frauen in unserer Stadt getötet werden und wir merken es nicht?«

Alexis wusste, dass Linda keine Antwort erwartete. Stattdessen sah sie in den Himmel hinauf, über den ein Schwarm Vögel hinwegflog.

»Nun gut, was schlägst du also vor?«

Diese Frage stand für alles, was Alexis an Linda schätzte. Im Gegensatz zu manch anderem Staatsanwalt arbeitete sie mit der Polizei zusammen und hörte sich zuerst die Vorschläge der Beamten an, bevor sie ihre Entscheidung traf.

»Wir brauchen eine SoKo und die entsprechenden Räume.«

»Und du willst die Leitung übernehmen?«

Alexis zögerte einen Moment. Dadurch würde sie wieder vermehrt in den Fokus der Medien rücken und müsste die ganze Verantwortung tragen. Dann dachte sie an Karen, die jetzt schon zu nah an dem Fall dran war. Wer sollte sie vor Schaden bewahren, wenn nicht sie? Und Frau Thalberg. Sie hatte versprochen, der Frau zu helfen. Das konnte sie nur, wenn sie die Verantwortung übernahm. »Ich kenne den Fall besser als jeder andere.«

»Keine Selbstzweifel«, drang Lindas Stimme durch den Handylautsprecher, als hätte sie ihre Gedanken gelesen. »Ich kümmere mich darum. Die Räumlichkeiten stellen kein Problem dar. Es gibt ein verlassenes Schulgebäude am Rand der Quadrate, nicht weit vom Präsidium entfernt. Die Marienschule. Ich werde alles veranlassen.«

»Wann kommst du zum Fundort?«

»Das wird noch eine Weile dauern. Es stehen noch zwei Verhandlungen auf meinem Terminplan.«

Sie besprachen noch einige organisatorische Details, bevor Alexis auflegte und sich den wartenden Beamten zuwandte, die auf Anweisungen warteten.

23

Karen hatte sich selten so überfordert gefühlt wie an diesem Tag. Nach dem Fund der ersten Leiche war sie noch gefasst gewesen, hatte in Absprache mit der Spurensicherung ihre Proben genommen und Insekten eingesammelt. Dabei gruben sie die Tote Stück für Stück aus. Sie schätzte, dass sie noch keine zwei Tage dort lag. Die Erde hatte sie vor Fliegen geschützt, und der Körper wies kaum äußerliche Verwesungsspuren auf. Die Frau war zu Lebzeiten ein Blickfang gewesen. Braune Locken, eine sportliche Figur und gemachte Brüste. Sie schätzte sie auf Ende zwanzig.

Der Horror begann, als ein herbeorderter Leichenspürhund die nächste Leiche entdeckte. Der Schäferhund bellte laut und setzte sich neben einen Baumstamm. Der Hundeführer belohnte das Tier, und nach einer kurzen Diskussion begannen zwei Männer vorsichtig ein Loch auszuheben, wobei jeder Arbeitsschritt von Fotografen dokumentiert wurde. Es dauerte nicht lang, bis sie auf die nächste Tote stießen.

Schließlich wurde erneut der Leichenspürhund geholt. Noch zweimal schlug er an, bis sein Führer ihm eine Pause verordnete. Zwei Stunden später ging es weiter, und sie lernte, das Bellen des Tieres zu fürchten. Weitere fünf Mal erklang das heisere Kläffen, und jedes Mal fanden sie eine Leiche. Alle weiblich und, soweit sie es beurteilen konnte, nicht älter als Anfang dreißig. Manche waren oberflächlich begraben worden und weitgehend verwest, andere lagen tiefer und näher am Fluss und hatten sich zu Wachsleichen gewandelt. Sie alle trugen das gleiche Medaillon mit der Kreuzspinne. Manchen lag es um den Hals, bei anderen entdeckten sie es im Mund.

Zwischenzeitlich musste Karen ins Labor zurückfahren, um neue Probenbehälter zu besorgen und eine dickere Jacke. Die Arbeit würde die ganze Nacht über fortdauern. Im Universitätsgebäude schloss sie sich in der Toilette ein, schaltete das Handy ab. Ihr war schwindlig und übel, die Hände zitterten. Diese Ansammlung von Toten, von Leben, die nicht weitergelebt werden würden. Sie ertrug es nicht.

Ein paar Studentinnen kamen herein, kicherten und tratschten, während sie die Türen ihrer Toilettenkabinen zuknallten. Karen fand Trost in ihrer Anwesenheit. Außerhalb der Kopflache ging das Leben weiter. Menschen verliebten sich, lernten, arbeiteten, spielten mit ihren Katzen oder herzten ein Kind. Es gab nicht nur Schlechtes auf der Welt.

An dem Gedanken hielt sie sich fest, als sie in ihr Labor ging, ihre Sachen packte und an die Kopflache zurückkehrte.

Dort stand der neue Rechtsmediziner bei Alexis und Oliver. Trotz des kühlen Windes trug er nur ein Sweatshirt, das über seiner breiten Brust spannte. Er begrüßte sie mit einem Lächeln. »Freut mich, Sie wiederzusehen, auch wenn es kein schöner Anlass ist.«

»Das ist es selten, wenn man eine Kriminalbiologin braucht.«

»Ist bei meinem Job nicht anders. Ich bin bei der Bergung der Opfer dabei. Die Realität sagt oft mehr aus als irgendwelche Fotos.«

»Sie werden allerdings warten müssen, bis ich mit meiner Arbeit fertig bin«, sagte Karen. »Es ist wichtig, dass ich fliehende Insekten einsammeln und die Vegetation begutachten kann.«

»Ich könnte Ihnen assistieren.«

»Das klingt nach einer guten Idee«, stimmte Alexis zu. »Du bist vollkommen überlastet.«

»Nun gut.« Karen war sich nicht sicher, was sie davon halten sollte, aber ein weiteres Paar Hände wäre tatsächlich hilfreich. Sie musterte Chris von oben bis unten. »Holen Sie sich ein paar Handschuhe, dann geht es los. Ich will mit den frischeren Leichen anfangen, da dort mehr Gewebe vorhanden ist, und dementsprechend verschiedene Tiere und Überreste von Puppen. Bei den anderen Leichen dürften notfalls das gesiebte Erdreich und ein paar Proben genügen.«

»Einverstanden.«

Die Zusammenarbeit mit dem Rechtsmediziner gestaltete sich erstaunlich problemlos. Er verfügte über eine rasche Auffassungsgabe, und bereits bei der zweiten Frau assistierte er ihr, als wären sie seit Jahren ein Team. Allmählich brach die Dunkelheit herein, und Karens Schultern und Nacken schmerzten von dem langen Knien. »Sie sollten einige Minuten auf und ab gehen und Ihre Muskulatur lockern«, sagte Chris.

»Später«, entgegnete sie. »Das ist die letzte Wachsleiche. Mit ihr muss ich fertig werden, bevor die Flutlichter aufgestellt werden und die Käfer verscheuchen.«

Sie schaffte es gerade noch, den letzten Totengräber in

einem Gefäß zu verstauen, bevor die Spurensicherung unmissverständlich darauf bestand, die Lichter einzuschalten. Sie hatte inzwischen mehrere Kisten voll mit Gefäßen und Tüten und war froh, dass die Außentemperatur so stark gefallen war, dass sie sich wegen der Kühlung keine Sorgen machen musste. Während die Lampen aufgestellt wurden, folgte sie dem Rat des Rechtsmediziners und lief ein paar Schritte das Flussufer entlang, während sie die Schultern kreisen ließ. Nach einigen Minuten folgte er ihr. »Darf ich?«, fragte er und hob die Hände. »Sie sehen aus, als bräuchten Sie eine Massage.«

Obwohl Karen den Vorschlag etwas befremdlich fand, nickte sie, und das ungute Gefühl schwand in der Sekunde, als er seine Hände auf ihre Schultern legte. Sie fühlte sich winzig neben ihm, aber auf eine gute Weise. Routiniert fand er die Verspannungen in ihren Muskeln und löste sie mit sanften Bewegungen. »Lernt man das im Medizinstudium?«, fragte sie.

»Nein, aber als Masseur lässt sich das Studium finanzieren.«

Sie wurden unterbrochen, als ein uniformierter Beamter nach ihm rief, um eine Leiche zum Abtransport freizugeben.

Er kehrte erst zurück, als sie sich gerade einer fast vollständig skelettierten Leiche zuwandte, die in nur fünfzig Zentimeter Tiefe gelegen hatte. Darunter war ein Stein zum Vorschein gekommen, der den Mörder von einem tieferen Graben abgehalten hatte. Sie fand es bezeichnend, dass es ihm nicht wichtig genug gewesen war, einen neuen Ort zu suchen, um sicherzustellen, dass die Leiche nicht gefunden werden würde.

»Von wo kommen Sie?«, eröffnete sie das Gespräch.

»Erfurt.«

»Sind Sie aus beruflichen Gründen weg?«

»Unter anderem.« Er deutete auf einen toten Käfer, den er unter einem Knochen entdeckt hatte. »Soll ich ihn separat verpacken?«

Sie sah ihn von der Seite an. Er wollte scheinbar das Thema wechseln. Von da an setzten sie die Arbeit schweigend fort, bis sie mit der letzten Leiche fertig waren. Die Morgendämmerung zog auf, und die ersten Vögel stimmten ihren Gesang an, der in seiner Fröhlichkeit deplatziert wirkte.

Erschöpft stand sie auf und bereitete die Kisten für den Transport vor. Sie würde zweimal fahren müssen.

Chris half ihr beim Tragen und begutachtete trotz seiner Müdigkeit ihren VW-Bus fachmännisch. »Ich wollte immer einen T1 haben.«

»Ich auch.« Sie grinste. »Kaum hatte ich mein erstes Gehalt, habe ich mir den geholt. Er war in ziemlich schlechtem Zustand, aber ein Kumpel hat mir geholfen, sodass wir ihn nach einem Jahr generalüberholt hatten.«

»Ich hätte nicht gedacht, dass Sie sich mit Autos auskennen.«

»Weil ich Biologin bin und nur mit Birkenstocksandalen durch die Welt stapfe, während ich auf einer Stange Sellerie kaue?« Zu ihrer Überraschung wurde Chris tatsächlich rot, soweit sie es bei der Beleuchtung durch die beiden Laternen beurteilen konnte. Also lenkte sie ein. »Sie haben ja nicht unrecht. Bis ich mir das Monster gekauft habe, wusste ich weder, was eine Bremsleitung ist noch ein Achsbolzen, aber man wächst an Herausforderungen.«

Er lächelte. »Wir wühlen uns nun seit einem Tag gemeinsam durch menschliche Überreste. Sollen wir da nicht einfach zum Du übergehen?«

»Gerne.« Sie öffnete die Schiebetür und schämte sich einen Moment für das herrschende Chaos, bevor sie das Gefühl beiseiteschob und die erste Kiste hineinstellte.

Nachdem der Bus praktisch bis unter die Decke vollgeladen war, standen noch immer einige Kisten daneben.

»Soll ich den Rest mitnehmen? Dann musst du nicht zweimal fahren.«

»Das wäre fantastisch.« Sie rieb sich müde die Schläfen. »Ich brauche dringend etwas Schlaf.«

»Ich hole mein Auto, dann müssen wir den ganzen Kram nicht schleppen.«

Karen setzte sich auf den Bordstein und schloss die Augen. Sie war noch nie so erschöpft gewesen, und selbst hier, Hunderte Meter von der Fundstelle entfernt, glaubte sie noch immer den Verwesungsgeruch in der Nase zu haben. Sie hätte zu gerne mit Alexis gesprochen, aber sie war sich nicht sicher, ob die Freundin sie noch verstand. Ein Serienmörder lief frei herum und bedrohte offensichtlich Merle und ihre Mutter. Wie sollte sie da kein Mitgefühl mit den Menschen haben?

Es dauerte nur wenige Minuten, dann fuhr Chris mit einem karibikblauen 1er BMW vor. Mit Müh und Not quetschten sie alles in den Wagen und machten sich auf den Weg zu ihrem Labor.

24

Dolce, die Dezernatsleiterin, hatte sie in einem Kellerraum, der durch die fortschreitende Digitalisierung von Akten frei geworden war, zur Besprechung versammelt. Das Schulge-

bäude, das für die SoKo vorgesehen war, würde ihnen erst
in ein paar Stunden zur Verfügung stehen. Nachdem Dolce
vor einiger Zeit abgehört worden war, weigerte sie sich,
wichtige Zusammenkünfte an den üblichen Orten abzuhalten. Stattdessen trafen sie sich jedes Mal woanders, ob es
ein Imbiss oder ein altes Kino war – sie nutzten selten einen
Ort mehrfach.

Oliver, Linda, Bauwart, Volkers und der Psychologe Dr.
Norden, der trotz seiner Verachtung Polizisten gegenüber
für sie als Berater tätig war, saßen bereits auf unbequemen
Holzstühlen, die sie an ihre Schulzeit erinnerten. Wegen
der Flut an Leichen und biologischem Material, das ausge-
wertet werden musste, waren dieses Mal sowohl Karen als
auch der neue Rechtsmediziner anwesend.

Alexis unterdrückte ein Gähnen. Sie hatte in den vergangenen zwei Nächten praktisch keinen Schlaf bekommen, und selbst der dritte Becher Kaffee half ihr kaum dabei, die Augen offen zu halten. Es fiel ihr schwer, sich auf
den vorliegenden Fall zu konzentrieren. Immer wieder
tauchten Merles angstgeweitete Augen in ihren Erinnerungen auf, und sie fragte sich, warum sie sich mit einem Haufen Toten beschäftigen musste, anstatt zwei lebenden Menschen zu helfen.

»Was haben wir bisher?«, fragte Dolce und sah sie mit
einem durch die streng nach hinten gebundenen Haare
seltsam geglätteten Gesicht an.

»An der Kopflache haben wir neun weitere Frauenleichen gefunden. Die Letzte ist vor wenigen Tagen gestorben«, sagte Alexis.

»Und die anderen?«

Alexis überließ Chris das Wort, nippte an ihrem Kaffee,
während sie ihre Füße dazu zwang, ruhig zu bleiben. Zu

viel Koffein, zu wenig Schlaf. Eine ungute Kombination. »Vom ersten Eindruck her ist keine der Leichen älter als drei bis vier Jahre.«

»Wissen wir bereits, wer die Opfer sind?«

»Ich warte noch auf das Ergebnis der DNA-Analyse, aber ich halte es für wahrscheinlich, dass es sich bei einem der Opfer um eine Rebecca Jolan handelt. Größe, Alter und vor allem eine Tätowierung am Fuß stimmen. Sie wurde vor einigen Monaten als vermisst gemeldet.«

»Was wissen wir über die Frau?«

Alexis stellte ihren Kaffeebecher ab und übernahm. »Sie stammt aus der Ukraine. Offiziell ist sie Mitarbeiterin in einem Seitensprungportal. Inoffiziell arbeitete sie als Prostituierte – die Kunden wurden ihr über die Seite vermittelt. Die von der Sitte sind an dem Laden dran.«

»Also ein leichtes Opfer. Wer hat sie vermisst gemeldet?«

»Ihre Mitbewohnerin. Sie hat keine Familie – zumindest nicht in Deutschland.«

»Nun gut. Sollte sich ihre Identität bestätigen, machen Sie ihre Angehörigen ausfindig.« Dolce zögerte, auf ihrer Stirn zuckte es. »Ich habe gehört, dass Landeaux dauerhaft nach Mannheim versetzt wurde. Laut dem Memo sollen wir uns um eine gute Zusammenarbeit bemühen. Versuchen Sie ihn mit ins Boot zu holen. Vielleicht kann er mehr über sie herausfinden.«

Volkers schnaubte vernehmlich. Er hatte nicht viel für Europol übrig.

Die Dezernatsleiterin ließ sich davon nicht beirren. »Könnten die anderen Frauen ebenfalls Prostituierte sein?«

»Es wäre möglich – einige der gefundenen Kleidungsreste sprechen dafür, aber es ist zu früh, um das mit Sicherheit sagen zu können.«

»Eine erste Einschätzung, Dr. Norden?«

»Der Täter ist mobil, ansonsten wäre es ihm nicht möglich, die Leichen unauffällig zu entsorgen. Zu riskant, sich dafür ein Fahrzeug zu leihen. Stets denselben Ablageort zu wählen, vor allem so nah an einer Stadt, ist gewagt. Eventuell möchte er sogar, dass seine Opfer entdeckt werden und die Welt von seiner Existenz erfährt. Jedenfalls fürchtet er die Polizei nicht. Die Auswahl seiner Opfer und die Tatsache, dass er bisher nicht aufgefallen ist, sprechen für ein planvolles Vorgehen. Ich vermute, dass er mindestens dreißig Jahre alt ist. Genaueres kann ich erst sagen, wenn die Opfer identifiziert sind und ich die Todesursachen kenne.«

»Was hat es mit der Spinne auf sich?«

»Es ist eine äußerst merkwürdige Fixierung. Vielleicht will der Täter uns einfach nur schockieren, oder es hat eine persönliche Bedeutung für ihn, die in seiner Vergangenheit liegt.«

»Warum wählt er ausgerechnet diese Spinnenart?«, fragte Alexis, mehr sich selbst als an ihre Kollegen gerichtet. »Kreuzspinne.« Da war etwas. Sie konnte es nur nicht fassen.

»Hall?«, fragte Dolce.

»Moment bitte.« Sie blendete die Anwesenden aus, vor allem Norden, auf dessen Lippen ein verächtliches Lächeln lag. *Er gießt sie in Harz und setzt sie in ein Medaillon ein. Eine Kette.* »Es ist das Kreuz«, sagte sie schließlich. »Der Täter hat möglicherweise einen christlichen Hintergrund.«

»Das ist eine gewagte Schlussfolgerung«, sagte Norden und schnaubte.

»Würde aber zu Kämmerer passen. Sein Verein ist eindeutig christlich orientiert, und wir haben hier mindestens eine lesbische Frau und eine Hure«, wandte Oliver ein. »Er hat immer noch Kontakte zur Polizei. Vielleicht war der Spinnenangriff nur ein Ablenkungsmanöver.«

»Nehmen Sie ihn unter die Lupe«, sagte Dolce. »Aber vorsichtig. Er hat noch immer Freunde in der Politik. Können wir den Täter über die Herkunft der Spinnen ausfindig machen?«

»Leider nein.« Karen schüttelte den Kopf. »Wegen ihrer Zeichnung sind sie recht beliebt bei Terrarianern.«

»Bei bitte was?«

»Terrarianer ist ein Sammelbegriff für Menschen, die Tiere in Terrarien halten. Üblicherweise denkt man dabei an Schlangen und Reptilien, aber auch die Haltung von Spinnen fällt darunter. Allein in Mannheim dürften wir mehrere Hundert Spinnenbesitzer haben, und die Haltung von *Araneus*-Arten ist denkbar einfach. Als Radnetzspinne benötigt sie nur ausreichend Platz für ihr Netz, und die Fütterung ist unkompliziert. Man werfe das passende Tier, zum Beispiel ein Heimchen, ins Netz, und die Spinne ist zufrieden.«

»Das wäre ja auch zu schön gewesen. Also, wie gehen wir weiter vor?«

»Wir brauchen noch mehr Leute«, sagte Alexis. »Wir haben keine Chance, das Umfeld von allen Frauen in Augenschein zu nehmen. Nicht, wenn wir fertig sein wollen, bevor er sich die Nächste holt.« Sie stand auf, ging zu einem Tisch, auf dem eine Thermoskanne und Becher arrangiert waren, und goss sich einen Kaffee ein. Oliver bedeutete ihr stumm, ihm eine Tasse mitzubringen.

»Gehen Sie davon aus, dass das bald geschieht?«

»Ein einfaches mathematisches Spiel. Wir haben zehn Leichen in dreieinhalb Jahren. Somit tötet er im Schnitt alle vier Monate. Nehmen wir an, dass sich der Abstand zwischen den Morden eher verringert als vergrößert, dann späht er vielleicht schon jetzt sein nächstes Opfer aus.« Alexis setzte sich nicht wieder hin, sondern lehnte sich an die Wand. Von den harten Stühlen schmerzte ihr Steißbein, und sie hatte das Gefühl, dass ihr Po gleich einschlafen würde. Nicht unbedingt konzentrationsfördernd.

Dolce zögerte, schließlich stimmte sie zu.

Linda hatte sich bisher im Hintergrund gehalten. Alexis schätzte sie für diese Zurückhaltung. Sie ließ sie ihre Arbeit machen und mischte sich nur ein, wenn ihre Hilfe gefragt war. »Keine Einwände von meiner Seite. Wir sollten den Fund so lange wie möglich aus der Presse halten. Zudem möchte ich, dass der Fundort rund um die Uhr unauffällig überwacht wird. Schicken Sie vielleicht ein paar Leute von der IT hin, um Kameras aufzustellen. Möglicherweise kehrt er an den Ort zurück.«

»Hoffentlich ohne weitere Leiche«, murmelte Oliver.

»Dafür werden wir sorgen«, erwiderte Alexis. »Wir werden uns jedenfalls als Erstes den Exmann von Gabriela Thalberg vorknöpfen und diesen Kämmerer.«

»Ist es nicht unwahrscheinlich, dass einer von ihnen ein Serienkiller ist und keinem fällt etwas auf?«, fragte Volkers.

»Hernandez' Exfrau ist offensichtlich etwas aufgefallen«, stellte Karen mit einer gewissen Bitterkeit fest. »Zudem kann es kein Zufall sein, dass wir Leichen mit Spinnenmedaillons finden und gleichzeitig jemand in ihrem Haus Hunderte von diesen Viechern aussetzt.«

»Zuerst möchte ich jedoch mit der Mitbewohnerin von Rebecca Jolan sprechen«, beschloss Alexis. »Falls sie irgendwelche Hinweise hat, können wir den Ex gleich damit konfrontieren.«

»Oder ihn aus dem Verkehr ziehen.«

Oliver hob bei Karens Bemerkung eine Augenbraue. Alexis war ebenso überrascht, dass ihre Freundin sich so sehr auf den Mann eingeschossen hatte.

Am Ende der Besprechung nahm sie sie zur Seite. »Für dich scheint Hernandez' Schuld bereits festzustehen.«

»Natürlich nicht, aber ich hasse solche Drecksäcke, die ihre Familien terrorisieren.«

»Wir haben nur die Aussage der Mutter.«

»Und die zählt nicht?«

»Das habe ich nicht gemeint. Warum so aggressiv?«

Karen seufzte, drehte ihren Oberkörper leicht zur Seite. »Eine Freundin wurde während ihres Studiums von ihrem Ex belästigt. Er rief sie an, verfolgte sie nachts. Die Polizei tat nichts. Irgendwann brach er bei ihr ein und schlug sie zusammen. Er wurde verhaftet, kam aber nach kurzer Zeit wieder frei. Sie bekam solche Panik, dass sie ihr Studium abbrach und in ein anderes Land zog. Seither habe ich nichts mehr von ihr gehört.«

»Davon hast du nie erzählt.« Alexis legte ihr eine Hand auf die Schulter. »Ich verspreche dir, dass ich alles tun werde, damit sich das nicht wiederholt.« Sie betrachtete ihre Freundin. Es fiel ihr schwer, Karens emotionales Verhalten nicht als Fehler zu betrachten. Dabei war es eine normale, menschliche Reaktion. Gefühle, die sich Alexis bis zu einem gewissen Grad abtrainiert hatte.

Beim Hinausgehen beauftragte sie Oliver, bei der KT nach neuen Informationen zu fragen, und wandte sich an Linda. »Sollen wir einen Kaffee trinken? Du hast mir noch nichts von deinem Urlaub erzählt.«

Linda sah auf ihre Uhr. »Eine Dreiviertelstunde habe ich. Treffen wir uns direkt in der *Poststube?* Ich muss noch telefonieren und dann gleich weiter.«

Alexis willigte ein und verabschiedete sich schnell, als sie Frau Thalberg die Treppen hinaufkommen sah. Karen hatte sie offensichtlich ebenfalls entdeckt und steuerte auf sie zu. Die Frau sah zwar übernächtigt aus, aber davon abgesehen war sie perfekt gekleidet und geschminkt. Sie trug einen geschmackvollen, kurzen Rock mit einer weinroten Bluse, dazu schwarze Pumps.

»Wie geht es Ihnen?«, erkundigte sich Karen.

»Ich kann das alles nicht fassen. Die Welt scheint auf dem Kopf zu stehen.«

»Soll ich Sie zu dem Beamten bringen, der Ihre Aussage protokollieren wird?«, unterbrach Alexis das Gespräch. Sie wollte nicht, dass ihre Freundin sich noch emotionaler in die Geschehnisse verstricken ließ.

»Gerne. Ich habe nur den Namen und eine Zimmernummer.«

»Wie geht es Ihrer Tochter?«, hakte Karen dennoch nach.

»Nicht gut.« Gabriela Thalberg rang ihre Hände. »Sie isst zu wenig und spricht mit niemandem. Doktor Ferrer, ihr Psychologe, sagt, dass ich ihr Zeit geben soll, aber ich habe das Gefühl, dass genau die uns davonrennt.«

»Hat sie jemals ihren Vater beschuldigt?«

Alexis kannte die Antwort bereits. Die Frage war der Frau bereits von mehreren Beamten gestellt worden. So war es keine Überraschung, als sie sie erneut verneinte.

»Kann uns denn niemand helfen?« Tränen stiegen in Frau Thalbergs Augen.

Alexis sah zu Karen und wusste, dass es zu spät war. Im Gesicht der Biologin zeichnete sich eine Mischung aus Mitleid und Zorn ab. Sie hätte sie niemals zu der Befragung mitnehmen dürfen.

In dem Moment klingelte Karens Handy, und Alexis nutzte die Gelegenheit, um die Frau von ihr wegzulotsen.

Zehn Minuten später saß sie Linda gegenüber in dem zweistöckigen Café, das nur zwei Straßen vom Präsidium entfernt war. Mit seinem Mangel an Fair-Trade-Produkten und Käsekuchen genügte es zwar nicht Olivers Ansprüchen, aber Alexis mochte die etwas angestaubte Atmosphäre in dem ehemaligen Postamt.

Nachdem sie sich Kaffee und Kuchen bestellt hatten, lehnte sich Alexis in ihrem Stuhl zurück. »Wie geht es Sabrina?«, fragte Alexis.

Linda senkte den Blick. »Sie ist letzte Woche ausgezogen.«

»Hattet ihr Streit?« Alexis sah sie fassungslos an. Sabrina und Linda waren so lange ein Paar, wie sie die Staatsanwältin kannte. Wenn selbst dieses Traumpaar mit Problemen zu kämpfen hatte, wie konnte sie nur glauben, dass sie zu einer dauerhaften Beziehung fähig wäre?

»Nicht zum ersten Mal.« Linda wartete, bis die junge, ausgesprochen hübsche Bedienung ihre Bestellung serviert hatte, dann rührte sie gedankenverloren in ihrem Kaffee. »Sie ist zehn Jahre jünger als ich, gerade erst dreißig geworden. Sie fragt sich, ob sie nicht etwas verpasst. Ich war ihre erste Frau, und ihr fehlen die Männer.«

»Klingt nach einer vorgezogenen Midlife-Crisis.«

»Ich weiß nicht, ob es so einfach ist. Vielleicht haben wir uns einfach zu früh kennengelernt. Sie will Kinder.«

»Du nicht?«

»Mit ihr hätte ich es mir vorstellen können, aber Sabrina weiß gerade selbst nicht, was sie möchte. Die biologische Uhr hat angefangen zu ticken, und sie stellt ihr ganzes Leben infrage. Mich eingeschlossen.«

»Das ist hart.« Alexis legte ihre Hand auf die der Freundin. Linda wischte sich verlegen eine Träne aus den Augenwinkeln.

»Habt ihr es mit einer Paartherapie versucht?«

»Ich habe nur das Wort erwähnt, da ist sie schon sauer geworden. Allein der Gedanke daran lässt sie sich wie eine fünfzigjährige Ehefrau fühlen. Aber genug geheult. Was ist mit dir und dem Süßen von Europol? Bei den Augen könnte selbst ich schwach werden. Ich habe gehört, er ist jetzt in Mannheim.«

»Es läuft gut.« Alexis zögerte. Wie sollte sie ihre Gefühle in Worte fassen? Die Angst, wieder verraten zu werden. Die antrainierte Vorsicht. Die seit ihrer Kindheit bestehende Angewohnheit, andere Menschen auf Distanz zu halten.

»Aber?«

»Da gibt es kein wirkliches Aber. Er ist nett, aufmerksam, wir verstehen uns gut.«

»Aber du hast Angst, dich zu binden.«

»Vielleicht. Ich weiß es nicht.«

»Verständlich, aber pass auf, dass dir nicht der beste Fang deines Lebens durch die Finger geht.«

Sie redeten noch eine Weile, und Alexis genoss das Gespräch mit der Staatsanwältin. So sehr sie Karen auch schätzte, aber sie hatte wenig bis gar keine Erfahrung, was Beziehungen anging. Zudem hatte sie das Gefühl, nicht mehr unbefangen mit ihrer Freundin sprechen zu können. Der Fall begann sich wie eine schwarze Wand zwischen sie zu schieben.

Dann nahm sie ihren Mut zusammen und stellte die erste Frage, die ihr auf der Zunge brannte. »Gibt es Neuigkeiten von der Anklage gegen mich?«

Linda senkte verlegen den Blick. »Du weißt, wie langsam

die Mühlen des Gesetzes mahlen, und ich darf eigentlich nicht mit dir darüber sprechen.«

»Aber du wirst es trotzdem tun. Bitte«, sagte Alexis. »Ich muss wissen, woran ich bin.«

»Die Anschuldigungen sind so schwerwiegend, dass man dich vernehmen wird. Du wirst die nächsten Tage eine Vorladung zugestellt bekommen. Mehr weiß ich auch nicht, aber du brauchst dir keine Sorgen zu machen. Milbrecht hat zugesagt, es aus den Medien rauszuhalten.«

»Mein Onkel jedoch nicht.« Alexis dachte an Magnus. Der Mann hatte nichts für die Presse übrig. Hatte er gehofft, dass er sich durch die Anzeige nicht selbst die Finger schmutzig machen müsste? Was würde geschehen, wenn er merkte, dass es unter Verschluss gehalten wurde? Sie kannte ihn gut genug, um zu wissen, dass er es nicht auf sich beruhen lassen würde. Magnus Hall bekam immer, was er wollte.

Sie schwiegen einen Moment, dann kam Alexis auf den Fall zu sprechen. »Ich wollte noch einmal unter vier Augen mit dir über Frau Thalberg reden. Ich weiß, dass wir bisher keine Beweise gegen ihren Exmann haben, können wir nicht trotzdem etwas unternehmen?«

»Das wird schwierig. An was hast du denn gedacht?«

»Eine einstweilige Verfügung für ein Annäherungsverbot gegen den Mann ist wohl nicht drin?«

Linda rückte ihren Stuhl etwas ab und schlug die Beine übereinander. »Da besteht keine Hoffnung, er muss seine Tochter ja noch sehen dürfen.«

»Die so verstört ist, dass sie mit niemandem spricht.«

»Auch nicht mit ihrem Psychologen? Vielleicht kann er weiterhelfen. Wenn sie in Gefahr schwebt, kann er die Schweigepflicht umgehen.«

»Wir werden mit ihm sprechen, aber laut ihrer Mutter ist

sie ihm gegenüber ebenso verschlossen.« Alexis stach verbissen mit der Gabel in ihren Muffin. »Das ist so frustrierend.«

»Manchmal lässt uns das Gesetz im Stich. Personenschutz werde ich auch nicht durchboxen können. Der Aufenthalt in dem Haus im Käfertaler Wald sorgt schon für genug Ärger. Im Moment sind aber doch viele Beamte mit dem Fall vertraut. Kannst du sie nicht mobilisieren, dass sie regelmäßig bei Frau Thalberg und ihrer Tochter vorbeischauen?«

»Die Idee ist nicht schlecht.« Alexis legte sich im Kopf bereits eine Liste von Beamten zurecht, die sie ansprechen konnte.

25

Alla Blinova lebte in der Neckarstadt-West, einem Stadtteil von Mannheim, der viele Jahre als Problembezirk galt. Ihre Wohnung lag nur wenige Fußminuten von der Lupinenstraße, der bekannten Bordellstraße, entfernt. Sie verdankte ihren Namen einer Anspielung auf *Lupa*, dem Wort für Hure im antiken Rom.

Es war eine trostlose Gegend. Die Straßen so schmal, die Häuser so hoch, dass sie das Sonnenlicht verschluckten. Das Gebäude sah von außen nicht viel besser aus. Graffiti beschmutzten die Fassade, an einige Fenster war von innen Zeitungspapier geklebt worden. Das Innere machte auch nicht mehr her. Vergilbte Wände und eine tote Palme auf dem Treppenabsatz. Ein Haufen von alten Prospekten, die sich unter den Briefkästen stapelten.

Den Namen ihres Opfers suchte Alexis vergeblich auf dem Türschild. Offenbar war sie bereits ersetzt worden.

»Was wollen Sie?«, wurden sie von Alla Blinova durch einen schmalen Türspalt gefragt, nachdem sie zum zweiten Mal geklingelt hatten. Sie hatte einen starken osteuropäischen Akzent und war so mager, dass an ihren Fingern die Knöchel wie abgenagte Hühnerknochen hervortraten.

»Es geht um Rebecca Jolan.«

»Ist sie tot?«

»Sie wirken nicht überrascht«, stellte Oliver fest. »Dürfen wir hereinkommen?«

Sie trat zur Seite. »Seien Sie aber leise. Meine Mitbewohnerin schläft.«

Die Wohnung war noch erbärmlicher, als Alexis erwartet hatte. Geschirr stapelte sich auf dem Wohnzimmertisch, es roch nach Hasch, was auch durch das hastig aufgerissene Fenster nicht vertrieben werden konnte. Der Teppich wies Löcher auf, die Gardinen waren vermutlich noch nie gewaschen worden, und als Alexis eine Decke zur Seite schob, fühlte sich die Couch darunter speckig an. Einzig die Sammlung von Fotos auf einem Schränkchen wies auf die Überreste einer glücklicheren Vergangenheit hin.

»Sie haben sie als vermisst gemeldet?«

»Es stört Sie doch nicht?« Alla Blinova wedelte mit einer Zigarettenschachtel und steckte sich eine an, ohne auf ihre Antwort zu warten. »Irgendeiner musste es ja machen. Nicht dass es jemanden interessiert.«

»Wie lange haben Sie mit ihr zusammengelebt?«

»Dürften zwei Jahre gewesen sein. Wir kamen fast zur selben Zeit nach Deutschland. Wie ist sie gestorben?«

»Die genauen Umstände sind noch ungeklärt, aber es war kein Unfall«, erwiderte Alexis.

»Die genauen Umstände«, äffte Alla Blinova sie nach. »Als wenn Sie das einen Scheiß interessieren würde.«

Alexis holte zwei Fotos hervor. Eines von Kämmerer und das andere von Hernandez. »Kommt Ihnen einer der beiden bekannt vor?«

Die Frau nahm die Bilder und studierte sie. Dann sah sie zur Seite, ihre Hand verkrampfte sich. Es war eindeutig, dass sie jemanden erkannte. »Lassen Sie sich Zeit«, sagte Alexis mit gesenkter Stimme.

Schließlich deutete die Frau auf den ehemaligen Stadtrat. »Der vielleicht, bin mir aber nicht sicher.«

Oliver und Alexis tauschten einen Blick. Nach dem, was sie bisher über den Mann in Erfahrung gebracht hatten, war er ein christlicher Hardliner, dem selbst die katholische Kirche zu zahm war. Ihm waren zwar besonders queere Menschen ein Dorn im Auge, aber auch gegen Prostitution wetterte er gerne. Auf seiner Webseite und in einschlägigen Magazinen fanden sich Forderungen, Prostitution unter hohe Strafe zu stellen und vor allem die Frauen aus dem Verkehr zu ziehen, da sie die Männer in Versuchung führten. Was zum Teufel hatte Kämmerer also hier zu suchen gehabt?

»War er ein Freier?«

»Woher soll ich das wissen?« Sie rieb sich nervös mit der Hand über die Stirn. »Ich bin mir ja nicht mal sicher, ob es der Kerl überhaupt ist. Hat er sie umgebracht?«

»Wir gehen nur verschiedenen Spuren nach.« Es mochte ein Hinweis sein, aber diese vage Identifizierung war nicht beweiskräftig genug. Das Bild des Stadtrats war oft in der Zeitung gewesen – es bestand die Möglichkeit, dass er ihr deshalb bekannt vorkam. Alexis glaubte jedoch nicht daran. Sie musterte Alla Blinova. Irgendetwas verheimlichte die

Frau. »Tun Sie mir den Gefallen und schauen Sie es sich noch mal an«, hakte Alexis nach. »Es ist wichtig.«

Die Frau ergriff erneut das Foto und studierte es, während sie ihre halb aufgerauchte Zigarette ausdrückte, nur um sich sogleich die nächste anzustecken. Ihre Hände zitterten. »Wenn, dann war es ein Freier. Einer wie der kam für ein paar Wochen immer mittwochnachts, kurz bevor wir fertig sind.«

Alexis blätterte in ihrem Notizbuch. »Sie haben Frau Jolan an einem Freitag vermisst gemeldet. Laut Ihren Angaben kam sie am Mittwoch nicht nach Hause. Haben Sie diesen Mann da gesehen?«

Die Frau schien beinahe erleichtert und antwortete unbefangen. »Nee, an dem Abend war ich nicht zu Hause. Ich musste mit mehreren Mädchen zu einer Tanzveranstaltung. Sie verstehen schon.« Sie zwinkerte ihnen zu, doch es wirkte wie das traurige Lächeln einer zerbrochenen Puppe.

Alexis lehnte sich zurück. Sollte es sich bei dem Unbekannten tatsächlich um den Stadtrat handeln, hätte er gleich zwei mögliche Motive. Entweder er war selbst schwach geworden und Rebecca Jolan hatte herausgefunden, wer er war und ihn erpresst, oder er hatte seinem Hass auf Huren nachgegeben. Wie passten aber Frau Thalberg und ihre Tochter ins Bild? Tatsächlich nur ein Ablenkungsmanöver? Sie mussten dringend auch die anderen Opfer identifizieren.

»Ist Ihnen vor dem Verschwinden von Frau Jolan etwas aufgefallen? Wurde sie bedroht?«

Die Frau sog an ihrer Kippe. »Ihr ging es ziemlich gut. Hat mich sogar zum Essen eingeladen und davon geschwafelt, dass sie bald nach Hause kann.«

»Haben Sie noch Sachen von ihr?«

Bevor die Frau antworten konnte, wurde die Klinke der Eingangstür heruntergedrückt, und ein grobschlächtiger Kerl, der jedem einzelnen Klischee eines Zuhälters entsprach – von der blank polierten Glatze, der vierschrötigen Gestalt bis zu den Goldkettchen –, riss die Tür auf.

»Was geht hier ab?«, fragte er und offenbarte beim Sprechen einen Goldzahn.

»Wir stellen nur ein paar Fragen zu dem Verschwinden von Frau Jolan.«

»Wen interessiert das schon? Hauen Sie ab.« Dann breitete sich ein lauernder Ausdruck auf seinem Gesicht aus. »Oder haben Sie sie gefunden? Sagen Sie ihr, dass ich gerne mit ihr … reden möchte.«

Frustration breitete sich in Alexis aus. So viel Leid, so viel Ungerechtigkeit, und sie fühlte sich völlig machtlos.

Sie näherte sich dem Mann, in wie sie hoffte nach außen unbedarft wirkender Weise. »Wir wissen, wo sie ist.« Sie senkte die Stimme, sodass er sich vorbeugte, um sie zu verstehen. Als sie direkt vor ihm stand, handelte sie schnell. Sie packte zu, ergriff seinen Arm und verdrehte ihn schmerzhaft. Er jaulte auf.

»Ey, du blöde Schlampe«, rief der Kerl. »Was soll der Scheiß?«

In diesem Moment war Alexis alles egal. Sie wollte endlich ein paar Antworten, vorwärtskommen und den Fall hinter sich lassen. »Was können Sie uns über Rebecca Jolan sagen?«

»Nichts, die Tusse ist einfach abgehauen.«

Alexis verdrehte den Arm noch ein Stück weiter und drückte den Mann gegen die Hauswand. Viel weiter durfte sie nicht gehen, um ihn nicht ernsthaft zu verletzen.

Er schrie auf und stöhnte. »Ich mache Sie fertig.«

In dem Moment spürte sie Olivers Hand auf ihrer Schulter. »Das reicht. Lass ihn los.«

Widerstrebend gehorchte sie, während das Bewusstsein um ihr Verhalten in ihren Verstand sickerte. Sie hatte gerade eine Grenze überschritten.

Sie sah zu Alla Blinova. Die Frau saß zusammengekauert wie ein Hund auf ihrem Stuhl und beobachtete sie mit weit aufgerissenen Augen. Wenn sie den Zuhälter nicht beschwichtigte, würde sie nie wieder mit ihnen sprechen. Falls sie sie überhaupt jemals wiedersahen. Sie nickte Oliver zu, das Reden zu übernehmen.

»Entschuldigen Sie das Verhalten meiner Partnerin«, sagte er und führte den Mann ein Stück in den Raum hinein. »Sie wissen ja, wie Frauen sind, sie neigen zur Überreaktion. Vor allem, wenn sie es mit Leichen zu tun haben.«

Die Augen des Mannes verengten sich zu schmalen Schlitzen, als ihm die Bedeutung von Olivers Worten und damit ihres Besuchs klar wurde. »Verschwinden Sie.«

»Wir würden gerne mit Ihnen und Frau Blinova sprechen«, sagte Oliver.

»Und das hier ist meine Wohnung und ich sage, dass Sie abhauen sollen. Sonst rufe ich die richtigen Bullen.«

Alexis erfasste eine Welle der Schuldgefühle, als sie die Frau beobachtete. Sie war kreidebleich und hielt die Arme eng um ihren Körper geschlungen. Ihr Blick wanderte zu dem kleinen Fenster, als erwäge sie, sich hinauszustürzen.

Alexis wollte nur noch weg. Also verabschiedeten sie sich und hasteten die Treppe hinunter.

Kaum saßen sie in ihrem Auto, blaffte Oliver sie an. »Was sollte denn der Scheiß?«

Alexis atmete tief durch. Den Anpfiff hatte sie sich verdient. »Es tut mir leid. Mir sind die Lichter durchgebrannt.«

Sie massierte sich die Schläfen. »Ich habe das Gefühl, die Kontrolle zu verlieren. Erneut. Karen macht sich mehr Sorgen um Merle und ihre Mutter, als gut für sie ist. Ich weiß nicht, was mir dabei mehr Angst macht. Dass sie verletzt werden könnte oder dass sie ihre Objektivität einbüßt und damit den Fall gefährdet.«

»Sie hat uns noch nie enttäuscht«, erwiderte Oliver. Sein Zorn war bereits verflogen.

»Ich weiß, aber dann ist da noch die Anzeige von Magnus ...« Alexis' Stimme brach, und sie spürte Tränen in ihre Augen steigen. »Ich hätte nicht gedacht, dass er mich noch so treffen kann.«

»Er ist wie ein verletztes Tier und schlägt wild um sich.«

Oliver legte einen Arm um Alexis, und sie verbarg ihren Kopf an seiner Schulter. Für einen Moment gestattete sie sich die Schwäche, dann wischte sie sich die Tränen von der Wange.

»Geht es wieder?«

Sie nickte. »Danke. Es tut mir leid, dass ich so ausgerastet bin.«

»Das passiert jedem mal.«

»Bei mir ist es anders.«

»Red keinen Blödsinn, und jetzt lass uns einen Mörder schnappen.«

Alexis rief im Büro an und erwischte Bauwart. »Wir müssen die Finanzen von Rebecca Jolan überprüfen. Möglicherweise hat sie den Stadtrat erpresst.«

»Das dürfte schwierig werden. Sie hatte kein Konto.«

»Scheiße.« Alexis schlug mit dem Kopf gegen die Rückenlehne. Natürlich hatte sie keins. Wenn sie eine Zwangsprostituierte war, hat man ihr die Pässe abgenommen und sicher nicht zugelassen, dass sie ein Konto eröffnet. »Danke.«

Sie legte auf und wendete sich an ihren Partner. »Wir müssen noch mal da rein. Blinova hat sicher Rebeccas Sachen aufbewahrt. Vielleicht finden wir etwas darin. Ich rufe Linda an.«

Oliver startete in der Zwischenzeit den Motor und fuhr um den Block, um in einer Parallelstraße zu parken. Sie wollten keine unnötige Aufmerksamkeit auf sich ziehen.

Alexis musste einige Minuten warten, bis die Staatsanwältin aus einer Besprechung kam. »Wie kann ich dir helfen?«

Alexis erklärte ihr den Sachverhalt. Schweigen war die Antwort. »Bist du noch dran?«

»Ich bin am Überlegen, wie ich das einem Richter verkaufen kann.«

»Meinst du, wir bekommen einen Durchsuchungsbeschluss?«

»Ich sorge dafür«, sagte die Juristin mit grimmiger Entschlossenheit. »Dieser Kämmerer ist mir schon lange ein Dorn im Auge. Wenn ich ihn der Heuchelei überführen kann, soll es mir gerade recht sein. Ich rufe dich zurück.« Damit legte sie auf.

Alexis runzelte irritiert die Stirn. Lindas Verhalten grenzte an Unhöflichkeit. Sie drehte sich halb zu Oliver um. »Sie kümmert sich darum. Lass uns in der Zwischenzeit einen Kaffee trinken. Die Bäckerei Glück ist nicht weit entfernt.«

Nach kurzer Fahrt waren sie zwar am Ziel, doch die Parkplatzsuche dauerte erheblich länger. Schließlich fanden sie einen Platz, gingen in das warme Geschäft, aus dem ihnen der Duft frisch gebackenen Brotes entgegenströmte. Louise winkte ihnen zu, war aber zu beschäftigt, um ihre Bestellung persönlich entgegenzunehmen. Der Laden war gerappelt voll. Endlich waren sie an der Reihe, holten sich ein paar gefüllte Donuts und Cappuccini, bevor sie sich in eine Ecke zurückzogen.

Oliver schrieb mit seiner Tochter WhatsApp-Nachrichten, sodass Alexis ihren eigenen Gedanken nachhing. Die Unmengen an Kaffee hatten sie aufgekratzt, und zugleich fühlte sie sich vor Müdigkeit noch immer schwerfällig. Für einen Moment bereute sie, Stephan abgesagt zu haben. Es wäre schön gewesen, sich mit ihm auszutauschen. Wie es wohl sein mochte, nach Hause zu kommen, und da war jemand und wartete auf sie? Jemand, der auch ihre dunkelsten Geheimnisse kannte und sie dennoch liebte und respektierte? Sollte sie ihn einfach anrufen?

Sie war so in Gedanken versunken, dass sie Karens Schwester erst bemerkte, als sie neben ihnen stand und sie herzlich begrüßte. »Kann ich kurz mit dir reden?«, fragte sie.

»Ich wollte eh auf die Toilette«, sagte Oliver, stand auf und verschwand in der Menge.

26

Louise setzte sich auf den frei gewordenen Stuhl. »Wie geht es Karen? Ich mache mir Sorgen um sie.«

Nicht nur du, dachte Alexis. »Der Fall geht ihr sehr nahe.«

»Meinem Schwesterchen? Wenn sie verwesende Leichen sieht, vergisst sie doch alles andere.«

»Da gibt es eine Frau mit ihrer Tochter, die bedroht werden. Karen hat sie kennengelernt und hält nicht die notwendige Distanz.«

»Ist das denn nicht normal?«

Alexis zerpflückte ihren Donut, ohne einen Bissen davon zu essen. »Wir sind Mordermittler. Wir müssen objektiv bleiben.«

»Aber das ist es nicht, was dich bedrückt.«

Alexis lächelte bitter. Louise hatte ein Gespür für Menschen wie kaum eine andere. »Ich habe Angst, dass es unsere Freundschaft kaputt macht. Wir stehen auf unterschiedlichen Seiten, wollen aber beide dasselbe. Und ich habe die Verantwortung für den Fall. Wenn sie Mist baut ...«

Louise legte eine Hand auf Alexis' Unterarm. »Ihr bekommt das hin, da bin ich mir ganz sicher.«

Alexis nickte ihr dankbar zu. Ihre Zuversicht tat ihr gut. »Lass uns von etwas anderem sprechen. Meinst du nicht, dass du dir zu viel zumutest?« Alexis rührte in ihrem Cappuccino, löffelte etwas von dem Schaum ab und ließ ihn in die hellbraune Flüssigkeit tropfen.

»Vielleicht, manchmal erschrecke ich vor meiner eigenen Courage.«

»Dann schalt einen Gang zurück.«

»Das kann ich nicht«, sagte sie leise. »Ich habe Angst, dass ich nie wieder in die Gänge komme, wenn ich anhalte. Es war so unglaublich hart, nach Miles Tod wieder ins Leben zurückzufinden, und es gibt noch immer Tage, an denen ich nicht weiß, warum ich aufstehe. Ich brauche das.«

In dem Moment klingelte Alexis' Handy. Es war Linda, die ihr verkündete, dass sie den Durchsuchungsbeschluss hatte. »Wo bist du?«

»Bei Louise in der Bäckerei.«

»Ich bringe ihn vorbei. Dann kann ich gleich ein paar Brötchen mitnehmen.«

»Musst du los?«, fragte Karens Schwester.

»Wir haben noch ein paar Minuten. Ich warte auf Linda.«

Auf Louises Gesicht breitete sich ein Lächeln aus. »Wie geht es ihr? Ich habe sie ewig nicht mehr gesehen. Hat sie Sabrina endlich einen Antrag gemacht?«

Alexis zögerte. »Frag sie am besten selbst«, sagte sie schließlich und lenkte das Gespräch mit Fragen zu der geplanten Ausstattung von Louises Café auf unverfängliches Terrain. Kurze Zeit später sah sie Lindas Auto vorbeifahren. Sie wandte sich Louise zu. Obwohl sie gleich alt waren, war sie in ihrer Vorstellung immer die kleine Schwester gewesen, um die man sich kümmern musste.

»Wie geht es denn dir?«, fragte Louise. »Lassen dich die Journalisten endlich in Ruhe?«

»Ich habe meine Arbeit, date einen tollen Mann. Wie könnte es mir da nicht gut gehen?«, log Alexis, ohne auch nur einen Anflug von schlechtem Gewissen zu verspüren.

Louise schüttelte genervt den Kopf. »Hör endlich auf, mich in Watte zu packen. Es tut mir gut, mich mit den Problemen anderer Menschen zu beschäftigen. Sonst halte ich mich irgendwann noch für einen Freak, wenn mir alle vorspielen, dass ihr Leben aus eitlem Sonnenschein besteht, nur meines nicht.« Louise sah sie prüfend an. »Machst du dir immer noch Sorgen wegen deiner Herkunft?«

Alexis versteifte sich. Sie wollte nicht darüber nachdenken. »Wie könnte ich nicht?«, rutschte ihr dennoch über die Lippen.

»Du bist einer der besten Menschen, die ich kenne. Sei nicht so streng mit dir.«

Alexis sah zum Eingang, an dem sich Linda gerade an einer Frau mit zwei quengelnden Kindern vorbeidrückte. Erleichtert, dem Gespräch zu entkommen, winkte sie ihr zu.

Die Staatsanwältin wedelte in Erwiderung mit dem Durchsuchungsbeschluss.

Sie begrüßten einander, dann verschwand Linda, um sich eine Tüte Brötchen und zwei riesige, mit Vanillepudding gefüllte Berliner zu holen.

Louise beobachtete fasziniert, wie sie genüsslich in einen biss. »Wie machst du das nur, diese Figur zu halten und trotzdem Berge von Süßzeug zu essen?«

»Ich jogge jeden Morgen zehn Kilometer und mache mehrmals die Woche Krafttraining.«

Karens Schwester seufzte. »Also auch kein Geheimrezept. Wie geht es Sabrina?«

Lindas Miene verhärtete sich. »Lass uns ein anderes Mal darüber sprechen.« Sie wandte sich an Alexis. »Ich habe alles dabei, was ihr braucht.«

Nun kam auch Oliver zu ihnen und setzte sich neben Linda. Er trank seinen inzwischen nur noch lauwarmen Cappuccino in einem Zug aus. »Sollen wir los?«

»Macht euch keine zu großen Hoffnungen«, sagte Linda. »Sentimentalität wird an diesem Ort nicht großgeschrieben. Wer weiß, ob sie die Sachen von Rebecca Jolan überhaupt behalten hat.«

»Ich bin mir ziemlich sicher. Sie war wohl tatsächlich mit dem Opfer befreundet.«

Als sich das Gespräch dem Fall zuwandte, verabschiedete sich Louise. Sie wollte keine Details von Alexis' und Karens Job wissen.

»Nun gut. Es ist schon ein gutes Gefühl, überhaupt etwas gegen Kämmerer zu unternehmen.« Die Staatsanwältin presste ihre Hände flach auf den Tisch, bevor sie sie ineinander verschränkte.

»Du hasst diesen Kerl.«

»Er hat Menschen wie mir jahrelang das Leben schwer gemacht und alles darangesetzt, mich aus der Behörde zu bekommen.«

Alexis erinnerte sich nur diffus daran. Als Außenstehende nahm sie die Diskriminierung von Homosexuellen wohl nicht so wahr wie die Betroffenen. »Und was hast du dann gemacht?«

»Ihm gesagt, dass er da bleiben soll, wo der Pfeffer wächst. Ich bin zu seinem nächsten Auftritt gegangen und habe während seiner Rede demonstrativ Sabrina geküsst. Natürlich war ich nicht alleine, sondern hatte ein paar Freunde mitgebracht.«

Alexis lachte. Das war typisch für die Staatsanwältin. Sie hatte noch nie vor jemandem gekuscht. »Was ist eigentlich mit diesem Zuhälter?«

»Ilir Karlić. Ein Drecksack, der hinter Gitter gehört. Die Sitte wird von unserer Einmischung nicht begeistert sein, aber dem Typen muss man ab und an auf die Zehen treten.«

»Warum wird er nicht aus dem Verkehr gezogen, wenn doch alle Welt weiß, dass er ein Menschenhändler ist, der Frauen zur Prostitution zwingt?«

»Weil die Gesetzeslage in Deutschland ein Albtraum ist. Mittlerweile sind wir zu einem regelrechten Paradies für Menschenhandel geworden. Die Sitte ist zwar an ihm dran, aber es braucht viel Überzeugungsarbeit, um ein Mädchen dazu zu bringen, gegen einen Zuhälter auszusagen. Solange wir nicht für die Sicherheit ihrer Verwandten in der Heimat sorgen können, ist kaum eine dazu bereit.«

»Wir leben in einer beschissenen Welt«, konstatierte Oliver.

»Dann los, lass sie uns ein Stück besser machen«, sagte Alexis.

»Eine optimistische Aussage und das von dir?«, spöttelte er.

Alexis boxte ihm in die Seite und stand auf.

»Ich komme mit«, sagte Linda mit einem Blick auf die Uhr. »Ich habe eine Stunde bis zur nächsten Verhandlung.«

»Du kennst diesen Kämmerer besser als wir«, sagte Alexis beim Hinausgehen. »Traust du ihm die Morde zu?«

»Wenn ich ehrlich bin, nein. Einen einzelnen Mord vielleicht, aber so viele Frauen?«

Draußen fasste sie Alexis am Arm und zwang sie stehen zu bleiben. »Ich muss mit dir reden. Kannst du schon mal vorgehen, Oliver?«

»Das ist nicht nötig«, hielt Alexis ihn auf.

Er sah von einer Frau zur anderen. »Ich weiß das zu schätzen, Alex, aber in diesem Fall lasse ich euch alleine.«

Linda nickte ihm zu, und er trottete in Richtung ihres Autos. »Lass uns ein Stück von den Leuten weggehen.« Linda deutete auf die Menschen, die in die Bäckerei hineinströmten, und führte sie in eine Nebenstraße. »Das ist mir unangenehm, aber in meiner Funktion als leitende Staatsanwältin muss ich das fragen. Kannst du die Ermittlungen noch leiten? Die Sache mit Magnus setzt dich ganz schön unter Druck.«

»Traust du mir nicht mehr?«

»Red keinen Unsinn.« Linda warf ihre Locken schwungvoll nach hinten. »Du hast nur viel um die Ohren, und die Anklage macht dich angreifbar. Niemand kann dir einen Vorwurf machen, wenn du dich aus dem Schussfeld nimmst.«

Für einen Moment erwog Alexis, das Angebot anzunehmen. Sie müsste nicht mehr Karens Chefin sein, sondern könnte ganz als Freundin für sie da sein. Vielleicht würde es auch Magnus besänftigen, wenn sie ihm diesen Erfolg gönnte. Aber alles in ihr sträubte sich dagegen. Damit würde sie ihm indirekt recht geben und sich für die Zukunft angreifbar machen. Sie hatte sich aus gutem Grund dazu entschieden, Polizistin zu werden, und das würde sie sich von Magnus nicht nehmen lassen.

»Ich schaffe das«, sagte Alexis. »Mir ist dieser Fall wichtig, und ich weiß, dass ich es kann.«

27

Alla Blinova starrte mit weit aufgerissenen Augen auf den Durchsuchungsbeschluss. »Bitte tun Sie das nicht. Er bringt mich um.«

»Dann sagen Sie gegen Ihren Zuhälter aus, wir beschützen Sie«, erwiderte Oliver. Alexis hielt sich im Hintergrund. Die Nachrichten, die Linda ihr überbracht hatte, brachten sie aus dem Gleichgewicht. Bald würde man sie zu einem Verhör vorladen. Milbrecht hatte zwar zugesagt, dass er die Medien heraushalten würde, aber es war nur eine Frage der Zeit, bis etwas durchsickern würde.

Die Frau schnaubte. »Das haben Sie Jekaterina auch gesagt, und sie war jung und dumm genug, um es zu glauben. Vier Tage später fand man sie zusammengeschlagen in der Ukraine. Man hat ihr die Zunge rausgeschnitten. Sie wird nie wieder reden.«

»Dann helfen Sie uns wenigstens, Rebeccas Mörder zu finden.«

Die Frau nickte zögerlich. »Beeilen Sie sich. Er kommt in einer Stunde zurück.«

Alexis stand auf und gab der Frau eine Visitenkarte. »Sollten Sie es sich mit dem Ausstieg jemals anders überlegen, rufen Sie mich an. Ich kann Ihnen zwar keine Sicherheit versprechen, aber ich würde mich für Sie einsetzen.«

Blinova versteckte die Karte sofort in einer Schublade. Alexis hatte wenig Hoffnung, dass sie sie jemals kontaktieren würde. Dieser Fall wurde immer frustrierender. Die Kriminaltechnik hatte zwar einen Haufen Fasern an den Leichen gefunden, aber es waren so viele, dass eine Auswertung Wochen benötigen würde. Fingerabdrücke gab es keine, ebenso wenig Fremd-DNA.

»Besitzen Sie noch persönliche Gegenstände von Rebecca Jolan?«

»Ich habe alles in eine Kiste gepackt. Irgendwann wollte ich es an ihren Jungen schicken.«

»Sie hatte ein Kind?«

»Der Sohn ihrer Schwester, die bei einem Unfall in einer Fabrik umkam. Wegen ihm hat sie das alles gemacht.«

»Haben Sie eine Adresse? Dann benachrichtigen wir ihre Familie und sorgen dafür, dass sie ihre Sachen bekommt.«

Die Frau schüttelte den Kopf. »Sie hat alles Wichtige in ihrer Handtasche aufbewahrt, aber die ist mit ihr verschwunden.«

Alexis sah zu Linda, die sich mit gesenktem Kopf Notizen machte. Während Alla im Schlafzimmer verschwand, um den Karton zu holen, ging sie zu ihr hinüber. »Alles in Ordnung?«

Die Staatsanwältin seufzte leise. »Nicht wirklich. Wie hältst du das nur aus, jeden Tag dieses Elend sehen zu müssen?«

»Manchmal gar nicht.«

In dem Moment kam Alla mit einem fleckigen Umzugskarton zurück. Sie stellte ihn auf den Tisch und setzte sich auf einen Stuhl am Fenster, wo sie sich eine Zigarette ansteckte.

Sie zogen Einweghandschuhe an, bevor sie Stück für Stück die persönlichen Gegenstände herausholten. Einige Kleidungsstücke, Schuhe, ein deutsches Wörterbuch, Kosmetikartikel, eine Haarbürste und diverse andere bescheidene Habseligkeiten. Ganz unten stießen sie auf ein einfaches Schmuckkästchen aus Holz, in dem billiger Modeschmuck lag. Alexis holte die Schmuckstücke heraus, legte sie auf den Tisch und untersuchte das Kästchen. Von außen wirkte es tiefer, als es von innen war, sodass sie einen doppelten Boden vermutete. Schließlich entdeckte sie zwei feine Klammern an den Seiten, die die Fächer an ihrem Platz hielten. Sie entfernte sie, drehte die Schatulle auf den Kopf. Neben den Einlegefächern fiel ihr ein Schlüssel in die Hand. Aus den Augenwinkeln sah sie, wie Alla Blinova zusammenzuckte. Sie kannte den Schlüssel.

Alexis betrachtete ihn genauer, konnte aber außer der eingeprägten Zahl 97 keinen Hinweis auf seinen Ursprungsort finden. »Wissen Sie, wofür der ist?«, fragte sie die Frau.

»Den sehe ich zum ersten Mal.«

Es war offensichtlich, dass Alla log, nur über ihr Motiv war sich Alexis nicht im Klaren. Trotzdem beschloss sie, nicht weiter nachzuhaken. Die Prostituierte war mit den Nerven ohnehin am Ende.

Oliver öffnete eine Beweismitteltüte, in der sie den Schlüssel verstauten. Sie mussten herausfinden, wozu er gehörte.

»Ich habe auch etwas«, sagte Linda und hob eine Handtasche hoch. In der anderen Hand hielt sie etwas, das Alexis auf den ersten Blick nicht erkennen konnte. »Das war in einem Seitenfach.«

Oliver stieß einen Pfiff aus. »Das kann kein Zufall sein.«

Alexis nahm Linda ihren Fund ab. Eine durchsichtige, runde Scheibe von etwa fünf Zentimeter Durchmesser, in die eine Spinne eingegossen war. Eine Art, die Alexis nicht kannte. »Kennen Sie das?« Sie hielt das makabre Objekt in die Höhe.

Alla Blinova wurde bleich und wich zurück. »Nehmen Sie das Ding weg. Das hat niemals Rebecca gehört. Sie hat Spinnen verabscheut.« Ihre Augen weiteten sich. »Wie kam das in ihre Handtasche?«

»Hat sie die öfters getragen?«

»Fast immer, wenn sie gearbeitet hat. Sie ist alt und stammt noch aus der Heimat. Die andere hat sie nur in ihrer Freizeit genommen.«

»Vielen Dank für Ihre Hilfe. Wir werden die Sachen mitnehmen.« Alexis räumte den Karton wieder ein.

»Sagen Sie mir Bescheid, wenn Sie ihren Mörder fassen?«

»Natürlich«, antwortete Linda. Sie zögerte beim Hinausgehen. »Vergessen Sie nicht, dass Sie jederzeit auf unsere Hilfe zählen können.«

Im Auto rief Alexis im Büro des ehemaligen Stadtrats an, wurde aber nur mit der Aussage abgespeist, dass er sich in einer Besprechung von unbestimmter Dauer befände. Das war ihr inzwischen dritter Versuch, mit dem Mann einen Termin auszumachen. Allmählich reichte es ihr.

28

Alexis hatte noch etwas Zeit bis zu dem am Nachmittag angesetzten Termin in der Rechtsmedizin. Sie ließ sich von Oliver am Präsidium absetzen, wo sie ihr eigenes Auto nahm, um zur Marienschule zu fahren. Ihr Partner brachte in der Zwischenzeit ihren neuen Fund zu Karen ins Labor.

Alexis sah auf den ersten Blick, warum die Grundschule umgezogen war. Das heruntergekommene Gebäude stammte offensichtlich aus den 70ern und verfügte über wenig Grünfläche. Stattdessen bestand der Pausenhof aus einem umzäunten Betonplatz, in dessen Mitte ein Kastanienbaum auch die letzten Sonnenstrahlen raubte. Das Innere strahlte dieselbe Trostlosigkeit aus. Im Foyer stapelten sich die kleinen Stühle, die aus den Klassenräumen geholt worden waren, um Platz für die SoKo zu machen. Sie sah auf eine Tafel am Treppenaufgang, glich die Nummer auf ihrem Schlüssel mit den Angaben darauf ab.

Um sie herum wuselten Techniker und Beamte, die ebenso wie sie versuchten ihre neuen Räume zu finden und einzurichten.

Nach einigen Minuten des Suchens entdeckte sie ihr neues Büro, das sie sich auf ihren Wunsch hin wieder mit Oliver teilte. Sie mochte es nicht, allein im Büro zu sitzen. Zu viel Ruhe, zu viel Gelegenheit zum Grübeln. Zufrieden sah sie sich um. Das ehemalige Lehrerzimmer war durch eine große Fensterfront hell und erstaunlich freundlich. Durch die noch vorhandenen Regale verfügte es über jede Menge Stauraum. Auf dem Boden standen zwei Festnetztelefone, Monitore und PCs, die in der nächsten Stunde angeschlossen werden sollten.

Nachdem sie sich vergewissert hatte, dass alles seinen

Lauf ging, und eine erste Besprechung der gesamten Mann-schaft für den Abend einberufen hatte, beschloss sie, zu Frau Thalberg zu fahren.

Während der Fahrt kroch nach und nach die Angst vor der drohenden Untersuchung und der Anklage in ihr hoch, die sie bisher ausgeblendet hatte. Würde sie denn niemals Ruhe vor ihrer Vergangenheit haben?

Um sich abzulenken, versuchte Alexis erneut, den Stadt-rat anzurufen. Dieses Mal ging niemand ans Telefon. Ver-mutlich hatten sie ihre Nummer gesehen und beschlossen, sie zu ignorieren. Nicht mit mir, dachte Alexis und parkte ihr Auto direkt vor dem Gebäude, in dem sie Mutter und Tochter untergebracht hatte. Es handelte sich um einen ab-gelegenen Gasthof mit nur einer Zufahrt, die von Überwa-chungskameras gesichert wurde. Sie hatten den Ort ausge-wählt, weil er einfach zu sichern war und über einen Schutzraum im Keller verfügte, von dem aus man im Not-fall Hilfe rufen konnte.

Zwei Beamte überprüften gründlich ihren Ausweis. Dann nickten sie ihr respektvoll zu und schlossen die Tür auf. Statt hineinzugehen, wandte sie sich jedoch an den jüngeren der beiden Männer. »Geben Sie mir bitte Ihr Handy.«

Der Polizist sah sie verdutzt an, reichte es ihr aber wort-los. Sie tippte die Nummer des Stadtrats ein, die sie inzwi-schen auswendig konnte, und drückte auf Wählen.

»Ernst Kämmerer, Silke Gerber am Apparat«, meldete sich dann auch eine Stimme.

»Wie gut, dass ich Sie mal erreiche«, sagte Alexis mit unverkennbar ironischem Unterton.

»Es tut mir leid, ich war nicht an meinem Schreib-tisch …«

»Sparen Sie sich das«, unterbrach Alexis sie. »Falls Sie es noch nicht verstanden haben: Ich bin von der Kriminalpolizei, und was Sie da machen, fällt unter ›Behinderung von Ermittlungen‹.«

Die Beamten neben ihr grinsten anerkennend über ihre freche Lüge.

Die Frau knickte sofort ein. »Es tut mir leid, ich befolge nur Herrn Kämmerers Anweisungen.«

»Geben Sie mir noch heute einen Termin, dann werde ich darüber hinwegsehen.«

»Er ist den ganzen Vormittag in einer Besprechung.« Sie stockte. »Wirklich«, fügte sie hinzu.

»Der Nachmittag genügt.« Das würde ihr genug Zeit geben, den Mann vorher gründlich zu durchleuchten.

Sie vereinbarten eine Uhrzeit am frühen Abend. Alexis wollte nicht in der Haut der Assistentin stecken, wenn sie ihrem Chef das mitteilte.

Der Kerl wird mir immer unsympathischer, dachte sie, während sie dem Beamten das Handy zurückgab und sich bedankte.

Jetzt war sie bereit, sich mit Gabriela und ihrer Tochter zu treffen. Die beiden saßen an einem Tisch und aßen asiatisch von einem Schnellimbiss. Offensichtlich hatten sie keinen großen Appetit, stellte Alexis mit einem Blick auf die vollen Schachteln fest.

»Wie geht es Ihnen?«

»Was erwarten Sie?«, fragte Gabriela. »Wir müssen in das Haus zurück, obwohl uns niemand sagen kann, ob man darin bereits wieder leben kann. Und gegen Marco hat niemand etwas unternommen.«

Alexis zog sich einen Stuhl heran. Sie hatte nicht gewusst, dass die Thalbergs den Unterschlupf so schnell wieder verlassen mussten, aber es wunderte sie nicht. Ein paar Spinnen waren in den Augen der Behörden kein Grund, einen Menschen unter besonderen Schutz zu stellen.

»Wir konnten keinen Hinweis darauf finden, dass Ihr Exmann dahintersteckt.«

»Aber er kennt sich doch mit Spinnen aus.«

»Es ist eine relativ leicht zu züchtende und zu haltende Art. Theoretisch könnte es jeder sein.«

»Merle, geh in dein Zimmer und pack deine Sachen«, sagte Frau Thalberg.

»Ich bin noch nicht fertig mit essen.«

Ihre Mutter nahm einen der Pappkartons und stellte ihn unsanft vor dem Mädchen ab. »Nimm das mit.«

Merle presste die Lippen aufeinander, ging dann aber ohne ein weiteres Wort. Das Essen ließ sie auf dem Tisch stehen.

Nachdem ihre Tochter weg war, stand Gabriela Thalberg auf. »Ich lasse nicht zu, dass er uns weiter tyrannisiert.«

»Das kann ich verstehen, Frau Thalberg. Haben Sie sich bereits an die Beratungsstelle gewandt?«

»Nennen Sie mich Gabriela. Sie wollen, dass wir wegziehen oder in ein Frauenhaus gehen.«

»Vielleicht wäre das keine schlechte Idee. Haben Sie Familie, die Sie vorübergehend aufnehmen könnte, damit Sie nicht allein sind?«

»Es gibt nur mich und Merle. Er wird uns immer finden.« Sie ballte die Hände. »Wieso sollen wir unser Leben aufgeben? Wir haben nichts falsch gemacht.«

»So gewinnen wir etwas Zeit.«

»Ich kann doch nicht darauf warten, dass er uns etwas antut oder einen Fehler begeht?« Sie wurde mit jedem Wort lauter.

Alexis sah die Verzweiflung in den Augen der Frau und fühlte sich hilflos. Am liebsten wäre sie selbst direkt zu dem Mann gefahren und hätte ihn zusammengeschlagen, damit er in Zukunft die Finger von seiner Familie ließ, aber sie wusste, dass sie es dadurch nur noch schlimmer machen würde. »Was ist mit Merle? Wenn sie darüber sprechen würde …«

Gabriela schüttelte den Kopf. »Ihr Psychologe sagt, dass sie dazu noch nicht in der Lage ist. Sie ist schwer traumatisiert und eingeschüchtert.«

»Können Sie mir bitte die Adresse von Dr. Ferrer geben? Wenn es Ihnen recht ist, sprechen wir mit ihm.«

Frau Thalberg ging zu einem Schränkchen, auf dem ihre Handtasche lag, und holte ihre Brieftasche hervor. Sie entnahm eine Visitenkarte, die sie Alexis reichte. »Es gibt so viele Regelungen zur ärztlichen Schweigepflicht, dass ich das alles nicht verstehe. Er darf selbst mir keine Auskunft geben, solange Merle darin nicht einwilligt.«

»Möglicherweise finden wir einen Weg«, versuchte Alexis der Frau wenigstens etwas Hoffnung zu schenken. Es gab Ausnahmesituationen, in denen sich eine ärztliche Schweigepflicht umgehen ließ. Vielleicht lag hier eine vor.

Alexis sprach noch eine Weile mit Frau Thalberg, später stieß auch Merle wieder zu ihnen. Ihr inzwischen kaltes Essen rührte sie jedoch nicht an.

Alexis tat die Familie leid, und sie wünschte, sie könnte mehr unternehmen. Am meisten sorgte sie sich um Merle. Das Mädchen saß die ganze Zeit ruhig und zusammengesunken am Tisch. Sie wirkte teilnahmslos, und alle Versuche von Alexis, mit ihr zu sprechen, prallten an ihr ab.

Hätte sie sich auch zu so einem verschlossenen Teenager entwickelt, wäre sie bei ihren leiblichen Eltern aufgewachsen?

Schließlich verabschiedete sie sich von den beiden. Frau Thalberg nahm sie draußen zur Seite. »Bitte, helfen Sie uns. Ich weiß nicht, wie lange meine Tochter das durchhält.«

Alexis sah sie ernst an. »Ich werde nicht zulassen, dass ihr etwas zustößt.«

Die zierliche Frau sah sie unsicher an, dann nickte sie und ging mit gesenktem Kopf ins Haus zurück.

29

In einer Ecke von Karens Labor standen Boxen mit den toten Spinnen aus dem Haus der Thalbergs. Einige lebende Exemplare warteten in Glasbehältern auf ihren Tod, um als Beweismittel zu dienen und weiter untersucht zu werden. Die restlichen würden in die Freiheit entlassen werden oder in fachkundige Hände kommen.

Die Wahrscheinlichkeit, an den Tieren einen entscheidenden Hinweis zu entdecken, war gering. Dennoch würde sie ihr Bestes geben. Der Gedanke an Merle, die voller Panik aus ihrem Bett geflüchtet war, die Angst in ihren Augen ließen ihr keine Ruhe. Sie hätte zu gerne mit jemandem gesprochen, aber sie wollte Louise nicht in den Fall hineinziehen. Sie hatte ein zu weiches Herz. Ganz im Gegenteil zu Alexis, dachte sie mit einer gewissen Bitterkeit. Von ihr konnte sie offenbar kein Verständnis erwarten.

Sie wollte sich gerade der Identifikation der Larven, Puppen und adulten Tiere zuwenden, als sie Schritte die Treppe herunterkommen hörte. Kurz darauf betrat Oliver das Labor. Er winkte mit einer Beweismitteltüte. »Hier bringe ich die angekündigte Spinnenscheibe, die wir in den Besitztümern von Rebecca Jolan entdeckt haben.«

Karen nahm sie entgegen und runzelte die Stirn. »Diese Art kenne ich nicht. Es ist auf keinen Fall eine Einheimische. Ich würde fast tippen, dass sie auch nicht aus Europa stammt.«

»Wie lange dauert es, bis du mehr sagen kannst?«

Karen kämpfte mit sich. Auf der einen Seite fühlte sie den Druck, die Ergebnisse zu liefern, damit sie bei dem Fall vorwärtskamen. Auf der anderen Seite machte sich die Anstrengung der vergangenen Tage in ihren Knochen bemerkbar. Sie brauchte dringend Ruhe, wenn sie nicht zusammenbrechen wollte. »Das kann dauern. Ich muss erst einen passenden Bestimmungsschlüssel auftreiben, was nicht einfach sein wird, da ich keine Ahnung habe, auf welchem Kontinent ich mit der Suche anfangen soll. Selbst wenn ich es auf die *Aranea*, also die Webspinnen, eingrenze, gibt es über 45 000 Arten.«

»Hast du sonst irgendwelche Neuigkeiten?«

»Die Untersuchungen laufen noch. Ich habe gleich zwei Probleme. Zum einen sind es so viele Leichen, dass es Wochen dauern kann, alle Proben auszuwerten. Zum anderen lagen die Körper so dicht beieinander, dass ich bei einigen Tieren nicht mit Sicherheit sagen kann, von welchen Überresten sie stammen. Sie könnten einfach rübergekrabbelt sein oder sind beim Ausgraben der Leiche übertragen worden. Das erschwert die zeitliche Einordnung.«

Oliver stieß sie sanft in die Seite. »Mach dir nicht zu viel Stress.«

»Das sagt sich so einfach.«

»Ich weiß, aber das musst du lernen. Distanz ist wichtig in dem Job.«

»Wie schaffst du das? Gerade bei Frau Thalberg und Merle ... Ich kann das nicht.«

Er setzte sich auf einen Stuhl und überkreuzte die Beine. »Ich auch nicht. Fälle wie dieser sind so schrecklich, dass ich mich beherrschen muss, um nicht auszurasten. Mir hilft nur, dass ich mir sage, dass niemandem geholfen ist, wenn ich hinter Gittern lande oder mich kaputtmache.« Er musterte sie. »So wie ich dich kenne, hast du zumindest für eine der Schwierigkeiten bereits eine Lösung gefunden.«

Karen grinste. »Du hast recht. Ich will es mit einer neuen Methode versuchen. Wissenschaftler haben in den letzten Jahren damit begonnen, eine Datenbank anzulegen, in denen die DNA-Profile verschiedener Insektenarten abgelegt werden.«

»Wie die DNA-Datenbank beim Menschen?«

»Ähnlich, aber die Methodik dahinter ist eine andere. Das Projekt nennt sich *The Barcode of Life* und basiert auf der Entdeckung, dass es ein Gen gibt, das in allen Insekten vorkommt, allerdings in Variation.«

»Ich verstehe.« Oliver nahm ein Glas in die Hand, in dem ein toter Käfer auf dem Rücken lag. »Durch die Unterschiede in der DNA-Sequenz kannst du mithilfe der Datenbank schnell und einfach eine Artenbestimmung vornehmen.«

»Genau. Ich muss nicht mehr jede Larve bis zum erwachsenen Tier großziehen und aufwendig bestimmen. Stattdessen nehme ich eine DNA-Probe, vervielfältige und analysiere sie. Danach muss ich die Daten nur noch abgleichen.«

»Das klingt fantastisch.«

»Ich bin mir noch nicht sicher, wie gut es funktioniert. Es fehlen noch viele Informationen in der Datenbank.«

»Und dein zweites Problem?«

»Das ist relativ leicht lösbar, aber zeitintensiv.« Sie ging zu den Proben und tötete einen Teil der Larven, indem sie sie in sechsundneunzigprozentiges Ethanol gab. Oliver stellte sich neben sie und beobachtete ihre Arbeit mit einer Mischung aus Faszination und Ekel.

Einen Teil der Tiere verwahrte sie bei minus zwanzig Grad auf, während sie bei den anderen mit einer Rasierklinge etwas Gewebe aus dem Abdomen schnitt. »Ich habe einen Teil ihres Verdauungstraktes herausgeschnitten und damit auch ihren Mageninhalt. Aus diesem werde ich nun die DNA extrahieren und analysieren.«

»Allmählich steige ich hinter deine Arbeitsweise«, sagte Oliver. »Die Viecher haben an den Leichen geknabbert und haben deshalb das Gewebe der Opfer in ihrem Magen. Du musst dann die darin gefundene DNA mit der der Leichen vergleichen und findest so heraus, welches Tier zu welchem Körper gehört.«

Karen tat so, als tätschle sie seinen Kopf. »Schlaues Kerlchen. Eine ähnliche Technik wird in der Forschung angewandt, um herauszufinden, welche Tiere als Überträger von Krankheiten fungieren. Man untersucht den Mageninhalt von bestimmten Stechmückenarten, um dann zu sehen, von welchen Tieren sie sich zuvor ernährt haben.«

»Spannend, aber wenn ich mir das so ansehe, wird es wohl noch lange dauern, bis du uns die genauen Zeitfenster zur Ermordung und Entsorgung der Leichen geben kannst?«

»Ich befürchte es. Ich werde meine studentische Hilfskraft so gut es geht einspannen, aber vor einer Woche darfst du dennoch mit keinem Ergebnis rechnen.« Sie sah auf die Uhr. Es blieb ihr kaum Zeit bis zu dem Termin in der Rechtsmedizin.

30

Chris sah an diesem Tag übermüdet aus. Kein Wunder, hatten sie sich doch erst vor wenigen Stunden voneinander verabschiedet. Offensichtlich hatte er noch keine Gelegenheit gefunden, seine Kleidung zu wechseln.

Er hatte mit Karen telefonisch abgesprochen, welche Leichen er bereits untersuchen konnte und bei welchen sie persönlich anwesend sein wollte, um möglicherweise entweichende Insekten einzufangen.

So traf sie eine Stunde vor den anderen ein, um ihre Vorbereitungen zu treffen.

Sie öffnete die Leichensäcke der Frauen, die vermutlich im vergangenen Jahr getötet worden waren, und deckte sie mit Netzen ab. Anschließend wandte sie sich den Medaillons mit den eingegossenen Kreuzspinnen zu. Chris gesellte sich zu ihr.

»Gibt es etwas Besonderes an den Spinnen?«

»Sie sind auffällig gleich. Normalerweise gibt es in der freien Wildbahn deutliche Abweichungen in der Färbung und auch den Zeichnungen auf dem Rücken.«

Chris beugte sich weiter vor. Sein Shirt streifte ganz leicht über ihren Arm. »Sie sind ziemlich dunkel, wenn ich sie mit denen in meinem Blumenkasten vergleiche.«

»Das Kreuz ist sehr klar gezeichnet.«

»Züchtet der Täter sie möglicherweise?«

»Das wäre theoretisch machbar, aber die Tiere brauchen Platz, da sie ihre Netze benötigen, um Beute zu fangen. Diese können bis zu zwei Meter groß werden. In einer kleinen Box würden sie schnell eingehen.«

»Da sich der Zeitraum der Morde über eine längere Spanne erstreckt, relativiert sich das. Er bräuchte ja nur zwei bis drei Tiere pro Jahr.«

»Es bedeutet aber auch, dass er sich damit auskennt und dass ihm an diesem Kennzeichen viel liegt. Ich gehe davon aus, dass es nur Weibchen sind. Männliche Spinnen sind kleiner. Zudem müssen sie etwa gleich alt sein. Kreuzspinnen wachsen das ganze Jahr, um spätestens im Herbst zu sterben.«

»Der Kerl hat einen echten Spinnenfetisch.«

»Das könnte man wohl sagen.« Karen hielt eines der Medaillons dicht vor ihre Augen und fasste einen Entschluss. Sie würde versuchen, das Tier freizulegen.

»Wie sind Sie zur Kriminalbiologie gekommen?«, fragte Chris.

Sie sah ihn an. »Ich hatte schon immer eine Vorliebe für alle erdenklichen Krabbeltiere, und die Zersetzungsprozesse in der freien Natur haben mich seit einem Sommerkurs während der Schulzeit fasziniert. Nachdem ich dann im Biologiestudium erfahren habe, dass es möglich ist, sich in diese Richtung zu spezialisieren, habe ich nicht lange gezögert.«

»Sie sind anders, als ich Sie mir vorgestellt habe.«

»Was haben Sie denn erwartet?«

»Jedenfalls keine so lebendige Person.« Ihre Blicke trafen sich, und für einen Moment herrschte Stille. Dann wandte er sich verlegen ab. Lindas Eintreffen rettete sie aus der unbehaglichen Situation.

Karen wunderte sich über sich selbst. Normalerweise war sie schlagfertig, aber dieser Mann hatte etwas an sich, das sie aus dem Gleichgewicht brachte.

Linda begrüßte sie mit einem Kuss auf die Wange. Trotz der Überzieher und des Kittels sah sie umwerfend aus.

»Wie geht es dir, Süße?« Karen sah die Schatten unter den Augen der Freundin.

»Dieser Fall macht mir Angst. So viele Tote.«

Karen nickte. Sie fühlte ebenso, und es erschreckte sie, dass so ein Monster offenbar seit Jahren sein Unwesen trieb. Bisher hatte sie die im Internet kursierende Zahl des FBI, die besagte, dass in den USA stets um die fünfzig Serienkiller aktiv sind, für absurd gehalten. Inzwischen konnte sie sich vorstellen, dass das der Realität entsprach. Hatten sie womöglich nicht genau genug hingesehen? Es verschwanden so viele Menschen jedes Jahr. Wie viele davon fielen Gewalttaten zum Opfer?

»Du wirst das meistern.« Sie lächelte tapfer. »Ich bin froh, dass du mit von der Partie bist.«

»Gleichfalls.« Linda drehte sich zu Chris um, der sich auf die andere Seite des Raumes zurückgezogen hatte. »Ich habe hier den Zahnstatus und die Akten einiger vermisster Personen, die passen könnten. Können wir mit dem Abgleich beginnen? Ich möchte die Familien nicht unnötig lange in Ungewissheit lassen.«

Kurz darauf trafen auch Alexis und Oliver ein, die verfolgten, wie Chris einer Toten nach der anderen eine Identität zuordnete. Karen sammelte in der Zwischenzeit die Netze ein und gab die gefundenen Insekten in Schraubgläser, die sie sorgfältig beschriftete. Anschließend wandte sie sich der Leiche von Rebecca Jolan zu. Sie musste eine schöne Frau gewesen sein, mit dunklen Haaren und vollen Lippen, von denen Konradis Sand und Dreck gewaschen hatte. Karen konnte ihre Empfindungen in diesem Moment nur schwer einordnen. Üblicherweise wurde sie nur zur Untersuchung von Leichen herangezogen, deren Verwesung schon weit vorangeschritten war, sodass es sich leichter ausblenden ließ, dass dies einst ein lebendiger Mensch gewesen war. Bei Rebecca Jolan war das anders.

Als sie ihre kalte, unversehrte Haut berührte, verspürte sie einen Anflug Scham, erwartete fast, dass die Frau ihr empört die Hand zur Seite schlagen würde.

Karen schluckte, dann fuhr sie mit ihrer Arbeit fort. Sie kontrollierte jeden Zentimeter der Haut, bis sie auf eine winzige Verletzung stieß. Sie nahm eine Lupe und untersuchte sie genauer. Es erinnerte sie an die Bissspur eines Insekts.

»Hast du etwas entdeckt?«, fragte Alexis.

»Gib mir einen Moment«, sagte Karen mit vor Anspannung tiefer Stimme. Jetzt, da sie wusste, wonach sie suchte, fand sie weitere Bisse, vorwiegend am Oberkörper der Frau. »Ich glaube, da steckt etwas in ihrer Haut«, sagte sie, nahm eine Pinzette und legte einen Objektträger daneben.

Nun trat auch Chris zu ihnen, und für einen Moment verlor sie ihre Konzentration. Es dauerte eine gefühlte Ewigkeit, bis sie die Stelle wiedergefunden hatte. Vorsichtig näherte sie sich mit der Spitze der Pinzette dem dunklen Punkt. Sie benötigte mehrere Anläufe, bis sie es zu greifen bekam, und zog es langsam heraus. Sie legte ihren Fund auf den Objektträger, dann richtete sie sich auf und dehnte kurz ihren Nacken, bevor sie zum Mikroskop ging.

»Es ist so, wie ich vermutet habe«, sagte sie nach einem Augenblick der Stille. »Es handelt sich um eine Chelicere.«

»Darf ich mal sehen?«, fragte Chris.

Karen stand auf und setzte sich auf den Tisch neben ihn, während er ihren Fund begutachtete.

»Was ist das für ein Ding?« Linda runzelte verärgert die Stirn. Sie mochte es nicht, wenn sie etwas nicht sofort verstand.

»Cheliceren gehören zu den Mundwerkzeugen der Spinne und werden auch Kieferklauen genannt«, bewies

Alexis ihr Basiswissen in Biologie, das sie sich in einem Semester Studium angeeignet hatte. »Mit ihnen injizieren sie ihr Gift.«

»Dann wurde diese Frau von einer Spinne gebissen?«

»Ich gehe davon aus, dass es mehr als eine war«, sagte Karen. »Ihr ganzer Oberkörper ist mit Bissspuren übersät.«

Linda wurde bleich. Sie schüttelte sich. »Ich will mir gar nicht ausmalen, was die Frau durchgemacht hat. Ist sie an dem Gift gestorben?«

»Das kann ich jetzt noch nicht sagen«, erwiderte Chris. »Da die Leiche aber so gut erhalten ist, sollte ich Anzeichen für die typische Lähmung des Kehlkopfes finden können. Zusammen mit dem toxikologischen Gutachten müsste es möglich sein, die Todesursache zu bestimmen.«

»Wir müssen alle Überreste auf Spinnengifte untersuchen. Bereits bei der Toten von der Kläranlage gab es Hinweise auf Bissspuren.«

In den folgenden Stunden verlor Karen die Übersicht. Sie blendete das Geschehen um sich aus und untersuchte jeden Zentimeter Haut. Bei der Chelicere hatte sie wenig Hoffnung, dass es ihr gelingen würde, die Art zu bestimmen, aber sie würde es zumindest versuchen. Vielleicht gab das Gift mehr Hinweise.

Chris hatte in der Zwischenzeit mit der Obduktion von Rebecca Jolan begonnen, und nach einer genaueren Inspektion des Kehlkopfes sprach alles für eine Kehlkopflähmung. Mit diesem Urteil stand auch ohne toxikologisches Gutachten für die Anwesenden fest, dass der Täter mit Spinnengift tötete. Zudem fand Chris Fesselspuren an Händen, Füßen und Oberkörper. »Er hat sie eingeschnürt wie eine Weihnachtsgans.«

»Welche Spinnenarten kommen infrage?«, fragte Alexis.

Karen setzte sich auf einen Stuhl, zog die Handschuhe aus und legte die Hände in den Schoß. Sie würde heute Abend nicht nur baden. Nein, sie würde zuerst ausgiebig duschen und sich dann noch in die Badewanne legen, in der Hoffnung, den Gestank des Todes abwaschen zu können. »Das ist schwer zu sagen. Als tödliche Spinnenarten sind allgemein nur um die zehn bekannt. Allerdings wird dabei nur der Biss einer einzelnen Spinne betrachtet. Beißen mehrere, wie in diesem Fall, wird die Giftdosis erhöht, wodurch eine für mich momentan nicht überschaubare Anzahl an Tieren als mögliche Waffe infrage kommen.«

31

Mareike fühlte sich sicher. Die Sonne schien, versprach einen Frühling voller Blumen, Licht und warmen Abenden. Sie lief mit weit ausgreifenden Schritten den Rhein entlang. Der schmale Uferweg säumte den Fluss, führte vorbei an Reihen von Bäumen und Häusern.

Es hatte viele Jahre gedauert, bis sie es wieder gewagt hatte, alleine joggen zu gehen. Inzwischen war es zu einem Symbol der Freiheit für sie geworden. Es war wie eine Sucht. Wie schlecht das Wetter sein mochte, wie kalt und stürmisch, wie müde sie auch war, sie schnürte jeden Nachmittag, wenn sie von der Frühschicht nach Hause kam, ihre Laufschuhe und genoss die Zeit für sich. Sie brauchte keine Musik, sondern nur ihren Atem und das kräftige Schlagen ihres Herzens.

Isa, ihre Lebenspartnerin, hatte es zuerst mit Freude gesehen, mittlerweile stritten sie oft darüber, ob sie es nicht übertrieb. Mareike wusste, dass aus ihr nur die Liebe und Sorge um sie sprach, aber so nah sie sich auch waren, so wenig konnte Isa dieses Bedürfnis nachvollziehen. Ja, es war eine Sucht. Eine Sucht nach Freiheit und Selbstbestimmung. In dieser einen Nacht, in der sie ein paar Kerle betäubt und vergewaltigt hatten, hatte sie diese verloren. Schritt für Schritt hatte sie sich zurückerobert, was man ihr geraubt hatte.

Als sie um die nächste Biegung kam, hörte sie ein leises Winseln. Sie verlangsamte ihre Schritte und lauschte. Da war das Geräusch wieder. Es kam aus dem schmalen Waldstreifen, der den Weg säumte. Einen Moment zögerte sie, doch die Sonne schien, die Vögel sangen. Es gab keinen Grund, Angst zu haben.

Also verließ sie den Weg und trat einen Schritt in den Wald hinein, lauschte erneut. Das Geräusch kam von tiefer drin, eindeutig ein Hund. Sie folgte dem Winseln und drang tiefer in den Wald vor. Schon bald herrschte Dämmerlicht, durch das einzelne Sonnenstrahlen fielen. Die Bäume waren zwar noch nicht vollständig ergrünt, aber ihre Stämme und Äste verschluckten dennoch das Licht der niedrig hängenden Frühlingssonne.

Endlich entdeckte sie das Tier. Ein hellbrauner Mischling mit kurzem Fell, Schlappohren und gutmütigen Rehaugen, der bei ihrem Anblick heftig mit dem Schwanz wedelte. Das Tier hatte sich offenbar losgerissen, denn an seinem Brustgeschirr hing noch immer die Flexileine, die sich an einem Baumstumpf festgesetzt hatte. Sie kniete sich hin, hielt dem Hund ihre Hand hin, damit er sie beschnuppern konnte. Er stupste sie an und leckte sie ab. Sie kicherte, stand auf und versuchte die Leine zu lösen. Es war nicht einfach, die Schnur hatte sich mehrfach herumgewickelt und in der groben Rinde verhakt. Sie konzentrierte sich ganz auf die Aufgabe, blendete alles andere aus.

Der Wald war erstaunlich still. Nur ab und an erklang das Rascheln von Laub, als wenn sich etwas darin bewegte. »Gleich habe ich es«, murmelte Mareike und fragte sich, was sie nun mit dem Hund machen sollte. Endlich hatte sie das Tier befreit und ging zu ihm, um am Geschirr nach einer Telefonnummer oder Hundemarke zu suchen. Erst jetzt fiel ihr auf, wie eigentümlich ruhig es im Wald war. Kein Vogel zwitscherte, stattdessen waren da nur das leise Rascheln und Schritte. Schritte? Sie fuhr herum. Da war niemand.

Mit einem Mal beschlich sie ein mulmiges Gefühl. Sie schnappte sich das Tier und hastete aus dem Wald heraus, zurück ins Tageslicht. Nicht weit von ihrem Ziel entfernt, blieb der Hund stehen und begann in die andere Richtung zu ziehen. Er kläffte und winselte erbärmlich. Ihr wurde kalt, und sie zögerte weiterzugehen. Sollte sie dem Tier folgen? Wusste es etwas? Sie fühlte sich lächerlich, aber die Angst war da.

Doch dann hörte sie aus der Ferne ein Rufen. Als Antwort darauf bellte der Hund und zog in Richtung der Stimme. Erleichtert lachte Mareike auf. Das musste der Besitzer von dem Ausreißer sein. Sie brachte das widerstrebende Tier auf den Weg, dann ging sie ihn entlang, immer den Rufen folgend. Als sie näher kam, glaubte sie einen Namen zu verstehen. Jacko. »So heißt du also, Kleiner«, murmelte sie, und mit einem Mal war der Tag wieder hell und strahlend. Als sie um eine Biegung herumkam, entdeckte sie auch den Besitzer. Einen Mann von etwa vierzig Jahren, hochgewachsen mit dunklen Haaren. Er sah sie und kam winkend auf sie zu. »Sie haben Jacko gefunden«, rief er aus und kniete sich neben den Hund, zauste ihm das Fell. »Du hast mir einen Schreck eingejagt.«

Der Mann sah zu ihr auf, und sie stellte fest, dass er für einen Kerl erstaunlich hübsche Augen hatte. Braun mit goldenen Sprenkeln. Nur einen Moment irritierte sie etwas. Trug er etwa Kontaktlinsen? Dann lächelte er, und sie vergaß es.

»Ich bin Ihnen so dankbar. Ich habe einen Moment nicht aufgepasst, als er sich plötzlich losgerissen hat. Ich dachte schon, ich finde ihn nie.«

»Kein Problem. Ich bin froh, dass der Kleine wieder bei seinem Besitzer ist.«

»Darf ich Sie zum Dankeschön auf einen Kaffee einladen?«

»Ich habe leider keine Zeit«, lehnte sie ab. »Ich wünsche Ihnen noch einen schönen Tag.« Sie kraulte dem Hund zum Abschied den Kopf, dann drehte sie um und lief zu ihrem Auto zurück.

Auf dem Weg legte sie an Tempo zu, dabei spielte die ganze Zeit ein Lächeln um ihre Lippen. Es war ein toller Tag. Sie beschloss, an einem Blumenladen vorbeizufahren und Isa einen Strauß Margeriten mitzubringen. Ihre Partnerin war verrückt nach Blumen, und es war viel zu lange her, dass sie ihr eine Freude gemacht hatte.

An ihrem Auto, einem älteren Passat, machte sie ein paar Dehnübungen, bevor sie den Schlüssel aus der kleinen Tasche auf der Rückseite ihrer Laufhose herausholte und das Auto aufschloss. Sie setzte sich hinein, schaltete die Zündung ein, damit sie Musik hören konnte, dann nahm sie ihre Wasserflasche und trank in langen Zügen. Der Parkplatz war verlassen. Es war nur ein winziger Wanderparkplatz, den sie trotz seiner Abgelegenheit gerne aufsuchte. Vielleicht war es auch gerade deswegen. Den Glauben an die Sicherheit unter anderen Menschen hatte sie an dem Tag verloren, an dem ein paar Kerle sie aus einem vollen Club geschleppt hatten.

Sie lehnte den Kopf zurück, schloss einen Moment die Augen und wartete, bis ihr Puls sich beruhigt hatte. In Gedanken zählte sie ihre Herzschläge mit.

So bemerkte sie nicht, wie sich auf der Rückbank etwas regte. Eine dunkle Gestalt, perfekt an die Farbe ihrer Bezüge angepasst, das Gesicht von einer Skimaske verdeckt, richtete sich lautlos auf. Dann schnellte eine Hand vor und presste ihr ein Tuch auf Mund und Nase. Sie schrie auf, strampelte und sog dabei einen süßlichen Duft ein.

Nicht schon wieder, schoss es ihr durch den Kopf. Sie hatte sich geschworen, sich beim nächsten Mal zur Wehr zu setzen, hatte immer und immer wieder gedanklich Szenarien durchgespielt, Selbstverteidigungskurse besucht und gebetet, dass sie ihr neues Wissen niemals würde anwenden müssen.

Fast schon instinktiv kamen die Erinnerungen an die Lektionen hoch. Sie hielt den Atem an, fühlte sich zwar benommen, aber nicht vollständig betäubt. Dann stellte sie sich bewusstlos. Täuschte eine ruhiger werdende Atmung vor, während sie ihre Glieder erschlaffen ließ. Allmählich ging ihr die Luft aus, doch der Mann hielt ihr das Tuch immer noch vor das Gesicht. Sie kämpfte gegen das Bedürfnis an einzuatmen. Ihre Lungen brannten, ihre Beine wollten zucken, die Hände um sich schlagen. Mit allem, was sie an Willenskraft aufzubieten hatte, beherrschte sie sich.

Endlich ließ der Mann das Tuch los. Ihr Kopf sackte nach vorne, und sie zwang sich, ganz leicht Luft zu holen, statt sie

begierig einzusaugen. Die hintere Tür öffnete sich. Das
Auto wackelte, als er ausstieg. Ihre Gedanken rasten, versuchten sich durch den Nebel zu kämpfen und einen Plan
zu fassen. Sie musste hier raus, auf die Landstraße rennen.
Um die Zeit war sie gut befahren.

Sie wartete ab, bis der Mann vor der Tür stand, sie entrie-
gelte. Dann trat sie gegen sie, sodass sie ihm entgegenflog
und ihn hart erwischte. »Dreckssschlampe«, fluchte er, doch
sie schenkte ihm keine Beachtung, sondern warf sich auf
die andere Seite, robbte dort aus der Tür und rannte los. Sie
hatte jedoch die Wirkung des Betäubungsmittels unter-
schätzt und die Schwäche in ihren Beinen von dem an-
strengenden Lauf, die sich nun wie Pudding anfühlten.
Voller Entsetzen realisierte sie, dass sie keine Chance hatte,
ihm zu entkommen. Sie musste sich verstecken. Also bog
sie in den Wald ab, stolperte über Äste und Baumstümpfe.
Sie wagte einen Blick hinter sich, konnte ihn aber nicht
entdecken. Hatte sie ihn abgehängt?

Sie sah sich nach einem Unterschlupf um. Sie musste
versteckt sein, bevor er zwischen die Bäume trat. Da erinnerte sie sich an eine alte Kanalröhre, die hier irgendwo unter einer Schicht Moos und Laub verborgen sein musste.
Sie kannte sie, weil sie sich ab und an zum Pinkeln dahinter
versteckt hatte. Sie rannte, mehr stolpernd als bewusst die
Schritte setzend, darauf zu, warf sich auf die Knie und schob
Moos und Ranken beiseite, bis sie ausreichend Platz hatte,
um hineinzukriechen.

Die Röhre war eng, und sie spürte Tiere, die sich unter
ihr wanden. An den Fingern klebten Schleim und Bruch-
stücke von den Panzern irgendwelcher Insekten, die sie
zermalmt hatte. Sie unterdrückte das Bedürfnis, das Getier
von sich zu streifen, das unter ihre Laufshorts krabbelte und

langsam ihren Nacken entlangkroch. Stattdessen tat sie das, was ihr Therapeut ihr geraten hatte, wenn sie Unsicherheit verspürte. Sie sollte sich einen schönen Ort vorstellen, an dem sie sich vollkommen sicher fühlte. Und so rief sie sich den ersten gemeinsamen Urlaub mit Isa in Erinnerung. Sie hatten sich eine kleine Hütte in der Nähe von Wien gemietet, waren tagsüber wandern gegangen und hatten sich abends vor dem gemauerten Kamin geliebt. Sie zog sich in das Gefühl der Geborgenheit zurück, das sie in den Armen ihrer Freundin gespürt hatte. Die Wärme des Feuers, den Geruch des Apfeltees, gemischt mit dem herben Duft des Fichtenholzes. Die weichen Decken und Isas samtige Haut.

Mareikes Atem beruhigte sich. Sie versank in einem letzten Moment der Glückseligkeit, bis ihr Fuß gepackt wurde und der Mann sie mit einem groben Ruck herauszog. Ihr Schreien endete abrupt, als er ihr hart gegen die Schläfe schlug.

32

Alexis schnupperte an ihrer Kleidung. Der typische Geruch der Rechtsmedizin hing zusammen mit dem Verwesungsgeruch der Leichen in dem Stoff und in ihren Haaren. Für eine Dusche hatte sie keine Zeit. Sie musste zu dem hart erkämpften Termin beim Stadtrat. Fast schon freute sie sich über den Leichenhallengeruch bei dem Gedanken daran, wie er Kämmerer möglicherweise aus der Ruhe brachte.

Die Sekretärin bat sie, an einem Tisch Platz zu nehmen, auf dem ausschließlich Zeitungen und Zeitschriften lagen, in denen Herr Kämmerer erwähnt wurde, egal wie alt sie waren. Oliver blätterte die Magazine durch und schnaubte verächtlich. »Dass man so etwas abdrucken darf.« Er deutete auf einen Artikel über einen selbst ernannten Therapeuten, der seine Methode zur Heilung von Homosexualität erklärte.

»Was erwartest du auch von so einem Blatt?«

»Menschen mit mehr Gehirn und weniger Vorurteilen.«

»Das sagt der Mann, der seit eurer ersten Begegnung versucht, Linda davon zu überzeugen, das Ufer zu wechseln.«

»Na klar, sie ist eine scharfe Braut, und es ist eine Schande für die Männerwelt, dass sie uns verloren ging. Wie geht es ihr überhaupt? Sie sieht nicht glücklich aus.«

»Sabrina ist ausgezogen.«

»Soll das ein Witz sein?« Oliver wirkte sichtlich erschüttert. »Sie waren schon ein Paar, als ich sie kennengelernt habe.« Er sah auf die Uhr. Inzwischen warteten sie zwanzig Minuten. Er ging zu der Sekretärin. »Wenn wir nicht innerhalb von zwei Minuten zu Herrn Kämmerer vorgelassen werden, kommen wir mit einem Gerichtsbeschluss wieder.«

Die Augen der Frau weiteten sich. »Das können Sie nicht tun. Er ist einfach ein viel beschäftigter Mann.«

»Wollen Sie es herausfinden?« Oliver zückte sein Handy.

Die Frau hob die Hand. »Einen Moment.« Sie griff zum Telefonhörer, drückte eine Taste und wartete. Alexis meinte, im Hintergrund das Öffnen und Schließen einer Tür zu hören, dann wurde am anderen Ende der Leitung abgehoben. Es folgte ein kurzer Wortwechsel, an dessen Ende Alexis und Oliver ins Büro des ehemaligen Stadtrats gebeten wurden.

Sah er auf den alten Wahlplakaten wie ein durchaus kompetenter Politiker aus, der wusste, was er wollte, trat

ihnen nun ein Mann entgegen, der mit seinen über die
Halbglatze gegelten Resthaaren, der Brille mit den eckigen
Gläsern und Schwabbelbacken einen erbärmlichen Eindruck hinterließ. Obendrein wirkte er außer Atem und
tupfte sich die Schweißperlen von der Stirn. »Kommen Sie
herein«, sagte er mit einem jovialen Lächeln und reichte
ihnen die Hand.

Alexis sah sich in dem Raum um. Er war elegant eingerichtet, auch wenn er für ihren Geschmack zu protzig war
und von typischen Männlichkeitssymbolen, wie der Minia-
tur eines Sportwagens und einem goldgefassten Stoßzahn,
dominiert wurde. Auf der linken Seite entdeckte sie eine
weitere Tür. Ein zweiter Ausgang. War er gerade erst dadurch hereingekommen?

»Darf ich Ihnen etwas zu trinken anbieten?«, fragte er.

Sie lehnten ab, und er bat sie auf den bequemen, gepols-
terten Stühlen an seinem Schreibtisch Platz zu nehmen.
»Wie kann ich Ihnen helfen?«

Oliver schilderte dem ehemaligen Stadtrat kurz, dass die
Leiche von Simone Fuchs gefunden worden war. Sie hatten
im Auto vereinbart, dass er das Reden übernehmen würde.
Herr Kämmerer stand in dem Ruf, keinen Respekt vor
Frauen zu haben.

»Und was wollen Sie von mir?«, fragte Kämmerer gespielt ahnungslos.

»Wir würden Ihnen gerne ein paar Fragen stellen, da
bekannt ist, dass Sie vor drei Jahren einen Streit mit Frau
Fuchs hatten.«

Mit jedem von Olivers Worten schwand die Freundlich-
keit aus Kämmerers Gesicht. Alexis stand auf und schlenderte durch den Raum, besah sich die Bilder mit diversen
Auszeichnungen, von denen sie noch nie gehört hatte. Sie

hatten bisher nicht herausfinden können, welcher Tätigkeit Kämmerer genau nachging. Offiziell war er Berater, aber wen oder was er in welchen Belangen beriet, blieb weitgehend undurchsichtig. Sie stellte sich an das Fenster in seinem Rücken, um ihn so zu verunsichern. Oliver nickte ihr unmerklich zu.

»Verdächtigen Sie mich etwa?«

»Wir müssen nur das Umfeld von Simone Fuchs untersuchen. Eine reine Routineangelegenheit.«

»Ich gehörte sicher nicht zu ihrem Umfeld.« Das Misstrauen in seiner Stimme war nicht zu überhören, ebenso wenig wie seine Verachtung.

»Können Sie uns schildern, in welcher Beziehung Sie zu der Toten standen?«

Kämmerer verschränkte die Arme vor der Brust. »Das wissen Sie genau, sonst wären Sie nicht hier. Welcher Staatsanwalt ist für den Fall verantwortlich?«

»Ist das in irgendeiner Weise von Belang?«

»Warum beantworten Sie nicht einfach meine Frage?« Als Oliver schwieg, fuhr Kämmerer fort. »Dachte ich es mir doch. Diese Linda Landgraf schickt Sie. Das grenzt schon an Amtsmissbrauch.«

»Wir wollen Ihnen nur einige Fragen stellen.«

Der ehemalige Stadtrat stand auf. »Richten Sie dieser Person aus, dass ich sie anzeigen werde, sollte sie mich nicht in Ruhe lassen. Ich lasse mich nicht in ihre Kampagnen hineinziehen.« Er reichte Oliver eine Visitenkarte. »Das ist die Nummer meines Anwalts. Wenn Sie noch Fragen haben, wenden Sie sich an ihn.«

»Sie machen es nur unnötig kompliziert«, versuchte Oliver beschwichtigend auf ihn einzuwirken, doch der Mann weigerte sich, weiter auf ihn einzugehen. Alexis gab

Oliver ein Zeichen, das Gespräch abzubrechen. An dieser
Stelle kamen sie nicht weiter. Der Abschied fiel entsprechend kühl aus.

»Seien Sie vorsichtig«, sagte Kämmerer, als sie halb aus
der Tür waren. »Ich habe noch immer Beziehungen.«

33

Karen nahm das erste Medaillon und hoffte, dass sie das
Präparat nicht zerstören würde. Eine Kamera lag neben ihr,
um jeden einzelnen Arbeitsschritt zu dokumentieren. Daneben lagen diverse sterile Tupfer, Pinzetten, Objektträger
und Gefäße, um ihren Fund sicher zu verwahren.

Sie ergriff eine kleine Bügelsäge mit Silbersägeblättern,
die sie von einem Kollegen im geologischen Institut geliehen hatte. Sie hatte gehofft, dass er ihr bei der Arbeit helfen
würde, aber er wollte nicht das Risiko auf sich nehmen,
möglicherweise wichtiges Beweismaterial zu vernichten.
Üblicherweise versuchte man nicht, Tiere aus Einschlüssen
zu lösen. Ganz im Gegenteil. Bei Bernstein galten gerade
die Exemplare als besonders wertvoll, die Tiere, Pflanzen
oder Wassertropfen beinhalteten.

Nach kurzem Überlegen legte sie die Säge zur Seite. Sie
würde doch anders vorgehen. Also nahm sie den ebenfalls
vom geologischen Institut stammenden Schwertbohrer
und setzte diesen über dem Abdomen der Spinne an. Wie
bei den Maden würde sie versuchen, etwas von dem Inhalt
des Verdauungstraktes der Tiere zu gewinnen. Spinnen fraßen vor allem blutsaugende Insekten. Hatte dieses Exem-

plar somit als letzte Mahlzeit eine Stechmücke ausgesaugt, konnte sie möglicherweise die DNA des Menschen gewinnen, der von dieser wiederum gestochen worden war. Weit hergeholt, aber es interessierte sie auch vom rein wissenschaftlichen Standpunkt her, ob so etwas möglich war.

Sie musste beim Bohren mehrfach stoppen, da das Material zu heiß wurde und Proteine und DNA sehr temperaturempfindlich sind.

Die letzten Millimeter erwiesen sich als am schwierigsten. Bohrte sie zu weit, würde sie das Tier zerreißen. Also nahm sie eine Standlupe und arbeitete sich in winzigen Schritten vorwärts, bis sie den Körper erreichte. Mit einer spitzen Pinzette und sanfter Druckluft reinigte sie den Bohrkanal, um den Harzblock anschließend quer unter dem Mikroskop einzuspannen, sodass sie die Nadel sehen konnte, die sie in den Kanal einführte, um die Probe zu entnehmen. Es war eine nervenzehrende Aufgabe, aber am Ende war sie von Erfolg gekrönt.

Karen sah auf die Uhr und beschloss, dass es für den Abend genug war. Die Probe würde sie am nächsten Tag aufbereiten und mit den anderen Anhängern ebenso verfahren.

Nachdem sie das Labor abgeschlossen hatte, fuhr sie nach Hause und widmete sich ihrem ausführlichen Dusch- und Badeprogramm. Ihre Kleidung packte sie direkt in die Waschmaschine und stellte sie mit Vorwaschgang und reichlich intensiv duftendem Weichspüler ein. Beinahe wäre sie in der Badewanne eingeschlafen. Es überraschte sie, dass sie so schnell Entspannung fand, und sie war sich nicht sicher, ob sie froh darüber war, inzwischen so abgebrüht zu sein oder nicht.

Später stieg sie aus der Wanne und wickelte sich in ein dickes Badetuch ein. Sie wischte das kondensierte Wasser vom Spiegel und betrachtete sich nachdenklich, während sie sich eincremte.

Sie trug etwas Narbensalbe auf ihren Hals auf und betrachtete die Male, die die Drahtschlinge hinterlassen hatte. Obwohl es mehrere Monate her war, würden sie die Narben für immer an die schrecklichen Ereignisse erinnern. Ihre Hand begann zu zittern, und sie wartete einen Moment, bis sie sich wieder beruhigt hatte.

Bei der Entführung hatte vor allem die Sorge um Louise ihr Leben bestimmt, aber für einige Momente war in ihr auch die Frage aufgeblitzt, ob es das jetzt war. War das alles an Leben gewesen, das sie bekam? Und hätte sie ihre Zeit nicht besser verwenden sollen, anstatt nur zwischen Labor, Tatorten und Hörsälen hin und her zu pendeln? Sie hatte damals keine Antwort gefunden und fühlte sich auch jetzt nicht näher an einer.

34

Sie hatte Pasta mit Muscheln gekocht, zwei Flaschen Wein auf den Tisch gestellt und Mousse au Chocolat aus dem Feinkostladen. Ein letztes Mal überprüfte Alexis, ob das Besteck sauber, die Gläser glänzend und die Tischdecke gerade war. Cookie und Coffee fegten aufgeregt durch das Haus, spielten Fangen und brachten ihre ordentlich angeordneten Kissen auf der Couch durcheinander. Sie scheuchte sie gerade zum dritten Mal aus der Küche, als ein Auto vorfuhr und in der Einfahrt parkte. Stephan.

Sie hastete in die Diele, zwang sich, langsam zu gehen

und kontrollierte ein letztes Mal den Sitz ihres Kleides. Kaum hatte es geklingelt, öffnete sie die Tür. »Ich war gerade in der Küche«, sagte sie statt einer Begrüßung und wurde rot. Warum führte sie sich bei diesem Mann wie ein Teenager auf?

Er gab ihr einen Kuss auf die Wange und reichte ihr einen Blumenstrauß. Zwölf rote Chrysanthemen.

Sie bedankte sich und führte ihn ins Wohnzimmer an den gedeckten Tisch. Zurück in der Küche sammelte sie sich und begann anschließend, das Essen zu servieren. Es tat ihr gut, beschäftigt zu sein, das hielt ihre Nervosität in Zaum und gab ihnen Gelegenheit, die ersten etwas verkrampften Minuten zu überwinden. Beim Essen entspannte sie sich ein wenig, und das Gespräch kam in Gang, dennoch war sie so unkonzentriert, dass Stephan sie schließlich darauf ansprach.

Sie ließ die Gabel sinken und lehnte sich in ihrem Stuhl zurück. Es fiel ihr schwer, mit ihm über die drohende Anklage zu sprechen. Seit sie sich kannten, wurde sie von ihrer Vergangenheit verfolgt. Dabei hatte sie gehofft, dass sie endlich lernen könnte, mit ihr Frieden zu schließen. Sie wollte stark und unabhängig erscheinen, ihm zeigen, dass sie niemanden brauchte. Aber war das die Wahrheit? Wollte sie nicht in Wirklichkeit seinen Trost und Rat? Sie nahm einen Schluck von ihrem Wein und berichtete von der Anzeige.

»Das ist bitter«, antwortete er nach einem Moment des Schweigens. »Ich verstehe ihn. Der Tod des eigenen Kindes verändert alles. Wenn man nicht jemand anderen zum Hassen findet …« Er schluckte schwer. Alexis legte eine Hand auf die seine. Er drehte sie und umfasste ihre Hand mit sanftem Druck.

Bei ihrem ersten gemeinsamen Fall hatte er ihr von dem Tod seiner Tochter im Babyalter erzählt. Ein Verlust, den er nie ganz verkraftet hatte und für den er sich bis heute die Schuld gab. Nach der Trennung von seiner Frau hatte er Straßburg und seine Arbeit bei der Polizei verlassen, um bei Europol neu anzufangen.

»Ich habe weniger Angst vor dem, was die Ermittlungen ergeben, als vor der Presse, falls sie davon erfährt. Ich ertrage es nicht, wenn mich jeder anschaut, als wäre ich eine Mörderin. Es war schon schlimm genug, als das mit meinen Eltern herauskam.«

»Auch diese Aufmerksamkeit wird vergehen, und die Staatsanwaltschaft wird es sicher unter Verschluss halten. Sie wissen, was sie an dir haben.«

Alexis nahm einen weiteren Schluck Wein. Sie spürte, wie er ihr langsam zu Kopf stieg. Sie hatte nicht viel gegessen, und die Müdigkeit forderte ihren Preis. »Magnus nicht. Ich kann nur darauf hoffen, dass seine Abneigung den Medien gegenüber anhält. Die Menschen werden niemals akzeptieren, dass eine Frau, die unter Mordverdacht stand und so eine Abstammung hat, bei der Polizei arbeitet.«

Stephan sah sie prüfend an. »Das ist doch nicht alles, was dir Sorgen macht.«

»Du hast recht. Ich habe Angst vor dem, was sie über meine Eltern ausgraben könnten. Ich weiß so wenig von ihnen. Was, wenn sie mir unbekannte Dinge über sie in Erfahrung bringen, die ich niemals würde wissen wollen?«

»Du weißt, dass sie viele Menschen auf dem Gewissen haben. Was könnte schlimmer sein als das?«

Alexis senkte den Kopf, damit er die aufsteigenden Tränen in ihren Augen nicht sehen konnte. »Dass sie mich nie geliebt haben«, sagte sie leise. »Dass sie einander nicht geliebt haben. Dass es nie etwas Gutes in ihrem oder meinem Leben gab, solange sie da waren.« Die Tränen liefen ihr jetzt über die Wange. »Tut mir leid. Ich ruiniere unser Date.«

Stephan beugte sich vor und fuhr ihr sanft über die Wange. »Red keinen Unsinn. Wie wir alle hatten sie zwei Seiten, nur dass ihre bösartigen Triebe oft die Kontrolle übernahmen. Du hast mir viel von ihnen erzählt, und ich habe keinen Zweifel daran, dass ihre Liebe zu dir und zueinander echt war.«

Alexis stand auf, gab ihm einen langen Kuss, bevor sie in die Küche ging, um Schalen für das Dessert zu holen. Als sie den Schrank öffnete, erinnerte sie sich an Dolces Bitte. Zurück am Tisch sprach sie Stephan darauf an, froh über die Gelegenheit zum Themenwechsel. »Wir brauchen deine Hilfe bei einem Fall.«

Er nippte an dem Weinglas. »Geht es um die toten Frauen?«

»Du hast davon gehört?«

»Die Polizei summt davon wie ein Bienenstock, der ein Blumenmeer gefunden hat. Lange werdet ihr es nicht unter Verschluss halten können.«

»Ich hatte es befürchtet.«

»Also, wie kann ich euch helfen?«

»Wir vermuten, dass zumindest eines der Opfer aus der Ukraine stammt. Eine Prostituierte.«

»War sie registriert?«

»Nicht als Hure, und wir haben kaum Informationen über sie. Wir müssen wissen, ob ihre Identität stimmt, ob sie freiwillig herkam … einfach alles.«

»Befürchtest du, dass ihr auf einen Ort gestoßen seid, an dem ein Menschenhändlerring seine unbrauchbar gewordene Ware entsorgt?«

»Ich bin mir nicht sicher«, erwiderte Alexis. »Bei dem Fall passt nichts zusammen. Wir haben eine Aktivistin für die Rechte von Homosexuellen, eine Frau und ihre Tochter, die von ihrem Ex bedroht werden, und nun mischt eventuell auch noch ein Menschenhändlerring mit. Das Einzige, was ich sicher weiß, ist, dass wir zehn tote Frauen haben, der Täter schon bald wieder zuschlägt, wenn er nicht schon längst die nächste Frau in seiner Gewalt hat, und dass ich Mutter und Tochter nicht schützen kann.«

»Komm mal her.« Er legte einen Arm um sie und zog sie an sich. Sie legte ihren Kopf an seine Brust, spürte die weiche Wolle seines Pullovers und atmete seinen inzwischen vertrauten Geruch ein. »Du wirst den Fall lösen. Du schaffst es immer.«

»Danke«, murmelte sie, wandte den Kopf, um ihm in die Augen zu sehen. Er beugte sich ein Stück vor, und ihre Lippen trafen sich.

Seine Hand wanderte unter ihren Pullover, strich über ihre Haut.

»Lass uns nach oben gehen«, flüsterte Alexis, und mit einem Mal fühlte sie sich leicht und lebendig.

Im Schlafzimmer packte Stephan sie am Arm, zog sie an sich und strich ihre eine Strähne aus dem Gesicht. »Du bist so wunderschön«, murmelte er, bevor er seine Lippen auf die ihren presste und sie in einem verzehrenden Kuss versanken. Die Leidenschaft brandete in Alexis hoch, als er sie eng an sich drückte und sie unter ihren Fingern seine starken Muskeln am Rücken spürte. Sie legte ihren Kopf nach hinten, ein Seufzen kam über ihre Lippen, während sein Mund ihren Hals hinabwanderte.

»Ich bin verrückt nach dir.«

Ihre Blicke trafen sich, und sie versank in seinen Augen,

in denen sich das gleiche Verlangen widerspiegelte, das auch sie empfand. Sie wusste, dass sie vernünftig sein sollte, aber heute Nacht war ihr das gleichgültig. Sie begehrte diesen Mann mit jeder Faser ihres Seins. Sie wollte einfach mal wieder Frau sein, und genau dieses Gefühl gab er ihr. Begehrenswert zu sein. Schön. An der Seite eines Mannes, der wusste, was er will.

Ihre Münder fanden sich erneut, und dieses Mal war auch der letzte Rest Zurückhaltung verschwunden. Sie fühlte sich wie ein Teenager, gefangen in einem Wirbel der Emotionen und Lust. Sie rissen sich regelrecht die Kleidung vom Leib – nur kurz hielt er inne, um sie ehrfürchtig zu betrachten, als sie nackt vor ihm stand, nur um sie sogleich aufs Bett zu werfen, sich seiner Hose zu entledigen und sich auf sie zu legen. Während ihre Zungen sich im wilden Spiel trafen, fuhr seine Hand zwischen ihre Beine, und sie spürte, wie sein erigierter Penis sich langsam seinen Weg in sie suchte. Von einer unbeschreiblichen Welle der Lust überflutet, stöhnte sie auf, und er warf sich in sie.

»O Gott, das halte ich nicht lange durch. Du bist Wahnsinn«, flüsterte er.

Statt einer Antwort wölbte sie sich ihm entgegen und umfasste seinen festen Po mit ihren Händen. Langsam fing er an sich in ihr zu bewegen, die Leidenschaft und Anspannung standen ihm deutlich ins Gesicht geschrieben, und seine tiefen, verzehrenden Stöße nahmen sie mit auf einen Höhenflug, wie sie ihn noch nie zuvor erlebt hatte. Kurz bevor sie den Höhepunkt erreichte, verlor auch er die Beherrschung und beschleunigte seine Bewegungen, bis sie fast gleichzeitig Erfüllung fanden. Zitternd und schwer atmend blieb er auf ihr liegen, dann verschloss er erneut ihre Lippen. »Das könnte ich bis ans Ende meines Lebens machen.«

Sie lachte auf und stellte zu ihrer Überraschung fest, dass sie der Gedanke nicht erschreckte.

Später wachte sie in seinen Armen auf. Sie ging ins Bad und putzte sich die Zähne, bevor sie ins Bett zurückkehrte. Beim Anblick seines Körpers, der nackt vor ihr lag, seiner wunderschönen Augen und des verträumten Lächelns überkam sie ein Gefühl tiefster Zuneigung. »Hallo, mein Schöner«, sagte sie, zog sich ihr Hemd über den Kopf und setzte sich rittlings auf ihn. Unter ihren Küssen wurde er schnell wieder hart, und sie versanken in einem neuerlichen Taumel der Leidenschaft.

Einige Zeit später lagen sie ineinander verschlungen im Bett. Cookie und Coffee saßen auf der Fensterbank und beobachteten sie aus unergründlichen Augen. »Schöne Tiere«, sagte Stephan und streckte sich.

Alexis registrierte mit Unbehagen, dass er offensichtlich bis zum nächsten Morgen bleiben wollte. Gemeinsames Aufwachen, Frühstücken. Das klang auf der einen Seite gut, auf der anderen erschreckte es sie.

»Worüber grübelst du?«, fragte er.

Sie antwortete nicht, stattdessen zog sie ihn an sich und presste ihre Lippen auf die seinen. Unter seinen Küssen vergaß sie ihre Bedenken und schlief später erneut in seinen Armen ein.

Erst am nächsten Morgen wachte Alexis noch vor dem Klingeln ihres Weckers auf. Sie streckte den Arm aus, um ihn auszuschalten, und stand vorsichtig auf.

Sie schnappte sich im Dunkeln ein paar Sachen, zog sich vor der Tür an und ging in die Küche, um Kaffee zu kochen. Sie kraulte Cookie am Bauch, während sie darauf wartete, dass der Kaffee durchgelaufen war. Es war ein schönes Gefühl, nicht alleine aufzuwachen, und doch fühlte sie sich nicht wirklich entspannt. Stattdessen war da ein dumpfes Unbehagen, und sie fragte sich, ob sie ihn nicht doch hätte nach Hause schicken sollen. Was war richtig? Auf ihre Gefühle hören oder endlich die Ängste beiseiteschieben?

Sie goss den Kaffee in einen Becher und setzte sich auf einen Stuhl. Mit angezogenen Beinen beobachtete sie die heraufziehende Dämmerung. Sie liebte die ruhigen Morgenstunden.

Anschließend weckte sie Stephan. »Ich muss schon los. Der Fall. Du weißt ja.« Sie gab ihm einen Kuss auf die Wange. »Kaffee steht in der Küche.«

»Ist es nicht noch etwas kalt für die Bluse?«

Sie sah an sich herunter und stellte fest, dass sie tatsächlich nur eine dünne Sommerbluse trug.

Sie nahm einen Blazer aus dem Schrank. »Ich friere nicht so schnell, und vielleicht kann ich den Sommer so aus seinem Versteck locken.« Sie versuchte sich an einem Lächeln.

Er griff nach ihrer Hand und hielt sie fest. »Wenn es dir zu schnell geht, musst du es nur sagen. Mit mir kannst du über alles reden.«

»Das weiß ich doch«, sagte sie und gab ihm einen Kuss, bevor sie aus dem Haus eilte.

35

Merle war es leid, begafft zu werden. Sie war ohnehin der Freak, der eine Entschuldigung für den Sportunterricht hatte, selbst im Sommer lieber langärmlig trug und nie eine Einladung zu einer Party bekam. Nun hatte sich auch noch dieser Spinnenangriff in der Schule rumgesprochen, und sie war für alle Zeiten erledigt. Sie hörte die Mädchen hinter ihrem Rücken kichern, und in der dritten Stunde hatte ein Junge ihr eine Spinne aus Weingummi auf den Tisch geworfen. Das Leben war scheiße.

Endlich verkündete das Klingeln das Ende des Vormittagsunterrichts. Anderthalb Stunden Freiheit, bis sie noch eine Doppelstunde Mathematik ertragen musste.

Caro wartete bereits unten in der Eingangshalle. Sie war seit drei Jahren in der Parallelklasse und Merles beste Freundin. Ihre einzige Freundin. Caro war eher unscheinbar. Weder besonders schmal noch dick. Nicht groß oder klein, mit braunen Augen, einem spitzen Gesicht und haselnussbraunen, dünnen Haaren. Das einzig Auffällige an ihr waren ihr Lachen, das aus ihr herausplatzte wie ein frischer Sommerregen, und das Fehlen jeglichen Talents fürs Kochen. Caro brachte es fertig, Wasser anbrennen zu lassen.

Sie hakte sich bei ihr unter, und sie gingen gemeinsam nach draußen, um sich in der Bäckerei um die Ecke mit Sandwiches und Zitronentee einzudecken. »Hast du dich mittlerweile von dem Schock erholt?«

Merle hatte ihr noch in der Nacht des Spinnenüberfalls von den Ereignissen berichtet. »Geht so. Von Spinnen habe ich jedenfalls die Nase voll.«

»Wissen sie schon, was für ein Spinner das war? Im wahrsten Sinne des Wortes.«

»Meine Mutter sagt, dass es mein Vater war.«

Caro riss erschrocken die Augen auf. »Ernsthaft? Schöne Scheiße. Dabei wirkt er so normal.«

Merle biss sich auf die Lippen. Am liebsten hätte sie ihrer Freundin die Wahrheit gesagt, aber sie traute sich nicht. Er würde sie töten.

»Lass uns über etwas anderes reden. Hast du die neue Frisur von Manuel gesehen?«

»Der sieht auf einmal voll scharf aus«, ging Caro bereitwillig auf den Themenwechsel ein.

Nachdem sie sich in der Bäckerei versorgt hatten, setzten sie sich auf die überdachten Treppen vor der Sporthalle. Es war zwar noch nass, aber relativ warm, und sie genossen die ersten Sonnenstrahlen des Jahres.

»Hoffentlich bekomme ich etwas Farbe«, sagte Caro, neigte den Kopf in die Sonne und schloss die Augen. »Ich bin so schrecklich blass.«

Merle tat es ihrer Freundin nach. Nach einigen Minuten öffnete sie die Augen wieder, weil sie ein Krabbeln auf der Haut spürte. Sie sah an sich herunter und stieß ein Quietschen aus. Da saß eine dicke, schwarze Spinne. Mit ihren Beinen war sie fast handtellergroß und von dicken Haaren besetzt. Caro entdeckte das Tier ebenfalls und schrie auf. Hastig schleuderte sie das Tier von sich. Die Mädchen sprangen auf und entspannten sich erst, als die Spinne nach einem Moment der Regungslosigkeit in die andere Richtung davonkrabbelte.

»Boah, war die eklig«, sagte Caro.

Merle schüttelte sich. »Und wie.« Da sah sie aus den Augenwinkeln eine Bewegung. Im Schatten der Turnhalle glaubte sie jemanden stehen zu sehen, doch als sich ihre Augen an die Dunkelheit gewöhnt hatten, konnte sie niemanden entdecken.

»War das eine Vogelspinne?«, fragte Caro.

»Nein«, antwortete Merle, ohne nachzudenken. »Das war eine einfache Kellerspinne. Die gibt es oft.«

»Sind die giftig?«

»Nicht für Menschen.«

»Komm, lass uns von hier verschwinden, bevor sie mit Verstärkung zurückkommt.« Caro nahm ihre Tasche und den Tetrapak mit dem Tee.

Merle stand ebenfalls auf. Sie hatte ein ungutes Gefühl und wollte schnell in das Gebäude.

Eine Viertelstunde später verabschiedeten sie sich voneinander. »Treffen wir uns morgen Abend am Kino?«

Caro sah verlegen zu Boden. Sie stieß pfeifend die Luft aus. »Mein Vater. Er will nicht, dass ich mich mit dir treffe.«

Merles Augen weiteten sich. »Ich habe doch gar nichts getan?«

»Er sagt, du bringst Unglück. Er hat sie echt nicht mehr alle.«

Merle biss sich auf die Unterlippe. Ganz unrecht hatte Caros Vater nicht. Trotzdem tat es weh, richtig weh. Wortlos wandte sie sich ab.

»Der kriegt sich schon wieder ein«, rief Caro ihr hinterher, aber Merle drehte sich nicht um. Sie wollte nicht, dass sie die Tränen sah, die ihr die Wange hinunterliefen.

36

Es war früher Nachmittag, und die Sonne eilte bereits dem Horizont entgegen, erinnerte an den Winter und löste in so manch einem Menschen ein Gefühl von Melancholie aus. Ein kräftiger Wind trieb vereinzelte Wolken über den Himmel und fegte Blätter durch die Straßen, um sie in einem endlosen Wirbel mit sich zu tragen, bis sie sich an Mauern

213

und Gehwegen anhäuften, als eine letzte Erinnerung an die dunkle Jahreszeit.

Alexis saß in Olivers Lieblingscafé, in dem es seiner Meinung nach den besten American Cheesecake gab, und wartete auf ihn. Sie rührte in ihrem Cappuccino und dachte an die vergangene Nacht mit Stephan. Es war so unglaublich schön gewesen, und trotzdem zögerte sie, ihm eine Nachricht zu schicken.

Der Gastraum war bis auf ein Pärchen Mitte zwanzig leer, und obwohl sie sich eigentlich auf den Fall konzentrieren sollte, konnte sie nicht anders, als deren nicht zu überhörendem Gespräch zu lauschen. Währenddessen fragte sie sich, ob diese Menschen kein Schamgefühl hatten, Themen, wie ihre Zukunftsplanung und Gestaltung einer Beziehung, derart lautstark in der Öffentlichkeit zu diskutieren. Bei ihr handelte es sich um eine recht hübsche, eher konservativ gekleidete Frau, deren hellgraue Stoffhose sich eng um ihre etwas zu breiten Hüften spannte, während er mit seiner sonnengebräunten Haut mit einem leicht orangefarbenen Stich eindeutig zu viel Zeit in der Sonnenbank und einem Fitnessstudio verbrachte.

Alexis war sich nicht ganz sicher, in welcher Beziehung die beiden zueinander standen. War es ein Date, bei dem in recht nüchternem Tonfall abgeklärt wurde, wie sich die Personen jeweils das gemeinsame Leben vorstellten? Handelte es sich um Freunde, die sich über ihre Partnerschaften unterhielten, oder waren sie bereits ein Paar, das nun den nächsten Schritt wagen wollte?

Das Gespräch fesselte sie so sehr, dass sie ihr Tablet zur Seite legte und blicklos aus dem Fenster starrte.

»Nach der Arbeit will ich nicht nach Hause kommen und auch noch das Klo putzen müssen«, sagte er und lehnte sich mit hinter dem Kopf verschränkten Armen in seinem Stuhl zurück. »Weißt du, ich arbeite viel und lange, jeden Tag mindestens acht Stunden, da geht das einfach nicht.«

»Das verstehe ich«, antwortete sie mit einem undefinierbaren Lächeln.

»Auch mit dem Kochen – ich kann mich nicht auch noch eine Stunde in die Küche stellen. Weißt du, es muss nicht immer gleich ein aufwendiges Menü sein, aber etwas Warmes sollte abends schon auf dem Tisch stehen. Am Wochenende können es schon mal drei Gänge oder so sein. Da helfe ich auch mal mit, wenn nichts anderes ansteht.« Er lächelte gönnerhaft. »Ich bin ja kein Macho. Aber was gibt es Schöneres, als wenn es in der Küche brutzelt und duftet, während man sich mit einem Bier von der Arbeit entspannt.«

»Wenn die Frau nicht arbeitet, ist das sicherlich nur angemessen«, sagte sie mit weiterhin undeutbarer Miene und wollte offensichtlich noch mehr sagen, aber er ließ sie nicht aussprechen.

»Gar nicht arbeiten ist ja auch nicht gut. So einfach sollte es sich frau dann auch nicht machen und alle Verantwortung auf mich abwälzen. Weißt du, als Freiberufler ist das alles nicht so sicher bei mir, und da kann ich nicht auch noch die ganze finanzielle Verantwortung tragen – davon habe ich bei der Arbeit mehr als genug. Und ein bisschen was im Oberstübchen muss sie haben. Also halbtags arbeiten sollte sie schon, eher noch ein normaler Job. Das ist immer noch weniger stressig als meine Arbeit. Weißt du, ich bin jeden Tag zehn Stunden aus dem Haus, wenn sie nur acht arbeitet, kann sie ja in den anderen zwei den Haushalt erledigen und das Einkaufen.«

Für einen Moment wurde Alexis abgelenkt, als die Bedienung an ihren Tisch trat und ihr ein Stück Apfelkuchen brachte. Sobald sie gegangen war, konnte sie nicht anders, als weiter dem Gespräch zu lauschen. Sie fühlte sich wie in einer Parallelwelt gefangen, hatte sie doch geglaubt, dass Männer wie dieses Exemplar längst ausgestorben waren. Sie malte sich aus, was für eine Frau man sein musste, um sich auf einen Mann wie diesen einzulassen, der keine finanzielle Verantwortung tragen wollte und sich selbst so wichtig nahm. Was bewog einen Menschen dazu, eine solche Beziehung einzugehen? Warum überhaupt eine feste Bindung?

»Mit einer Putzfrau klappt das sicher«, sagte die Frau in diesem Moment.

»Nee, das geht gar nicht. Wenn ein Fremder meine Sachen wegräumt, dann will ich mit dem auch zusammenleben. Ansonsten kann ich ja gleich die Putze heiraten. Weißt du, was ich meine?«

Bevor Alexis die Antwort der Frau hören konnte, betrat Oliver den Raum und setzte sich zu ihr. »Wir haben sieben identifiziert«, sagte er statt einer Begrüßung. Er zückte seinen Notizblock und schlug ihn in der Mitte auf. »Die Daten kamen soeben aus der Rechtsmedizin.« Er legte eine lange Liste von Namen vor sie. Sie alle waren zwischen zwanzig und dreißig, von sechs wussten sie, dass sie entweder drogenabhängig waren oder als Prostituierte gearbeitet hatten. Die Mehrheit stammte aus dem Ausland, ein paar waren aus anderen Teilen Deutschlands hergezogen und hatten kaum Kontakte. Alles leichte Opfer, nach denen niemand suchte.

»Deswegen ist er so lange nicht entdeckt worden«, sagte Alexis. »Er wählt seine Opfer mit Bedacht.«

»Aber warum ist er dann so nachlässig, nachdem er mit ihnen fertig ist?«

»Er will in Ruhe seinen Spaß mit ihnen haben. Was anschließend passiert, ist ihm egal.«

»Ich habe mir auch noch einmal den Exmann von Frau Thalberg angeschaut. Von ihren Anzeigen abgesehen, liegt nichts gegen ihn vor. Er war immer ein unauffälliger Bürger, und auch an seinem Arbeitsplatz gibt es keine Beschwerden gegen ihn.«

»Das muss noch lange nichts bedeuten.«

»Es ist dennoch merkwürdig. Jahrelang sind sie verheiratet, und es gibt keine Auffälligkeiten, und dann das.«

»Sie wird sich nicht getraut haben, zur Polizei zu gehen. Du hast doch gesehen, was bei ihnen geschehen ist, und der Tochter geht es offensichtlich nicht gut.«

Oliver nickte nachdenklich. »Lass uns zu diesem Dr. Ferrer fahren. Vielleicht kann er uns weiterhelfen.«

Sie fuhren mit Olivers Wagen zu dem Therapeuten. Seine Praxis lag in einem mehrstöckigen Ärztezentrum in der Gartenstadt. Die Straßen waren breit und der Parkplatz geräumig und von Ulmen überschattet. Ein mittlerweile erstaunlich warmer Wind zerrte an Alexis' Haaren, als sie aus dem Auto stieg und an dem kastenförmigen Gebäude nach oben blickte. Sie trug eine enge Jeans und eine helle Bluse mit einer passenden Jacke. Dazu ein Paar Stiefeletten mit leichtem Absatz, die sie ein Stückchen größer wirken ließen. Als zierliche und eher kleine Frau war sie über jeden Zentimeter dankbar, den sie sich mit solchen Tricks erschummeln konnte. Vielen Männern fiel es schwer, vor einer Person Respekt zu haben, die ihnen gerade mal bis zum Schulterblatt reichte und vielleicht die Hälfte wog.

Ihre Absätze klapperten auf dem dunklen Steinboden, als sie das Gebäude betraten und in den Aufzug stiegen.

Sie teilten sich die Aufzugskabine mit sechs jungen

Frauen, offensichtlich Praktikantinnen, mit rosigen Wangen und glänzenden Haaren, die Oliver schmachtende Blicke zuwarfen und dabei kicherten. Er war ja wirklich attraktiv, auch wenn Alexis das nur noch in Situationen wie diesen wahrnahm. Obwohl er sonst hinter allen Frauen her war, schien er die Mädchen nicht zu registrieren. Stattdessen fixierte er mit undurchdringlicher Miene die Anzeige mit den durchlaufenden Stockwerksnummern.

Die Fahrstuhltür öffnete sich, und sie ging gemeinsam mit Oliver hinaus. Kaum hatte sich die Tür erneut geschlossen, warf er ihr einen triumphierenden Blick zu. »Ich habe es immer noch drauf!«

»Ach ja?«

»Hast du ihre Blicke bemerkt?«

So viel zum Thema Nichtbemerken. Alexis schmunzelte. »Du meinst die voller Mitleid? Das Getuschel, dass du vor zwanzig Jahren sicher mal toll anzusehen warst?«

Oliver spielte den Gekränkten und stolzierte mit einem verletzten Blick voraus.

Die Praxis lag hinter einer Milchglastür. Dahinter erwartete sie ein Empfangsbereich mit hellem Teppich, geschmackvollen, aber langweiligen Bildern abstrakter Kunst, mit denen wohl nur die wenigsten Besucher etwas anfangen konnten, und einem Empfangstresen aus rötlichem Holz, hinter dem sie eine junge Frau von offenbar südländischer Abstammung dienstbeflissen anlächelte. »Wie kann ich Ihnen helfen? Möchten Sie einen Termin ausmachen?«

Sie zückten ihre Dienstausweise, stellten sich vor und baten darum, Dr. Ferrer zu sprechen.

Das Lächeln der Sekretärin erstarrte, aber sie bewahrte ihre professionelle Fassung. Einzig das Zucken um ihre dunklen Augen verriet ihre Nervosität. »Er befindet sich in einer Sitzung.« Sie sah zu der Uhr, die über der Tür hing. »In zehn Minuten ist er fertig.«

»Wir werden warten.«

»Möchten Sie im Wartezimmer Platz nehmen?«

Sie nahmen das Angebot an und wurden an zwei separaten Wartebereichen vorbeigeführt und in den hintersten gebracht. Die Frau ließ die Tür offen, woraufhin Oliver sie schloss, sobald die Sekretärin an ihren Arbeitsplatz zurückgekehrt war. »Sieht nobel aus.«

Alexis blätterte durch den Stapel Zeitschriften. Die meisten waren aktuell und eine gute Mischung aus Nachrichtenmagazinen, Klatschblättern und Modezeitungen. Dr. Ferrers Kundschaft schien breit gefächerte Interessen zu haben.

Nach den angekündigten zehn Minuten kehrte die Sekretärin zurück und brachte sie in das Sprechzimmer. Keiner von ihnen hatte jemanden die Praxis verlassen hören. Beim Betreten des Raumes fanden sie auch die Erklärung dafür: Es gab einen Hinterausgang.

»Entschuldigen Sie die Wartezeit.« Ein hochgewachsener Mann, der mit seiner schmalen Statur hinter seinem gewaltigen Schreibtisch zu verschwinden drohte, erhob sich aus seinem ebenso massigen Schreibtischstuhl und reichte ihnen die Hand. Sein Griff war fest, und die muskulösen Unterarme, die unter seinem Hemd hervorblitzten, verrieten den Sportler. Nur sein hageres Gesicht ließ ihn müde wirken.

Sie stellten sich vor und setzten sich ihm gegenüber in weich gepolsterte und ungemein bequeme Stühle. Dr. Ferrer legte offenbar viel Wert darauf, dass sich seine Patienten wohl bei ihm fühlten. Der Raum war geschmackvoll eingerichtet mit dem gleichen hellen Teppich wie im Empfangsbereich, moderner Kunst, die auf den hölzernen Aktenschränken stand und die dicht gedrängten Bücher in den Regalen auflockerte. Auf seinem Schreibtisch standen Bilder, die ihn beim Tennis, am Strand und zusammen mit einer umwerfenden Blondine auf einem Segelboot zeigten.

»Wie kann ich Ihnen helfen?«

Er hatte eine angenehme, fast schon einschläfernde Stimme, der seine Patienten sicher gerne lauschten, in der aber auch eine gewisse Routine lag. Aufgrund seiner Tätigkeit vermutete sie, dass es nicht sein erster Kontakt mit der Polizei war.

»Wir sind wegen einer Ihrer Patientinnen hier. Merle Hernandez.«

Sein Gesicht verdüsterte sich. »Ist ihr etwas geschehen?«

»Das wüssten wir gerne von Ihnen.«

»Von mir?« Er strich seine dunklen Haare nach hinten, bevor er die Hände auf dem Tisch vor sich faltete. »Ich verstehe. Es geht um ihr Verhalten.«

»Ihre Mutter schickt uns.«

»Ich wüsste nicht, wie ich Ihnen helfen kann, da ich an die Schweigepflicht gebunden bin.«

Alexis hätte am liebsten vor Frustration aufgestöhnt. »Merles Situation spitzt sich weiter zu, und ohne eine Aussage von ihr haben wir momentan keine Möglichkeit, ihr zu helfen. Ihre Mutter gestattet, dass Sie mit uns sprechen.«

»Sie ist aber nicht meine Patientin. Ich darf auch ihr nicht alles mitteilen.«

»Sind Sie nicht verpflichtet, Fälle von Kindesmissbrauch zu melden?«, fragte Oliver.

»In der Tat, allerdings nur mit starken Auflagen und unter Abwägung, was das Beste für meine Patientin ist«, wich

Ferrer aus. Seine Augen fixierten Alexis. »Merle hat niemals klare Anschuldigungen erhoben und ist viel zu verstört, um der Polizei zu helfen.«

»Können Sie uns nicht irgendwie weiterhelfen?«

»Ich habe bereits mehr gesagt, als ich dürfte.« Er seufzte. »Lassen Sie mich einen Moment nachdenken.«

Alexis beobachtete den Psychologen, wie er unruhig im Raum auf und ab ging. Er rang sichtlich mit sich. Schließlich wandte er sich ihnen erneut zu. »Ich ziehe schon seit Längerem eine alternative Form der Therapie für Merle in Betracht, bei der auch Hypnose zum Einsatz kommt.«

»Wird das nicht üblicherweise nur zur Aufdeckung von verdrängten Erlebnissen verwendet?«, fragte Oliver.

Dr. Ferrer goss sich ein Glas Wasser aus einer Karaffe ein und bot ihnen ebenfalls etwas an. »Es gibt zahlreiche neue Ansätze, die das gängige Behandlungsspektrum erweitern. Die Psychologie funktioniert nicht wie eine klassische Naturwissenschaft, bei der man sicher sein kann, was die Konsequenz aus einer bestimmten Handlung ist, oder wie die Medizin, wo man genaue Vorstellungen von der Wirkung von Medikamenten und ihren Nebenwirkungen hat.«

»Wäre das gefährlich für Merle?«

»Wie schätzen Sie denn ihre momentane Situation ein?«, konterte Ferrer.

Oliver senkte den Kopf. Das Mädchen war ihr bester Ansatzpunkt, um es und ihre Mutter zu schützen.

Sie unterhielten sich noch eine Weile mit dem Psychologen, der ihnen versprach, sich mit Gabriela Thalberg in Verbindung zu setzen, um mit ihr das neue Vorgehen zu besprechen.

Alexis hoffte, dass dies zum Erfolg führen würde. Sollte Marco Hernandez tatsächlich der Mörder sein, wollte sie sich nicht ausmalen, was er seiner Tochter antat, wenn sie alleine waren.

Auf dem Weg zum Präsidium betrachtete Alexis die vorbeiziehenden Häuser, die grau in grau mit dem Himmel verschmolzen, als Oliver sie ansprach. »Ich muss gestehen, dass ich mich in Hernandez möglicherweise getäuscht habe.«

»Glaubst du nun seiner Frau?«

»Ich will keine voreiligen Schlüsse ziehen, aber dieser Ferrer war überzeugend.«

»Nur hilft uns das leider nicht weiter.«

»Ich werde mit den Kollegen sprechen, die sich bereit erklärt haben, ein Auge auf ihn zu werfen. Früher oder später wird er einen Fehler machen.«

»Hoffentlich ist es dann nicht zu spät.«

37

Alexis saß im Büro von Dr. Norden, der sie üblicherweise bei Fällen beriet, und sie fragte sich, warum dieser Mann nicht ebenso höflich und respektvoll sein konnte wie Dr. Ferrer. Wenn sie die Möglichkeit gehabt hätte, hätte sie die beiden jederzeit gegeneinander eingetauscht. So saß ihnen Dr. Norden mit missbilligender Miene gegenüber und ließ sie seit einer Viertelstunde spüren, dass er nicht viel von ihrem kurzfristigen Auftauchen hielt. Während er selbst an einer Tasse Tee nippte, hatte man ihnen nicht mal ein Glas Wasser angeboten.

Endlich blickte er von seinen Unterlagen auf und sah sie

mit verkniffenen Lippen an. »Sie wollten etwas zu diesem Dr. Ferrer wissen. Ich spreche nur ungern über Kollegen.«

»Das respektiere ich«, entgegnete Alexis. »In diesem Fall benötigt ein Mädchen jedoch Hilfe, und wir müssen wissen, ob wir diesem Psychologen vertrauen können.«

»Dr. Ferrer praktiziert seit Jahren.«

Oliver lehnte sich mit verschränkten Armen in seinem Stuhl zurück und schilderte Merles Fall.

»Ich kann keinen Fehler in seinem Verhalten erkennen. Ohne die Aussage des Mädchens oder klare Hinweise auf körperliche Gewalt darf er die Schweigepflicht nicht brechen. Es ist eine verzwickte Situation. Sein alternativer Therapieansatz ist in der Tat ungewöhnlich. Da er bisher mit der konventionellen Methode nicht weitergekommen ist und die Situation ernst scheint, spricht einiges für den Versuch.«

Alexis kniff sich vor Enttäuschung in den Unterarm. Sie mussten einen anderen Weg finden, dem Mädchen zu helfen. Solange Ferrer kein Wunder bewirkte, würde das zu lange dauern. »Haben Sie neue Erkenntnisse zu dem aktuellen Fall?«

»Ich habe mir die vorläufigen Ergebnisse der Autopsie und vor allem auch die Fotografien der Medaillons angesehen und finde dies durchaus aufschlussreich. Der Mörder muss äußerst planvoll vorgehen und hegt nicht die Absicht, mit dem Morden aufzuhören. Die Anfertigung der Anhänger erfordert viel Zeit und Geduld. Da die Tiere nur zu einem kurzen Zeitraum in der entsprechenden Form verfügbar sind, gehe ich davon aus, dass er die Schmuckstücke auf Vorrat anfertigt, was bedeutet, dass er sich darüber bewusst ist, was er tut. Er kämpft offenbar nicht weiter dagegen an. Wissen Sie, ob er auch das Medaillon selbst, also ohne die eingeschlossene Spinne, herstellt?«

»Die KT geht davon aus, dass es sich um eine industrielle Massenfertigung handelt. Sie versuchen zurückzuverfolgen, wann und wo sie hergestellt wurden. Die Chancen sind jedoch gering, etwas herauszufinden. Fest steht, dass sie im selben Zeitraum gefertigt wurden.«

»Damit spricht immer mehr dafür, dass er sich schon vor langer Zeit mit seiner Natur abgefunden hat und seine Morde langfristig plant. Damit würde er dem Profil eines gut angepassten Täters entsprechen, der in die Gesellschaft integriert lebt. Er agiert rational, wägt ab, wie viel Energie er in welchen Aspekt seiner Morde steckt. Vermutlich ein unauffälliger Mann zwischen dreißig und fünfzig.«

»Steckt hinter den Spinnen irgendeine Symbolik?«

»Zum einen nimmt er ausschließlich weibliche Tiere und tötet Frauen. Es ist nur ein Indiz, aber es deutet darauf hin, dass er einen tief sitzenden Hass gegen Frauen hegt. Die Wahl der Kreuzspinne dürfte ebenfalls nicht zufällig sein, da das Kreuz ein christliches Symbol ist. Sämtliche identifizierte Opfer verstoßen gegen die Glaubenssätze der konservativen Christen. Huren, Homosexuelle, sie alle versündigen sich in den Augen des Täters. Entweder dient es ihm als Rechtfertigung für die Wahl seiner Opfer, oder er glaubt tatsächlich, Gottes Urteil zu vollstrecken. Gegen Letzteres spricht allerdings, dass dieser Typ Täter oft nicht über sein planvolles Vorgehen verfügt.«

Alexis seufzte innerlich auf, während sie den weiteren Ausführungen des Psychologen lauschte. Das Profil sprach eindeutig für Kämmerer, die anderen Aspekte eher für Hernandez. Damit hatten sie zwei Verdächtige, von denen keiner wirklich passte. Sie blendete den Monolog aus und konzentrierte sich auf die Fakten. Sie hatte das Gefühl, etwas zu übersehen. Auch wenn sie noch keinen konkreten

Beweis hatten, war es für ihren Geschmack fast zu leicht gewesen, um auf die Tatverdächtigen zu stoßen. Wäre ein planvoller Killer so nachlässig? Sie machte sich in Gedanken eine Notiz, dass sie sich die Unterlagen von Frau Thalbergs ehemaliger Lebensgefährtin noch einmal genauer anschauen wollte.

Den Rest des Tages verbrachte sie mit dem leider notwendigen Papierkram, dem Absprechen einer Pressemitteilung, der weiteren Identifizierung der Leichen und der Benachrichtigung der Angehörigen sowie dem Erstellen von Zeitfenstern, in denen die Frauen verschwunden waren. Vor allem die letzte Aufgabe erwies sich nach der Zeit und dem Umfeld, in dem sie gelebt hatten, als äußerst schwierig. Dabei war dies eine der wichtigsten Informationen, um den Täter zuverlässig überführen zu können.

Gegen Abend massierte Alexis ihre verspannten Schultern und ging auf den Gang hinaus, durch dessen Fenster sie in den innenliegenden Hof blicken konnte. Schritte und Stimmen hallten durch das Gebäude, Türen öffneten und schlossen sich. Fast als wäre hier noch Schulbetrieb. Ein Beamter kam um die Ecke, öffnete die Glastür und winkte ihr mit einem Stapel Papieren. Kentner. Ein zuverlässiger Mittvierziger, der sich durch seine Akribie auszeichnete. Sie hatte ihn mit der Befragung der Familienangehörigen und Freunde der Toten beauftragt. Sie führte Kentner in ihr Büro, goss sich einen weiteren Kaffee ein und konzentrierte sich auf seine Ausführungen.

Eine Stunde später wusste sie nicht viel mehr als vorher. Alle Opfer hatten in instabilen Verhältnissen gelebt oder waren im Rotlichtmilieu involviert. Nur wenige Menschen waren bisher bereit gewesen, überhaupt mit der Polizei zu sprechen. Sie sah auf die Uhr und beschloss einige Akten mit nach Hause zu nehmen und zumindest im Büro Feierabend zu machen. Die Maschinerie war angelaufen und gestattete ihr einen Moment der Atempause, die sie sich wie üblich nicht gönnen würde. Zumindest konnte sie die Arbeit mit einem Glas Wein und ihren Katzen auf dem Schoß fortsetzen. *Und mit Stephan telefonieren,* schoss es ihr durch den Kopf, und sie spürte, wie sie errötete.

Sie packte ihre Sachen und wollte sich bei Dolce abmelden, doch diese ließ sie nicht so schnell gehen. »Naumann aus der Rechtsmedizin hat gerade angerufen. Er hat die ersten Ergebnisse der Toxikologie und bittet Sie vorbeizukommen.«

»Kann er es nicht faxen?«

Dolce hob eine Augenbraue. »Er wollte Sie persönlich sprechen. Ich kann aber natürlich einen anderen Beamten schicken …«

»Schon gut«, murmelte Alexis. Die Rechtsmedizin lag in Heidelberg, nicht weit von ihrem Zuhause entfernt. Mit ein wenig Glück würde es nicht viel später werden.

»Da wäre noch etwas.« Dolce faltete ihre Hände akkurat auf Höhe ihrer Hüften, die in einem sehr bieder wirkenden Hosenanzug steckten. »Ich habe einen Anruf erhalten mit der deutlichen Warnung, uns von Kämmerer fernzuhalten.«

»Das wird uns aber nicht davon abhalten, ihn weiter unter die Lupe zu nehmen?«

Dolce sah sie unbewegt an. »Offiziell weise ich Sie hiermit an, Ihren Fokus bei den offiziellen Ermittlungen auf andere Verdächtige zu legen.« Sie nahm ein Bild von ihrem Schreibtisch, das ihren italienischstämmigen Mann und ihre beiden Söhne zeigte. »Es ist mir aber natürlich nicht möglich, jeden Ihrer Schritte zu kontrollieren. Viele Dinge sind reine Ermessenssache. Selbstverständlich werde ich immer hinter Ihnen stehen.«

Alexis nickte ihr zu. »Verstanden, Chefin.« Sie sah der Frau an, dass sie noch nicht fertig mit ihr war, und ahnte Böses.

»Muss ich mir Sorgen machen?«, fragte Dolce sie dann auch.

Allerdings, schoss es Alexis durch den Kopf. »Ich werde vorsichtig sein«, sagte sie stattdessen.

»Ich meinte nicht Kämmerer, und das wissen Sie ebenso gut wie ich.« Mit einem Mal klang Dolce nicht mehr halb so freundlich. »Sehen Sie zu, dass Ihre privaten Verwicklungen sich nicht auf den Fall auswirken. Weder durch Magnus Hall noch durch ihre Freundschaft zu Hellstern.«

Ihrer Chefin entging wirklich nie etwas. Instinktiv wollte Alexis sich verteidigen, aber sie wusste, dass Dolce recht hatte. Sie war den Opfern und ihren Angehörigen gegenüber verpflichtet, ihr Bestes zu geben. Dazu gehörte auch, harte Personalentscheidungen zu treffen, selbst wenn sie ihre Freundschaft gefährden könnten. »Ich vertraue Karen, aber ich werde sie im Auge behalten«, erwiderte sie leise. »Richten Sie Ihrer Familie Grüße von mir aus.« Mit diesen Worten und einem unguten Gefühl verließ sie das Präsidium.

Sie rief Chris vom Auto aus an, um sich zu vergewissern, dass er noch in der Rechtsmedizin war. Zu ihrer Überraschung bestellte er sie jedoch in den Heidelberger Zoo, wo er bereits am Eingang in Begleitung eines älteren Mannes von stattlicher Statur mit breitem Gesicht, das zur Hälfte von einem grauen Bart bedeckt wurde, auf sie wartete.

»Das ist der emeritierte Professor Näher, der während des Umbaus des zoologischen Museums die Unterbringung der Ausstellungsstücke überwacht. Er hat mir bei der Auswertung der Untersuchungsergebnisse geholfen.«

Alexis reichte dem Mann die Hand. »Warum treffen wir uns hier?«

»Ich möchte Ihnen etwas zeigen.«

Sie gingen die Wege des Zoos entlang zu einem etwas abseits gelegenen Gebäude, dessen Temperatur und Luftfeuchtigkeit durch eine Klimaanlage reguliert wurden. Das Innere war trotz der wenigen Fenster gut erleuchtet, ebenso wie der kleine Raum, in den sie die beiden Männer führten.

Dort aufgereiht befand sich ein halbes Dutzend präparierter Spinnen. Alexis wäre bei ihrem Anblick beinahe zurückgezuckt. Es gelang ihr jedoch mit einiger Mühe, die Fassung zu bewahren, auch als der Professor ein Exemplar fast schon liebevoll in die Hand nahm.

»Das sind die Spinnen, deren Gift bisher in den Leichen gefunden wurde.«

»Von all diesen Tieren?«, fragte Alexis fassungslos.

Chris nickte und deutete auf eine Spinne von der Größe einer Euromünze mit einem tiefroten Fleck auf dem Rücken. »Bei manchen, wie der Rotrückenspinne, *Latrodectus hasselti*, kann der Biss eines einzigen Tieres einen Menschen auf qualvolle Weise töten. Diese Art gehört zu den echten Witwen, wie die berüchtigte Schwarze Witwe, *Latrodectus mactans*.« Nun zeigte er auf eine tiefschwarze, ebenso kleine Spinne. »Diese injiziert bei einem Biss nur selten eine tödliche Menge ihres Gifts. In höheren Dosen führt es allerdings immer zum Tod.«

»Im Gegensatz zu diesem Exemplar«, ergänzte Professor Näher und wies auf die große, hellbraune und stark behaarte Spinne, die er in einem kleinen Schaukasten auf der Hand hielt. »Die Apulische Tarantel, *Lycosa tarantula*, hat zwar einen Furcht einflößenden Ruf, der jedoch fälschlicherweise darauf zurückzuführen ist, dass man ihrem Biss die Schuld an der sogenannten Tanzwut, auch Veitstanz genannt, gegeben hat, dessen Ursache bis heute nicht ganz geklärt ist. Ihr Gift ist so schwach, dass ein Biss für einen gesunden Menschen keine Gefahr darstellt.«

»Interessant ist allerdings, dass Jean-Henri Fabre, ein Entomologe des 19. Jahrhunderts, Experimente mit ihr vornahm. Da die Tarantel nicht aggressiv ist, injizierte er kleinen Säugetieren das Gift und wies damit nach, dass sie daran sterben können. Man muss also davon ausgehen, dass eine entsprechende Dosis auch für den Menschen tödlich ist.«

»Und diese habt ihr bei einem der Opfer gefunden.«

»Bei Rebecca Jolan«, bestätigte Chris ihre Vermutung. »Von all diesen Spinnen wurde eine letale Dosis nachgewiesen. Und die Spinnengifte haben alle eines gemeinsam: Der Tod dauert lange und ist äußerst schmerzhaft. Es gibt Berichte, dass Menschen sich in den davon verursachten Krampfanfällen selbst die Knochen brachen. Besonders schlimm ist, dass es wie bei der Tarantel kein Gegengift gibt.«

Alexis sah auf die Reihe Tiere, die sie aus unzähligen toten Augen anstarrten. Mit einem Mal meinte sie ein leises Scharren wie von tausend kleinen Füßen zu hören, doch es war nur der Wind, der um das Haus strich. »Dann haben wir es mit einem Profi zu tun«, stellte sie fest.

»Zumindest mit einem Menschen, der sich mit den Tieren auskennt.«

»Wie hat er den Frauen das Gift verabreicht? Einfach eine ausreichende Anzahl auf sie draufgesetzt?«

Chris schüttelte den Kopf. »Das können wir nicht mit Sicherheit sagen. Ich habe bereits mit Karen gesprochen. Sie kann ausschließen, dass es sich bei der gefundenen Kieferklaue um die einer Tarantel handelt, deren Gift wir in Frau Jolan nachgewiesen haben.«

»Wie hat er es dann angestellt?«, fragte Alexis. »Und woher stammt dann die Chelicere?«

»Man kann auch Spinnen melken«, sagte Professor Näher und stellte den Schaukasten zurück zu den anderen. »Es ist ein schwieriger und äußerst aufwendiger Prozess, aber es ist möglich.«

»Warum sollte er so einen Aufwand betreiben?«

»Die Haltung und Zucht dieser Spinnen ist nicht immer ganz einfach, und sie tolerieren die Nähe von Artgenossen nicht. Es wäre wohl wahrscheinlicher, dass sie zuerst einander umbringen, bevor sie einen Menschen beißen.«

»Deshalb wird er bei den wertvolleren Tieren davon Abstand genommen haben, sie auf diese Weise zu verwenden, und hat sie stattdessen gemolken«, ergänzte Chris.

»Was für ein krankes Schwein«, sagte Alexis und lehnte sich an die Wand. »Menschen tötet er ohne Reue, aber macht sich Sorgen um ein paar Insekten.«

»Spinnentiere«, korrigierte der Professor sie reflexartig.

Sie sah ihn an, und er errötete. »Entschuldigen Sie. Alte Gewohnheit. Können Sie diese Informationen bitte an Dr. Norden mailen? Wir brauchen ein aktuelles Täterprofil.«

»Natürlich«, sagte er. Er reichte ihr einen Ausdruck. »Ein Exemplar habe ich Ihnen bereits mitgebracht.«

»Danke«, erwiderte sie und nickte in Richtung der Spinnen. »Für alles. Das hat mir geholfen, mir ein besseres Bild von dem Killer zu machen.«

Sie warf einen letzten Blick auf die Tiere, dann verabschiedete sie sich, doch statt nach Hause zu fahren, rief sie bei Linda an, die sie bereits einige Male versucht hatte anzurufen. Die Staatsanwältin wollte sie dringend sprechen, und so fuhr sie in die Innenstadt, suchte einen Platz in einem der überteuerten Parkhäuser Heidelbergs und schlenderte

zu einem ruhigen Brauhaus. Dort bestellte sie eine Apfel-
schorle und ging Simone Fuchs' Unterlagen durch.

38

Sie musste hier raus und das schnellstens. Es war spät am
Abend, Gabriela war auf der Couch eingeschlafen, und
Caro wartete auf sie im *Phil's*.

Merle zog leise die Kleidungsstücke an, die sie zuvor
rausgesucht und unter dem Bett versteckt hatte. Ihre Schuhe
standen neben dem Eingang. Sie würde sie mitnehmen und
draußen überstreifen, ebenso ihre Jacke.

Sie schlich aus ihrem Zimmer, griff nach Schlüssel und
Handy, das sie auf Anweisung ihrer Mutter nicht mit ins
Zimmer nehmen durfte. Sie verfluchte das leise Klimpern.
Nun war es nicht mehr weit. Da klingelte das Telefon, und
sie wäre vor Schreck beinahe an die Decke gesprungen.
Mist. Keine Zeit, ihre Schuhe und Jacke zu nehmen. Sie
hörte bereits ihre Mutter, wie sie auf den Flur zuschlurfte.
Ihr Blick fiel auf die Tür zur Gästetoilette. Rasch schlüpfte
sie hinein und lauschte, wie ihre Mutter sich am Telefon
meldete. Offenbar eine Kollegin, die Hilfe bei der Arbeit
benötigte. Ihr Herz pochte. Was, wenn ihre Mutter auf
Toilette musste?

Hastig zog sie ihre Kleidung aus, versteckte sie zusammen mit Handy und Schlüssel in dem Schränkchen unter
dem Waschbecken, sodass sie nur in ihrem langen Pulli und
Socken dastand.

Endlich endete das Telefongespräch, und sie hoffte bereits, dass ihre Mutter im Wohnzimmer verschwinden würde, als die Klinke niedergedrückt wurde. »Einen Moment«, rief sie und öffnete die Tür. Ein Blick in den Spiegel zeigte ihre fleckig geröteten Wangen, aber Gabriela war zu sehr in Gedanken versunken, um sie genauer zu beachten.

»Was machst du hier? Morgen ist Schule.«

»Musste nur kurz auf Toilette. Gute Nacht.«

Merle drückte sich an ihrer Mutter vorbei und ging zurück zu ihrem Zimmer, sodass sie vor den Blicken ihrer Mutter verborgen war. Dann wartete sie, bis sie die Spülung hörte und Gabriela kurz darauf in ihr Zimmer im Obergeschoss ging. Erst jetzt atmete sie erleichtert auf. Das war gerade noch einmal gut gegangen.

Die Zeit verrann so zäh wie Karamellsirup. Caro würde bereits auf sie warten, und sie hatte keine Möglichkeit, ihr zu sagen, dass sie später kommen würde.

Endlich fühlte sie sich sicher genug, um einen neuen Anlauf zu starten. Erneut schlich sie zur Gästetoilette, holte sich ihre Sachen aus dem Schränkchen und klemmte sich alles unter den Arm. Dieses Mal würde sie sich erst draußen umziehen.

Auf ihrem Handy sah sie eine ganze Reihe von WhatsApp-Nachrichten. Alle von Caro. *Ich gehe nach Hause. Mein Vater ist eh schon misstrauisch,* lautete die letzte, vor zwei Minuten abgeschickt. Merle öffnete die Haustür und schloss sie ebenso leise hinter sich. Sie ging um das Haus herum und verbarg sich hinter einem Busch. Obwohl ihr schrecklich kalt war und die Nässe langsam durch ihre Socken drang, schrieb sie zuerst an Caro eine Nachricht. *Mutter hat gestresst, bin gleich bei dir.*

Zu spät, sitze im Bus.

Hole dich an der Haltestelle ab.

Erst jetzt zog sie ihre Klamotten an, holte ihr Fahrrad aus dem Schuppen und schob es, bis sie ein Stück die Straße hinunter war. Dann radelte sie los. Es war ein unheimliches Gefühl, aber der Wunsch, ihre Freundin zu sehen und mit ihr unbehelligt reden zu können, war deutlich größer. Dennoch beäugte sie konstant ihre Umgebung. Der Mann auf der anderen Straßenseite. Kam er ihr bekannt vor? Sah er zu ihr hinüber?

Und was war mit dem Auto. War es nicht erst vor wenigen Minuten an ihr vorbeigefahren?

Caro wohnte ein ganzes Stück weit weg, mit dem Bus wäre Merle vielleicht schneller gewesen, aber so war sie halbwegs sicher, dass niemand sie um die Uhrzeit entdeckte.

Eine vertraute Gestalt wartete bereits an der Bushaltestelle. Caro hatte ihr dunkles Haar unter einer Mütze versteckt. Ihre Freundin hatte eine Vorliebe für allerlei Kopfbedeckungen, wodurch Winter und Herbst tatsächlich zu ihren Lieblingsjahreszeiten wurden. Manchmal fragte Merle sich, ob sie jemals so sein könnte. Ob sie sich auch über solche kleinen Dinge Gedanken machen könnte.

»Hat sie dich erwischt?«, fragte Caro und umarmte sie zur Begrüßung.

»Beinah, es war viel zu knapp.«

»Wo sollen wir jetzt hin? Ich hatte auf dich gewartet, aber nachdem du nicht gekommen bist, dachte ich, dass du es nicht schaffst.«

»Wir können zu unserem Baum gehen.«

»Gute Idee. Da sucht uns sicher niemand.«

Der Baum stand nicht weit von Caros Haus entfernt. Auf einer Wiese nahe einem Bach wuchs eine große Eiche. Früher hatten sie sich Märchen dazu ausgedacht mit hübschen Prinzessinnen und edlen Rittern, die sie retteten.

Dann hatte Merle die Realität viel zu früh eingeholt, und sie hatte in dem Geäst keine Feen und Kobolde mehr entdeckt, sondern nur gräuliche Blätter und die Rinde eines von Abgasen kranken Baumes.

»Ist deine Mutter immer noch so ätzend?«, fragte Merle.

»Mein Vater ist viel schlimmer. Mit Ma käme ich noch zurecht. Sie hat einfach nur Angst, aber Dad hängt wieder seine Wir-sind-so-toll-Masche raus. Als wenn wir etwas Besseres wären, nur weil er ein paar Volltrotteln in den Hintern kriecht und ihnen irgendwelche teuren Versicherungen andreht.«

»Immerhin hast du einen richtigen Dad.«

Caro sah sie schräg an. »Manchmal bin ich mir da nicht sicher. Wie geht es mit deinem?«

»Ich weiß es nicht.« Merle zögerte. Sie hätte sich ihrer Freundin so gerne anvertraut, ihre Geheimnisse offenbart und sich den ganzen Schmerz von der Seele geredet. Ihrer besten Freundin konnte sie doch vertrauen. Oder nicht? Aber durfte sie mit dem Leben des Mädchens spielen? Sie zögerte, dann siegte die Einsamkeit. »Kannst du ein Geheimnis für dich behalten?«

»Klar.« Caro grinste sie unbefangen an.

Merle wollte sprechen, brachte aber keinen Laut über die Lippen. Sie schwieg. So lange, dass Caros Lächeln verschwand und Sorge Platz machte. Schließlich stupste sie Merle an. »Was ist los? Red schon.«

Merle schwieg noch immer. Sie konnte es nicht. Ihre Kehle schnürte sich zu. Sie hielt es nicht mehr aus. Sie sah Caro an. Wofür hatte man Freunde, wenn nicht, um sich bei ihnen auszuheulen? Er würde es schon nicht erfahren.

39

Linda stieß einige Minuten später zu Alexis, inspizierte die Papiere mit Infos zu Ernst Kämmerer und nahm sich einen Stapel. »Nach was suchst du?«

»Ich weiß es auch nicht. Laut dem Beamten, der sie bereits durchgesehen hat, handelt es sich nur um ein paar Briefe. Da sind außerdem Ausdrucke von Chatprotokollen und Bildern, die sich auf einem USB-Stick befanden. Aber da muss doch etwas sein, was er übersehen hat. Soweit wir wissen, war Simone Fuchs das erste Opfer. Ich glaube nicht, dass der Killer sie zufällig ausgewählt hat.«

»Ich helfe dir«, sagte Linda. »Ich will diesen Fall schnell vom Tisch haben.«

»Gab es Ärger wegen Kämmerer?«

Die Staatsanwältin nickte. »Nichts, mit dem ich nicht fertigwerden könnte. Die Vorstellung, endlich einen Haftbefehl gegen ihn ausstellen zu können, ist allerdings mehr als verlockend. Das Ganze muss wasserdicht sein, ansonsten kann ich meine Karriere beerdigen.«

»Willst du mir nicht verraten, warum du mich treffen wolltest?« Alexis unterdrückte den Impuls, auf ihrem Sitz hin und her zu rutschen.

»Lass uns das erst fertig machen. Dann reden wir.«

Widerwillig fügte sich Alexis und zwang sich zur Konzentration. Sie arbeitete sich schweigend durch die Papiere, bis sie auf Briefe von Mark Ries stieß, dem jungen Mann, der Selbstmord begangen hatte. Sie studierte sie sorgfältig, konnte aus ihnen jedoch keine neuen Informationen ziehen. Ries war eine gequälte Seele gewesen, dessen konservatives Elternhaus ihm seit frühester Jugend eingeimpft hatte, dass er und seine homosexuellen Neigungen eine

Schande seien und er dafür in der Hölle schmoren würde. Leider fanden sich darin keine Hinweise, die Kämmerer für den Tod haftbar machen würden. Dennoch reichte sie sie an Linda weiter. »Schau dir die mal an. Du kennst den Fall besser, vielleicht kannst du damit etwas anfangen.«

Dann wandte sie sich den Ausdrucken von dem Stick zu. Zuerst die Fotos. Sie sah eine Reihe von Aufnahmen eines ehemals schönen Altbaus, dessen Wände nun allerdings von Graffiti beschmiert waren. Davor standen einige junge Männer, die meisten sicher keine achtzehn. Ein paar Bilder später sah sie das Gebäude aus einem anderen Winkel, sodass auch das Nachbarhaus darauf zu erkennen war, und dieses kam ihr bekannt vor. Dort lebte Alla Blinova. Das konnte kein Zufall sein. Sie blätterte zurück, betrachtete die Fotos genauer. Die Gegend hatte einen entsprechenden Ruf. Waren die Männer auf den Bildern womöglich Stricher? Es gab Hinweise darauf. Szenen, in denen deutlich Ältere mit den jungen Männern im Haus verschwanden, die hoffnungslosen Blicke, die durch Drogenmissbrauch abgemagerten Arme.

Schließlich stieß Alexis einen leisen Pfiff aus und hielt ein Foto hoch, um es im gelblichen Licht der Lampe genauer studieren zu können.

»Hast du etwas entdeckt?«, fragte Linda.

»Ein Foto von Kämmerer, wie er möglicherweise mit Strichern verkehrt und mindestens genauso wichtig: Eine Verbindung zu Rebecca Jolan, die im Nachbarhaus gelebt hat.« Alexis reichte ihr den Ausdruck.

Die Staatsanwältin studierte ihn, bevor sie ihn ihr kopfschüttelnd zurückgab. »Da kommt man in Versuchung, das an die Presse weiterzuleiten …«

»Das würdest du nicht machen.«

»Natürlich nicht, aber ich kann mir noch immer nicht vorstellen, dass er unser Killer ist. Nun, man soll es den Menschen ja nicht an der Nasenspitze ansehen können. Kannte diese Frau Blinova Mark Ries?«

»Wir haben sie nicht dazu befragt. Bisher war mir nicht bewusst, dass da eine Verbindung existieren könnte.«

»Setz gleich ein paar Beamte darauf an. Sie sollen auch das Umfeld von Mark Ries erneut unter die Lupe nehmen.«

Alexis sah auf die Uhr. »Ich werde es noch heute veranlassen. Nun zu dem, weshalb du mich sprechen wolltest.«

»Du wirst morgen eine Vorladung zu einer Vernehmung von Milbrecht erhalten. Er wird sich persönlich darum kümmern.«

»Dann wird es also ernst?« Alexis' Hände zitterten, als sie die Akten zusammenlegte.

»Vorerst ist es nur eine Formalität.« Linda machte eine Pause. »Ich muss dir wohl nicht sagen, dass du aufpassen solltest, was du sagst. Sollte es zu einer Anklage kommen, muss ich dich von dem Fall abziehen, ob ich es will oder nicht.«

Alexis schluckte. »Ich verstehe.«

»Du wirst natürlich weiterhin im Dienst bleiben, aber es wäre nicht möglich, das vor der Öffentlichkeit zu vertreten.«

»Dann sollten wir den Täter schnell fassen.« Auch wenn Lindas Worte sie verletzten, bewunderte sie die Frau doch für ihr professionelles Verhalten. Sie war sich nicht sicher, ob sie bei Karen die Trennung von Privatem und Berufsleben ebenso gut hinbekam. »Für wie wahrscheinlich hältst du eine Anklage?«

»Schwer einzuschätzen, da hier die Medien und das Ansehen des Dezernats mit reinspielen.« Linda nippte an ihrem grünen Tee. »Sollte es aber dazu kommen, halte ich eine

Verurteilung für beinahe ausgeschlossen. Selbst direkt nach dem Unglück wäre ein schuldhaftes Verhalten nahezu unmöglich gewesen nachzuweisen. Nach all den Jahren ist es regelrecht aussichtslos. Durch Magnus' Bestrebungen ist es allerdings zum Politikum geworden.«

Kurz darauf verabschiedete Alexis sich von Linda. Die Lage war noch ernster, als sie befürchtet hatte. Zudem waren ihre Erinnerungen an den Tod ihres Cousins so lebendig, als wäre es erst vor wenigen Tagen geschehen. Wer hatte das Gitter verrückt? War es doch sie gewesen und sie hatte die Erinnerung daran verdrängt?

Inzwischen wollte sie nicht mehr nach Hause fahren, wo sie nur das leere Haus und ihre kreisenden Gedanken erwartet hätten. Stattdessen beschloss sie sich abzulenken und durch die Stadt zu schlendern, um den Kopf zumindest etwas freizubekommen. Vielleicht fand sie dabei ein neues Oberteil. Es war zu lange her, dass sie sich um ihre Garderobe gekümmert hatte.

Eine Stunde später hatte sie nicht nur eine dunkelgraue, gerade geschnittene Stoffhose, eine heruntergesetzte Jeans und eine dunkelgrüne Bluse gefunden, sondern auch einen Kaffeebecher in der Hand, während sie zu einer ihrer Lieblingspizzerien ging, um die per Handy bestellte Pizza abzuholen. Sie durfte sich von den gegen sie laufenden Ermittlungen nicht so aus dem Konzept bringen lassen. Deshalb beschloss sie, sich noch heute Abend auf Stephans Nachrichten zu melden und sich mit ihm zu verabreden.

Als sie aus der dampfigen Wärme einer Boutique trat, blieb sie wie angewurzelt stehen. Sie musste zweimal hinsehen, bis sie sich sicher war. Dort stand Stephan. Sie wollte gerade die Straße überqueren, um ihn zu begrüßen, als eine hochgewachsene, sehr schlanke Frau mit dunkelblonden

Haaren an ihn herantrat, ihn umarmte und einen Kuss auf die Wange drückte. Die Frau hakte sich bei ihm unter, und sie gingen gemeinsam die Straße entlang. Alexis versetzte ihre Vertrautheit einen Stich. Obwohl sie wusste, dass es falsch war, folgte sie ihnen. Wen kannte Stephan in Mannheim, dass er schon so familiär mit ihr umging? Sie registrierte, wie elegant die Frau auf ihren High Heels lief. Sie sah auf ihre eigenen, vergleichsweise flachen Schuhe hinab. Mit hohen Absätzen stakste sie wie ein Storch.

Die beiden bogen um eine Ecke. Als Alexis sie erreichte, waren sie bereits verschwunden. Sie ging einige Meter weiter und entdeckte einen kleinen Italiener. Unauffällig spähte sie durch das Fenster und sah, wie Stephan der Frau den Mantel abnahm und sie zu einem Tisch führte.

Wie betäubt stand sie einen Moment da, dann drehte sie um.

40

Nachdem sie sich lange hin und her gewälzt hatte, war Alexis gerade eingeschlafen, als ihr Handy klingelte. Sie öffnete die verquollenen Augen und hoffte, dass es nicht Stephan war. Er war so ziemlich der letzte Mensch, mit dem sie gerade sprechen wollte. Ein Blick auf das Display zeigte ihr die Nummer von Holger Franzen, einem Kollegen bei der Streifenpolizei, an. »Was gibt's?«, meldete sie sich.

»Wir haben euren Mann soeben festgenommen, als er seine Ex angegriffen hat.«

Mit einem Schlag war Alexis hellwach. »Bringt ihn bitte

zum Präsidium. Ich bin schon auf dem Weg. Und danke – du hast vielleicht gerade eine Frau und ihre Tochter gerettet.«

Eine Stunde später stand sie im Beobachtungsraum und verfolgte Hernandez' unruhige Wanderung durch den Verhörraum. Ein Beamter nahm in der Zwischenzeit Gabrielas Aussage auf. Alexis hatte mit ihr gesprochen. Laut ihren Angaben hatte Hernandez ihr auf dem Heimweg von einem Treffen mit Kolleginnen aufgelauert und sie nach einem kurzen, aber heftigen Streit attackiert.

Franzen bestätigte ihre Darstellung. Er war dazwischengegangen, als Hernandez Frau Thalberg eine Ohrfeige verpasst hatte.

Alexis ließ Hernandez eine halbe Stunde warten, beobachtete durch das verspiegelte Glas, wie er immer nervöser wurde. Zwischendurch winkte Linda sie nach draußen. »Können wir irgendwo ungestört sprechen?«

Sie gingen in Alexis' Büro, das ihr so leer geräumt erstaunlich fremd vorkam. Was doch ein paar persönliche Gegenstände, die sich nun im Schulgebäude befanden, für einen Unterschied machen konnten. Sie ahnte bereits, dass Linda keine guten Nachrichten hatte, als diese eine Zeitung aus ihrer Aktentasche zog. »Die ist von heute Morgen.«

Ermittlungen gegen Beamtin wegen Mordes. Wie soll uns der Nachkomme von Serienkillern beschützen?

Alexis setzte sich und schüttelte ungläubig den Kopf. So sehr hasste Magnus sie also. In ihrem Magen rumorte es, für einen Augenblick befürchtete sie, sich übergeben zu müssen.

»Es tut mir leid«, sagte Linda leise, während Alexis zu lesen begann. Der Artikel zielte besonders auf ihre Herkunft ab, die zusammen mit der drohenden Anklage das Bild einer angepassten Psychopathin zeichnete. Man verglich sie mit einem Wolf im Schafspelz, und sie hatten sogar Informationen über das *kill:gen* erhalten. »Das darf nicht wahr sein.«

»Wir können leider nichts machen. Die Katze ist aus dem Sack. Die Presseabteilung arbeitet an einer Stellungnahme, die die Anschuldigungen ins rechte Licht rücken soll.«

»Als wenn die Wahrheit jemanden interessieren würde.«

Darauf wusste auch Linda nichts zu sagen.

Auf dem Rückweg zum Verhörraum fragte sich Alexis bei jedem Beamten, ob er den Artikel gelesen hatte. Was mochten ihre Kollegen nun von ihr denken? Jeder kannte die Medien, aber es war nicht das erste Mal, dass man sie an den Pranger stellte. Wann würden sie anfangen, es zu glauben?

Im Beobachtungsraum gab sie für einige Minuten vor, ihre Unterlagen zu sortieren, um sich auf das Verhör vorzubereiten. In Wahrheit versuchte sie sich zu sammeln und auf den Fall zu konzentrieren. Das war sie Merle, ihrer Mutter und den toten Frauen schuldig. Aber es fiel ihr schwer. Magnus hatte eine weitere Grenze überschritten, und diese tat besonders weh.

Linda und Bauwart unterhielten sich derweil leise. Alexis hatte fast die gesamte Belegschaft zusammengerufen - außer Karen. Zum einen war sie als Biologin bei einem Verhör keine Hilfe, und zum anderen hatte Alexis vor, sie von dem Fall abzugrenzen, zumindest, was den persönlichen Kontakt mit den beteiligten Menschen betraf. Sie wollte nicht wissen, was passieren würde, wenn Karen auf Hernandez traf. Das erste Mal in ihrer Zusammenarbeit erwog Alexis tatsächlich, einen anderen Kriminalbiologen hinzuzuziehen. Sie zweifelte nicht nur an Karens Objektivität, sondern hatte auch Angst um sie. Niemand konnte garantieren, dass sie Merle helfen konnten, und Alexis wagte es nicht, sich auszumalen, was das für Karen bedeuten würde.

Schließlich ging sie in den Raum und ließ einen dicken Stapel Akten vor Hernandez auf den Tisch knallen.

Er zuckte zusammen und zog die Schultern ein. Linda folgte ihr, während Oliver draußen blieb. Sie wollten zuerst sehen, wie er auf Frauen reagierte, wenn er in die Enge getrieben wurde.

»Wir wissen, dass Sie Ihre Exfrau angegriffen haben. Was ich nicht verstehe, ist, warum Sie Ihrer Tochter so etwas antun.«

»Das ist doch Schwachsinn. Ich würde Merle nie schaden. Da steckt die verrückte Schlampe dahinter. Seit sie etwas mit der Lesbentusse hatte, tickt sie nicht mehr richtig, aber das Kind bleibt natürlich bei der Mutter, egal was sie so treibt.«

Alexis sah zu Linda hinüber, die trotz seiner Kommentare entspannt blieb. »Was haben Sie denn an Ihrer Exfrau auszusetzen?«

»Sie lässt mich meine Tochter nicht sehen, erzählt ihr irgendeinen Scheiß und redet ihr mit der Hilfe von so einem Seelenklempner ein, dass etwas nicht mit ihr in Ordnung ist. Dabei ist sie so wie sie ist perfekt. Zumindest war sie das mal, bis sie in deren Fänge geriet.«

»Und aus welchem Grund sollte Frau Thalberg so etwas tun?«

»Weil diese blöde Lesbenschlampe ihr den Kopf verdreht hat. Die hassen doch alle Kerle. Das weiß jeder.«

»Ach, ist das so?«, fragte Linda und zog sich einen Stuhl heran, auf den sie sich rücklings setzte. »Dann wissen Sie ja vermutlich, dass es nichts Gutes bedeutet, wenn die Staatsanwältin, die Anklage gegen Sie erheben will, eine von diesen Lesben ist.«

Dem Mann klappte der Unterkiefer nach unten. »Ich will einen neuen Anwalt! Das ist mein Recht.«

»Sie haben da etwas falsch verstanden. Sie können sich jeden beliebigen Anwalt für Ihre Verteidigung aussuchen, aber mich werden Sie nicht los.«

»An Ihrer Stelle würde ich die Wahrheit sagen«, sagte Alexis und legte ihm beruhigend eine Hand auf den Arm. Sie warf Linda einen Blick zu, die daraufhin unter einem Vorwand nach draußen verschwand. Die Good-cop-bad-cop-Nummer funktionierte immer noch. Bisher hatte der Mann auf einen Anwalt verzichtet, offensichtlich hatte er keine guten Erfahrungen mit diesem Berufsstand gemacht. Sie wollte, dass das so blieb.

»Diese Staatsanwältin ist wie ein Bullterrier«, fuhr Alexis fort. »Und auf Männer ist sie nicht gut zu sprechen. An Ihrer Stelle würde ich auspacken. Denken Sie an Merle. Ich glaube Ihnen, dass Sie Ihre Tochter lieben, aber sie kann so nicht weiterleben. Das wissen wir beide. Kommen Sie mir ein Stück entgegen, dann sehe ich zu, wie ich Ihnen helfen kann.«

»Sie stecken mit der doch unter einer Decke.«

In dem Moment betrat Oliver mit Bauwart den Raum. Ihr Partner sah ungewohnt seriös und streng aus, mit glatt nach hinten gekämmten Haaren. »Hall, raus hier. Ich übernehme.«

Alexis sprang auf. »Das können Sie nicht machen. Das ist mein Fall.«

»Jetzt nicht mehr, also verpissen Sie sich.«

»Ich werde mich bei der Chefin beschweren.«

»Viel Erfolg. In der Zwischenzeit rede ich mit Herrn Hernandez.«

Alexis stürmte nach draußen, knallte die Tür zu und eilte in den Raum hinter der Spiegelwand. »Gut gemacht«, lobte Linda, die sie mit Volkers und einem Techniker erwartete.

»So einen Auftritt hätte ich Oliver nie zugetraut.«

»Ich auch nicht, das macht ihn richtig sexy«, sagte Linda lachend.

»Lass ihn das bloß nicht hören, sonst hängt er dir wieder am Rockzipfel.«

»Gekränkter Männerstolz. Sie versuchen einen immer davon zu überzeugen, dass man ohne einen Mann etwas verpasst.«

»Könntet ihr das draußen bequatschen?«, fuhr Volkers dazwischen. »Ich würde gerne der Vernehmung folgen.«

Linda warf Alexis einen wissenden Blick zu, dann schaute sie wieder zum Verhörraum. Oliver hatte sich in der Zwischenzeit auf einen Stuhl gesetzt und bot Hernandez etwas zu trinken an. »Diese Weiber können einem gewaltig auf die Nerven gehen.«

Der Mann sah ihn skeptisch an.

»Früher bin ich jeder hinterhergerannt und konnte mich an ihnen nicht sattsehen, aber seit meine Ex mit mir fertig ist …« Oliver schüttelte den Kopf. »Meine Tochter fehlt mir.«

Nun hatte er Hernandez' Interesse. »Wie alt ist sie?«

»Sie ist dreizehn.« Oliver lehnte sich zurück.

»Das ist ein schönes Alter. Damals bin ich mit Merle zu Fußballspielen gegangen. Das war eine verdammt gute Zeit.«

»Meine liebte das auch, aber dann kam meine Ex und hielt es nicht für passend. Jetzt reitet sie. In einem Reitstall auf der anderen Seite der Stadt. Ein reiner Weiberclub.«

244

»Wem sagen Sie das. Wenn es nach meiner Ex ginge, würde ich Merle gar nicht sehen. Dabei war sie es, die mit der Lesbe abgehauen ist.«

»Warum erzählen Sie uns nicht, was vorgefallen ist?«

»Dieses Miststück hat das doch geplant. Sie weiß, wie man mich zur Weißglut treibt. Erst schickt sie mir ein Foto, auf dem sie mit einer anderen zu sehen ist, und dann sagt sie, dass sie mir den Umgang mit Merle verbieten will, damit sie von den beiden aufgezogen wird. Da sind mir die Sicherungen durchgebrannt. Ich hätte ihr aber niemals richtig was angetan.«

Im Beobachtungsraum wechselten Alexis und Linda einen Blick.

»Ich besorge einen Beschluss für sein Handy«, sagte die Staatsanwältin.

Oliver drang in der Zwischenzeit weiter in den Mann, aber Hernandez blieb beharrlich bei seiner Version.

»Was hältst du davon?«, wandte sich Linda an Alexis.

»Entweder er ist ein herausragender Lügner, was nicht verwunderlich wäre, sollte er auch unser Killer sein, oder er ist tatsächlich unschuldig.«

»Ich habe Frau Thalberg kennengelernt. Kannst du dir vorstellen, dass sie sich das alles ausdenkt?«

»Nein«, antwortete Alexis ohne Zögern. »Ihre Tochter hat definitiv Probleme, und sie liebt sie.«

Das weitere Verhör verlief ergebnislos und endete kurz darauf, als Hernandez dann doch auf einen Anwalt bestand.

Einige Stunden später informierte Alexis Karen über die Ereignisse der Nacht und musste sich vor ihrer Freundin dafür rechtfertigen, dass sie den Mann freiließen. Für eine Ohrfeige wanderte man nicht direkt ins Gefängnis. Am

Ende standen sie sich frustriert gegenüber und beendeten das Gespräch.

Immerhin wollte Linda sich darum kümmern, dass eine einstweilige Verfügung gegen Hernandez erwirkt wurde, damit er sich seiner Frau und Tochter vorläufig nicht nähern durfte.

Es hing weiterhin alles von Merle ab.

In den folgenden Stunden versuchte sich Alexis auf die Arbeit zu konzentrieren, aber ihr schwirrte der Kopf von zu vielen Gedanken. Am meisten beschäftigte sie der Zeitungsartikel und die drohende Anklage. Wie gerne sie jetzt mir Karen gesprochen hätte. Wie hatte es nur so weit kommen können, dass der Fall sich zwischen ihre Freundschaft schob?

Ein Anruf von der Kriminaltechnik riss sie aus ihren Grübeleien. Sie hatten herausgefunden, woher der Schlüssel, den sie in den Sachen von Rebecca Jolan gefunden hatte, stammte. Es überraschte Alexis nicht sehr, zu erfahren, dass er zum Hauptbahnhof von Mannheim gehörte. Eine Frau ohne eigenes Konto hatte vermutlich auch kein Bankschließfach. Sie informierte Linda, die sofort ihren Nachmittagstermin verschob und sich mit ihr und Oliver vor Ort traf.

Die Schließfächer standen in einem Raum mit beigefarbenen Wänden und einem rötlichen Boden, der das Licht zu schlucken schien, doch sie gingen daran vorbei und trafen sich in einem kleinen Büro mit einem Mitarbeiter der Bahn. Dieser händigte ihnen einen braunen A4-Umschlag aus, in dem sich tausend Euro und ein USB-Stick befanden. Nachdem die Maximalmietdauer abgelaufen war, war das Fach ausgeräumt und dessen Inhalt eingelagert worden.

»Das sieht nicht gut aus«, sagte Linda leise. »In was war die Frau verwickelt? Hat sie Geld abgezweigt und es war ihr Zuhälter, der unbequeme Frauen auf diese Weise entsorgt?«

Alexis rieb sich müde über die Stirn. Ständig fanden sie neue Indizien, aber keines ergab ein klares Bild. »Wir müssen herausfinden, was auf dem Stick ist.«

»Ich habe meinen Laptop im Auto.«

»Das wäre gegen die Vorschrift.«

»Ich verpetze dich nicht.« Linda zwinkerte ihr zu. »Wir sollten keine Zeit verlieren.«

»Nun gut.«

Sie eilten durch die Bahnhofshalle nach draußen. Linda parkte nicht weit entfernt. Sie schloss das Auto auf, holte ihren Laptop aus dem Kofferraum, woraufhin sie sich zu dritt auf die Rückbank quetschten.

Es dauerte eine gefühlte Ewigkeit, bis das Gerät die Bilder geladen hatte. Alexis runzelte die Stirn. Allmählich ergaben die Zusammenhänge einen Sinn.

Erneut war das Gebäude neben dem Haus der Blinova zu sehen, mit jungen Männern davor, die sich offensichtlich anboten. Dann wechselte der Schauplatz zu einem heruntergekommenen Zimmer mit einer schäbigen Matratze, die auf einem durchhängenden Rost lag. Die Aufnahmen waren durch ein Fenster gemacht worden und entsprechend unscharf, aber es genügte, um Kämmerer zu sehen, der sich über einen Jungen beugte und ihn küsste. Alexis war sich nicht sicher, ob er bereits die achtzehn erreicht hatte.

»Damit haben wir unser Motiv.«

»Bei einer Einzeltat würde ich dir zustimmen«, wandte Oliver ein. »Unsere Rebecca Jolan hat diesen Drecksack offensichtlich erpresst, aber wie passt Simone Fuchs in das Bild? Warum hat sie ähnliche Fotos? Und was ist mit den anderen Frauen?«

41

In dem Wasser befand sich ein Beruhigungsmittel. So viel wusste Mareike. Trotzdem trank sie es in gierigen Zügen. Es war nicht das erste Mal, dass ihr Entführer sie auf diesem Weg ausschaltete, aber der Durst gewann die Oberhand über ihre Angst.

Manchmal erwischte sie sich bei dem Wunsch, dass er sie einfach umbringen würde. Die stete Dunkelheit in ihrer Zelle, die Ausweglosigkeit ihrer Situation nahmen ihr den Lebensmut. Immer wieder brach sie schluchzend in der Mitte des Raumes zusammen. Warum sie? Hatte sie nicht bereits genug erduldet?

Sie spürte die Wirkung der Drogen einsetzen. Ihre Gedanken verlangsamten sich, ihr ganzer Körper begann zuerst zu kribbeln, dann fühlte er sich seltsam taub an.

Mareike hörte, wie sich die Tür zu ihrem Gefängnis öffnete; spürte, wie sie hochgehoben und hinausgetragen wurde. Sie musste weggedämmert sein, denn als sie wieder zu Bewusstsein kam, fand sie sich in einem Kofferraum wieder, dessen Klappe über ihr zugeschlagen wurde. Erneut lag sie in der Finsternis, fühlte den kratzigen Stoff an ihrer Wange und roch die Auspuffgase, als der Motor angelassen wurde und sie davonfuhren. Das Beruhigungsmittel betäubte ihre Ängste, ließ sie erneut davondämmern.

Das nächste Mal war ihr Verstand bereits deutlich wacher, als sie zu Bewusstsein kam. Dennoch dauerte es einige Momente, bis sie sich orientieren konnte. Durch ein geborstenes Fenster schien Mondlicht in eine alte Fabrikhalle, tauchte sie in ein regelrecht romantisches Licht. Im Hintergrund sah sie eine Weide, die sich in einer sanften Brise wiegte.

Umso erschreckender war, was mit ihr geschah. Sie kauerte, noch immer nicht Herr ihrer Gliedmaßen, in einem überdimensionalen Kasten aus Plexiglas, der auf Stelzen stand. *O Gott, was hatte er nur mit ihr vor?*

Die Drogen ließen nach. Sie spürte die Panik in sich aufsteigen. Da packte er sie von hinten an den Haaren, zwang sie stillzuhalten, während er ihr etwas in den Oberarm spritzte. Bitte, lass es wieder ein Beruhigungsmittel sein, dachte sie. Sie wollte nicht mehr wach sein. Ein unkontrollierter Tränenstrom schoss aus ihren Augen. Sie hatte sich doch gerade erst zurück ins Leben gekämpft.

Er ließ sie los, stieß sie in den Kasten zurück, während ein regelrechter Schock durch ihren Körper fuhr. Ihr Herz raste, ihre Muskeln verkrampften, dann war sie schlagartig wach.

Ein Aufputschmittel! Sie schrie auf, wollte die neue Energie nutzen, um zu entkommen, doch er schlug sie brutal nieder. Kippte irgendetwas über ihr aus, und dann schloss sich der Deckel über ihr. Sie hörte Metallspangen einrasten und sie in ihrem winzigen Gefängnis einsperren.

Mareike schlug gegen die Wände, war so darauf konzentriert zu entkommen, dass sie nicht auf das achtete, was in ihrem Kasten vor sich ging. Erst als der erste Biss ihre Haut durchdrang, sah sie an sich hinunter. Eine Flut schwarzer Spinnen breitete sich vom Fußende aus. Die erste hatte fast ihren Kopf erreicht. Sie zerquetschte sie, doch da war schon die nächste. Sie hätte nie für möglich gehalten, dass man solche Angst empfinden konnte, doch der Anblick der Spinnen auf ihrem nackten Körper brachte ihren Verstand über die Grenze des Wahnsinns hinaus.

Sie kreischte ihre Panik in die Leere der Halle hinaus, kratzte und schlug um sich, doch es waren zu viele. Immer wieder wurde sie gebissen. Das Gift breitete sich in ihrem Körper aus, sandte Schmerzwelle um Schmerzwelle durch ihre Glieder, während das Aufputschmittel verhinderte, dass sie in Ohnmacht fiel.

42

Nach dem Gespräch mit Alexis musste Karen erst eine Runde laufen, um sich zu beruhigen. Das konnte doch nicht sein! Da griff der Mann Gabriela vor den Augen eines Polizisten an und blieb trotzdem auf freiem Fuß. Und dann überlegte Dolce auch noch, sie vom Fall abzuziehen.

Zurück in ihrem Labor wandte sie sich erneut den Proben zu, die sie aus einem der Spinnenmedaillons gewonnen hatte. Die Scheibe hatte sie ebenfalls untersucht, war dort aber auf nichts Außergewöhnliches gestoßen. Ganz im Gegensatz zu dem Medaillon, das sie bei Simone Fuchs gefunden hatte. In dem Mageninhalt der Spinne waren Erreger der Chagas-Krankheit zu finden. Eine Erkrankung, die durch eine Infektion mit einem Einzeller, dem *Trypanosoma cruzi,* hervorgerufen wurde. Das Ausbreitungsgebiet beschränkte sich vornehmlich auf Südamerika.

Dank dieser Entdeckung wusste sie nun wieder etwas mehr über den Täter. Es war anzunehmen, dass der Mörder an der Erkrankung litt und nach all den Jahren vermutlich eines der vielfältigen Symptome wie neurologische Ausfällen oder Magerkeit zeigte oder entsprechende Medikamente nahm. Chagas war nur selten heilbar. Sollte sie die Blutprobe eines Verdächtigen erhalten, würde sie diese nur auf den Parasiten hin untersuchen müssen. Die DNA-Analyse würde jedoch schwierig werden. Die Probe befand sich in äußerst schlechtem Zustand.

Zuerst wollte sie jedoch ein klares Zeitfenster für die jüngsten Morde ermitteln. Hatte Hernandez dafür kein Alibi, würde es vielleicht ausreichen, um einen Beschluss zu erwirken, damit sie sein Blut auf Chagas untersuchen konnte. Hager war der Mann, das würde zu einem der Symptome passen.

Karens Handy klingelte. Unbekannte Rufnummer. Sie meldete sich und wurde mit einem aufgeregten Redeschwall konfrontiert, den sie im ersten Moment nicht einordnen konnte. »Bitte beruhigen Sie sich. Mit wem spreche ich denn?«

Ein Seufzer war am anderen Ende der Leitung zu hören. »Gabriela Thalberg.«

»Ist etwas vorgefallen?«

»Können Sie vorbeikommen?«

Karen sah auf die Uhr. Es war bereits dunkel, und sie hatte gehofft, wenigstens in dieser Nacht ausreichend Schlaf zu bekommen, aber die Frau war zu aufgebracht, und auch nach mehrmaligem Nachfragen bekam sie keine zusammenhängende Antwort aus ihr raus. Sollte sie dorthin fahren, obwohl man ihr damit drohte, sie vom Fall abzuziehen?

Sie erwog Alexis anzurufen, wollte aber dann doch lieber selbst sehen, was geschehen war. Ihre Freundin war mehr als genug beschäftigt und würde vermutlich in der Tatsache, dass Gabriela sie anrief, nur wieder einen Beweis für ihre angebliche Befangenheit hineininterpretieren.

Sie sah auf das *Mannheimer Tageblatt* mit dem kritischen Artikel über Alexis, das vor ihr auf dem Schreibtisch lag. Früher hätte Alexis sie sofort angerufen oder wäre vorbeigekommen, um mit ihr zu sprechen. Eine Welle der Traurigkeit überwältigte sie, dann schob sie sie beiseite. Andere Menschen wollten ihre Hilfe, und sie war bereit, sie ihnen zu geben.

Gabriela öffnete die Haustür, noch während Karen ihren Bus in eine zu enge Parklücke zwängte. Ihre Augen waren weit aufgerissen, die Hände strichen unentwegt ihr Kostüm glatt.

Schon draußen hörte Karen das Schluchzen von Merle. Ihr wurde ganz kalt. »Was ist geschehen?«, fragte sie.

»Kommen Sie rein.« Gabriela schloss die Tür hinter ihnen. »Ich kann es nicht beschreiben.« Sie schüttelte den Kopf. »Ausgerechnet Merle musste es finden. Dass er das fertigbringt.« Sie ballte die Hände zu Fäusten.

Als Karen ins Wohnzimmer gehen wollte, hielt Gabriela sie auf. »Würde es Ihnen etwas ausmachen, die Schuhe auszuziehen? Ich habe heute Mittag erst gewischt.«

Karen sah sie verdutzt an, nickte dann aber und streifte ihre flachen Stoffschuhe ab.

Auf dem Tisch stand ein Karton, aus dem ein strenger Geruch aufstieg, der sie an einen Besuch im Schlachthof erinnerte, wo sie sich während ihres Studiums oft aufgehalten hatte.

Ihr wurde mulmig zumute. Sie zog ein paar Einweghandschuhe über, die sie vorsorglich eingesteckt hatte, und hob den Deckel an. Darin kam ein verstümmeltes Kaninchen zum Vorschein. Ein weißgraues Widderchen, wie sie an den langen, samtigen Ohren erkannte, die ein Stück vom Kopf entfernt lagen. Man hatte dem Tier zusätzlich die Pfoten abgetrennt. Bei der Menge Blut, die von dem Zeitungspapier aufgesogen worden war, vermutlich noch zu Lebzeiten.

Karen schloss den Deckel. Sie hatte genug gesehen. Zu viel. Wie sie Gewalt an Tieren verabscheute. Sie zwang sich zur Ruhe, obwohl sie am liebsten laut geschrien hätte.

»Wo haben Sie den Karton gefunden?«

»Er stand vor der Tür, als Merle nach Hause kam.« Der Frau fiel es sichtlich schwer, darüber zu sprechen.

»Warten Sie einen Moment. Ich verständige die Polizei.«

»Ist das wirklich nötig?«

»Wollen Sie, dass das ein Ende hat?«

»Natürlich, aber das wird Merle noch mehr aufwühlen, und wenn es die Nachbarn erfahren … Sie hat jetzt schon Probleme in der Schule, und ihrer besten Freundin wurde der Umgang mit ihr untersagt.«

Karen setzte sich neben sie. »Ich verstehe, dass Sie Ihre Tochter schützen wollen, aber das wird nicht aufhören, wenn wir nicht etwas dagegen unternehmen. Die Polizei wird uns helfen.«

»Das hat sie bisher auch nicht getan.«

»Da ging er auch noch nicht so weit, und Frau Hall war nicht involviert. Ich kenne sie schon lange. Auf sie ist Verlass.«

Thalberg seufzte und massierte ihre Schläfen. »Nun gut.«

Karen verließ den Raum und rief bei Alexis an.

»Hey«, meldete sich die Freundin. Im Hintergrund war ein Stimmenrauschen zu hören. »Ist es dringend? Hier ist die Hölle los. Die Presse hat von den Leichen erfahren.«

Wieder kein Wort von dem Artikel über sie, dachte Karen. Dann schilderte sie ihr kurz die Ereignisse der letzten halben Stunde.

»Wie konntest du da einfach ohne mich hinfahren?«, fuhr Alexis sie an. Es war das erste Mal, dass Karen sie so erlebte. »Du bist keine Polizistin.«

Obwohl Karen wusste, dass ihre Freundin recht hatte, fühlte sie sich verletzt und angegriffen. »Vielleicht sollte ich eine sein, wenn ihr zulasst, dass solche Dinge geschehen«, schoss sie zurück.

Stille. »Ich komme«, sagte Alexis schließlich heiser. Damit legte sie auf.

Karen atmete tief durch. Das war nicht gut. Sie wartete, bis sie sich beruhigt hatte, dann kehrte sie zu Frau Thalberg zurück.

»Sie kommt. Darf ich mit Merle sprechen?« Damit überschritt sie eine weitere Grenze, aber darauf kam es nicht mehr an. Das Mädchen vertraute ihr noch am meisten. Es war niemandem geholfen, wenn sie diese Tatsache nicht ausnutzten.

»Ich bin mir nicht sicher, ob sie jemanden sehen möchte.«

»Lassen Sie es mich versuchen. Vielleicht sollte Herr Dr. Ferrer vorbeikommen?«

»Wenn es nicht besser wird, aber sie hat ohnehin morgen einen Termin. Gehen Sie einfach den Gang hinunter. Ihr Zimmer ist auf der rechten Seite, das mit den Blumen auf der Tür.«

Karen ging den Flur entlang. Erneut verwunderte es sie, dass es keine Bilder oder Erinnerungsstücke in dem Haus gab. An den Wänden hingen einzig austauschbare Aquarelle von Landschaften und Frauen mit Hüten. Dezent und in ihren Violetttönen mit den weißen Wänden harmonierend, aber nichts, was die Persönlichkeit von Thalberg widerspiegelte. Sie wusste von der Überprüfung, dass sie in jungen Jahren adoptiert worden war, aber sollte sie nicht dennoch Erinnerungen an ihre Heimat haben oder sie auf andere Weise ausleben?

Karen klopfte an und öffnete die Tür, auf die handge-

malte Blumen geklebt worden waren. »Darf ich hereinkommen?«

Im Zimmer herrschte ein Dämmerlicht. Die Rollläden
waren heruntergelassen, und nur das Nachttischlämpchen
spendete Helligkeit. Das Mädchen hob den Kopf und sah
sie aus verquollenen Augen an. Karen zerriss es bei ihrem
Anblick das Herz.

»Was machen Sie hier?«, fragte Merle misstrauisch.

»Hast du die Blumen gemalt?«, erwiderte Karen, ohne
auf die Frage einzugehen, schloss die Tür und zog sich den
Stuhl vom Schreibtisch heran.

»Das ist schon lange her.«

»Die sind toll. Zeichnest du immer noch?«

Sie zuckte mit den Schultern. »Manchmal.«

»Magst du mir etwas zeigen?«

Das Misstrauen mochte teilweise gewichen sein, trotzdem sah sie Karen skeptisch an.

Sie hat zu viel Zeit bei Psychologen verbracht, dachte
Karen. Vermutet hinter jeder Frage einen Psychotrick.

Dennoch stand Merle auf, öffnete eine Schublade und
zog eine Mappe heraus, aus der Blätter quollen. Sie öffnete
sie, wählte einige Bilder aus und reichte sie Karen. Das
Mädchen hatte zweifellos Talent, aber es verwendete es
nicht auf die üblichen Mangafiguren oder Bilder von Tieren, wie sie die meisten ihrer Altersgenossinnen zeichneten,
sondern malte düstere Bilder von Fratzen und mondlosen
Landschaften.

»Die sind toll. Ich zeichne auch gerne, vor allem Tiere
und Käfer.«

»Käfer?« Merle sah sie das erste Mal direkt an.

»Früher mussten Biologen gut zeichnen können, um
festzuhalten, was sie sehen. Inzwischen ist das nicht mehr so,

aber mich hat das schon immer begeistert.« Sie öffnete ihre Handtasche, in der sie immer ein Notizbuch mitführte, in dem sie Skizzen anfertigte. Sie blätterte darin, bis sie zu einem Abschnitt mit Zeichnungen kam, die sie auf Madagaskar angefertigt hatte. Es mochte unnütz erscheinen, heute noch Erinnerungen mit dem Stift festzuhalten, anstatt sie einfach mit der Kamera abzuknipsen, aber beim Zeichnen malte sie das Gezeichnete auch in ihr Gedächtnis, prägte sich Formen und Farben ein, sodass sie für immer dort festgehalten waren.

Merle beugte sich interessiert vor. »Die Augen sind gut getroffen. Mir gelingen die nie.«

In den nächsten Minuten tauschten sie sich über Maltechniken aus, und Karen führte ihr vor, wie sie schnell einen Grashüpfer skizzieren konnte. Das Mädchen kam allmählich zur Ruhe und schien zumindest etwas Vertrauen zu fassen.

»Möchtest du über das sprechen, was heute geschehen ist?«

Merle legte den Stift beiseite und schüttelte den Kopf. »Soll Dr. Ferrer kommen?« Jetzt schüttelte sie noch heftiger den Kopf.

»Ist schon gut. Du musst mit niemandem sprechen, wenn du es nicht möchtest.«

»Ich hatte auch mal einen Hasen. Der sah genauso aus.«

Karen sah sie erschüttert an. Mit einem Mal sah es so aus, als wäre der Karton gezielt an Merle gerichtet gewesen. Kalte Wut packte sie. Wie konnte ihr das jemand antun? Erst recht der eigene Vater.

»Das ist sicher nur ein Zufall. Da will euch jemand erschrecken.«

Sie schüttelte heftig den Kopf. »Nein, mein Vater …« Sie

brach abrupt ab, sah sich panisch im Zimmer um. Mit einem Mal war da wieder die Distanz, und das Mädchen sah Karen fast schon zornig an. »Ich will allein sein.«

Karen sah ein, dass es momentan zwecklos war, weiter in sie zu dringen. Deshalb verabschiedete sie sich, doch das Mädchen sah nicht mehr auf.

Sie schloss leise die Tür hinter sich, als sie ein Auto vorfahren hörte.

Sie kam gerade wieder ins Wohnzimmer, als Alexis mit ernstem Blick eintrat. Sie warf nur einen Blick in den Karton. »Die Spurensicherung ist auf dem Weg. Wer hat den Karton alles angefasst?«

»Merle und ich. Ich musste doch wissen, was da drin ist.« Frau Thalberg sah sie entschuldigend an.

»Kein Problem. Wir haben bereits ihre Abdrücke vom letzten Vorfall und können sie damit von anderen unterscheiden. Begleitest du mich nach draußen?«, wandte sie sich mit kalter Stimme an Karen. »Ich möchte die Spurensicherung direkt in Empfang nehmen.«

43

Vor dem Haus lehnte sich Alexis an den Gartenzaun. »Was hältst du davon?«, fragte sie Karen. Ihre harsche Reaktion am Telefon tat ihr zwar leid, aber es ärgerte sie noch immer, dass die Biologin so eigenmächtig gehandelt hatte. Sah sie denn nicht, dass sie so die Ermittlungen gefährdete? Wo war Karens professionelle Distanz geblieben?

»Der Ex scheint das größte Arschloch der Welt zu sein.«

»Wieso bist du dir so sicher, dass er es war?«

»Merle hätte beinahe über ihn gesprochen, hatte dann aber doch zu große Angst.«

»Du hast allen Ernstes mit ihr gesprochen?«, fuhr Alexis sie an. »War wenigstens die Mutter dabei?«

»Nein, aber sie hat es mir gestattet, und ich bin auch keine Beamtin. Also keine Sorge, du brauchst mich nicht gleich anzubrüllen.«

»Sorry.« Alexis massierte ihre Schläfen und betrachtete die Kriminalbiologin. Sie sah abgekämpft und müde aus. »Du musst dich ab jetzt mehr zurückhalten. Vertrau mir. Ich lasse die beiden nicht im Stich. Ich finde nur, das passt alles nicht zusammen. Warum sollte er die Tochter terrorisieren?«

»Aus demselben Grund, aus dem er sie auch missbraucht?«

»Dafür haben wir keinen Beweis.«

»Sie hat zu große Angst vor ihm.«

»Es gibt keine offenkundigen körperlichen Hinweise.«

»Sag mal, worauf willst du hinaus?«

»Auf gar nichts.« Alexis trat frustriert einen kleinen Kieselstein zur Seite. »Die Familie ist in den Fall verstrickt, und wir müssen beide schützen. Ich weiß nur nicht wie. Der Täter ist raffiniert, ich bezweifle, dass wir dieses Mal vernünftige Spuren finden werden.«

»Dann überprüfen wir, wo Hernandez zu der Zeit war, als das Paket abgestellt wurde.«

»Das fällt nicht in meine Zuständigkeit. Dolce wird sauer, wenn ich mich auch noch um den Fall eines getöteten Kaninchens kümmere. Ich bin keine Stalking-Expertin.«

»Seit wann interessiert dich das?«

»Seit ich einen Killer fassen muss, der zehn Frauen getötet hat.«

»Und wenn es derselbe ist, wie Thalberg behauptet?«

»Dann muss ich es beweisen. Ein Kaninchen wird mir da aber nicht weiterhelfen.«

»Dann lässt du sie also im Stich?«

»Das habe ich nicht gesagt.« Alexis unterdrückte die wieder in ihr aufsteigende Wut. Was dachte Karen bloß von ihr? Hielt sie sie doch für ein Monster? Sie stieß die Luft aus und drückte sich vom Zaun ab. »Ich werde noch mal mit Hernandez sprechen, und du gehst in dein Labor und bringst mir vernünftige Beweise.«

Sie warteten, bis die Spurensicherung kam. Es waren zwei Männer, die sie bereits von dem Fundort an der Kläranlage kannte. Sie begrüßten sich kurz, dann führte Alexis sie hinein. Inzwischen hatte sie sich so weit beruhigt, dass ihr der Streit mit Karen leidtat.

»Und das Mädchen hat es entdeckt?«, fragte einer der beiden Beamten, ein hagerer Mann mit schütterem Haar, von dem Karen wusste, dass er eine Tochter in Merles Alter hatte.

Sie nickte.

»Ich kümmere mich darum«, sagte er. »Dem Drecksack muss man das Handwerk legen.«

»Wir müssen reden«, sagte Alexis. Karens Reaktion hatte sie verletzt, aber sie wollte nicht zulassen, dass dieser Fall ihre Freundschaft ruinierte. »Sollen wir zu dir fahren?«

»Wie du schon sagtest – ich muss ins Labor. So schnell finde ich heute keine Ruhe, da kann ich auch arbeiten.«

Während der Fahrt rief Alexis Dolce auf ihrem Privatanschluss an, um sie über die neueste Entwicklung zu informieren. Dann machte sie noch kurzerhand einen Umweg, um Kaffee für sich und Karen zu holen. Der Schlafmangel der letzten Tage machte sich immer mehr bemerkbar. Die unzähligen Anrufe von Stephan ignorierte sie weiterhin.

»Du siehst scheiße aus«, sagte dann auch Karen, sobald sie die Tür hinter sich geschlossen hatten.

»Ich hatte eine beschissene Nacht.« Sie wollte sich auf einen Hocker setzen, aber Karen schüttelte den Kopf.

»Ich muss zu den eingesammelten Käfern und Larven, um ihre Entwicklung zu protokollieren.«

Karen zog ihren Laborkittel über, und sie gingen in das Labor, wo sie eine Plastikbox nach der anderen kontrollierte.

»So geht es nicht weiter«, sagte Alexis. »Du bist dem Fall viel zu nah. Als Leiterin der Ermittlung stellst du mich vor eine schwierige Wahl. Du bist die Beste, aber ohne Neutralität kann ich dich nicht einsetzen.«

»Jawohl, Chefin.« Der Sarkasmus in Karens Stimme war nicht zu überhören. »Ich werde mich bemühen, wieder wie eine brave Befehlsempfängerin zu agieren.«

»Komm schon.« Alexis ließ sich mit einem Gefühl der inneren Erschöpfung auf einen Stuhl fallen. »Du weißt, wie ich das meine. Ich mache mir Sorgen, um dich.«

Karen seufzte. »Das weiß ich doch, und ich weiß auch, dass ich eine Grenze überschritten habe. Ich werde mich in Zukunft zurückhalten.«

»Schaffst du das?«

»Ich kann dir nicht versprechen, mich nicht mehr um Merle zu kümmern, aber ich werde nicht mehr eigenmächtig vorgehen.«

»Das soll fürs Erste genügen, aber denk dran, irgendwann kann ich das nicht mehr verantworten.« Alexis wusste, dass es jetzt schon schwierig sein würde, Dolce davon zu überzeugen, Karen an dem Fall weiterarbeiten zu lassen.

»Tu mir nur einen Gefallen.«

»Ich gebe alles, um Merle und Frau Thalberg zu beschützen. Das musst du doch wissen.«

»Das meine ich nicht. Nimm mich nie wieder zu einer Befragung mit. Dafür bin ich nicht gemacht. Meine Welt sind die Toten und Krabbeltiere. Es reicht, wenn ich mich um Louise sorgen muss.«

Sie verließen den Raum mit den Käfern, und Karen schaltete das Licht hinter ihnen aus, sodass nur die von Zeitschaltuhren gesteuerten UV-Lampen in den Regalen leuchteten. Sie schloss hinter ihnen ab, und sie gingen gemeinsam in ihr Büro, wo sie Karens Untersuchungsergebnisse durchgingen. Sie hatte Tabellen erstellt mit dem Zeitraum, in dem die Frauen jeweils gestorben waren. Es waren vorerst nur grobe Schätzungen, da noch nicht alle Tiere bestimmt und manche noch nicht aus ihren Eiern geschlüpft waren, sodass eine Bestimmung unmöglich war. Alexis half es dennoch weiter, da sie damit eine erste Überprüfung der Verdächtigen vornehmen konnten. Die Analyse des Blutes aus der Spinne erwies sich als deutlich aufwendiger und würde noch einige Zeit beanspruchen, da die geringen DNA-Spuren behutsam gereinigt und vervielfältigt werden mussten, um am Ende möglicherweise ein brauchbares Profil zu erhalten.

Am Ende stand Alexis mit einer Mappe voller Untersuchungsergebnisse in der Hand da und stöhnte innerlich bei dem Gedanken auf, dass sie die alle erfassen und sortieren musste.

»Willst du heute Nacht bei mir schlafen?«, fragte sie ihre Freundin. Sie wollte sie nach den letzten Ereignissen nicht alleine lassen.

»Ich brauche keinen Babysitter«, lehnte Karen ab. »Ich habe meine Lektion gelernt.«

Alexis trat einen Schritt zurück. »Du weißt, dass ich das nicht so gemeint habe.«

»Ja, aber ich möchte heute Nacht alleine sein. Ich muss wieder zu meinem alten Ich finden.«

Alexis nickte bedächtig. Mit einem Mal hatte sie wieder das Gefühl, dass eine Wand zwischen ihnen stand. Sie hätte ihr gerne von Stephan erzählt und ihr Herz ausgeschüttet, wie sie es früher getan hätte. Stattdessen umarmte sie Karen und verabschiedete sich.

Zu Hause angekommen, vergewisserte sie sich routinemäßig, dass alles verriegelt war, bevor sie den Katzen ihr Futter gab und sich selbst ein Glas Wein einschenkte, an dem sie nippte, während sie sich Instantcouscous mit einer Packung Tiefkühlgemüse zubereitete. Sie hatte keinen wirklichen Appetit, aber sie wusste, dass sie etwas essen musste.

Sie spürte den Wein bereits nach wenigen Schlucken. Schließlich ging sie mit ihrem gefüllten Teller ins Wohnzimmer und stellte ihn zusammen mit ihrem Glas auf den Couchtisch. Sie nahm die Fernbedienung und sah angewidert zu einer Spinne, die in ihrem Ficus ein Netz spann. Von diesen Viechern hatte sie die Nase voll. Dennoch brachte sie es nicht fertig, das Tier einfach zu töten. Also schnappte sie sich ein Glas und ein Stück Papier, fing sie damit ein und setzte sie auf die Terrasse.

Sie sah sich draußen um, bevor sie die Tür wieder schloss. War da ein Geräusch gewesen? Sie zuckte mit den Schultern. Allmählich wurde sie paranoid. Vielleicht war es doch an der Zeit, den Dienst zu quittieren.

Sie zappte durch das Fernsehprogramm, bis sie bei einer Kochsendung hängen blieb, die sie ansah, während sie ihr Essen in sich hineinschaufelte. Sie schmeckte kaum etwas, und ihre Gedanken schweiften ständig zu Stephan, Magnus' Anschuldigungen, dem Zeitungsartikel und dem Mörder. Ein heimtückisches Karussell, das ihr keine Ruhe gönnte.

Zum wiederholten Mal an diesem Abend klingelte ihr Handy. Stephan. Sie wartete bis zum letzten Klingeln, bevor sie abnahm. Sie wusste noch immer nicht, was sie ihm sagen sollte. Gestehen, dass sie ihn mit einer anderen gesehen hatte? Sie würde wie eine eifersüchtige Stalkerin klingen.

Entsprechend einsilbig war sie auch, als Stephan sich bemühte, ein Gespräch in Gang zu bringen. »Ist alles in Ordnung mit dir? Mit uns?«

Alexis brachte es nicht fertig, ihm die Wahrheit zu sagen. Zu aufgelöst war sie nach den Ereignissen der vergangenen beiden Tage. Der Stress fraß sich wie ein gefräßiger Wurm tief in ihre Knochen. »Dieser Fall ist schrecklich, dann noch die Sache mit Magnus.«

Mehr war nicht notwendig, um Stephan von einem weiteren Nachhaken abzuhalten. Kurz darauf verabschiedeten sie sich für die Nacht voneinander.

Sie wusste, dass sie so schnell keinen Schlaf finden würde, und rief Linda an. Sie brauchte jemanden zum Reden. Oliver schied in diesem Fall aus. Sie mussten mit Stephan zusammenarbeiten, und sie wollte das Verhältnis der beiden nicht durch ihre Spekulationen belasten. Mit leisem Bedauern dachte sie an Karen. Früher wäre sie es gewesen, mit der sie gesprochen hätte.

Nach dem vierten Klingeln nahm Linda ab. Sie klang noch kein bisschen verschlafen, aber das hatte Alexis auch nicht erwartet. Die Staatsanwältin arbeitete oft die Nächte durch.

Sie erzählte ihr von Stephans heimlichen Treffen mit der Unbekannten und den Befürchtungen, die es bei ihr ausgelöst hatte.

»Vielleicht gibt es dafür eine einfache Erklärung.«

Alexis hörte, wie Linda das Radio im Hintergrund leiser

drehte. »Oder er hat mich die ganze Zeit an der Nase herumgeführt. Das wäre nicht das erste Mal, dass mir das passiert.«

»Traust du ihm das zu?«

»Als wenn ich mich noch auf meine Menschenkennt-
nisse verlassen könnte.«

»Dann verlass dich auf meine. Stephan ist einer von den
Guten. Hör dir wenigstens an, was er zu sagen hat.«

»Ich weiß nicht, ob das hilft. Mir fällt es schwer, einem
Mann zu vertrauen, und das hat mich praktisch in die Stein-
zeit zurückgeworfen.«

»Ach, Süße, du musst die Vergangenheit loslassen. Jeder
fällt mal hin. Du darfst deine Herkunft nicht als Entschuldigung für alles vorschieben.«

»Siehst du das so? Dass ich in Selbstmitleid ertrinke?«

»So habe ich das nicht gemeint und das weißt du auch.
Aber du bist überempfindlich. Und das hier ist das beste
Beispiel: Bisher hat Stephan uns keinen Grund gegeben,
ihm nicht zu glauben, aber nur weil du dein Vertrauen in
der Vergangenheit jemandem geschenkt hast, der es missbraucht hat, gibst du Stephan nicht mal eine Chance.«

»Du hast vermutlich recht.«

»Mit Sicherheit. Ruf ihn an und sprecht euch aus.«

44

Alexis fühlte sich wie ausgebrannt. Nachdem der Wecker
sie aus einem Dämmerschlaf gerissen hatte, schaltete sie das
Nachtlicht aus, wankte im Halbdunkel ins Bad und stellte

sich in die Dusche. Sie regulierte das Wasser abwechselnd auf warm und kalt, um ihren Kreislauf in Schwung zu bekommen. Das eisige Wasser prickelte und raubte ihr den Atem, während das heiße Wasser ihre Haut rot färbte.

Sie versuchte ihre Gedanken zu sortieren. Sie durfte sich nicht von Stephan ablenken lassen. Sie hatten sich nur ein paar Mal getroffen, und sie hatte schon das Gefühl, aus der Bahn geworfen zu sein. Das war kein gutes Zeichen.

Sie war bereits halb aus dem Haus, als ihr Handy klingelte und sie die Nachricht bekam, dass man eine weitere Leiche gefunden hatte. Bevor sie ins Auto stieg, benachrichtigte sie Karen.

Auf dem Weg zu einem alten Fabrikgebäude bei Altrip hörte sie laute Musik und versuchte die Schuldgefühle auszublenden, die sie überkamen, wenn sie daran dachte, dass diese Frau vielleicht noch leben könnte, wäre sie nur schneller gewesen.

Das Gebiet war bereits von uniformierten Beamten abgesperrt worden, und das Blaulicht zuckte durch die graue Dämmerung. Das Gebäude war eine halbe Ruine mit zerbrochenen Glasscheiben und einer Fassade, von der der Putz bröckelte. Auf der dem Wald zugewandten Seite rankte wilder Wein und kroch in die zerborstenen Fenster.

Sie zeigte ihren Ausweis vor, woraufhin man das Absperrband anhob und sie sich darunterbückte. Sie sah sich um und entdeckte eine Gruppe von Feuerwehrleuten, die mit einer Karte vor dem Gebäude stand, daneben Chris. Er erblickte sie und kam ihr entgegen. »Wir dürfen noch nicht rein.«

Alexis wandte sich an den Brandmeister. »Klären Sie mich bitte auf.«

Der breitschultrige Mann mit einem schwarzen Schnauzbart und sächsischem Dialekt nickte zu zwei jungen Streifenbeamten. »Wir wurden vor einer Stunde benachrichtigt. Unserer ersten Einschätzung nach kann das Gebäude betreten werden, aber wir müssen noch die Statik überprüfen und an zwei Stellen zusätzliche Stützen anbringen.«

»Wie lange wird das etwa dauern?«

»Meine Leute sind bereits an der Arbeit. Keine halbe Stunde. Das Gebäude wird allerdings nicht ohne Helm betreten, und ich weise ausdrücklich darauf hin, dass ein Restrisiko besteht. Die Fabrik wurde seit einem Brand in den 90ern nicht mehr genutzt.«

»Ich nehme es zur Kenntnis«, sagte Alexis und wandte sich an die Streifenpolizisten, um herauszufinden, was sie dort erwartete, doch aus den beiden Männern waren kaum klare Antworten zu bekommen. Sie waren von der Zentrale in die Fabrik geschickt worden, nachdem ein anonymer Anrufer einen Leichenfund gemeldet hatte. Der Notarzt war zeitgleich mit ihnen eingetroffen und stand wegen eines Schocks nicht zur Befragung zur Verfügung. Sie erfuhr nur, dass es sich um eine weibliche Leiche handelte, die schrecklich zugerichtet war und bei der man Spinnen gefunden hatte.

Keine Viertelstunde später durfte sie zusammen mit Chris und Oliver das Gebäude betreten. Karen war noch in der Universität, um Probengefäße zu besorgen. Üblicherweise führte sie stets eine ausreichende Anzahl in ihrem Auto mit, aber seit dem Fund an der Kopflache waren Schraubgläser Mangelware. Alexis hatte Linda angerufen, und sie war ebenfalls auf dem Weg.

So stand sie nun im zweiten Stock der Fabrik, hörte das Gemäuer unter der Last der Schritte ächzen und den Wind an den geborstenen Fenstern pfeifen.

Sie war zwar einiges gewohnt, aber der Anblick, der sich ihr nun bot, ließ sie zurückprallen. Sie schluckte schwer, um ein Würgen zu unterdrücken. »Was ist das?«, entfuhr es ihr.

»Keine Ahnung«, erwiderte Oliver mit fahlem Gesicht.

Noch nie hatte Alexis etwas so sehr widerstrebt, wie sich dieser Leiche zu nähern.

In der Mitte der Halle stand ein sargähnlicher Kasten aus Plexiglas auf metallenen Füßen. Auf den ersten Blick sah man nur unzählige Spinnen, die einen Ausweg aus ihrem Gefängnis suchten. Erst auf den zweiten sah man die Tote. Alexis zwang sich zur Konzentration, beugte sich vor und sah in das Gesicht einer brünetten Frau, die ihr Gesicht gegen das Glas presste. Ihre Augen waren weit aufgerissen, ihr Mund im Tod zu einem Schrei aufgerissen. Ihre Zunge hing aus dem Mund, aus dem eine Spinne krabbelte. Alexis prallte zurück, zwang sich dann erneut heran. Unter den Spinnen, die den nackten Leib der Toten bedeckten, sah sie es aufblitzen. Sie folgte der Linie und sah auf dem Boden des Kastens das altbekannte Medaillon liegen.

»Ob sie noch am Leben war, als sie da hineingesteckt wurde?«, fragte Alexis tonlos.

»Es war ein furchtbarer Tod«, sagte Chris und trat neben sie. »Es finden sich zahlreiche zerquetschte Spinnen auf dem Boden, zudem hat ihr Körper noch ausreichend Zeit gehabt für eine körperliche Reaktion auf die Bisse. Sehen Sie die unterschiedlichen Rötungen?« Er deutete auf die Haut der Toten. Der Rechtsmediziner wirkte erstaunlich ruhig, und Alexis war überrascht, wie schnell er die Fakten erfasst hatte, während sie noch immer versuchte, ihr Entsetzen zu bekämpfen. »Bei manchen Bissen hat der Körper noch reagiert, andere entstanden peri- oder postmortem.«

Alexis zwang sich hinzusehen, auch wenn es ihr unendlich schwerfiel. »Hat sie sehr gelitten?«

Der Rechtsmediziner sah auf die aufgerissenen Augen, den offenen Mund. »Haben Sie daran Zweifel? Der Tod durch Spinnenbisse ist üblicherweise schmerzhaft und langsam. Manche Menschen erholen sich seelisch nie wieder von den Qualen, die sie dabei durchleiden, selbst wenn sie mit dem Leben davonkommen.«

Teil 3

MANNHEIMER TAGEBLATT

Internationales Geschehen
Donnerstag, 24.02.1999

Urteil gegen Serienmörder verkündet

Pereira – Nach einem langen Prozess wurde am gestrigen Tag das Urteil gegen Breno A. verkündet. Er wurde wegen Mordes in sechsundzwanzig Fällen zu lebenslanger Haft verurteilt. Im Mai 1997 war nahe der kolumbianischen Stadt Pereira ein Massengrab mit sechsundzwanzig Frauen gefunden worden.

Das Gericht sah es als erwiesen an, dass er seine Opfer, Frauen zwischen achtzehn und neunundzwanzig Jahren, über Wochen verfolgte und ausspionierte, bevor er sie mehrfach vergewaltigte.

Anschließend erstickte er sie und platzierte eine Spinne in ihrem Mund.

Der Staatsanwalt Eduardo Cunha zeigte sich glücklich über das Urteil, erlag jedoch am Nachmittag einem Herzinfarkt. Die Verteidigung kündigte an, in Berufung zu gehen.

Die Öffentlichkeit verfolgt den Fall mit gespanntem Interesse, da im Vorjahr überraschend *das Monster der Anden,* Pedro Alonso López, als geheilt aus der Psychiatrie entlassen wurde.

Nach dem Tod des Staatsanwalts bleibt die weitere Entwicklung ungewiss.

45

1994, Kolumbien

Er zögerte nicht, seine Hände um die Kehle der Frau zu legen. Sie lag bewusstlos vor ihm, schrie nicht, strampelte nicht. Es war ganz einfach. Zu einfach. Er zögerte, stoppte und fluchte.

Das war nicht so, wie es sein sollte. Also wartete er, bis die Frau erneut zu Bewusstsein kam.

Erst als er in ihre angstgeweiteten Augen sah, stellten sich die Gefühle ein, auf die er gewartet hatte. Er schlug ihr ins Gesicht, um ihre Angst anzustacheln. Endlich begann sie, sich zu wehren. Er genoss es, den Schmerz in ihrem Gesicht zu sehen. Er brauchte mehr.

Langsam drückte er ihre Kehle zu. Sie wand sich unter ihm, kämpfte gegen ihre Fesseln an, die so tief in ihr Fleisch schnitten, dass Blut hervorquoll.

Bevor sie das Bewusstsein verlor, lockerte er seinen Griff, gab ihr ein paar Minuten, um sich keuchend zu erholen, bevor er erneut zudrückte. Tränen rannen über das Gesicht der Frau. Als er die nächste Pause einlegte, flehte sie um ihren Tod, doch damit erreichte sie das Gegenteil. Es stachelte ihn weiter an, bis er die Kontrolle verlor und ihren Kehlkopf eindrückte. Innerhalb von Minuten war es vorbei.

Er setzte sich neben sie, ignorierte die klagend aufgerissenen Augen. Das war zu schnell gegangen. Viel zu schnell.

So saß er eine ganze Weile da, bis eine Spinne an ihm

vorbeikrabbelte. Er betrachtete sie fasziniert, dachte an seinen Vater. Vater war schwach gewesen. Vater hatte Fehler gemacht. Er hingegen war kein Junge mehr. Nun war er der Mann.

Er ergriff die Spinne. Führte sie dicht vor seine Augen und beobachtete, wie sich ihre Cheliceren öffneten und schlossen. Wehrhafte Biester, klein und so aggressiv. Er lächelte und drückte zu. Gerade so fest, dass er spürte, wie der Körper zwischen seinen Finger aufplatzte, aber nicht so fest, dass er ihn vollständig zermalmte.

Das Zappeln ließ nach, ging in ein Zucken über. Das Öffnen und Schließen der Zangen erlahmte, bis es ganz zum Stillstand kam. Einer Eingebung folgend legte er das Tier in den Mund der Toten. Er betrachtete es mit einer eigentümlichen Genugtuung.

46

Die Identifizierung war schnell erfolgt. Es lag nur eine aktuelle Vermisstenmeldung vor, und diese passte samt den Fingerabdrücken auf die Tote. Mareike Zimmer, sechsundzwanzig, hatte zusammen mit ihrer Freundin eine Plattform für Live-Streams betrieben, in denen bevorzugt zwei Frauen in Interaktion gezeigt wurden. Ihr Markenzeichen war, dass sich alles in weiblicher Hand befand. Sie schrieben es sich auf die Fahne, sich gegen die männliche Vorherrschaft in der Pornobranche aufzulehnen. Es war zwar nur ein Hobby, aber in den entsprechenden Kreisen waren sie zu kleiner Berühmtheit gelangt.

Ihre Lebensgefährtin hatte sie vor drei Tagen vermisst gemeldet. Trotz ihres Berufs führte Mareike Zimmer ein fast schon biederes Leben in einer Reihenhaushälfte mit Vorgarten und galt als ausgesprochen zuverlässig. Sie hatten die vollkommen aufgelöste Freundin bereits vernommen. Es war schwierig gewesen, auch nur einen Satz aus ihr herauszubekommen. Das Haus hatte mit Bildern der beiden vollgestanden. Eine ganze Collage zeigte das Paar beim Küssen vor den unterschiedlichsten Kulissen.

Alexis wunderte sich über die Wahl des Täters. Seit Simone Fuchs war es das erste Opfer, das keiner Risikogruppe angehörte. Ihre einzige Gemeinsamkeit waren ihre sexuelle Neigung und die berufliche Verstrickung in die Sexindustrie.

»Er wird immer risikofreudiger«, sagte sie zu Oliver.

»Nicht nur das«, erwiderte er, während sie den Gang zum Obduktionssaal hinuntergingen. Ihre Schritte hallten auf dem PVC-Boden. »Er sucht die Öffentlichkeit und bereitet uns eine eigene Show.«

Alexis biss sich auf die Unterlippe. »Er tötet viel schneller. Er verliert die Kontrolle.«

»Hoffen wir, dass er dadurch Fehler begeht.«

Mit Unbehagen dachte Alexis an die Nachricht, die sie vorhin auf ihrem Schreibtisch gefunden hatte. Anscheinend wollte eine Freundin von Merle namens Caro Wiegand eine Aussage machen. Sie hatte überlegt, einen Beamten vorbeizuschicken, aber das Mädchen war in der Schule, und sie wollte kein unnötiges Aufsehen erregen. Zudem war es ihr wichtig, persönlich mit dem Mädchen zu sprechen. Falls Hernandez der Täter war, schwebte Merle in umso größerer Gefahr, sollte er den Verdacht bekommen, dass sie oder ihre Freundin ihn verraten haben könnten.

Bevor sie in die Rechtsmedizin fuhr, sah sie im Präsidium vorbei und erstattete Dolce Bericht. An diesem Morgen beherrschte Alexis die Medien, selbst einige Blogs hatten sie als Thema aufgegriffen, und auch ein paar überregionale Zeitungen berichteten über sie. Kein Artikel war besonders schmeichelhaft.

»Geben Sie Gas«, sagte Dolce. »Sie wissen, dass ich hinter Ihnen stehe, aber die da oben werden unruhig. Falls wir nicht bald einen Täter haben, könnte es sein, dass man auf die Idee kommt, Sie zu opfern.«

Alexis nickte stumm. Das überraschte sie nicht und unterschied sich nicht von anderen wichtigen Fällen. Dieses Mal würde man nur einen anderen Grund vorschieben. Das größere Problem waren die Kollegen. Manche begannen hinter ihrem Rücken zu tuscheln, und sie konnte nur hoffen, dass es keine Auswirkungen auf ihre Arbeit hatte. Müde strich sie sich über die Augen. Sie musste lernen, die Artikel und Anschuldigungen auszublenden.

»Viel mehr Sorgen macht mir jedoch Hellstern«, fuhr Dolce fort. »Ich weiß, dass Sie Ihre Freundin ist, aber lassen Sie sich davon nicht in Ihrem Urteil beeinflussen. Sie ist nicht die einzige Kriminalbiologin.«

»Sie kennt den Fall. Jeder andere müsste sich erst in die umfangreichen Untersuchungen einarbeiten, und unser Täter fährt zu neuer Form auf. Ich habe mit ihr gesprochen, und sie wird sich in Zukunft zurückhalten.« Ihre Worte klangen selbst in ihren eigenen Ohren hohl. War Karen wirklich noch eine zuverlässige Mitarbeiterin? Ihre Untersuchungen konnten die Ermittlungen maßgeblich beeinflussen, und mit jedem Tag wurden Alexis' Zweifel größer, ob sie noch über ausreichend Objektivität verfügte.

Dolce gab sich damit jedoch vorerst zufrieden, sodass sie

nur Details des weiteren Vorgehens besprachen. Anschließend fuhr Alexis in die Rechtsmedizin.

Karen kontrollierte bereits mit Chris die Netze, die sie zuvor über der Leiche ausgebreitet hatten, als sie den Saal betraten. Wie ein eingespieltes Team standen sie einander an einem kleinen Tisch gegenüber und gaben die gefundenen Tiere in die entsprechenden Behältnisse. Konradis bereitete derweil Kämme, Skalpelle, Knochensäge und andere Werkzeuge vor, die sie in der nächsten Stunde benötigen würden. Linda hatte sich für diese Obduktion entschuldigt, da sie einen wichtigen Termin vor Gericht hatte, und Alexis hatte Volkers und Bauwart von ihrer Anwesenheitspflicht entbunden. Es gab so viele Befragungen durchzuführen, Berichte zu schreiben und Informationen zusammenzutragen, dass sie ihre Arbeitskraft andernorts dringender benötigte.

»Konntet ihr bereits herausfinden, was für eine Spinnenart es war?«, fragte sie.

»*Steatoda paykulliana*«, erwiderte Karen. »Die Falsche Schwarze Witwe.«

Alexis ging zu ihr und sah durch das Mikroskop, unter dem die dunkelbraune Spinne lag. »Sie hat keinen roten Fleck. Erkennt man sie daran?«, fragte sie.

»Das alleine wäre kein ausreichendes Merkmal – ihre Geschlechtsorgane und die Stellung der Augen unterscheiden sich ebenfalls von *Latrodectus*.«

»Ich habe von dieser Art schon mal gehört«, sagte Oliver. »Sie lebt im Mittelmeerraum, oder?«

Karen nickte. »Im europäischen, breitet sich aber bis nach Zentralasien aus.«

»Und sie ist offenkundig giftig.«

»Ihr Biss ist äußerst schmerzhaft, insofern er die Haut

durchdringt, aber im Regelfall nicht tödlich. Bisher wurden vor allem zuerst starke Schmerzen in der betroffenen Körperstelle beschrieben, gefolgt von Schwindel, Erbrechen, Kopf- und Muskelschmerzen. Bei der Anzahl an Bissen allerdings …«

Chris zog das Tuch von der Leiche, das Konradis vorsorglich über sie gebreitet hatte. Der ganze Körper war mit roten Beulen übersät, an manchen Stellen hatte die Frau sich die Haut im Todeskampf bis aufs Blut aufgekratzt.

»Wie lange hat es gedauert?«, fragte Alexis leise. Der Anblick hatte sie mehr erschüttert, als sie zugeben wollte. Ihr schnürte es die Kehle zu, wenn sie sich vorstellte, wie die Frau in dem Kasten lag, Hunderte von Spinnen über sie kletterten, in ihren Haaren saßen und sie am ganzen Körper bissen, während die Schmerzen sie in den Wahnsinn trieben.

»Mindestens fünf Stunden« erwiderte Chris. »Irgendwann hat vermutlich ihr Kreislauf aufgegeben.« Er deutete auf eine Hautstelle, an der sich ein dunkler Fleck ausgebildet hatte. »Das ist eine beginnende Nekrose, das Gewebe zersetzt sich und hinterlässt dabei dunkle Löcher in der Haut.«

»Es gibt zahlreiche Spinnen, deren Gift das verursachen kann«, ergänzte Karen.

»Dieses Mal scheint aber etwas schiefgegangen zu sein«, fügte Chris hinzu. Er deutete auf die Schläfe der Frau, auf der eine dunkle Verfärbung zu sehen war. »Sie wurde geschlagen. Wenn man den für die Entführung gegebenen Zeitrahmen mit dem Alter des Blutergusses abgleicht, kommt man zu dem Schluss, dass der Täter sie so außer Gefecht gesetzt hat.«

Das bestätigte Alexis in ihrer Annahme, dass der Killer

leichtsinnig wurde. Er wollte die Aufmerksamkeit und war bereit, dafür ein höheres Risiko einzugehen. Hoffentlich half ihnen seine Leichtfertigkeit, ihn zu schnappen.

Alexis betrachtete die Tote. Trotz der geschlossenen Augen strahlte sie eine Angst aus, die es schwer machte, in ihrer Nähe zu atmen. Eigentlich hatte Alexis für den Tag genug gesehen und erwog, den Rest der Obduktion auszulassen. Es gab noch so viel zu erledigen, aber sie wollte auch dabei sein, sollte es noch eine Überraschung geben.

In den folgenden Stunden entnahm Chris die Organe der Frau, untersuchte ihr Gehirn, die Atemwege, Augen und dokumentierte jeden Zentimeter ihrer Haut. Es war eine langwierige Arbeit, bei deren Beobachtung sich Alexis und Oliver abwechselten. Dadurch konnten sie zwischendurch einige Telefonate erledigen. Nach dem neuerlichen Leichenfund klingelte Alexis' Handy quasi ohne Unterbrechung.

Am Ende gab es keine neuen Erkenntnisse, zumindest nicht für sie. Karen und Chris befanden sich hingegen im regen Austausch über die Befunde. Vor ihnen lag der erste dokumentierte Todesfall durch diese Art. Eine kleine wissenschaftliche Sensation.

Schließlich erklärte Chris seine Arbeit für beendet und verließ zusammen mit ihnen den Saal, während Konradis zurückblieb, um den Raum zu säubern und die Leiche zu vernähen.

Karen seufzte, als sie sich Kittel und Überzieher abstreifte.

»Alles in Ordnung?«, fragte Oliver.

»Nicht wirklich.«

»Dieser Fall …«, setzte Oliver an, wurde jedoch von Karen unterbrochen.

»Ich weiß, er geht mir zu nah. Das sagt ihr alle, aber ich kann daran auch nichts ändern. Nach allem, was wir wissen, terrorisiert Hernandez die Thalberg seit Jahren. Bisher habe ich an unser Rechtssystem geglaubt, aber das … Ich will diesen Drecksack schnappen.«

»Es könnte ebenso gut dieser Kämmerer sein«, wandte Oliver ein.

Oder jemand, den wir noch gar nicht auf dem Schirm hatten, dachte Alexis, sprach es aber nicht aus.

»Das glaube ich nicht«, erwiderte Karen. »Aber wenn die Beweise mich in diese Richtung führen sollten, werde ich dem natürlich ebenso sorgfältig nachgehen. Das bin ich den Toten schuldig.« Sie wusch sich die Hände und sah unsicher zu Chris hinüber, der davon unberührt an der Wand lehnte.

Nahm er nur nicht wahr, dass er gerade störte, oder war es ihm egal?, fragte sich Alexis.

»Louise braucht Hilfe bei der Renovierung ihres Cafés«, fuhr sie schließlich fort. »Ich habe nur eigentlich keine Zeit. Je länger ihr auf die Ergebnisse warten müsst, desto länger rennt der Irre frei herum und Merle …« Sie brach ab.

»Du darfst das alles nicht so nah an dich heranlassen«, sagte Oliver. »Du bist nicht dafür verantwortlich.«

»Ich weiß«, erwiderte sie. »Es fällt mir aber so unglaublich schwer.«

»Ich würde Louise gerne helfen, aber ich bin heute Abend mit meiner Tochter verabredet.«

»Ich habe Louise schon meine Hilfe angeboten«, sagte Alexis und wunderte sich, dass Karens Schwester sie nicht angerufen hatte. War es nun an ihr wegen der Untersuchungen der Staatsanwaltschaft, in Watte gepackt zu werden? Oder hatte Louise die Artikel gelesen und schenkte ihnen glauben? Nein. Sie schüttelte unmerklich den Kopf. Das konnte nicht sein.

»Das wäre großartig«, sagte Karen. »Wir sollen heute Abend zum Café kommen.«

»Falls noch Hilfe benötigt wird, kann ich ebenfalls kommen«, mischte sich überraschend Chris ein und zuckte mit den Schultern. »Ich bin Hobbyhandwerker und kenne nicht wirklich viele Leute in Mannheim. Da freut es mich, wenn ich mal einen Abend nicht alleine in meiner Wohnung sitze. Vor allem nicht, wenn ich an so einem Fall arbeite.«

Alexis verkniff sich ein Lächeln und blickte zu Karen, deren Wangen sich leicht gerötet hatten.

»Sehr gerne«, nahm Karen das Angebot an. »Ich schreibe dir die Adresse auf.«

47

Caro fühlte sich mies. Sie war glücklich. Dabei sollte sie sich schuldig fühlen, weil sie nicht mit ihrer Freundin zusammen war, weil es Merle vermutlich schlecht ging, aber dem war nicht so. Sie vermisste ihre Freundin, natürlich, und sie wusste auch, dass sie sie irgendwann schrecklich vermissen würde, aber an diesem Tag genoss sie es, ohne die Wolken zu sein, die Merles Leben beschatteten und auch das Leben der Menschen in ihrer Umgebung in Zwielicht tauchten. Einfach in der Sonne sitzen und auf den Bus warten.

An der Bushaltestelle legte sie ihre Tasche auf eine Bank, beugte sich vor, um ihre Tasche zu öffnen und ihren Lipgloss herauszuholen. Wie immer hatte sie etwa zehn Minuten Wartezeit, bevor ihr Bus kam. Es war einsam an der Haltestelle, und es wurde bereits dunkel. Ihr Vater hatte sie abholen wollen, aber sie hatte sich geweigert. Seit der Sache mit Merle sperrte er sie regelrecht ein. Das bisschen Freiheit, das ihr noch blieb, wollte sie ausnutzen. Selbst wenn es nur ein paar freie Minuten an der Bushaltestelle waren, um heimlich die *Bravo* zu lesen, die ihre Eltern ihr nicht gestatteten. Sie hasste dieses ganze Religionsgetue. Als Kind hatte sie es noch geliebt und bei dem Gedanken an einen Gott und Schutzengel, die über sie wachten, selig geschlafen. Dann hatte sie die Welt kennengelernt und begonnen sich zu fragen, wo die ganzen Schutzengel waren. Entweder sie waren echt beschissen in ihrem Job, oder sie hatten ihr Handwerk bereits vor Jahrhunderten aufgegeben.

Sie hatte die *Bravo* ganz tief unten in ihrem Ranzen versteckt, in der Art doppelten Boden, der sich durch die Falten ergab. Eine weitere Schande in ihren Augen. Alle Mitschüler hatten normale Umhängetaschen, und sie musste noch immer mit ihrem violetten Schulranzen umherlaufen. Oft genug hatte sie überlegt, ihn einfach verschwinden zu lassen, aber sie hätte teuer dafür bezahlen müssen.

Sie fasste nach unten, aber dann ertasteten ihre Finger etwas Feuchtes, Kaltes. Sie zuckte zurück. Hatte sie eine Limoflasche da hineingesteckt und es vergessen? Sie versuchte sich zu erinnern, aber das letzte Mal hatte sie eine in der vergangenen Woche gekauft. Sie mochte das Zuckerzeug nicht wirklich.

Langsam zog sie ihre Hand zurück und starrte sie in einer Mischung aus Faszination und Ekel an. Etwas Rotes benetzte sie, durchsetzt von dunklen Flecken, irgendwie klümpchenartig.

Sie stellte den Ranzen ins Sonnenlicht, räumte ihre Bücher und Hefte raus. Alle hatten einen roten, feuchten Saum. Ihr Herz begann heftig zu pochen. Sie traute sich kaum hineinzuschauen. Hoffte, dass es dafür eine einfache Erklärung gab. Als sie dann jedoch sah, was es war, prallte sie zurück und schrie auf. Da war etwas felliges, blutverkrustetes. Zuerst dachte sie an eine tote Ratte, die sich zum Sterben in ihre Tasche zurückgezogen hatte. Sie nahm all ihren Mut zusammen und beugte sich erneut vor. Zwang sich hineinzugreifen und es herauszuholen. Sie hielt es im Sonnenlicht vor ihre Augen, nur um es sogleich voller Schrecken fallen zu lassen. Sie würgte, wandte sich zur Seite und erbrach sich in den Papierkorb.

Sie kannte das Stück Fell, das nun auf dem Asphalt lag. Dreckig und verkrustet. Es war der Schwanz einer Katze. Eines Katers, um genauer zu sein. Ihres Katers. Murphy. Sie erkannte ihn an der weißen Schwanzspitze mit der kahlen Stelle. In seinen jungen Jahren war er eines Tages mit einem halb aufgeschlitzten Schwanz nach Hause gekommen. Ob von einem Hund, einem Kampf mit einer anderen Katze oder einem Fuchs konnte niemand sagen. Ihre Mutter behauptete, dass es ihr Nachbar gewesen war, der Katzen verabscheute.

Der Schwanz war gut verheilt, aber diese kahle Stelle war zurückgeblieben. Erst heute Morgen hatte sie ihn gekrault und ihm ein Stück Lachsschinken zugesteckt. Seit er älter war, streifte er nicht mehr so viel umher, sondern bevorzugte es, auf der Fensterbank zum Garten zu sitzen.

Eine schwere, kalte Hand legte sich auf ihre Schulter. »Wenn du dich umdrehst, stirbst du.«

Sie fiel auf die Knie, zitterte und brach in Schluchzen aus.

»Weißt du, wer ich bin?«

Sie ahnte es. Hasste sich selbst für das, was dieser Mann ihrem Kater angetan hatte. Hätte sie nur den Mund gehalten. »Merles Vater«, brachte sie mit belegter Stimme hervor.

»Genau.«

»Ich habe nichts gesagt.« Sie wollte laut kreischen, sich umdrehen und um Gnade flehen, aber sie war wie gelähmt.

»Du lügst.«

»Meine Mutter weiß nichts, wirklich nicht.« Ihr Zittern verstärkte sich. Sie würgte, schmeckte den Geschmack des Erbrochenen auf der Zunge. Etwas Kaltes legte sich an ihren Nacken, ritzte leicht ihre Haut. Die Klinge war so scharf, dass der Schmerz mit Verzögerung eintraf.

»Wenn du auch nur mit einer weiteren Person über mich oder Merle sprichst, bringe ich diesen Menschen um, und du darfst zusehen. Und danach knöpfe ich mir deine Mutter vor.« Die Klinge fuhr über ihren Nacken, hinterließ ein blutiges Rinnsal, das in ihre Jacke floss und ihre Haare verklebte.

»Ich verspreche es. Bitte tun Sie mir nichts.«

»Bleib so sitzen, bis der Bus kommt.« Die Klinge verschwand von ihrem Hals, und plötzlich war sie allein. Dennoch wagte sie es nicht, sich zu bewegen, bis der Bus nahte. Sie stieg hinten ein, setzte sich in die Ecke der letzten Reihe und zog den Kopf ein.

Sie tastete nach ihrem Nacken. Der Schnitt war nicht tief und hatte bereits aufgehört zu bluten, aber er zog sich fast um ihren gesamten Hals.

48

»Ich wüsste gerne, was das Mädchen zu sagen hat. Wenn die Mutter recht hat, könnte es uns helfen, das Arschloch aus dem Verkehr zu ziehen«, sagte Oliver.

Bereits als die Tür sich öffnete, verflogen Alexis' Hoffnungen. Frau Wiegand sah sie verlegen an. »Kommen Sie herein.«

Sie gingen in das Wohnzimmer. Das Haus war ganz in Weiß gehalten mit einem ebenso weißen Steinboden, der auf Hochglanz poliert war. Nirgends war ein Staubkorn zu sehen.

»Wir würden gerne mit Caro sprechen.«

»Da gibt es ein Problem.« Die Frau sah verlegen zu Boden. »Sie ist nach Hause gekommen, und ich habe ihr erzählt, dass Sie heute vorbeikommen. Da ist sie ausgerastet. Seither weigert sie sich, ihr Zimmer zu verlassen.«

»Darf ich es versuchen?«

»Ich komme mit Ihnen.«

Zuerst klopfte die Mutter an die Tür. »Caro, mach auf der Stelle die Tür auf. Die Polizei ist da. Wenn du nicht herauskommst, werden sie dich ins Gefängnis stecken.«

Alexis stöhnte innerlich auf. Das war nicht hilfreich, und sie hasste Eltern, die ihren Kindern mit der Polizei drohten. Sie schob die Frau sanft beiseite.

»Hier ist Alexis. Merle hat dir sicher von mir erzählt. Wir werden dir nichts tun. Komm einfach raus, und wir können reden.«

Die Tür öffnete sich einen Spalt. »Ich habe nichts zu sagen.«

»Deine Mutter behauptet etwas anderes.«

»Das war nur ein Scherz.«

»Mach bitte die Tür auf«, sagte Alexis.

Das Mädchen gehorchte, sah auf ihre Fußspitzen, während ihrer Mutter die Röte ins Gesicht kroch. »Caro, das kann nicht dein Ernst sein! Ich habe deinetwegen die Polizei gerufen!«

»Darum hat dich niemand gebeten«, schrie das Mädchen und wollte die Tür zuwerfen, doch Alexis stellte einen Fuß davor.

»Ist schon gut«, sagte Alexis beruhigend zur Mutter, die dazu ansetzte, das Mädchen zu maßregeln. »Würde es Ihnen etwas ausmachen, uns einen Kaffee zu kochen? Dann können wir uns in Ruhe unterhalten.«

Sie zögerte, dann nickte sie widerstrebend und machte sich auf den Weg. Das Mädchen blickte seiner Mutter mit unverkennbarer Erleichterung hinterher, dann sah es Alexis skeptisch an. »Das war nicht meine Idee, Sie zu rufen.«

»Ist schon gut. Magst du uns erzählen, was passiert ist?«

Caro sah zur Seite, konzentrierte sich offenbar auf ihre nächsten Worte, und Alexis wusste, dass sie lügen würde. »Ich habe Merle falsch verstanden. Sie war sauer auf ihren Vater und hat alles etwas überdramatisiert. Dann hatte ich einen Streit mit meiner Mutter und habe es ihr an den Kopf geknallt.«

Alexis betrachtete Caro, registrierte die feinen Schweißperlen auf ihrer Nase, die geweiteten Pupillen und den flachen Atem. Das Mädchen hatte unverkennbar Angst. »Wir können Merle helfen, wenn du uns lässt.«

»Das ist nicht nötig.«

Alexis sah das Mädchen an. Hier kam sie vorerst nicht weiter. Sie holte eine Visitenkarte hervor und drückte sie Caro in die Hand. »Du kannst mich jederzeit anrufen. Ich möchte euch helfen.«

Sie gingen nach unten, nachdem das Mädchen die Tür hinter ihnen geschlossen hatte. Im Esszimmer, einem hellen, aber ebenso sterilen Raum, hatte Frau Wiegand Kaffee und Gebäck angerichtet. »Es tut mir leid«, sagte sie. »Ich weiß wirklich nicht, was mit meiner Tochter los ist.«

Alexis setzte sich, goss sich Kaffee ein und nippte an der Tasse. »Sie brauchen sich nicht zu entschuldigen. Sie macht viel durch. Ihre Freundin geht durch die Hölle. Da ist es gut, dass sie für sie da ist.«

Die Frau sah verlegen zur Seite. »Wir haben ihr den Umgang verboten. Es lenkt sie von der Schule ab, und wir haben Angst um sie. Merle war noch nie ein guter Umgang für unser Kind. Sie war immer merkwürdig. Kein Wunder bei dem Vater.«

Alexis lagen harte Worte auf der Zunge, aber als sie das Zittern der Hände von Frau Wiegand sah, schluckte sie sie hinunter. Sie wollte ihre Tochter nur beschützen. Wer konnte es ihr verdenken? Es war Aufgabe der Polizei, für Merle zu sorgen, und sie versagten kläglich. »Merle braucht ihre Freundin, und ich glaube auch, dass Caro helfen könnte.«

Die Frau ließ sich jedoch nicht von ihrer Meinung abbringen, sodass sie sich schon bald verabschiedeten.

»Was meinst du?«, fragte Oliver zurück im Auto. »Die Kleine hat uns doch etwas verheimlicht.«

»Sie hat Angst.«

»Sollen wir Norden auf sie ansetzen?«

»Ich halte das für keine gute Idee. Wenn noch einer in sie dringt, macht sie vielleicht komplett dicht. Sie hat meine Nummer. Eventuell meldet sie sich. Ansonsten sollten wir uns mehr auf Merle konzentrieren. Sie ist es, um die es geht.«

Der restliche Tag verlief nicht besser. Sie fuhren zu Alla Blinova, um ihr weitere Fragen zu den Fotos und Rebecca Jolan zu stellen, aber niemand öffnete.

49

Staatsanwalt Milbrecht nahm zusammen mit einem unbekannten Polizisten vor ihr Platz. Es war das erste Mal seit ihrem letzten gemeinsamen Fall, dass sie sich wiedersahen. Sein glatt zurückgegeltes Haar glänzte im Licht der Neonlampe. Sie war froh, dass er es war, der die Befragung übernommen hatte. Er hatte zwar den Ruf, etwas zu sehr die mediale Aufmerksamkeit zu suchen, aber davon abgesehen galt er als fair.

Nachdem sie ihre Personalien aufgenommen und ihre Zustimmung eingeholt hatten, dass die Vernehmung aufgenommen werden durfte, stellte Milbrecht ihr die erste Frage. »Schildern Sie bitte die Ereignisse vom achtundzwanzigsten August, dem Tag, an dem Phillip Hall starb.«

Alexis wiederholte zum gefühlt hundertsten Mal die Geschichte. Bis vor einem Jahr hatte sie gar nicht über diese Ereignisse gesprochen, und sie fühlte sich dabei noch immer unwohl.

»Wie erklären Sie sich, dass das Gitter verrückt worden war?«

»Vielleicht war es einer der zahlreichen Handwerker, die zu dieser Zeit an Haus und Garten arbeiteten.«

»Waren die externen Arbeitskräfte in diesem Bereich des Anwesens tätig?«

»Nein.« Alexis lehnte sich zurück. Die Fragen wühlten alles wieder auf. Es waren dieselben, die sie seit Jahren quälten und auf die sie noch keine Antwort gefunden hatte.

»Wäre es Ihnen möglich gewesen, das Gitter zu verrücken?«

»Ja.«

»Und Phillip Hall?«

»Nein, dazu war er zu klein, und er war kein sehr kräftiges Kind.« Das war das Einzige, das Magnus an seinem Jungen, den er ansonsten vergötterte, auszusetzen gehabt hatte. Er selbst war groß und als junger Mann sehr muskulös und sportlich gewesen. Es fiel ihm schwer, sich in die Welt eines schmächtigen Jungen hineinzuversetzen, der zwar wie sein Vater die Bücher liebte, aber den anderen Kindern nichts entgegenzusetzen hatte.

Die weiteren Fragen dienten nur dazu, die genaueren Umstände und möglichen Motive abzuklären. Milbrecht war zwar routiniert in der Befragung, aber auch nicht besonders geschickt. Endlich war er zufrieden und schaltete die Kamera aus.

Als sie den Raum verließ, sah Alexis, wie sich manche Kollegen verlegen abwendeten. Befragungen nach einem Schusswechsel waren das eine, Befragungen, weil gegen jemand aus ihren Reihen wegen Mordes ermittelt wurde, etwas anderes. Mit einem Mal fühlte sich Alexis wie ein Fremdkörper.

Milbrecht verabschiedete sich knapp von ihr, nur seinem Händedruck verlieh er etwas mehr Nachdruck, als wolle er ihr Mut machen, ohne nach außen parteiisch zu wirken. Allmählich lernte Alexis diesen Mann zu schätzen.

Als sie in ihr Büro in der Marienschule zurückkehrte, wartete Linda bereits auf sie. »Wie war es?«

Alexis zuckte mit den Schultern. »Keine Erfahrung, die ich wiederholen möchte.«

»Hat er dich hart rangenommen?«

»Das nicht, er war anständig. Die ganze Situation macht mich nur fertig. Die Medien, dass mein eigener Onkel mich beschuldigt und dass ich mir selbst nicht mehr sicher bin, was geschehen ist.«

Linda drehte sich ruckartig zu ihr um. »Wie meinst du das?«

Alexis zögerte lange, bevor sie weitersprach. »Ich war als Teenager über Jahre bei einem Psychologen. Unter anderem sprachen wir auch über Phillips Tod. Seither kommen immer wieder Bilder und Träume in mir hoch, in denen ich das Gitter wegschiebe und …« Sie brachte es nicht fertig, den Satz zu beenden.

»Was hat dein Therapeut dazu gesagt?«

»Er hielt es für meine Art, mit den Anschuldigungen umzugehen. Seiner Meinung nach stand ich wegen meiner Herkunft und Kaspars Untersuchungen so unter Druck, dass es kein Wunder war, dass ich mir diese Träume zusammengesponnen habe, um alles zu verarbeiten.«

»Das klingt plausibel.«

»Für dich vielleicht. Ich werde diese Bilder nicht mehr los.« Alexis ließ sich in ihren Bürostuhl fallen und vergrub ihren Kopf zwischen den Händen. »Ich dachte, ich hätte endlich meine Selbstzweifel überwunden oder gelernt, mit ihnen umzugehen. Und nun das.«

Linda stand auf und legte ihr eine Hand auf die Schulter. Die Berührung war sanft und warm. »Dann müssen wir umso mehr an dich glauben, Liebes.«

50

Alexis saß schweigend neben Stephan im Auto. Er hatte sie am Nachmittag angerufen und sie um ein Treffen gebeten. Sie hatte ihn kurz entschlossen eingeladen mitzukommen, um beim Renovieren von Louises Laden zu helfen. Für ein Date mit ihm fühlte sie sich nicht in Stimmung, und alleine wollte sie erst recht nicht mit ihm sein. Sie war sich noch immer nicht sicher, wie sie sich verhalten sollte.

Auf einmal hielt er auf einem Parkplatz, schnallte sich ab und wandte sich ihr zu. »Ich muss mit dir reden. Ich möchte keine Geheimnisse vor dir haben.«

Jetzt kommt es, dachte Alexis.

»Meine Exfrau ist in Mannheim.«

Für einige Sekunden fühlte sich Alexis wie im freien Fall, bevor sie wieder auf dem Boden aufschlug. Das war also die Frau gewesen? Sollte sie sich erleichtert fühlen oder sich erst recht Sorgen machen?

»Es tut mir leid, ich wusste nicht, dass sie hier ist«, durchbrach er schließlich die Stille.

Alexis verschränkte die Hände in ihrem Schoß. »Aus welchem Anlass?«

An seinem Gesichtsausdruck konnte sie ablesen, dass nun nichts Gutes folgen würde. »Marguerite zieht nach Mannheim. Sie hat ein Stellenangebot von einer Logistikfirma, die den Handel über den Rhein organisiert. Sie möchte, dass unsere Tochter in meiner Nähe aufwächst. Chloé ist jetzt sechs, und ich kann Marguerite da nicht widersprechen. Es wird Chloé guttun, wenn sie ihren Vater in der Nähe hat.«

Alexis fühlte sich, als hätte ihr jemand in den Magen geboxt. Sie erinnerte sich an ihr erstes Gespräch, in dem er von seiner Frau gesprochen hatte. Damals hatte sie gedacht, dass er sie noch immer liebte. Und was war nun?

»Ich dachte, sie lässt dich Chloé nur selten sehen und hat inzwischen einen Neuen?«

»Sie haben sich getrennt und …« Er schlug mit der Hand auf das Lenkrad. »Ich weiß doch auch nicht. Wenn ich die Chance habe, mehr Zeit mit meiner Tochter zu verbringen, und dafür nicht jedes zweite Wochenende nach Frankreich fahren muss, ist das nichts, das ich ablehnen kann.«

»Das erwarte ich auch nicht.« Alexis schloss die Augen. Wie war die Situation nur so kompliziert geworden? »Und wie geht es mit uns weiter?«, fragte sie leise.

Er sah sie verwundert an. »Wie bisher auch. Ihre Anwesenheit ändert nichts.«

Für dich vielleicht nicht, dachte sie. *Für mich schon. Und ich habe gesehen, wie du auf sie reagierst.*

»Lass uns mal zusammen essen gehen, dann siehst du, dass sie nett ist. Ihr werdet euch verstehen.«

Sie stimmte zu, obwohl ihr nicht danach zumute war. Aber welche Wahl hatte sie? Sie musste fair sein und seiner Ex zumindest eine Chance geben. Wenn sie den Mann wollte, musste sie lernen, mit Marguerite klarzukommen. Immerhin hatten sie ein gemeinsames Kind.

Sie war erleichtert, als sie beim Café ankamen und sie sich bewegen konnte, um die innere Anspannung loszuwerden.

Louise eilte ihnen entgegen, zögerte nur kurz bei Stephans Anblick, bevor sie sie mit einem aufrichtigen Lächeln begrüßte. »Vielen Dank für eure Hilfe. Kommt herein. Ist es nicht wunderbar?« Sie strahlte und führte sie umher.

Karen stand am Tresen und sortierte mit Chris Besteck. Alexis hätte ihr am liebsten gegen das Schienbein getreten, so deutlich war ihr die Skepsis anzusehen. Sie verstand zwar ihre Freundin, aber ebenso sah sie auch Louises Seite. Sie hatte endlich beschlossen, ihr Leben in die Hand zu nehmen, und wenn es an einer Sache keinen Zweifel gab, dann daran, dass Louise backen konnte.

»Dann teil uns mal Aufgaben zu, Chefin«, sagte Alexis mit einem Grinsen.

Es war erstaunlich, wie viel sie in den folgenden Stunden erledigt bekamen. Alexis strich zusammen mit Karen die Wände, während Louise die Küche einrichtete. Stephan und Chris holten die neuen Stühle und Tische aus den Packungen und bauten sie auf.

»An den Anblick könnte ich mich gewöhnen«, grinste Karen, und für einen Moment war die alte Vertrautheit wieder zwischen ihnen zu spüren.

»Das hat schon etwas«, sagte Alexis. Sie legte die Farbrolle zur Seite, stellte sich neben ihre Freundin. »Du fehlst mir.«

»Du mir doch auch.« Karen zog sie in ihre Arme. »Lass uns in Louises zukünftiges Büro gehen und reden. Die kommen auch eine Weile ohne uns zurecht.«

In Ermanglung von Stühlen setzten sie sich auf Umzugskartons, verfielen in Schweigen, bis sie sich etwas unsicher anlächelten. »Wir müssen besser darin werden, Arbeit und Privatleben zu trennen«, sagte Alexis. »Du bist mir zu wichtig, um deswegen unsere Freundschaft zu riskieren.«

»Es tut mir leid«, sagte Karen. »Ich weiß, dass es gerade nicht einfach mit mir ist. Dabei hast du offenbar so richtig Ärger am Hals, oder war der Artikel über dich nur eine Zeitungsente?«

»Leider nicht.« Alexis lehnte den Kopf an die Wand und schüttete Karen ihr Herz aus. Sie berichtete ihr von den neuesten Entwicklungen in den Ermittlungen gegen sie, dem Verhör und später auch von Stephans Exfrau.

»Wie kommst du mit der Situation klar?«

»Nicht so gut. Zu wissen, dass da eine Ex mit einer Tochter ist, ist etwas anderes, als wenn sie ihm plötzlich in ein fremdes Land folgt.«

»Er sagt doch, dass es Zufall ist.«

»Und das glaubst du? So naiv sind doch nur Männer. Sie will ihn garantiert zurück.«

»Aber du hast ihn jetzt.«

»Habe ich das? Wir haben uns ein paar Mal getroffen. Das ist alles. Sie hat seine Tochter geboren. Ein Mädchen, das er vergöttert.«

»Es ist seine Tochter. Ich hätte von Stephan nichts anderes erwartet.« Wie immer sprach sich Karen für den Franzosen aus. Seit er sie und ihre Schwester gerettet hatte, gehörte sie einem geheimen Stephan-Fanclub an.

»Es ist nur so viel. Ich weiß nicht, wie ich damit klarkommen werde.«

»Warte es einfach ab.«

»Mir bleibt ohnehin nichts anderes übrig. Morgen Abend gehen wir mit ihr essen.«

»Mit seiner Ex?«

»Ja, er möchte, dass wir uns kennenlernen.«

»Das ist … mutig.«

Alexis lachte trocken. »So kann man es auch nennen. Er glaubt, dass alles ganz einfach wird, wenn wir uns erst mal kennen.«

»Vielleicht hat er recht.«

»Ich habe doch gesehen, wie sie ihn angeschaut hat, ansonsten hätte ich mir doch keine Gedanken gemacht. Sie hat noch lange nicht mit ihm abgeschlossen.«

»Er ist verrückt nach dir, also mach dir keine Sorgen. Es wird alles gut.« Karen wischte sich einen Farbklecks aus dem Gesicht. »Wie verlief die Befragung?«

Alexis hob abwehrend die Hände. »Milbrecht war fair, aber lass uns bitte über etwas anderes sprechen. Ich möchte ein paar Minuten entspannen.« Trotz ihrer tapferen Worte begannen Alexis' Gedanken nun doch wieder um das Thema zu kreisen. Magnus kannte sie seit ihrer Kindheit. Sah er die Wahrheit? War sie ein Monster, das sich als Gesetzeshüterin ausgab? Wie der Rest ihrer Familie gewesen sein mochte? Gab es vielleicht noch Angehörige und sie hatten sich als anständige Menschen damals nicht gemeldet, da sie mit der Brut von Serienkillern nichts zu tun haben wollten? Oder waren sie ebenso bösartig wie ihre Eltern und es war ihnen einfach egal, was aus ihr wurde?

51

Merle nahm ihre Tasche und wollte gerade das Haus verlassen, als ihre Mutter in den Flur kam. »Wo gehst du hin?«

»In die Stadt, treffe mich mit ein paar Freunden.«

»Welchen? Kenne ich sie?«

»Seit wann interessiert dich das?«

»Die Polizei sagt, dass wir vorsichtig sein müssen. Und Caro darf dich nicht mehr treffen. Ich möchte, dass du dich an die Spielregeln hältst.«

»Sie ist meine beste Freundin.«

»Dann solltest du ihr keinen Ärger bereiten. Du bleibst heute zu Hause. Morgen ist Schule.«

»Ich habe aber Hunger.«

»Dann nimm dir was aus dem Kühlschrank.«

Merle schleuderte ihre Tasche auf den Schlüsselschrank, streifte ihr Schuhe ab und pfefferte sie in die Ecke.

»So nicht.« Gabriela packte sie am Arm. »Räum das sofort weg.«

»Mach es doch selbst. Das ist hier wie im Gefängnis.« Merle riss sich los und stapfte in die Küche. Sie hasste ihr Leben. Sie erinnerte sich nicht, wann sie das letzte Mal glücklich gewesen war. Wenn sie im Fernsehen die lachenden Menschen sah, fragte sie sich unwillkürlich, ob es wirklich Menschen gab, die so etwas wie ein unbeschwertes Leben führten. Selbst in ihren liebsten Fernsehserien mochten die Teenager von Intrige zu Intrige und von einem Drama ins nächste stolpern, aber da waren trotzdem Freunde, Feiern, Liebe und Familie. Und was war mit ihr? In der Schule tuschelte man hinter ihrem Rücken, ihre beste Freundin durfte sich nicht mehr mit ihr treffen, und dann waren da noch ihr Vater und ihre Treffen mit ihm. Rasch schob sie die Gedanken an ihn beiseite. Etwas, das sie früh gelernt hatte. Sie verbannte die Dunkelheit in den letzten Winkel ihres Gehirns und verbat sich, darüber nachzudenken. Nur abends, wenn sie an ihrem geheimen Kalender die Tage abstrich, die bis zu ihrer Volljährigkeit vergingen, gestattete sie sich einen kurzen Blick in den Abgrund zu werfen. Achthundertdreiundsechzig Tage. So viele waren es noch. Fast ebenso viele Euro verbarg sie in ihrem Bettkasten in einer alten Schmuckdose. Jeden Tag legte sie einen zurück. Mal von ihrem Taschengeld, mal von Pfandflaschen, die sie gefunden hatte, oder Hausaufgaben, die sie für andere erledigte.

Ihr Magen knurrte, als sie den Kühlschrank öffnete. Sie hatte sich auf einen Burger aus dem neuen vegetarischen

Schnellimbiss in den Quadraten gefreut, stattdessen starrte sie nun auf eine Ansammlung verschiedenen Gemüses, Obst, Joghurt und einer abgedeckten Lasagne vom Vortag. Tiefkühllasagne. Ihre Mutter kochte nicht. »Können wir uns wenigstens eine Pizza bestellen?«

»Mach dir einen Salat. Das ist gesünder.« In Gabrielas Stimme schwang die übliche Gereiztheit mit, die ihr eine Warnung hätte sein sollen, stattdessen quengelte Merle weiter. Sie fühlte sich, als stünde sie neben sich. Auf der einen Seite wusste sie, dass die Situation eskalieren würde, wenn sie sich auflehnte, und sie wollte sich stoppen. Aber auf der anderen sah sie mit morbider Faszination zu, wie sie ihre Mutter weiter provozierte. »Ich gehe in die Stadt und hole mir da etwas.«

»Das wirst du nicht.«

»Halt mich doch auf.« Merle ging auf die Küchentür zu, die in den Flur führte.

Ihre Mutter stellte sich ihr in den Weg. »Wage es, und ich sorge dafür, dass du nicht mehr hier rauskommst.«

»Das tue ich doch jetzt schon nicht.«

Gabriela ging in den Flur, nahm Merles Schlüssel und Handtasche, steckte sie in einen Schrank und schloss ihn ab. »So nicht, Fräulein.«

»Ich hasse dich«, rief Merle.

Gabriela holte aus und verpasste ihr eine Ohrfeige. Merle spürte das Brennen des Handabdrucks auf ihrer Wange. »Wenn ich das dem Jugendamt melde, holen sie mich endlich hier raus.«

Gabriela holte erneut aus. Dieses Mal erwischte es sie auf der anderen Wange. Merle wartete auf ein Anzeichen der Reue in den Augen ihrer Mutter, aber da war nichts. Nur Kälte.

»Wenn du das tust, bist du noch dümmer, als ich dachte. Sie stecken dich zu deinem Vater. Willst du das? Ist es dir wirklich lieber, bei ihm zu leben? Nach all dem, was ich für dich getan habe, du undankbares Balg?«

»Was hast du denn getan, außer dich von so einem Drecksack schwängern zu lassen?«

»Verschwinde«, sagte Gabriela leise. »Bleib in deinem Zimmer, oder du wirst es bereuen.«

Merle drehte sich um, stürmte in ihr Zimmer. »Ich kann es nicht abwarten, hier rauszukommen.«

»Ich auch nicht, aber solange du hier lebst, folgst du meinen Regeln.«

Merle schlug die Tür zu ihrem Zimmer zu, riss sie erneut auf und knallte sie wieder zu. Das krachende Geräusch tat ihrer Seele gut, ebenso die Vorstellung ihrer wutentbrannten Mutter. Sie warf sich bäuchlings aufs Bett, vergrub ihr Gesicht in den Kissen und brach in Schluchzen aus. Sie hasste ihr Leben. Sie wollte einfach nur weg. Raus, neu anfangen. Aber er würde sie finden. Das wusste sie. Das hatte er oft genug bewiesen. Sie hatte bereits dreimal versucht abzuhauen. Das erste Mal mit neun Jahren. Sie war bis zum Hauptbahnhof gekommen, dann hatte er plötzlich neben ihr gestanden und sie wortlos zu seinem Auto gebracht.

Danach dauerte es drei Jahre, bis sie es erneut versuchte. Dabei war sie nicht so weit gekommen. Als hätte er es geahnt, erwartete er sie bereits an der Bushaltestelle, die sie nach Heidelberg hätte bringen sollen. Dieses Mal war er nicht ganz so freundlich. Die Drohung in seiner Stimme war nicht so schrecklich wie die in seinen Augen.

Das letzte Mal war erst ein Jahr her. Er las sie in Ludwigshafen auf. Es dauerte vier Tage, bis sie wieder gehen konnte, und sie brauchte zwei Wochen, bevor sie wieder ohne ein Kissen sitzen konnte.

Was würde er dieses Mal mit ihr machen? Sie wollte es nicht wissen. Sie heulte, bis sie trotz ihres knurrenden Magens in Schlaf fiel. Sie hatte jedes Zeitgefühl verloren, als sie vom Öffnen ihrer Zimmertür aufwachte. Der Deckenfluter wurde ausgeschaltet, sodass nur noch die kleine Lampe mit dem einem Seepferdchen nachempfundenen Ständer auf ihrem Nachtschränkchen ein blassblaues Licht spendete.

Ihre Mutter setzte sich zu ihr ans Bett, zog ihr die Decke über die Schulter und strich ihr über das Haar. »Mom«, nuschelte Merle schlaftrunken.

»Ja, mein Schatz.« Gabriela legte sich zu ihr, zog sie in ihre Arme und barg ihren Kopf in Merles Haaren. »Ich liebe dich so sehr, dass es mir Angst macht.«

Merle spürte, wie die Tränen ihrer Mutter ihr ins Haar tropften. Sie kuschelte sich an sie, barg ihr Gesicht an ihrer Brust und vergaß all den Hass, der sie noch vor wenigen Stunden durchflutet hatte. Das war ihre Mutter. Der einzige Mensch auf der Welt, dessen Liebe sie sich sicher sein konnte.

52

In dem Moment, als Nestor ihr ins Gesicht schlug, beschloss Irina zu sterben. Noch während sie zu Boden ging, spürte sie eine Welle der Erleichterung sie durchfluten. Bald hätte es ein Ende. Keine Freier mehr, keine Drogen, die man ihr spritzte, um sie gefügig zu machen, keine Drohungen gegen ihren Bruder in Bulgarien, sollte sie nicht gehorchen oder heimlich Geld abzweigen. Sie landete hart auf dem gefliesten Boden, dessen Kacheln zahllose Risse aufwiesen, in denen sich Schmutz und Insektennester sammelten.

»Morgen will ich das Doppelte sehen.« Er wedelte mit einem Bündel Geldscheinen. Die Einnahmen der Mädchen in dieser Nacht.

Ihre Wange brannte, und in dem Handgelenk, mit dem sie den Sturz abgefangen hatte, stach es heftig. Hoffentlich nur verstaucht. Sie brauchte ihre Rechte für die Kunden. Dann fiel ihr ein, dass es bedeutungslos war. Sie würde noch diese Nacht das Leben verlassen.

Nestor spuckte aus. »Verschwinde. Und besorg dir neues Make-up. Du siehst scheiße aus.«

Er griff ihr beim Hinausgehen an den Hintern, wog ihre Arschbacken mit der Hand, bevor er zukniff. Sie nahm es kaum wahr. War es wirklich erst vier Jahre her, dass sie ihren ersten Kuss bekommen hatte? Ildar, der sie im Winter hinter den Holzstapel hinter dem Haus seiner Eltern gezogen hatte. Seine weichen Lippen hatten sie die Schläge in ihrem Zuhause für einen Moment vergessen lassen. Sie fuhr sich mit den Fingern über ihren Mund. Geküsst hatte sie seither niemanden mehr. Zumindest nicht freiwillig. Aber ihre Lippen wurden auch für andere Dinge benötigt. Sie verzog angewidert den Mund, schob sich das nächste Kaugummi hinein, um den Geschmack des Spermas loszuwerden.

Ihr Fahrrad stand angekettet im Hinterhof des alten Gebäudes. Es war nur wenige Minuten Fahrt bis zu dem Plattenbau, in dem sie sich eine Zweizimmerwohnung mit drei anderen Mädchen teilte. Sie schliefen meistens in

Schichten. Während die einen anschaffen gingen, nutzten die anderen die schmalen Betten. Doch dieses Mal fuhr sie in die andere Richtung. Sie kannte ihr Ziel. Der Collini-Steg.

Die Straße war einsam. Noch immer regnete es. Nicht stark, aber genug, um die Straße nass zu halten, die das Licht der Laternen reflektierte. Nach dem warmen Tag verdampfte das Wasser auf dem Asphalt und drang mit seinem teerigen Geruch in ihre Nase. Es war drei Uhr nachts, und es fuhren so gut wie keine Autos. Genau richtig für ihr Vorhaben. Fast schon beschwingt radelte sie weiter. Ein wenig nagten die Schuldgefühle an ihr, als sie an ihren Bruder dachte. Er würde um sie trauern. Aber sie hatten sich seit drei Jahren nicht mehr gesehen. Vielleicht wusste er gar nicht mehr, wie sie aussah.

»Kümmer dich einmal um dich«, sagte sie leise. Es war ihr Leben, und ihr Tod war das Einzige, das sie selbst bestimmen konnte. Sie hielt es einfach nicht mehr aus. Die niemals endende Reihe von Freiern. Die Polizisten, die wegsahen, da sie inzwischen über achtzehn war. Am Anfang hatte sie noch versucht zu fliehen, aber ohne Geld und Papiere kam sie in einem Land, dessen Sprache sie kaum sprach, nicht weit. Dann hatte sie versucht ihren Pass zu stehlen. Als Nestor sie erwischte, hatte er sie so zusammengeschlagen, dass sie beinahe gestorben wäre. Seither fehlte ihr ein Backenzahn, der kleine Finger ihrer linken Hand war schief zusammengewachsen und ließ sich kaum noch beugen, und auf dem einen Auge sah sie nur noch verschwommen.

Es überraschte sie, festzustellen, dass der Tod ihr keine Angst mehr machte. Das Sterben stellte sie sich zwar schmerzhaft vor, aber nicht schlimmer als das, was Nestor und die Freier jeden Tag von ihr verlangten.

Ein weißer Transporter fuhr so dicht an ihr vorbei, dass das aufspritzende Wasser ihre Hose durchnässte. Wütend schlug sie mit der Hand gegen die Seitenwand. »Wichser!«

Die Bremslichter leuchteten auf, und der Wagen kam zum Stehen. Scheiße, dachte sie, tastete nach ihrem Pfefferspray, aber natürlich hatte sie es nicht dabei. Sie war nur wenige Meter von dem Fahrzeug entfernt, fuhr langsam darauf zu. Nichts rührte sich. Sie beschloss, rechts dran vorbeizufahren. Mit einem Mal wünschte sie sich, dass die Gegend nicht ganz so verlassen wäre. Sie prägte sich das Kennzeichen ein. Mannheimer. Nicht dass sie zur Polizei gehen konnte, aber Nestor würde sich darum kümmern.

Ein Mercedes Sprinter, sah ziemlich neu aus, aber von Autos hatte sie keine Ahnung. Kein Schriftzug auf der Seitenwand. Die Reifen ihres Fahrrads surrten auf dem nassen Boden. Noch immer zogen Wolken am Himmel vorbei, warfen gespenstische Schatten im Mondlicht.

Sie beschleunigte, wollte den Kastenwagen so schnell wie möglich hinter sich lassen. Sie sah die vor ihr liegende Straße hinauf. Ein leeres Industriegebiet, rechts von ihr verlassene Firmengelände – eine Lackiererei, eine Werkstatt, aber keine Menschenseele. Auf der anderen Seite Buschwerk, das die Felder umgab. Zweihundert Meter weiter bog eine schmale Gasse nach links ab, während die Straße unter der Landstraße durchführte. Dort konnte kein Auto fahren.

Sie war fast vorbei, richtete sich auf ihrem Fahrrad auf, um kräftiger in die Pedale treten zu können, als sich die Beifahrertür öffnete. Sie versuchte auszuweichen, doch es war zu spät. Der Aufprall war hart. Sie flog über das Lenkrad, spürte, wie es sich in ihre Magengrube bohrte, während ihr Schädel gegen den Metallrahmen der Tür krachte.

Sie kippte seitlich um. Erneut schlug sie mit dem schon

verletzten Handgelenk auf. Der Schmerz war so heftig, dass ihr kurz schwarz vor Augen wurde. Sie versuchte sich aufzurichten, aber ihr war schwindelig, und etwas drückte sie nach unten, raubte ihr die Luft. Sie schmeckte Blut in ihrem Mund. Endlich klärte sich ihr Blick, und sie erkannte gegen das Mondlicht einen Mann, der auf ihrer Brust kniete. Sie schlug nach ihm, aber ihr Angriff verpuffte wirkungslos. Sie brauchte Luft! Sie japste, aber ihre Lungen wollten sich nicht füllen, ihr Brustkorb sich nicht heben. Der Mann stopfte ihr einen nach Öl und Rauch schmeckenden Lumpen in den Mund. *War der denn vollkommen durchgeknallt? Nur weil sie gegen sein Auto geschlagen hatte?*

Der Sauerstoffmangel ließ ihre Gedanken träge werden, ihre Gegenwehr erlahmte. Trotzdem wurde ihr eines bewusst: Das war kein Zufall. Er hatte das geplant. Ihr Sichtfeld verkleinerte sich. Es flimmerte, und Schlieren breiteten sich aus. Sie spürte noch, wie er sie mit Kabelbindern fesselte. Da wurden ihr zwei Dinge klar. Erstens: Sie wollte nicht sterben. Nicht so. Zweitens: Sie würde bis zum letzten Atemzug kämpfen.

53

Zur Abwechslung begann der Tag mit guten Nachrichten. Die Kriminaltechnik hatte auf dem Umschlag, den sie im Bahnhofsschließfach gefunden hatten, einen Fingerabdruck entdeckt.

Linda war dabei, einen Beschluss zu besorgen, um von Kämmerer Abdrücke und eine Blutprobe zu bekommen.

Sie setzte dazu einiges aufs Spiel, und Alexis hoffte nur, dass sie damit den Richtigen ins Visier nahmen.

Während sie auf die Staatsanwältin wartete, nahm sie das Adressbuch von Simone Fuchs und blätterte es durch. Sie hatte viele Kürzel verwendet und selten einen Namen ausgeschrieben. Bei einer Mannheimer Telefonnummer und dem Kürzel R.J. blieb sie allerdings hängen. Kurz entschlossen griff sie zu ihrem Handy und wählte die Nummer. Nach mehrfachem Klingeln meldete sich Alla Blinova, die Mitbewohnerin der toten Rebecca Jolan.

Alexis stellte sich vor, woraufhin die Frau ihre Stimme senkte. »Woher haben Sie diese Nummer?«

»Aus dem Adressbuch von Frau Fuchs. Der Name dürfte Ihnen etwas sagen. Kommen Sie aufs Präsidium, ansonsten lasse ich Sie vorladen.«

»Er wird mich umbringen. Ich kann nicht.«

»Hören Sie zu«, sagte Alexis eindringlich. »Ich mache Ihnen ein Angebot, das Sie besser annehmen, sonst lasse ich Sie wirklich abholen. Sie stellen sich an Ihren gewohnten Platz auf der Straße. In einer Stunde werden dort ein paar Polizisten vorbeifahren und auf Sie aufmerksam werden. Sie werden Sie scheinbar verhaften und zu mir bringen. Wenn Sie mir alles erzählt haben, können Sie sagen, dass Sie von uns überprüft wurden.«

Alla Blinova sah noch schlimmer aus, als Alexis sie in Erinnerung hatte. Ihre Hände zitterten, stets auf der Suche nach einer Zigarette. Das Rauchverbot in dem Gebäude war für die Frau eine Qual.

»Nun erzählen Sie mir alles, was Sie wissen. Woher kennen Sie Simone Fuchs?«

Alla zierte sich noch eine Weile, dann packte sie aus. »Wir

haben Simone über Mark kennengelernt. Nachdem seine Alten ihn auf die Straße gesetzt hatten, schaffte er drüben bei den Strichern an. Jung genug sah er aus. Für das Leben war er aber nicht gemacht. Faselte ständig von seinem Gott. Als wenn der sich um uns hier unten scheren würde.«

»Wann fing das an?«

»Etwa ein Jahr, bevor er sich selbst abmurkste. Jedenfalls hatte ich nie viel mit der Fuchs zu tun. Aber Rebecca mochte sie. Sie hatte ein gutes Herz und wollte Mark helfen.«

»Und was hat es mit den Fotos und dem Geld auf sich?«

Alla wippte nervös mit ihrem Fuß auf und ab. »Ich erinnere mich noch an einen Tag, da kam Rebecca von einem Treffen und war ganz aus dem Häuschen. Wir haben an dem Abend lange gequatscht, und da hat sie mich gefragt, wie weit ich bereit wäre, zu gehen, um mir einen Haufen Geld zu verdienen. Ich habe dem keine weitere Beachtung geschenkt, aber ein paar Tage später sagte sie auf einmal, dass sie bald genug Geld hat, um hier rauszukommen. Kurz darauf hat sich ihre Laune aber drastisch verschlechtert, und sie hat nicht mehr davon gesprochen. Auch Simone hat sie nicht mehr wiedergesehen. Selbst als Mark sich umbrachte und Simone verschwand, wollte sie nicht quatschen. Das war nicht mehr die Rebecca, die ich kannte.«

»Hatte Frau Jolan einen Fotoapparat?«

»Den hätte uns Karlić sofort weggenommen.«

Alexis versuchte in Gedanken das Puzzle zusammenzusetzen. Was war da geschehen? Simone Fuchs musste die Fotos gemacht haben. Wozu? Um Kämmerer zu Fall zu bringen? Irgendwann musste Rebecca Jolan an die Bilder gekommen sein und hatte Kämmerer erpresst. Sie rief sich in Erinnerung, was sie über Frau Fuchs wusste. Sie war vermutlich nicht daran beteiligt gewesen. Ihr war es nicht um Geld, sondern Gerechtigkeit gegangen. Mit den Aufnahmen hätte sie Kämmerer vernichten können.

»Wie ging es weiter?«

»Wie immer, bis Rebeccas Mutter krank wurde. Sie hat sich Sorgen gemacht, da sie kein Geld für die Operation hatte, aber dann, zwei Wochen später, sagte sie mir, dass alles gut ist. Ihre Mutter war im Krankenhaus und erholte sich von dem Eingriff. Rebecca war glücklich wie nie und sagte, dass sie in ein paar Tagen verschwinden würde.«

Hatte Jolan von ihrem ersten Erpressungsvorhaben nach Simones Verschwinden abgesehen und sich dann doch dazu entschlossen, um ihre Mutter zu retten? Oder hatte sie ihn all die Zeit erpresst und er hatte sie getötet, als sie gierig wurde?

Sie sah auf ihr Handy. Endlich die Nachricht, dass Linda den Beschluss hatte. Sie betrachtete Alla Blinova. Hier kam sie nicht weiter. Sie verließ den Raum, beauftragte einen Beamten, ihre Aussage aufzunehmen. Vielleicht stieß er auf ein paar neue Details. Sie war eindeutig zu müde. Trotzdem durfte sie sich keine Ruhe gönnen.

Die nächsten Stunden gestalteten sich überaus schwierig. Der ehemalige Stadtrat stieß eine Reihe von Verwünschungen und Drohungen aus, als sie die Herausgabe von Blut und Fingerabdrücken erzwangen. Eine Stunde später stand fest, dass der Umschlag tatsächlich von ihm stammte. Er verschanzte sich allerdings hinter einem Wall von Anwälten, die jegliche Kooperation verweigerten. Für einen Haftbefehl genügte es nicht, dass er das Opfer einer Erpressung geworden war.

Kurz darauf rief Stephan bei ihr an. Trotz des Abends, den sie bei Louise verbracht hatten, war Alexis noch immer angespannt.

»Ich habe etwas«, sagte Stephan. »Es mag weit hergeholt sein, aber es gab eine Reihe von Morden in Kolumbien in den 90er-Jahren. Der Computer hat die Info gerade ausgespuckt.«

»Und was haben die mit uns zu tun?«, fragte Alexis.

»Die Spinnen. Der Killer legte den Opfern Spinnen in den Mund.«

»Kreuzspinnen?«

»Es waren unterschiedliche Arten. Was auch immer er in der Nähe gefunden hat.«

Alexis zog ihren Mantel an. »Hast du die Unterlagen?«

»Ich habe sie dir per Mail geschickt.«

Sie öffnete ihr Postfach und überflog die Dokumente. »Gibt es viele Fälle, bei denen ein Killer etwas mit Spinnen macht?«

»Wenige. Die ich gefunden habe, sind alle tot oder sitzen im Knast.«

Alexis stieß einen leisen Pfiff aus. »Hier steht, dass er sechsundzwanzig Frauen getötet hat.«

»Er ist ein krankes Schwein.«

»Warum habe ich nie von ihm gehört?«

»Das hast du vielleicht sogar«, sagte Stephan. »Er wurde offenbar 1997 gefasst und bald darauf verurteilt.«

»Und wie hilft uns das jetzt weiter? Damit scheidet er aus, und für einen Nachahmungstäter ist das Vorgehen zu unspezifisch.«

»Blätter weiter«, sagte Stephan.

Alexis stieß einen weiteren Pfiff aus. »Er ist geflohen.« Sie schüttelte fassungslos den Kopf. »Da murkst ein Kerl über zwei Dutzend Frauen ab und der läuft frei herum? Wie alt wäre er jetzt?«

»Vierzig.«

»Scheiße, noch nicht im Rentenalter.« Sie schlug mit der flachen Hand auf den Tisch. »Der Fall treibt mich noch in den Wahnsinn.« Das passte doch alles nicht zusammen. Kämmerer war laut ihren Unterlagen nie in Kolumbien gewesen. »Wie soll der Kerl nach Deutschland gekommen sein? Und wieso ausgerechnet dieses Land? Von Kolumbien ist es ein weiter Weg.«

»Stammt Hernandez aus Kolumbien?«

»Offiziell nicht, aber sollte er tatsächlich unser kolumbianischer Irrer sein, würde er wohl kaum seine wahre Herkunft angeben. Wie bist du überhaupt auf die Idee gekommen, im Ausland zu suchen?«

»Ich habe mit Dr. Norden telefoniert. Er behauptet, dass es unwahrscheinlich ist, dass die in Deutschland gefundenen Leichen seine ersten Opfer waren. Unsere Datenbanken haben aber nichts Passendes ausgespuckt, deshalb habe ich weitergesucht. Ich kann uns eine DNA-Probe besorgen, das wird allerdings einige Tage dauern.«

»Das wäre fantastisch«, erwiderte sie.

»Wir sehen uns heute Abend?«

Widerwillig stimmte sie zu. Sie war sich nicht sicher, ob sie die Nerven für ein Treffen mit Stephans Ex hatte.

54

Irina erwachte gefesselt in einem alten Kartoffelkeller. Lehmboden, keine Fenster, nur eine massive Tür, gegen die sie so stark hämmern konnte, wie sie wollte, ohne dass jemand reagierte.

Zuerst versuchte sie, sich von den Fesseln zu befreien, musste aber schon bald feststellen, dass es ein aussichtsloses Unterfangen war. Die Kabelbinder saßen zu eng. Den Knebel aus ihrem Mund zu manövrieren war dann schon einfacher. Angewidert spuckte sie das Ding auf den Boden. Der Geschmack nach altem Motoröl wollte nicht verschwinden.

Nachdem sie ihre Kräfte an der Tür erschöpft hatte, lag Irina geschwächt auf dem Boden. Ihr verletztes Handgelenk pochte. Es trieb sie fast in den Wahnsinn. Mit der Ruhe kam auch die Angst zurück. Den Tod fürchtete sie nicht, aber das, was ihr davor blühen mochte. Als Hure hatte sie Einblick in menschliche Abgründe erhalten, und die Dinge, zu denen Menschen fähig waren, machten ihr Angst.

»Verficktes Arschloch!«, brüllte sie. »Lass mich hier raus.« Sie wusste, dass er nicht reagieren würde, aber es tat gut, ihre Frustration herauszuschreien, die alles betäubende Stille zu durchbrechen. Sie dachte an ihren Bruder. Würde er je erfahren, was mit ihr geschehen war? Sie würde kämpfen, und sie hoffte, dass er wissen würde, dass sie nicht aufgegeben hatte. Sie hatte alles für ihn aufgegeben. Er war anders als sie. Fleißig, intelligent, zielstrebig. Er konnte es zu etwas bringen. Schon früh war ihr das klar geworden. Deshalb war sie erst in ihrer Heimat anschaffen gegangen, bis sie in die Hände von Nestor gefallen war. Was für eine naive Idiotin war sie doch gewesen, zu glauben, dass er sie reich machen würde. Nun gut, das mit dem Reichtum hatte sie nicht wirklich geglaubt. Das war die Aufgabe ihres Bruders, aber mehr zu verdienen, das hatte sie sich erhofft. Genug, um die teuren Bücher bezahlen zu können.

Sie hörte Schritte näher kommen. Rasch rollte sie auf die andere Seite. Sie wollte ihn so weit wie möglich von der

Tür weglocken. Sie legte sich mit dem Gesicht zur Wand, holte tief Luft, um möglichst flach atmen zu können.

Sie hörte das Klimpern von Schlüsseln. Dann knirschte es im Schloss, und die Tür schwang quietschend auf.

Der Mann näherte sich, kniete sich neben sie. Sie hielt den Atem an. Als er ihre Schulter berührte, nutzte sie die Gelegenheit und schlug ihm mit ihren gefesselten Händen ins Gesicht. Er ächzte, kippte nach hinten. Hastig richtete sie sich auf, schob sich mit dem Rücken gegen die Wand nach oben. Was nun? Mit gefesselten Beinen versuchen, so schnell wie möglich nach draußen zu kommen oder sicherstellen, dass er ihr nicht mehr folgen konnte?

Sie sah zu dem Mann hinunter, nahm ihn das erste Mal bewusst wahr. Er war zu kräftig. Keine Chance für sie, ihn mit ihren fünfundvierzig Kilogramm zu überwältigen. Schon jetzt richtete er sich fluchend auf. Sie verpasste ihm einen weiteren Schwinger, der ihn wieder nach hinten fallen ließ, dann hüpfte sie an ihm vorbei, doch er bekam einen Knöchel zu fassen und riss daran. Sie versuchte sich abzufangen, doch mit gefesselten Händen war es ihr kaum möglich, den Aufprall abzufedern. Ein hässliches Knirschen erklang, als ihr angeschlagenes Handgelenk brach. Für einen Moment bestand ihre Welt nur aus Schmerzen. Er wälzte sich auf sie. Sie trat nach ihm, erwischte etwas Weiches. Ein Stöhnen und der Griff um ihren Knöchel lockerte sich. Sie trat erneut zu und war frei.

Keine Zeit aufzustehen. Sie robbte über den Boden. Die Tür nur wenige Meter vor sich. Hinter ihr erklang ein scharrendes Geräusch, aber sie drehte sich nicht um. Sie musste hier raus. Die Schmerzen nahm sie kaum mehr wahr. Weder der Bruch noch die aufgeschrammten Knie oder Wunden von den Kabelbindern zählten. Einzig die

Tür war von Bedeutung. Sie schob sich durch den Spalt. Tränen rannen ihr über das Gesicht, als sie draußen war und sich dagegen drückte, um sie zu schließen. Was nun? Sie sah sich um, aber da war nur ein finsterer Korridor, der zu einer Treppe führte. Nichts, was sie davorstellen konnte, um den Mann einzusperren. Sie schluchzte auf.

Es musste einen Ausweg geben. Da prallte sein Körper mit voller Wucht gegen die Tür. Sie wurde nach vorne geschleudert, warf sich aber instinktiv wieder zurück, und die Tür fiel nach einem Rucken erneut ins Schloss. Sie hörte ein hohes Kreischen. Voller Genugtuung registrierte sie, dass sie ihm die Finger eingeklemmt haben musste. »Ich bring dich um, du Fotze.«

Erneut warf er sich gegen die Tür. Sie sprang wieder auf, und dieses Mal war Irina nicht schnell genug. Er schob sich halb durch die Tür, schlug ihr mit der Faust ins Gesicht. Sie taumelte zur Seite, stürzte. Ein Schatten fiel auf sie, als er sich über sie stellte und ihr ins Gesicht trat. Das Knirschen, als nun auch ihre Nase brach, nahm sie nicht mehr wahr. Es wurde schwarz vor ihren Augen.

55

Merle war an diesem Abend allein zu Hause. Ihre Mutter hatte noch spät zur Arbeit gemusst und darauf bestanden, dass sie die Tür hinter ihr abschloss. Sie saß auf der Couch, aß Chips und sah eine Episode von *Pretty Little Liars*. Es war einer der wenigen Abende, an denen sie sich wie ein normaler Teenager fühlte. Unbewusst fuhr sie sich über die nackten Arme. Die Oberarme waren von blauen Flecken übersät, wo *er* sie immer anpackte. Einstiche zierten ihre Ellenbeugen, manche waren schwarz angelaufen. Sie wusste nicht, was *er* ihr spritzte, meistens erinnerte sie sich nicht an die Ereignisse, aber es konnte nichts Gutes sein. Manchmal fühlte sie sich wie ein Zombie.

Merle glitt in einen Dämmerzustand, verfolgte die Sendung nur noch mit den Ohren. Wie sie die Mädchen in der Serie beneidete. Ihnen mochte viel Mist passieren, aber sie hatten immer einander. Sie hingegen hatte niemanden.

Sie dachte an diese Karen und die Polizistin, erwog, sie einzuweihen, aber da war wieder die Angst. Er würde sie töten, daran hatte er nie einen Zweifel gelassen. Dabei war es ihr mittlerweile fast egal, was mit ihr geschah. Sie wollte nur, dass es aufhörte. Aber sie brachte es nicht fertig, andere in Gefahr zu bringen. Das hatte sie einmal getan und sich Simone anvertraut. Den Fehler würde sie nicht wiederholen.

Irgendetwas weckte sie. Sie wusste nicht, was es war, aber mit einem Mal hatte sie das Gefühl, nicht mehr alleine zu sein. Sie schaltete den Fernseher aus. Ihre Finger waren kalt und feucht. Ihr Herz pochte. Irgendein fremdartiger Geruch hing in der Luft. Salzig mit einer süßlichen Note, die sie an Verwesung erinnerte. »Ma?«, rief sie in der Hoffnung, dass ihre Mutter zurück sei, aber es kam keine Antwort. Sie stand auf, sah sich im Raum um, aber da war niemand.

Dennoch ließ dieses Gefühl nicht nach. Sie überlegte, was sie tun sollte. Sie musste jemanden anrufen. Ihr Handy lag in ihrem Zimmer, aber das Festnetztelefon stand ganz in der Nähe im Flur. Sie griff sich die Wasserflasche. Keine besonders gute Waffe, aber besser als nichts. Der Gang lag dunkel vor ihr. Um das Licht einzuschalten, musste sie einen

Schritt in die Dunkelheit machen. Die Angst schnürte ihr die Kehle zu. Tränen liefen ihr über die Wange, als sie sich an die Spinnenflut in ihrem Haus erinnerte.

Endlich hatte sie den Schalter ertastet, und das Licht ging an. Sie rannte zum Telefon, nahm ab und hörte nur einen konstanten Ton. Es war tot. Jetzt bekam sie Panik. Sollte sie nach draußen rennen? Was, wenn er sie dort erwartete?

Sie hatte mehr Angst vor der Dunkelheit draußen als vor dem, was sie drinnen erwarten mochte. Also rannte sie die Treppe nach oben, um sich im Schlafzimmer ihrer Mutter einzuschließen. Sie war auf halbem Weg, als sie Schritte hinter sich hörte. Sie blickte nach hinten, glaubte, vor Angst den Verstand zu verlieren, und schrie auf. Eine schwarz maskierte Gestalt stand am Fuß der Treppe. Sie sahen sich einen Moment an, dann rannten sie gleichzeitig los.

Sie schlitterte um die Kurve, stieß sich an einem Schrank den Zeh an und schrie auf. Dennoch ließ sie sich nicht davon aufhalten, sondern rannte weiter, erreichte die Zimmertür und warf sie hinter sich zu.

In dem Moment prallte der Mann gegen die Tür, und sie sprang ein Stück auf. Sie schrie erneut. Warum mussten die Nachbarn auch so weit weg sein. Hörte denn niemand ihre Schreie?

Die Tür fiel wieder zu, und sie versuchte sie rechtzeitig zu verriegeln, doch es gelang ihr nicht. Erneut warf sich der Mann gegen die Tür, versuchte eine Hand in den Spalt zu bekommen. Sie warf sich dagegen, und sie fiel ins Schloss. Es gelang ihr, den Schlüssel umzudrehen, dann stellte sie einen Stuhl unter die Klinke. Er hämmerte gegen die Tür, rüttelte am Griff. Wie lange würde sie standhalten?

Sie sah zum Fenster. Es war nicht hoch. Es bestand nur aus einer dünnen Glasscheibe. Erst jetzt sah sie sich im

Raum um, während es weiter an der Tür hämmerte, und da sah sie es. Riesige schwarze Spinnen. Vogelspinnen vielleicht. Sie lagen auf dem Bett. Sicher ein Dutzend. Doch das war es nicht, was sie mit Entsetzen erfüllte. Man hatte ihnen die Beine abgeschnitten, sodass sich ihre fetten Körper hilflos in den Decken wanden. Unzählige qualerfüllte Augen starrten sie an. Der Schrei, der sich nun ihrer Kehle entrann, weckte auch die Nachbarn.

56

»Laufen Sie auch Streife?«, eröffnete Marguerite das Gespräch, nachdem sie sich an den Tisch gesetzt hatten.

Sie war zweifellos eine Schönheit. Hochgewachsen, schlank, mit glänzendem braunem Haar und großen, dunklen Augen. Sie verstand es, sich dezent zu schminken, und legte scheinbar viel Wert auf ihr Äußeres. Neben ihr kam sich Alexis wie ein Bauerntrampel vor und fragte sich nicht zum ersten Mal, warum sie sich auf das Treffen eingelassen hatte. Es fühlte sich so falsch an und viel zu früh. Sie wollte Stephan alleine kennenlernen, mit ihm Zeit verbringen und nicht mit dieser Frau. »Ich bin bei der Kriminalpolizei«, erwiderte Alexis. »Wir haben andere Aufgaben.«

»Arbeiten Sie gerade an einem Fall?«

»Es ist sogar ein ziemlich großer mit möglicherweise internationalen Verstrickungen«, entgegnete Stephan an ihrer Stelle.

Sie sah ihn überrascht von der Seite an. Was war das?

Das Gespräch verlief auch in den folgenden zwanzig

Minuten, die sie warten mussten, bis ihr Essen serviert wurde, nicht viel angenehmer. Immer wieder berührte Marguerite Stephan wie zufällig am Arm, beugte sich zu ihm vor, wann immer er sprach, und lachte über jeden seiner humorvollen Kommentare.

Alexis konzentrierte sich darauf, die Gabel in ihr Steak zu rammen und ihre Aggressionen auf diese Weise abzureagieren. Doch es war ihr nicht möglich, Marguerites helle Stimme auszublenden. »Erinnerst du dich an die Muscheln, die wir auf Sardinien gegessen haben?«, fragte sie Stephan. Dann wandte sie sich an Alexis. »Wir sind gerne gereist. Waren Sie mal in China? Ich liebe das Land und die Kultur.«

Alexis biss sich auf die Lippen. Wenn diese Frau ihr noch einmal unter die Nase hielt, was sie für eine atemberaubende Vergangenheit mit Stephan geteilt hatte, würde sie schreien.

»Ich war bisher zu sehr mit Arbeit beschäftigt.«

»Und das nur, um Beamtin zu werden?« Sie lachte. »Meine Liebe, Sie machen etwas falsch. Entweder man genießt sein Leben, oder man sollte richtig viel Geld scheffeln. Alles dazwischen ist nur verschwendete Lebenszeit.«

»Die Menschen, die ich retten konnte, sehen das vermutlich anders.«

»Glauben Sie wirklich, dass Ihre Arbeit einen Einfluss hat? Es geschehen überall Verbrechen.«

»Wie viele mehr wären es, wenn es keine Polizei gäbe?«

Marguerite zuckte mit den Schultern. »Darüber ließe sich ausführlich diskutieren«, erwiderte sie süffisant.

Alexis war froh, als ihr Handy klingelte. Über die Neuigkeiten allerdings weniger. Man informierte sie über einen Vorfall im Haus von Frau Thalberg. Offenbar hatten Nachbarn Schreie gehört und die Polizei gerufen, die ein völlig verängstigtes Mädchen vorfanden. Nachdem man Alexis zusicherte, dass Mutter und Tochter unverletzt waren, legte sie auf und entschuldigte sich bei Stephan. Es versetzte ihr einen leichten Stich, ihn mit dieser Frau zurückzulassen, aber sie hatte keine andere Wahl. Wie konnte er Gefallen an ihr finden, wenn er einst Marguerite geliebt hatte? Sie waren so verschieden wie Feuer und Wasser.

Stephan folgte ihr nach draußen. »Ist alles in Ordnung?«

»Ein Vorfall mit der Tochter von Frau Thalberg. Ihr geht es so weit gut, aber ich muss hin und es mir anschauen.«

»Kein Problem.« Er gab ihr einen Kuss auf die Wange. »Ich rufe dich morgen an. Falls Dolce mich offiziell an Bord haben will, soll sie einen entsprechenden Antrag stellen. Ich würde euch gerne helfen.«

Sie umarmte ihn, dann eilte sie nach draußen und zu ihrem Auto. Sie versuchte jeden Gedanken an das verkorkste Abendessen auf dem Weg zu Frau Thalberg beiseitezuschieben, aber es fiel ihr schwer. Was hatte sich Stephan nur dabei gedacht? Der Abend hatte die Situation nicht verbessert. Im Gegenteil. Sie hatte den Eindruck, sich in einem Kampf wiederzufinden, von dem sie gar nicht wusste, ob der Preis den Einsatz wert war.

Oliver stand bereits vor dem Haus von Frau Thalberg und sprach mit einem Mann von der Spurensicherung, der eine Zigarette rauchte. Sie begrüßte knapp die Männer. »Was haben wir?«

Oliver erstattete ihr einen kurzen Bericht. »Merle will keinen Polizisten sehen. Sie scheint uns fast noch mehr zu fürchten als den Menschen, der ihr das angetan hat.«

»Das Mädchen ist irgendwie seltsam«, sagte der Mann von der Spurensicherung. Klaus Weinsten, wenn sich Alexis richtig erinnerte.

»Sie hat viel durchgemacht«, sagte Alexis und wandte sich an Oliver. »Kann ich dich kurz sprechen?«

Sie gingen ein paar Meter, bevor sie ihn über Stephans Entdeckung informierte.

»Haben wir DNA von dem Killer?«, fragte Oliver.

»Nicht mit Sicherheit, aber Karen und die KT suchen noch.« Alexis runzelte die Stirn. »Kolumbien«, murmelte sie und griff zu ihrem Handy. In ihren Gedanken war ein Puzzleteil an den richtigen Platz gerückt, auch wenn das Gesamtbild noch keinen Sinn ergab. Sie ärgerte sich, dass sie nicht früher darauf gekommen war. Stephan und der Mordverdacht, unter dem sie stand, hatten sie zu sehr abgelenkt.

Ungeduldig wartete sie, bis Karen abnahm und verlor dann keine Zeit: »Du hast doch diesen Parasiten in der Spinne gefunden?«.

Es dauerte einen Moment, bis Karen begriff, wovon ihre Freundin sprach. »Du meinst *Trypanosoma cruzi*?«

»Wo kommt das vor?«

»Vor allem in Mittel- und Südamerika.«

»Auch Kolumbien?«

»Das müsste ich überprüfen, ich vermute schon.«

»Und wäre es möglich, dass jemand sich da infiziert und den Einzeller bis nach Deutschland bringt?«

»Du fragst Sachen. Ich gehe davon aus, aber da wäre Chris der bessere Ansprechpartner. Ich weiß nur, dass die Krankheit chronisch werden kann.«

»Danke.« Alexis wollte auflegen, doch Karen hielt sie auf.

»Ich weiß, dass du gleich wütend werden wirst, aber gib mir erst Gelegenheit, es zu erklären«, begann sie, und Alexis ahnte, dass ihr das Folgende nicht gefallen würde.

»Ich möchte noch einmal mit Merle sprechen. Sie vertraut mir, und wir brauchen ihre Hilfe nach dieser Nacht noch viel dringender als zuvor. Du musst zugeben, dass immer mehr dafür spricht, dass Hernandez der Täter ist. Wenn einer von uns die Wahrheit von ihr erfährt, dann bin ich es.«

Alexis zögerte. Karens Argumente waren schlüssig, aber sie war sich nicht mehr sicher, wie viel davon auf Karens wissenschaftlicher Meinung beruhte. Dennoch. Durfte sie die Gelegenheit ungenutzt verstreichen lassen? »Nun gut, aber hole dir die Erlaubnis der Mutter ein.« Sie machte eine Pause. »Pass auf dich auf. Du bist nicht für das Mädchen verantwortlich.«

»Was ist los?« Oliver sah sie gespannt an, nachdem sie aufgelegt hatte.

»Gib mir einen Moment.« Alexis sortierte ihre Gedanken. Konnte der Fund Zufall sein? »Karen hat in dem Magen einer Spinne Menschenblut gefunden.«

»Wie das? Sie saugen doch kein Blut.«

»Dieses Viech hat zuvor eine Stechmücke verspeist, die wiederum an einem Menschen gesaugt hatte.«

»Also möglicherweise dem Täter.«

»Oder jemanden in seinem Umfeld«, ergänzte Alexis.

»Und wie hilft uns das?«

»Zum einen haben wir eine Blutprobe, mit der wir das Blut von dem Killer aus Kolumbien vergleichen können. Wenn es nicht passt, hilft es zwar nicht viel, aber eventuell bringt es uns weiter.«

»Aber das ist noch nicht alles, richtig?«

Sie nickte. »In dem Blut befand sich ein Einzeller, der eine Krankheit hervorrufen kann, die Chagas-Krankheit.«

»Da die Mücke von wer weiß wem getrunken haben könnte, bekommen wir aufgrund von ihr keinen Beschluss, Blutproben von Verdächtigen zu untersuchen, aber wir können nach Menschen mit entsprechenden Symptomen Ausschau halten.«

»Ich habe auch schon jemanden im Auge.«

57

»Wie geht es dir?« Karen setzte sich zu Merle aufs Bett.

Das Mädchen zog die Beine an und hob die Schultern wie eine Schildkröte, die sich in ihren Panzer zurückzog. »Wie immer.«

»Und das ist gut oder schlecht?«

»Was denkst du denn?«

»Dass es dir nicht gut geht. Ich habe gehört, dass du deine Freundin nicht mehr treffen kannst. Da wäre ich ausgerastet.« Sie erwähnte bewusst den neuerlichen Vorfall nicht. Oliver hatte bereits versucht mit ihr zu sprechen, aber sie blockte alles ab.

Sie zuckte mit den Schultern. »Ihre Eltern sind scheiße.«

»Sie machen sich Sorgen um ihre Tochter.«

»Und ich bin das Problem.« Die Bitterkeit in ihrer Stimme war nicht zu überhören.

»Sollen wir etwas spielen?«

»Was denn?«

»Was spielst du denn gerne? Karten?«

»Das habe ich ewig nicht mehr gemacht.«

»Ich habe als Teenie gerne Canasta gespielt. Kennst du das?«

»Ist das nicht so ein Oma-Spiel?«

Karen lachte. »Irgendwie schon, aber das macht es nicht automatisch schlecht.«

Merle zuckte mit der Schulter. »Wir können es ja probieren.«

Karen genoss es zu sehen, wie das Mädchen langsam auftaute. Sie begriff schnell, und nach einem Testspiel war sie bereits in der Lage, die ersten Züge alleine zu machen.

Nur wenn sie auf die Ereignisse der Nacht zu sprechen kam, verschloss sie sich vor ihr und starrte stumm auf ihre Hände. Irgendetwas machte dem Mädchen schreckliche Angst.

Später verabschiedete sie sich von Merle. Diese sah ihr mit traurigem Blick hinterher. »Danke«, sagte sie leise.

»Wofür?«, fragte Karen erstaunt über die ersten freundlichen Worte von dem Mädchen.

Sie zuckte mit den Schultern. »Seit Caro … Ach, vergiss es.« Mit einem Mal war sie so verschlossen wie zuvor.

Karen betrachtete sie nachdenklich. Sie spürte, dass sich das Mädchen ihr anvertrauen wollte, aber irgendetwas hielt es zurück.

Der Gedanke daran ließ sie auf dem Heimweg nicht mehr los. Dennoch fiel sie in einen traumlosen Schlaf, aus dem sie erst am nächsten Morgen erwachte. Nach einer Tasse Tee und ein paar Keksen fuhr sie zu Chris in die Rechtsmedizin, um mit ihm ihre Ergebnisse durchzusprechen. Mithilfe der Giftanalyse und dem Phänotyp der Spinnen wollte sie herausfinden, von wo sie ursprünglich stammte. Zudem planten sie einen wissenschaftlichen Artikel über die Auswirkungen des Gifts der *Steatoda paykulliana,* der Spinnenart, die sie in dem Glaskasten gefunden hatten, auf den Menschen zu verfassen. Erfreuliche Nebenwirkung: Seine Gegenwart wirkte beruhigend auf ihre angespannten Nerven.

Nachdem sie mehrere Stunden die Unterlagen sortiert

hatte, lehnte Karen sich ratlos in ihrem Stuhl zurück. »Und wie bringt uns das jetzt weiter?«, fragte sie.

»Es müssen Tiere aus einer besonderen Zucht sein, da ihre Kieferklauen auffällig stark ausgeprägt sind. Kannst du nicht herausfinden, ob die irgendwo zum Beispiel für Spinnenkämpfe gezüchtet werden?«

Sie sammelte ihre Unterlagen ein, wobei ihr ein Blatt herunterfiel. Chris beugte sich vor und reichte es ihr.

»Ich kann es versuchen. Ich habe einen Freund in Tübingen, der sich mit Spinnen auskennt. Lass mich noch einmal einen Blick auf die Tiere werfen.«

Sie nahm sich eine präparierte Spinne nach der anderen vor. Bei der vierten Spinne entdeckte sie an einer Kieferklaue eine winzige Hautschuppe. Einem Laien wäre sie nicht aufgefallen, da sie wie eine natürliche Verlängerung wirkte. Sie schilderte Chris, was sie sah, während sie die Hautschuppe vorsichtig entfernte und in ein Behältnis gab. Daraufhin suchte sie auch die anderen Exemplare ab und fand immer mehr Schuppen. »Möglicherweise reicht das für ein DNA-Profil«, sagte sie. »Von Hernandez haben wir eine Speichelprobe, mit der ich es vergleichen kann. Mich wundert nur, dass es so viele sind. Der Killer wird nachlässig. Jetzt muss ich mich aber erst mal den Blutproben zuwenden und meine Käfer und Larven bestimmen.«

»Ich begleite dich nach draußen. Ich brauche ein wenig frische Luft.«

»Vielleicht hättest du auch Biologe werden sollen.«

»Das habe ich mir des Öfteren gedacht.« Er hielt ihr die Tür auf, und sie schlüpfte an ihm vorbei, wobei sie den markanten Duft seines Aftershaves einatmete. »Immerhin kann ich meine Wochenenden in der Natur verbringen.«

»Das sollte ich auch mal wieder machen. Meinen Bus schnappen und einfach irgendwo hinfahren.«

»Am Wochenende kommt eine Doku im Kino über einen Mann, der mit seinem Bulli um die Welt gefahren ist.«

»Das klingt interessant«, sagte Karen. »Danke für den Hinweis. Wenn ich es einrichten kann, werde ich mir das sicher ansehen. Ich träume schon lange von einer längeren Tour.«

»Warum hast du es nie gemacht?«

Sie zuckte mit den Schultern. »Wie das Leben so ist. Ich schiebe es immer auf. Erst das Studium, dann die Doktorarbeit, die erste Arbeitsstelle und nun die Arbeit für die Polizei.«

»Du bist wichtig, aber sie werden auch mal einen Fall ohne dich lösen können.«

»Ich weiß.« Sie seufzte. »Vielleicht sollte ich es wirklich machen.« Einfach mal wegkommen, nur für sich sein und mit ihren Gefühlen ins Reine kommen. Aber sie konnte nicht weg. Nicht solange der Fall nicht gelöst war und sie sich um ihre Schwester und auch Alexis sorgte. Sie biss sich auf die Unterlippe. Wie immer. Sie schob es auf.

»Das solltest du. Mir hat es nach dem Studium gutgetan.«

»Du bist um die Welt gereist?«

»Nur bis Indien. Bin einmal quer durchgetrampt.«

Karen öffnete die Laderaumtür ihres Bullis. »Das muss aufregend gewesen sein.«

»Das war es und anstrengend, aber eine Erfahrung, die ich nicht missen möchte. Es hat mir den Kopf zurechtgerückt. Wir hier in unserer deutschen Sicherheit vergessen oft, wie das Leben außerhalb unserer heilen Welt aussieht.«

»Das war sicherlich hart.«

»Aber auch lehrreich. Ich habe arme Menschen kennengelernt, die glücklicher waren als die meisten wohlhabenden Menschen bei uns. Glück hängt nicht nur von materiellen Dingen ab.«

Sie lächelte. »Dasselbe habe ich gedacht, als ich während meines Studiums auf Madagaskar war, um bei einem Leguanschutzprojekt zu arbeiten.«

»Also bist du doch schon gereist.«

»Ich liebe es zu reisen«, erwiderte sie. »Aber bisher war es immer nur für die Arbeit oder kurze Trips. Niemals mehrmonatige Reisen nur für mich.«

»In Afrika war ich erst einmal auf einer selbst organisierten Safari durch Namibia und Kenia.«

»Jetzt werde ich richtig neidisch«, sagte Karen lachend und musterte ihn von oben bis unten. Mister Surferboy steckte voller Überraschungen.

»Aber zurück zum Film«, sagte Chris. »Ich wollte ihn auch sehen. Sollen wir zusammen hingehen? Wir könnten vorher einen Happen essen. Ich habe gehört, dass es nicht weit entfernt einen tollen Italiener gibt, den ich ausprobieren wollte.«

Karen musste sich beherrschen, damit ihr Grinsen nicht zu breit wurde. Sie musste innerlich lachen. Selbst mit über dreißig verwandelte sie sich noch in einen Teenager, wenn sie von einem heißen Kerl nach einem Date gefragt wurde. Manche Dinge änderten sich nie. »Prinzipiell gerne, aber ich muss erst noch ein paar Untersuchungsergebnisse abwarten. Alexis braucht sie dringend.«

»Du musst dir auch mal Zeit für dich gönnen.«

»Aber nicht, wenn ein Killer herumläuft.«

»Ich verstehe. Rufst du mich an?« Er kritzelte seine

Nummer auf einen Zettel. Typische Medizinerhandschrift.

»Kannst du es lesen?« Er reichte ihr den Wisch.

»Halbwegs. Ich melde mich, sobald ich Genaueres weiß.«

58

Sie wachte in Dunkelheit auf. Zumindest war das ihr erster Eindruck, doch nach und nach gewöhnten sich ihre Augen an die Finsternis, sodass sie etwas von ihrer Umgebung wahrnahm. Zuerst sah sie gemauerte Wände, dann eine massive Holztür. Der Boden bestand aus blankem Beton, erstaunlich sauber, als hätte ihn jemand erst vor Kurzem gesäubert. Sie hatte keine klaren Erinnerungen an die vergangenen Stunden. Oder waren es Tage? Immer wenn sie fast bei Bewusstsein war, hatte er ihr etwas gespritzt, das sie in einen Dämmerzustand versetzte.

Etwas berührte sie an der Schulter. Instinktiv schlug sie danach und zuckte zusammen, als sie etwas biss. Sie zog ihre Hand zurück, hielt sie dicht vor das Gesicht, um etwas zu erkennen. Eine Spinne, tot, nur ein Bein zuckte noch. Sie schleuderte sie zur Seite, wollte die Hand an der Hose abwischen. Erst da realisierte sie, dass sie nackt war. Sie strich die Handfläche auf dem Boden ab und kauerte sich in eine Ecke.

Inzwischen konnte sie trotz der Dunkelheit einiges von ihrer Umgebung erkennen. Da stand eine Kiste auf der gegenüberliegenden Seite des Raumes, und irgendetwas huschte über den Boden. Noch mehr Spinnen? Sie tastete nach dem Biss. Er brannte wie verrückt.

Falls es dich gibt, Gott, dann lass mich nicht so sterben, dachte sie. *Ich nehme alles zurück. Lass mich das überleben, und ich werde etwas aus meinem Leben machen.*

Der Deckel der Kiste wackelte, als stieße etwas von innen dagegen. Langsam stand sie auf, schob ihren Rücken an der Betonwand hoch. Da war wieder diese Bewegung, dieses Mal auf der anderen Seite. Oder bildete sie es sich nur ein?

Die Bewegungen des Pappdeckels wurden stärker. Wollte sie wirklich warten, bis das, was auch immer darin lauerte, herauskam?

Sie zitterte am ganzen Leib. Es war kalt, sie roch nach Angst und Schweiß, und das Brennen vom Spinnenbiss breitete sich immer weiter aus. Trotzdem ging sie langsam auf den Karton zu. Nun sah sie, dass er nicht richtig geschlossen war. Jemand hatte einen schmalen Streifen abgeschnitten, sodass ein Spalt offen stand, aus dem weitere Spinnen strömten. Sie schrie auf.

Ihre Hand zuckte vor, wollte das Loch verschließen, um der wogenden Masse Einhalt zu gebieten, doch sobald ihre Hand darauf lag, wurde sie gebissen. Nicht nur einmal, und der Schmerz raubte ihr fast die Sinne.

Sie taumelte zurück. Gab es etwas, mit dem sie den Karton verschließen konnte? Nichts. Sie war nackt und die Zelle kahl.

Dreh ihn um, schoss es ihr durch den Kopf, doch sie zögerte. Wenn sie nicht schnell genug war, würde sie die Tiere ausschütten. Aber was für einen Unterschied machte es schon, ob sie einzeln oder alle auf einmal über sie herfielen? Sie ging zur Kiste zurück, zertrat dabei jede Spinne, die sie entdeckte. Das klebrige Gefühl unter ihrer Fußsohle widerte sie an, aber neben den Schmerzen verblasste es.

Schließlich nahm sie all ihren Mut zusammen, packte

den Karton und drehte ihn mit einem Aufschrei um. Einige Spinnen fielen heraus, krabbelten an ihr hoch, bissen sie und verfingen sich in ihren Haaren, doch die meisten blieben im Inneren. Aber nicht für lange, stellte sie entsetzt fest. Durch die Unebenheit des Bodens ragten lange Spinnenbeine heraus und versuchten sich zu befreien. Das Gekrabbel auf ihrem Körper ignorierend setzte sie sich vorsichtig auf ihn drauf und presste ihn so auf den Boden. Die Pappe gab etwas nach, blieb aber stabil, und die tastenden Beine am Boden wurden reglos. Erst jetzt befreite sie sich von den Spinnen. Sie schrie vor Panik, als sie zubissen, der Schmerz in Wellen durch jede einzelne Nervenfaser raste. Sie waren überall. Auf ihren Brüsten, im Nacken, den Haaren. Doch schließlich hatte sie alle getötet.

Die Schmerzen brachten sie fast um den Verstand. Sie konnte kaum atmen, und Übelkeit stieg in ihr auf. Dazu kamen die Horrorbilder, die ihr an seine Grenzen gebrachter Verstand ihr schickte. Spinnen, die sich durch den Karton fraßen, von unten in ihre Scham kletterten. Sie im Intimbereich bissen, in ihren Mund krochen und ihre Schreie erstickten.

59

Merle fing Caro am Ende ihrer Sportstunde ab, die in der ein Stück von der Schule entfernt gelegenen Sporthalle stattgefunden hatte. Ein Blick auf Caros blasses Gesicht verriet ihr, dass sie sich nicht getäuscht hatte. Die Freundin ging ihr aus dem Weg. Trotzdem steuerte sie auf sie zu.

»Was machst du hier?«, fragte Caro. »Hast du keinen Unterricht?«

»Hohlstunde. Der Ritter ist mal wieder krank. Vermutlich hat er nur keinen Bock, unsere Klassenarbeiten zu kor-
rigieren.«

»Das wäre typisch.« Caro lächelte gequält und ging
schweigsam neben ihr weiter.

»Sollen wir uns diese Woche wieder abends treffen? Es
wird sicher nicht noch mal so blöd laufen.«

Caro sah sie unsicher an. »Wenn mein Vater das erfährt,
bringt er mich um, und meine Mutter ist schon sauer
genug.«

»Warum denn das? Hat sie wieder irgendwelche dämli-
chen Ideen?«

Caro hielt den Kopf gesenkt. »Nicht so wichtig. Es
herrscht einfach dicke Luft.«

Merle hatte das Gefühl, dass sie etwas vor ihr verheimlichte. Mit einem Mal roch selbst der Duft von frisch Geba-
ckenem aus der Bäckerei widerwärtig. Konnte sie denn
niemandem vertrauen? »Das ist doch nicht alles.«

»Musst du denn alles wissen?«

»Ich dachte, wir wären Freundinnen.«

»Vielleicht waren wir das mal.«

»Was willst du damit sagen?«

»Nichts.«

»Nein, sprich es aus.« Plötzlich wurde Merle wütend. Sie
hatte von ihrem beschissenen Leben so die Nase voll. Menschen waren Monster, und nun ließ sie auch noch ihre
einzige Freundin fallen.

»Ich sagte, es ist nichts, und ich muss zu meinem Unterricht. Ich habe schon genug Ärger wegen dir«, schrie
Caro sie plötzlich an. Die anderen Schüler blieben stehen,

starrten sie an und steckten ihre Köpfe tuschelnd zusammen.

»Was habe ich denn getan? Du redest doch kaum noch mit mir und gehst mir sogar in der Schule aus dem Weg.«

»Wundert dich das? Du bringst Unglück.«

Diese Worte trafen sie wie ein Schlag in die Magengrube. Ihr Gesicht wurde zu einer starren Maske. »Wenn das so ist.« Sie wollte sich abwenden, aber Caro hielt sie am Arm fest.

»So war das nicht gemeint.«

»Doch, und das weißt du auch.«

»Dein Vater.«

Merle horchte auf. »Was ist mit ihm?« Sie sah Caro an, in deren Augen Tränen standen. Ein eisiger Klumpen bildete sich in ihrer Magengrube. »Was hat er getan?«

»Er hat Murphy getötet und seinen Schwanz in meine Schultasche gesteckt. Und danach hat er gesagt, dass er meine Mutter tötet, wenn ich mit irgendjemand über ihn spreche.« Sie schluchzte auf.

Merle wollte sie in die Arme nehmen, aber Caro stieß sie von sich.

»Ich kann das nicht mehr. Ich habe Angst.«

Merles Schultern sackten herab. *Wie sie ihn hasste. Wenn sie doch nicht so ein verdammter Feigling wäre.* Sie verstand ihre Freundin nur zu gut. Dieselbe Art Drohungen bekam sie seit ihrer Kindheit zu hören, und sie wusste, dass er es ernst meinte. »Ist schon gut«, sagte sie tonlos und wandte sich ab.

»Wenn das alles vorbei ist, können wir uns doch wieder treffen.«

Merle biss sich auf die Unterlippe. »Es wird niemals vorbei sein.« Sie war allein. Vollkommen allein.

Sie dachte an die Seiten über Selbstmord, die sie fast

jeden Tag besuchte, auf der Suche nach einer schmerzlosen, sicheren Methode, um aus dem Leben zu scheiden. Leider gab es die nicht. Entweder es blieb ein Risiko, dass man als sabberndes Etwas dahinvegetierte, oder es war alles andere als schmerzfrei. Aber war das nicht allemal besser als das Leben, das sie führte?

60

Alexis hatte das Gefühl, nur noch von Wein und Kaffee zu leben. Sie saß zu Hause und studierte die Akten der Opfer. Die Analyse der an den Spinnen gefundenen Hautschuppen hatte keine Übereinstimmung mit Hernandez oder Kämmerer ergeben. Dadurch waren die Männer nicht entlastet. Sie hatten nur keinen Beweis, um einen von ihnen als Täter festzunageln. Damit befand sich Alexis wieder am Anfang und suchte in den Lebensläufen der Toten nach Gemeinsamkeiten. Simone, Rebecca, Alain, Svetlana, Lisa, Eva … Eine lange Liste mit einer noch längeren Liste von Angehörigen, Freunden und Familien, die ihre Liebsten nie wiedersehen würden. Viele von ihnen waren fern ihrer Heimat gestorben, und manche Fragen würden wohl auf ewig unbeantwortet bleiben. Warum ausgerechnet sie? Wie hatte der Mörder sie auf derart bestialische Weise ermorden können? Nur auf eine Frage gab es inzwischen eine Antwort. Mussten sie leiden? Ja, ganz schrecklich sogar.

Sie nippte an ihrem Weinglas und überlegte, sich ein Rührei zu machen oder sich zumindest etwas beim Asiaten zu bestellen, doch obwohl sie seit dem Vormittag nichts gegessen hatte, verspürte sie keinerlei Appetit. Da klingelte ihr Telefon. Stephan.

Sie stand auf, ging in die Küche, weg von den Fotos. Sie musste nicht noch mehr Schwere in eine ohnehin komplizierte Situation bringen.

Nachdem sie sich begrüßt hatten, berichtete er ihr, dass die DNA-Probe von dem kolumbianischen Mörder samt der Unterlagen in zwei Tagen eintreffen würden.

»Vielen Dank«, sagte sie leise. »Das wäre immerhin ein Anhaltspunkt. Die Fotos sind zu alt und unscharf, um wirklich etwas darauf erkennen zu können.«

»Vermutlich hat er sich ohnehin einigen Schönheitsoperationen unterzogen. Er ist vollständig untergetaucht, das wäre bei seiner unrühmlichen Bekanntheit ansonsten nahezu unmöglich.«

»Sprechen wir über etwas anderes«, sagte Alexis.

»Lass uns die Tage essen gehen. Ich vermisse dich, und wir haben ein paar Dinge, über die wir reden sollten.«

»Ich habe die nächsten Tage viel um die Ohren«, wich Alexis ihm aus.

»Dann komme ich einfach vorbei oder du kommst zu mir. Ich hole uns etwas Leckeres zu essen, und wenn du fertig mit der Arbeit bist, kuschelst du dich zu mir. Ich schlafe auch auf der Couch oder gehe später. Was auch immer dir am liebsten ist.«

»Und ich hätte den ganzen Abend ein schlechtes Gewissen, weil ich mich nicht um dich kümmere.«

»Das solltest du nicht haben. Ich bin erwachsen und kann mich selbst beschäftigen. Arbeit habe ich auch mehr als genug.« Sie konnte sein Augenzwinkern förmlich hören.

»Ich kann meine Gefühle nicht einfach abstellen.«

»Offenbar nicht.«

»Wie meinst du das?«

»Du schiebst die Probleme mit Marguerite vor. Ich wusste nicht, dass sie herkommen würde, aber ich denke nicht, dass dies der Grund ist, warum du so distanziert bist. Zumindest nicht der wahre Grund.«

»Der Fall ist hart, das ist alles.«

»Sei ehrlich. Ich habe das Gefühl, dass du Angst hast, dass es etwas Ernstes mit uns werden könnte.«

»Was erwartest du denn von mir? Da rennt ein Killer umher, der reihenweise Menschen ermordet. Eine Frau und ihre Tochter werden bedroht. Karen verrennt sich immer tiefer in den Fall. Das könntest du auch nicht ausblenden!« Sie holte tief Luft, zwang ihre zitternden Hände zur Ruhe.

»Du könntest ganz einfach mit mir reden. Ich kenne den Job. Ich verstehe das, aber du schließt mich lieber aus.«

Sie fuhr sich mit der Hand über die Augen. Spürte den altvertrauten Selbsthass in sich aufsteigen. »Können wir das nicht morgen weiter besprechen? Ich bin einfach nur fertig.«

»Lass dir nicht zu lange Zeit.«

»Wenn Marguerite dich zurücknehmen würde, würdest du auch nur einen Moment zögern?«

Stille.

»Glaubst du das wirklich von mir?« Mit diesen Worten legte er auf.

Sie ging in die Knie und kauerte sich an die Wand. Sie war so unendlich erschöpft. Dieser Fall zehrte an ihren Nerven, nachdem sie den letzten noch nicht verwunden hatte. Sie wusste zwar, dass sie nicht wie ihre Eltern war, dennoch blieben ihre Zweifel. Sie hatte sich nicht nur einmal in einem Mann getäuscht. Und was hatte Stephan für

Pläne? Auf der einen Seite war es lächerlich, sich jetzt schon Gedanken über Kinder und Zusammenleben zu machen, aber auf der anderen Seite war es ein Thema, das sie bisher immer ausgeblendet hatte. Von ihrem Adoptivvater wusste sie, welche Macht die Gene haben konnten, und sie war eine Trägerin des sogenannten *kill:gens*. Niemand wusste, wie viele verschiedene Gene existierten, die das menschliche Verhalten beeinflussten. Was, wenn weitere böse Überraschungen versteckt in ihrem Genom schlummerten? Wenn sie dieses Erbe an ihre Kinder weitergab und diese nicht durch ihre Geschichte so auf der Hut waren? Konnte sie das mit Erziehung ausgleichen? Wollte sie überhaupt Kinder? Die Vorstellung, gleichzeitig wahnsinnige Killer zu jagen und ihren Nachwuchs im Kindergarten abzuholen, wirkte surreal auf sie. Auf der anderen Seite hätte sie endlich das, was sie sich schon immer gewünscht hatte: Eine eigene Familie.

Sie massierte sich die Schläfen. So viele Gedanken und das, obwohl sie keine Ahnung hatte, wie sich Stephan seine Zukunft vorstellte. Er hatte bereits eine Tochter, eine Familie, die nun in seiner Nähe lebte.

Sie musste die Probleme in ihrem Leben endlich angehen. Bisher hatte sie die Füße stillgehalten und sich Magnus' Verhalten einfach gefallen lassen. Das musste sich ändern. Sie stand auf, wechselte die Kleidung und fuhr raus zu AZRE, der Biotech-Firma ihres Onkels. Sie wusste, dass er immer lange arbeitete, und seine Assistentin würde sie sicher zu ihm lassen.

Eine Stunde später legte Alexis einen Stapel Zeitungen vor Magnus auf den Tisch. »Warum tust du das?«

»Wie kannst du das fragen?« Ihr Onkel stand hinter seinem Schreibtisch auf. Seine breite Gestalt überragte sie um mehr als einen Kopf. Er starrte sie regelrecht nieder. »Alle Welt feiert dich. Sie halten dich für eine Heldin. Dich!« Er begann eine unruhige Wanderung durch den Raum.

»Damit habe ich nichts zu tun.«

Er fuhr herum. »Genauso wenig wie mit Phillips Tod? Mich kannst du nicht täuschen.«

Alexis prallte vor seinem Hass zurück. »Ich hätte ihm niemals etwas antun können. Ich habe ihn geliebt. Er war wie ein Bruder für mich.«

»Kannst du mir wirklich in die Augen sehen und mir versprechen, dass du keine Schuld an seinem Ertrinken hast?«

Erneut tauchten die verstörenden Bilder vor Alexis' Augen auf. *Das sind Trugbilder*, redete sie sich ein. Das hatte der Psychologe gesagt. Trotzdem verunsicherte sie Phillips totes Gesicht so sehr, dass sie sich von Magnus abwandte.

»Dachte ich es mir doch.« Er spuckte ihr die Worte regelrecht vor die Füße. »Deine Freunde bei der Polizei werden sich sicher dafür einsetzen, dass die Untersuchung ohne Ergebnis verlaufen wird, aber ich werde dafür sorgen, dass die ganze Welt dein wahres Gesicht kennenlernt.«

»Und was ist mit Kaspar, deinem Bruder? Weißt du, was du ihm damit antust? Die Menschen halten ihn für einen durchgeknallten, herzlosen Forscher.«

»Dann sehen sie durch die Maske, die er den Menschen die ganze Zeit über gezeigt hat. Er hat dich in unsere Familie gebracht. Er trägt nicht weniger Schuld an …« Seine Stimme brach.

Alexis' Kehle schnürte sich zu. Es war hoffnungslos. Wortlos verließ sie den Raum. Später erinnerte sie sich kaum, wie sie nach Hause gekommen war. Sie fand sich einfach einige Zeit später in ihre Kissen gelehnt im Bett wieder und rief bei Karen an. Sie brauchte ihre Freundin.

»Magnus ist ein Arsch, das wussten wir bereits«, sagte Karen unverblümt. »Was geht dir noch durch den Kopf?«

Sie richtete sich ein Stück auf und zog die Decke höher. »Das, was die Presse über meine Eltern schreibt. Dass sie Psychopathen waren, denen jedes Mitgefühl fehlte. Dass mein Vater ein Monster war, von dem meine Mutter abhängig war.« Sie biss sich auf die Unterlippe, zögerte ihre Gedanken weiterzuführen. Es fiel ihr schwer, mit jemandem über ihre Zerrissenheit zu sprechen.

»Sie haben viele Menschen getötet.«

»Ich weiß.« Alexis senkte den Blick. »Aber sie waren nicht nur böse. Ich habe sie geliebt und sie mich.« Sie hielt den Atem an. Im besten Fall rechnete sie bei diesem Geständnis mit Verständnislosigkeit, im schlechtesten mit Verachtung, Abscheu, dass sie so über ein Serienmörder-Paar sprechen konnte. Menschen, die anderen grauenhafte Dinge angetan hatten. Stattdessen schwang in Karens Stimme so viel Anteilnahme mit, dass es Alexis die Tränen in die Augen trieb. »Ich verstehe dich, Süße. Soll ich vorbeikommen?«

»Ich komme schon klar. Das Reden hilft.« Alexis sammelte ihren Mut und sprach weiter. »Ich bekomme diese zwei verschiedenen Persönlichkeiten nicht zusammen. Mein Vater, der keine meiner Schulaufführungen verpasst hat, der Achterbahn mit mir gefahren ist und mir Zuckerwatte gekauft hat. Irgendetwas Gutes muss doch auch in ihm gewesen sein. Und meine Mutter. Sie war nicht nur ein willenloses Anhängsel.« In ihrer Kehle bildete sich ein Kloß, und ihre Zunge fühlte sich schwer an, als sie ein Schluchzen unterdrückte. »Ich dachte immer, dass sie mich geliebt haben. Aber wenn sie Psychopathen waren, haben sie vielleicht gar nichts empfunden.« Einzelne, stumme Tränen rannen ihr über die Wangen. »Was, wenn ich ihnen gleichgültig war? Meinen eigenen Eltern?«, brachte sie unter Schluchzen hervor, und der Schmerz, der sich in den letzten Tagen tiefer in ihr Herz gegraben hatte, brach sich Bahn.

61

Dieses Mal erwachte Irina nicht in Dunkelheit, sondern im Licht eines alten Deckenfluters, dessen Birnen flackerten und zischten. Mit jeder Sekunde, die sie in Wachheit verbrachte, wünschte sie sich die Zeit zurück, in der sie sich den Tod herbeigesehnt hatte. Es wäre alles so viel einfacher. Sich den Schmerzen hingeben, dem Gift, das sich durch ihren Kreislauf fraß. Endlich ein Ende des Lebens, das nur Qual und Leid für sie bereitgehalten hatte. Stattdessen war da ein Kampfgeist, der sie selbst überraschte. Sie wollte den Drecksack zur Strecke bringen. Ihn für das büßen lassen, was er ihr angetan hatte. Rache nehmen für das, was er anderen Frauen angetan hatte. Sie hegte keinen Zweifel daran, dass sie nicht die erste war. Dazu war er viel zu routiniert, ließ sich nicht von ihr überraschen. Sie kannte Schweine wie ihn. Sterben würde sie so oder so. Den Tod fürchtete sie schon lange nicht mehr, und auch jetzt war es keine Angst, die sie antrieb, sondern Wut über das, was man ihr angetan hatte.

Die Spinnenbisse brannten, und manche waren bereits entzündet. Dennoch verkniff sie sich mit aller Willenskraft, zu der sie fähig war, das Kratzen. Mit einem gebrochenen Handgelenk war das ohnehin nicht einfach. Stattdessen erinnerte sie sich an ihre Erlebnisse mit einem Freier, der eine

333

bestimmte Vorliebe gehabt hatte: Nekrophilie. Man hatte sie für ihn ausgewählt, weil sie sich von allen am besten tot stellen konnte. Als Lohn versprach man ihr ein Gespräch mit ihrer Familie oder etwas Geld, das sie zurücklegen durfte. Es war ein Anreiz, dem sie nicht hatte widerstehen können. Der Freier war ein dürrer Mann gewesen, der fast zwei Meter hoch war und sie mit zu kurz geratenen Stummelfingern betatscht hatte.

Als sie das Scharren der Türen hörte, besann sie sich auf ihre verschollen geglaubten Fähigkeiten. Damals hatte sie gelernt, wie eine Leiche zu wirken, egal was man mit ihr anstellte.

Also öffnete sie die Augen, fixierte einen Punkt an der Wand, atmete langsam und gleichmäßig ein und aus, um ihren Puls zu beruhigen. Dabei konzentrierte sie sich darauf, in den Bauch hineinzuatmen. Die gebrochene Nase machte es nicht einfacher. Die Augen waren jedoch das Wichtigste. Die meisten machten den Fehler, die Augen zu schließen. Dabei war der starre Blick das, was jedem Laien genügte, um jemanden für tot zu halten. Niemand achtete dann noch auf das minimale Heben und Senken des Bauchs. Sie konnte nur hoffen, dass das auch auf ihren Entführer zutraf. Die Schwierigkeit lag in der Kontrolle des Blinzelreflexes. Vor den Treffen mit ihrem Freier hatte sie spezielle Augentropfen verwendet und gelernt, nur dann zu blinzeln, wenn sie sicher sein konnte, dass er nicht hinsah. Heute musste sie es auch ohne schaffen.

Sie lauschte den nahenden Schritten. Es war ihre letzte Chance, schoss es ihr durch den Kopf. Es kam einem Wunder gleich, dass sie noch lebte. Noch so eine Attacke würde sie nicht überleben, und sie zweifelte daran, dass er sie leben lassen würde, wenn sie einen erneuten Fluchtversuch wagte.

Ein Schlüssel wurde ins Schloss gesteckt und umgedreht. Quietschend öffnete sich die Tür. Der Mann trat einen Schritt rein, blieb stehen und stieß ein Knurren aus. Er trat an sie heran und stieß sie mit dem Fuß in die Seite. Zum ersten Mal Irina sie dankbar für ihre Vergangenheit. Sich tot stellen, während ein Mann sich auf einem abrackerte, war weitaus schwieriger als das hier.

Ein weiteres Grunzen, dann wandte er sich ab. Sie blinzelte kurz, spürte eine Welle der Erleichterung bei dieser winzigen Bewegung. Was für eine Willensanstrengung es doch erforderte, so einen einfachen Reflex zu blockieren. Sie erhaschte einen Blick auf eine Tätowierung auf der Rückseite des Oberarms. Eine Spinne groß und in Ockerfarben, die drohend ihre Vorderbeine erhoben hatte. Sie wirkte riesig und Furcht einflößend.

Gerade rechtzeitig nahm sie wieder den starren Blick an, bevor er sich umdrehte und sie an den Knöcheln packte. Er schleifte sie nach draußen. Dabei zwang sie sich, ihre Muskeln zu entspannen, ihren Kopf nicht anzuheben, auch nicht, als er gegen die Türschwelle prallte. Ein leichtes Zucken durchlief ihren Körper, aber das schien ihm nicht aufzufallen.

Nachdem er sie losgelassen hatte, sprang sie auf, trat ihm mit aller Kraft in die Weichteile. Seine Beine knickten ein. Irina versuchte ihm das Knie ins Gesicht zu schmettern, erwischte aber nur seinen Brustkorb. Doch das genügte, damit er um Luft ringend nach hinten stürzte.

Sie riss den Schlüsselbund von seinem Gürtel, sprintete über ihn hinweg, noch immer benommen von den Schlägen und den Bissen der Spinnen. Er stöhnte, als er versuchte aufzustehen. Im Vorbeilaufen prägte sie sich sein Gesicht ein. Sie wünschte, dass es in dem Raum etwas gab, das sie als Waffe verwenden konnte, um ihn zu töten, aber da war nichts, und mit blanken Füßen und Händen wagte sie nicht, in seine Reichweite zu kommen. Dann besann sie sich, drehte noch einmal um und warf eines der schweren Metallregale um. Ein Schmerzensschrei voller Hass und Wut erklang, als es auf ihn stürzte.

Sie hastete zur Tür, den Schlüsselbund fest umklammert. Ihre Finger zitterten, als sie einen nach dem anderen probierte. Sie hörte das Scharren des Regals am Ende des Flurs. Das Fluchen des Mannes, das immer lauter wurde. Das bedeutete nichts Gutes. Er fand seine Kräfte wieder.

Endlich passte einer, sie riss die Tür auf, verfluchte das gebrochene Handgelenk, das alles verlangsamte, und rannte hindurch. Auf der anderen Seite führte eine Treppe nach oben. Das Scharren war lauter geworden. Es konnte sich nur noch um Sekunden handeln, bis er sich befreit hatte. Also rannte sie nach oben, verlor weitere wertvolle Sekunden, während sie auch da die Schlüssel an einer morschen Holztür durchprobierte. Unten hämmerte es gegen die Tür. Der Mann tobte wie eine Irrer. Er war wahnsinnig, schoss es ihr durch den Kopf. Ein hysterisches Lachen brandete über ihre Lippen. Natürlich war er das.

Endlich hatte sie auch diese Tür geöffnet und schloss sie hinter sich ab. Das hätte sie bereits bei der anderen machen sollen, verfluchte sie sich in Gedanken. Jetzt war es zu spät.

Sie fand sich in einem alten Haus wieder. Tapeten aus den frühen Siebzigern, teilweise verschimmelt, Teppiche mit Löchern und schiefe Bilder mit Jagdszenen, die von Spinnweben bedeckt waren. Es war noch kälter als im Keller. Sie bemühte sich, sich jedes Detail einzuprägen. Dann rannte sie den Flur entlang, fand nach kurzer Suche die Eingangstür und rannte nach draußen. Sie brach in hysterisches Schluchzen aus, als sie sich mitten im Wald wiederfand. Nur eine schmale Straße führte zum Haus, deren Asphalt löchrig war. Sie rannte zu einem parkenden Pick-up. »Scheiße«, fluchte sie. Kein Schlüssel und am Bund befand sich keiner, der zu einem Fahrzeug passte. Es war eiskalt, und sie war nackt und barfüßig. Trotzdem wandte sie dem Haus den Rücken zu und begann die Straße entlangzuhumpeln.

Nach wenigen Metern begannen ihre Füße zu schmerzen. Die Kälte brannte, und Steine und Dornen stachen ihr in die Fußsohle. Dann verschwand die Kälte und hinterließ eine Taubheit, die ihr das Gefühl gab, ihre Füße seien auf das Doppelte angeschwollen und erhärtet. Sie konnte kaum noch gehen, an Rennen war nicht zu denken, und im Hintergrund jaulte ein Motor auf.

Sie biss sich auf die Unterlippe. Sie würde nicht aufgeben. Niemals.

Der Weg führte hinaus auf eine Ebene. Felder oder Wiesen. Im Dunkel konnte sie es nicht erkennen. Es war beides gleich schlimm. Keine Deckung vor den Scheinwerfern. Also verließ sie den Weg, bog nach rechts ab und kämpfte sich den Waldrand entlang. Brombeerranken wickelten sich um ihre Beine, rissen ihre Fußsohlen auf. Dann erhellten die Lichter des Autos den Wald. Hastig warf sie sich in ein Gebüsch, duckte sich wie ein Kaninchen vor dem Fuchs. Das Auto blieb am Waldrand stehen. Sie nässte sich ein, als die Autotür sich öffnete und schwere Stiefel auf den Boden knallten. Eine starke Taschenlampe flammte auf. Der Lichtkegel wanderte langsam im Halbkreis über die umgepflügten Äcker, auf denen das erste Grün spross. Langsam näherte er sich Irina, drohte sie aus dem Schutz der Dunkelheit zu reißen. Der Schweißfilm auf ihrer Haut kühlte sie in ihrer Bewegungslosigkeit aus, und sie zitterte unkontrolliert. Sie sah sich um, suchte einen besseren Sichtschutz und entdeckte eine Senke, vor der ein umgefallener Baum lag. Würde ihr die Zeit reichen? Ihr Blick wanderte erneut zum Lichtkegel. Es musste sein. Ihr jetziger Unterschlupf bot nicht genug Deckung. Sie hastete los, stolperte, fing sich aber rechtzeitig, um sich in der Sekunde in die Mulde zu werfen, als das Licht sie erreichte. Obwohl sie wusste, dass es unsinnig war, hielt sie die Luft an, hoffte, dass die weit auseinanderstehenden Bäume des Waldes ihr dennoch ausreichend Schutz geboten hatten.

Endlich schlug die Autotür zu, und der Wagen fuhr weiter. Irina blieb noch einen Moment liegen, lauschte dem sich entfernenden Motorgeräusch, während sie spürte, wie die Kälte immer weiter in ihre Knochen zog und dabei die Schmerzen mit sich nahm. Es wäre so einfach, liegen zu bleiben, sich dem kalten Kuss des Todes hinzugeben, den sie vor wenigen Tagen noch herbeigesehnt hatte.

Sie wollte sich gerade erheben, da wurde das Motorengeräusch wieder lauter, näherte sich mit rasender Geschwindigkeit. Sie sah die Rücklichter aufleuchten, als das Auto um eine Kurve fuhr. Rückwärts. War es eine Falle gewesen? Hatte er nur vorgegeben wegzufahren, um sie aus ihrem Versteck zu locken? Der Wagen blieb stehen. Erneut wanderte der Lichtkegel über die Felder, strich über sie hinweg, bevor der Mann einstieg und davonfuhr. Sie zählte viermal bis hundert, bevor sie es wagte aufzustehen, doch die Panik wollte sie nicht verlassen. Sie roch den Urin an ihren Schenkeln, das Blut und die schlammige Erde. Nach der Pause tat jede Bewegung noch mehr weh als zuvor, und sie wagte es nicht mehr, am Waldrand entlangzugehen. Stattdessen kletterte und kroch sie durch den Wald, verstrickte sich in Brombeeren und Efeuranken, stolperte in

Löcher, die sich im Dunkeln verbargen, und verlor jedes Zeitgefühl. Einzig das allmähliche Hellerwerden des Himmels kündete von den Stunden, die sie hier draußen zugebracht hatte.

Dann hörte sie ein Geräusch, das sie beinahe hysterisch auflachen ließ. Wasser. Sie musste am Rhein oder Neckar sein. Schluchzend fiel sie auf die Knie, als der Fluss sich glitzernd zwischen den Bäumen abzeichnete. Sie befand sich in einer Sackgasse. Links das offene Feld, hinter ihr der Wahnsinnige und rechts der dichte Wald, in dem sein Unterschlupf stand. In der Ferne hörte sie erneut das Auto. Der Motor wurde ausgeschaltet, und Türen knallten. Sie krabbelte zur Uferböschung und kroch in dessen Deckung zum Feldrand. In weiter Ferne sah sie den Lichtkegel der Taschenlampe. Er kam näher. Vermutlich hatte er die Suche die Straße hinunter abgebrochen, nachdem er sie auf den Feldern nicht entdeckt hatte. Er konnte sich denken, dass sie nur in den Wald gegangen sein konnte.

Sie robbte die wenigen Meter zum Ufer, hielt eine Hand ins Wasser. Es war eiskalt. Und doch. Es war ihre einzige Chance. Am Flussufer würde er sie innerhalb kürzester Zeit fangen. Umdrehen und sich in Richtung seines Hauses zu wenden kam nicht infrage.

War das die Ironie des Lebens? Sollte sie nun doch im Fluss enden? Sie spähte hinüber zur anderen Flussseite. Im ausgeruhten Zustand war es machbar. Sie war eine gute Schwimmerin, und das Wasser war im Vergleich zur Nachtluft warm, aber die kalten Gewässer ihrer Heimat hatten sie gelehrt, sie zu fürchten.

Sie schluchzte auf vor Verzweiflung. Das Licht kam immer näher. Ihr blieb keine Zeit. Von Weinkrämpfen geschüttelt, rappelte sie sich auf und wankte ins Wasser. Die

Kälte biss in ihr Fleisch. Es fühlte sich an, als verwandle sich das Blut in ihren Adern in ein Gemisch scharfkantiger Eiskristalle, die durch ihre Blutbahnen wanderten und sie von innen aufschlitzten. Dennoch ging sie weiter, bis das Wasser ihr bis zur Brust reichte und die Strömung sie von den Füßen zog. Als das Wasser ihren Hals umspülte, zog sich ihr Brustkorb zusammen, und ihr Herz setzte für einen Schlag aus. Sie bekam keine Luft, ihre Lungen wollten sich nicht weiten, waren wie eingefroren. Entsetzt realisierte sie, wie stark die Strömung war. Das Flussufer zog rasend schnell an ihr vorbei. Endlich gewöhnte sich ihr Körper an die Temperatur, und sie holte zitternd Luft. Dabei schluckte sie das nach Schlamm und Algen schmeckende Flusswasser. Sie hustete, schwamm weiter. Zuerst wollte sie umdrehen, doch dann besann sie sich. Sollte er das Ufer absuchen, würde er sie finden, und sie hatte keine Kraft mehr, um noch weit zu flüchten. Sie musste auf die andere Seite. Trotz der Kälte, die anfing in ihr Inneres zu kriechen, sie zu lähmen und die Gedanken träge werden ließ, bewegte sie Arme und Beine wie ein rein von Instinkten gesteuertes Wesen. Überleben war ihr Ziel.

Irgendwann verlor sie die Orientierung. Immer häufiger schwappte Wasser in ihren Mund. Sie glaubte zu ertrinken, bekam Panik und schluckte noch mehr Wasser. Es schlug über ihrem Kopf zusammen. Mit letzter Kraft kämpfte sie sich nach oben. Durchbrach die Wasseroberfläche und versuchte sich mit kraftlosen Gliedern oben zu halten. *War dies das Ende?*, fragte sie sich, als das Wasser erneut über ihr zusammenschlug und die kalte Finsternis sie umhüllte. Wäre sie doch von der Brücke gesprungen.

62

»Das hat man fälschlicherweise auf meinen Tisch gelegt. Fang!« Volkers warf Alexis ein kleines Päckchen zu.

Sie fischte es mit einer Hand aus der Luft und wunderte sich über den Absender. Sie hatte nichts bei der KT angefordert.

»Was ist das denn?«, fragte Oliver. »Erwartest du Beweismittel?«

»Eigentlich nicht, aber vielleicht haben sie nur vergessen, mich zu benachrichtigen.«

»Ich will ja nicht unken, aber bei der unrühmlichen Bekanntheit, die du erlangt hast … Bist du sicher, dass du es öffnen möchtest?«

Mit einem Mal fühlte sich das Päckchen in Alexis' Hand schwer an. Das ausgedruckte Absenderetikett konnte jeder fälschen. Ein unangenehmes Kribbeln breitete sich an ihrem Rückgrat aus. Vorsichtig legte sie es auf ihren Platz. »Und nun? Wir können wohl kaum das Bombenräumkommando rufen.«

»Nein, aber zumindest einen Spezialisten, der das Päckchen röntgt.«

Alexis war sich nicht sicher, ob sie seine Reaktion für übertrieben hielt oder nicht. Auf der anderen Seite wollte sie das Päckchen nun aber auch nicht mehr öffnen. Sie rief die Stelle an, von der es angeblich stammte. Nachdem sie eine Minute dem Klappern einer Tastatur gelauscht hatte, wurde ihr mitgeteilt, dass keine Sendung auf dem Weg zu ihr vermerkt sei. »Vielleicht ein Fehler im System«, schloss die Frau.

Alexis bedankte sich und legte auf. Nun wurde ihr doch mulmig zumute. »Wir sollten Abstand halten«, sagte sie zu Oliver, Volkers und Bauwart, der in der Zwischenzeit auch

341

eingetroffen war. Dann rief sie bei der KT an und bat um Hilfe.

Also wartete sie ungeduldig, bis ein Mitarbeiter der Spurensicherung eintraf. »Eigentlich wäre das ein Fall für einen Sprengstoffexperten.«

»Bisher ist es nicht hochgegangen.«

»Sehr beruhigend.«

»Wir brauchen nur eine Entwarnung. Vermutlich ist es ein Fehler im System. Aufgrund einiger Vorkommnisse der letzten Zeit möchten wir auf Nummer sicher gehen.«

Der Mann nickte und zog einen Rollwagen in den Raum, auf dem sich ein mobiles Röntgengerät befand. Mit Bauwarts Hilfe hob er es auf den Tisch neben das Päckchen.

Es dauerte nur wenige Minuten, um es auszurichten und an einen Laptop anzuschließen. Nachdem er die Aufnahmen gemacht hatte, entfuhr dem Mann ein erschrockener Ausruf. »Was zur Hölle?«

Alexis beugte sich über seine Schulter und hatte zuerst Probleme, die verschiedenen Formen innerhalb des Päckchens zuzuordnen. Dann erkannte sie die verschwommenen Umrisse einer Spinne.

»Heilige Scheiße«, fluchte Oliver.

Alexis' Knie gaben nach. Das Spiel ging in eine neue Runde, und sie hatte das Gefühl, den Anschluss zu verlieren. Sie musste nicht erst auf den Experten warten, den Volkers in dem Moment beim Zoo anforderte, um zu wissen, dass es sich dabei um eine Giftspinne handelte. Der Killer wurde persönlich.

»Versuch es positiv zu sehen. Du machst dem Kerl offensichtlich eine Heidenangst, wenn er versucht dich auszuschalten«, sagte Oliver leise.

»Soll mich das beruhigen?«

»Aufmuntern.« Er boxte sie sanft gegen die Schulter. »Von so etwas lässt du dich doch nicht einschüchtern.«

»Ich nicht, aber was ist mit …« Ihr entfuhr ein Fluch. *Karen!* Sie war ebenso in den Fall verwickelt und auf mehreren Fotos zu sehen. Und wenn der Killer Hernandez war … Hastig kramte sie ihr Handy hervor und wählte Karens Nummer, wurde aber sofort auf die Mailbox umgeleitet. Sie fluchte erneut, rief direkt im Labor an. Abermals ging niemand an das Telefon.

»Wir müssen los«, sagte Alexis. »Ich erreiche Karen nicht.«

»Ich fahre.« Oliver schnappte sich Schlüssel und Jacke und stürmte mit ihr nach draußen und zu seinem Wagen. Die Angst hatte Alexis nun fest im Griff. Karen würde sich sicherlich nicht so viele Gedanken über ein Päckchen machen. Was, wenn sie zu spät kamen?

Sie rief im *Centre for Organismal Studies Heidelberg* an und vergeudete wertvolle Zeit damit, dem Menschen am anderen Ende der Leitung den Ernst der Lage begreiflich zu machen. Schließlich sicherte ihr der Mitarbeiter zu, sofort zu Karen zu gehen. Sie befürchtete allerdings, dass sie noch vor ihm bei Karen sein würden, und das dauerte noch viel zu lange. Erneut versuchte sie es auf Karens Handy, erwischte sie aber wieder nicht.

63

Merle erwachte im Nichts. Zumindest fühlte es sich im ersten Moment so an. Sie kannte das Gefühl, doch dieses Mal war es anders. Sie befand sich an einem anderen Ort. Es dauerte, bis sie begriff, dass es ihr Kinderzimmer war. Wie war sie hierhergekommen? Sie versuchte sich zu erinnern, aber da war nichts. Schwärze. Der ganze Nachmittag war aus ihrer Erinnerung gelöscht. So schlimm war es noch nie zuvor gewesen. Sie fuhr sich durch die Haare und spürte sie klamm an ihrem Kopf kleben. Ihr Blick war verschwommen, und ihr Schädel pulsierte. Sie rappelte sich auf, fiel beim ersten Schritt auf die Knie, so schwach fühlte sie sich. Dann taumelte sie ins Bad, warf einen Blick in den Spiegel. Ihr Gesicht war fahl und schweißnass. Übelkeit übermannte sie. Sie würgte, spuckte Galle in die Kloschüssel und blieb zitternd über ihr hängen. Minuten vergingen, bis sie sich kräftig genug fühlte, um sich auszuziehen und sich unter die Dusche zu stellen. Sie drehte sie so heiß auf, dass das Wasser fast als Dampf aus dem Duschkopf kam, öffnete den Mund, spülte ihn aus und trank gierig. Sie schrubbte sich einmal ab, dann ein weiteres Mal und erneut, bis die Flasche mit dem Duschgel leer war. Der Zitrusduft des Shampoos stülpte ihr den Magen um. Schwallartig erbrach sie sich erneut in die Dusche.

Sie stützte sich keuchend an der Wand ab. Was war nur los mit ihr? Warum hatte sie immer wieder diese Aussetzer?

Ihre Haut war so aufgeweicht und die Kruste an den Schnitten an ihren Oberarmen löste sich auf, sodass das Blut aus ihnen lief und das Wasser rot färbte. Bei dessen Anblick ging sie in die Knie, sackte auf dem Boden der Dusche zusammen. Sie ertrug dieses Leben nicht.

Das Wasser wurde kälter, als das Warmwasser sich dem Ende zuneigte. Sie zwang sich aufzustehen und aus der Dusche zu treten. Im Spiegel sah sie das Gesicht einer Fremden. Verquollen mit weit aufgerissenen, leeren Augen.

Sie trocknete sich ab, reinigte die Dusche. Dann ging sie

in ihr Zimmer und cremte sich dick ein. Normalerweise half ihr die Kühle auf ihrer Haut, aber heute fühlte es sich wie ein Grabtuch an, das sie erstickte.

Sie versuchte Caro anzurufen, wurde jedoch sofort weggedrückt. Ihre Kehle schnürte sich zu, für einen Moment glaubte sie zu ersticken, dann brachen ihre Gefühle in einem Schluchzen durch.

64

Nicht zum ersten Mal ärgerte Karen sich über das Postverteilungssystem der Universität und des zoologischen Institutes insbesondere. Da hatten sie es doch wieder fertiggebracht, ein an sie adressiertes Päckchen im falschen Labor abzugeben. Vermutlich ein Neuling, der nicht wusste, dass es im Keller auch noch Laboratorien gab.

Also stiefelte sie missmutig durch den Gang. Endlich hielt sie das Päckchen mit dem Aufdruck eines bekannten Pharmaunternehmens, bei dem sie einen Teil ihrer Reagenzien bestellte, in Händen. Sie war zwar einen Moment verwirrt und wunderte sich, da sie gedacht hatte, ihre aktuelle Bestellung bei einem anderen Hersteller aufgegeben zu haben, aber dann nahm sie es an und ging zurück in ihr Labor. Sie wog es in den Händen. Hoffentlich hatte man ihr auch die richtigen Sachen geschickt. Es fühlte sich zu leicht an.

Als sie um die Kellertreppe bog, sah sie einen Menschen im anderen Gang verschwinden. Sie runzelte die Stirn. Wer mochte das gewesen sein? In diesem Bereich des Kellers war sie üblicherweise zu dieser Zeit allein. Es befanden sich nur noch einige Lagerräume neben ihrem Labor. Sie zuckte mit den Schultern. Wer auch immer das gewesen sein mochte, würde sicher wiederkommen, wenn er etwas von ihr gewollt hätte. Oder sie auf dem Handy anrufen. Sie tastete danach in ihrer Hosentasche und schnitt eine Grimasse, als sie realisierte, dass sie es an ihrem Ladekabel im Auto vergessen hatte. So viel dazu.

In ihrem Büro blinkte das rote Lämpchen an ihrem Telefon, das sie über einen verpassten Anruf informierte. Das konnte warten. Zuerst wollte sie sichergehen, dass ihre Bestellung wohlbehalten angekommen war. Sie riss das Packpapier auf und öffnete die darunterliegende Schachtel.

Die Zeit schien sich zu verlangsamen, als die Spinne zubiss. In ihren Gedanken analysierte Karen den Vorgang, rekapitulierte genau, was geschah. Der Biss selbst war kaum zu spüren. Wie auch, die Cheliceren waren gerade kräftig genug, um ihre Haut zu durchdringen.

Sie unterdrückte die aufkommende Panik. Nun musste sie Ruhe bewahren, wenn sie überleben wollte. Ihr blieben noch wenige Minuten oder gar nur Sekunden, bis die Schmerzen einsetzen würden. Also nahm sie das Handtuch von der Wand, warf es über die Spinne und streifte sie damit ab. Darin gefangen konnte sie keinen weiteren Schaden anrichten. Anschließend ging sie zu einer Box, in der sie üblicherweise Käfer transportierte, legte das Tier samt Handtuch hinein, verschloss den Deckel sorgfältig und griff zum Telefon. In diesem Moment setzte die erste Schmerzenswelle ein und ließ sie zusammensacken. Es war eines, von unbeschreiblichen Schmerzen zu lesen, und etwas völlig anderes, sie am eigenen Leib zu spüren. Sie nahm das Telefon mit, wankte in ihr Labor, in der sich eine Gefriertruhe befand, in der sie Proben, Reagenzien und vor allem Eiswürfel aufbewahrte. Ihre Sicht wurde von Flecken getrübt, und die Schmerzen zwangen sie immer wieder in die Knie, aber es gelang ihr dennoch, den Beutel mit dem Eis herauszuziehen und ihre Hand hineinzustecken. Das sollte die Ausbreitung des Giftes verlangsamen.

Als der Schmerz nachließ, griff sie nach dem am Boden liegenden Telefon und drückte auf die Schnellwahltaste für Alexis. »Hilfe«, flüsterte sie. »Spinnenbiss.« Sie schrie auf, als eine weitere Schmerzwelle sie durchflutete, von ihrer Hand bis in ihre Fußspitze, als durchzöge sie ein brennendes Netz. »Tier in Box«, flüsterte sie. »Schnell einen Krankenwagen.«

65

Sie klammerte sich an Oliver wie eine Ertrinkende. Hier in einer Nische des Krankenhauses konnte Alexis ihren Tränen freien Lauf lassen. Die vergangenen Stunden gehörten zu den schrecklichsten in ihrem Leben, und sie fürchtete das bevorstehende Gespräch mit Louise.

Oliver strich ihr über die Haare. Sie löste sich von ihm, kramte in ihrer Tasche nach dem Handy. »Ich muss Louise anrufen.«

»Ich kann das übernehmen.«

»Das muss ich machen.« Alexis' Stimme zitterte, sie lehnte sich gegen die Wand und rutschte daran hinab. Sie fühlte sich vollkommen ausgelaugt. »Wenn sie nicht so geistesgegenwärtig gewesen wäre …« Es schnürte ihr die Kehle zu, als das Bild erneut hochstieg. Karen krampfend auf dem Boden ihres Büros.

Nach Karens Anruf hatte sie noch auf dem Weg zu ihr den Krankenwagen benachrichtigt, der fast zeitgleich mit ihnen ankam. Karen hatte die Spinnenart noch auf einen Zettel gekritzelt, bevor sie ganz in die Welt der Schmerzen abgetaucht war. »Warum immer sie?«, flüsterte sie.

»Sie wusste, worauf sie sich einlässt.«

»Aber ich nicht.« Alexis schluckte. »Ich ertrage es nicht, ständig meine Freunde in Gefahr zu sehen.«

»Komm her.« Oliver zog sie erneut in seine Arme. »Du bist nicht unsere Mama. Du musst uns nicht beschützen.«

Sie lachte trocken. »Wenn nicht ich, wer dann?«

»Das ist nicht bös gemeint, aber kümmere dich lieber um deinen eigenen Kram.«

Sie holte zitternd Luft, sah auf ihr Handy, atmete einige weitere Male tief durch und rief anschließend Louise an. Es war eines der letzten Dinge gewesen, die Karen gesagt hatte, dass man Louise nicht unnötig beunruhigen und erst anrufen sollte, wenn klar war, wie es mit ihr weiterginge. Dank der Informationen von Karen und der Tatsache, dass die Krankenhäuser nach den Leichenfunden vorgewarnt waren, hatte man ihr gleich ein Gegengift verabreichen können. Sie war wieder bei Bewusstsein. Zwar geschwächt und sie musste die Nacht zur Beobachtung bleiben, aber sie war definitiv außer Lebensgefahr. Das Gespräch mit ihrer Schwester war dennoch schwierig, und sie musste zwischendurch eine von Louises Kolleginnen ans Telefon holen lassen, um sie zu beruhigen. Sie hätte hinfahren sollen, aber so wie sie aussah, hätte sie ihr vermutlich einen noch größeren Schrecken eingejagt.

Anschließend machte sie sich in den Toilettenräumen

des Krankenhauses frisch. Dolce erwartete sie in einer knappen Stunde auf dem Präsidium, um das weitere Vorgehen zu besprechen. Mit verquollenen Augen und roter Nase sollte sie da nicht auftauchen. Nicht als Leiterin in den Ermittlungen eines Falls von dieser Bedeutung. Nicht bei den Gerüchten, die über sie kursierten.

Oliver fuhr sie nach Mannheim zurück. Auf dem Weg zur Marienschule rief sie bei der KT an, die bereits das Päckchen und die Spinne untersuchten. Wie zu erwarten, hatten sie bisher nichts entdeckt. Der Täter musste Handschuhe getragen haben, und es befanden sich weder Briefmarken, die abgeleckt worden sein könnten, noch ein Poststempel auf dem Karton. Eine weitere Sackgasse. »Das kann doch nicht sein, dass wir so gar keinen Anhaltspunkt haben«, rief sie aus, nachdem sie aufgelegt hatte. »Die Proben aus Kolumbien lassen auch auf sich warten, und selbst wenn wir sie haben … Im besten Fall wissen wir, dass wir es mit demselben Irren zu tun haben, von dem wir aber keine Ahnung haben, wie er aussieht.«

»Wir sollten uns erneut das erste Opfer Simone Fuchs ansehen. Etwas muss bei ihm die Mordgelüste ausgelöst haben, dass er sie gewählt hat. Selbst wenn es der Mann aus Kolumbien ist - er hätte für Jahre mit dem Töten aufhören müssen.«

»So weit waren wir aber doch schon. Sowohl Hernandez als auch Kämmerer haben ein starkes Motiv.«

»Vielleicht haben wir uns zu sehr auf sie fokussiert?«

»Du hast recht«, sagte Alexis, nachdem sie eine Weile nachgedacht hatte, und rief dann Bauwart und Volkers an, um sie damit zu beauftragen, noch einmal Simone Fuchs' Leben zu durchleuchten. »Seht euch auch Frau Thalberg an. Vielleicht wollte ihr jemand Leid zufügen. Überprüft jeden

Spinner, der etwas gegen Homosexuelle hat und zu der Zeit in Mannheim war. Und macht der KT Druck, dass wir die Ergebnisse zügig bekommen.«

Das Gespräch mit Dolce war kurz und schmerzlos. Alexis lehnte ab, sich unter Personenschutz stellen zu lassen, ebenso wie es für sie nicht infrage kam, die Leitung abzugeben. Anschließend versammelten sie sich mit Linda und dem Rest des engsten Ermittlungsteams im Besprechungsraum und trugen zusammen, was sie bisher hatten. Es war ernüchternd wenig.

Als Alexis' Handy klingelte, wollte sie zuerst nicht rangehen, meldete sich dann aber doch und lauschte dem Anrufer, bevor sie sich knapp verabschiedete. Dann setzte sie sich auf einen Stuhl und schloss die Augen. Als sie sie wieder öffnete, sah sie in die ihrer Kollegen, die sie fragend anstarrten.

»Es gab noch ein Päckchen«, sagte sie leise.

66

Karens Erinnerungen an den vergangenen Tag waren nur verschwommen. Nach allem, was sie von Spinnenbissen wusste, war sie dafür nur dankbar. Die Bissstelle war noch immer gerötet, und das Fleisch hatte sich schwarz verfärbt, aber die Nekrose schien nicht weiter fortzuschreiten. Eine weitere Narbe, dachte sie mit einer Mischung aus Belustigung und Ärger. Bald sah sie aus wie Rambo. Dank der Schmerzmittel hatte sie zumindest in der Nacht gut und traumlos geschlafen. Sie betrachtete ihre verschwitzten und zerwühlten Laken. Zumindest konnte sie sich an keine Träume erinnern.

Sie sah auf den Monitor neben ihrem Bett und blätterte durch ihr Krankenblatt. Die Werte sahen gut aus, soweit sie das beurteilen konnte. Heute würde sie das Krankenhaus verlassen, so viel stand für sie fest.

»Wie geht es der Patientin?« Chris spähte durch die halb geöffnete Tür und brachte ihr einen Strauß Wildblumen, für die er sich von einer Schwester eine Vase bringen ließ. »Als ich sagte, dass wir uns mal außerhalb der Rechtsmedizin sehen sollten, hatte ich weniger an diesen Ort gedacht«, sagte er mit einem Lächeln. »Wie geht es dir?«

»Das Tanzbein könnte ich nicht schwingen, aber es wird besser.«

»Ein Spinnenbiss, um einer Verabredung mit mir zu entgehen, ist aber schon eine drastische Maßnahme«, sagte er und zog sich einen Stuhl heran. »Ich weiß nicht, ob ich mich geschmeichelt oder beleidigt fühlen soll.«

»Wir holen es nach«, entgegnete sie mit einem Lächeln und genoss das folgende Gespräch, bis Alexis mit ernstem Gesicht vorbeikam.

Chris erkannte, dass es an der Zeit war, zu gehen, und verabschiedete sich.

»Wir haben ein Problem«, sagte Alexis und setzte sich auf einen Hocker.

So besorgt hatte Karen sie selten erlebt, und die Tatsache, dass sie mit ihr über den Fall sprach, obwohl sie im Krankenhaus lag, machte ihr Angst. »Mach es nicht so spannend.«

»Gabriela.«

»Sie ist doch nicht tot?«

»Koma. Merle hat sie gestern gefunden. Dieselbe Spinne wie bei uns.«

»Dieser Drecksack«, flüsterte Karen. »Ich hatte ihr versprochen, sie zu beschützen. Wie geht es Merle?«

»Sie ist bei ihr im Krankenhaus, aber sie ist verstört. Ihre Mutter so zu finden …«

»Hat sie sie schreien gehört?«

»Nein, sie wunderte sich anscheinend nur, warum sie nicht wie sonst aufstand, um ihr Frühstück zu machen.«

»Ist es sicher, dass es Spinnengift war? Das ist äußerst schmerzhaft.«

»Die Ärzte untersuchen sie noch, aber es gibt da noch etwas …«

Karen war bereits halb aufgestanden und ließ sich nun wieder in ihren Stuhl fallen. »Was?«, fragte sie tonlos.

»Merle muss zu ihrem Vater.«

»Das kann nicht dein Ernst sein. Ihr wollt sie dem Drecksack anvertrauen, der ihre Mutter vergiftet und vermutlich noch unzählige andere Frauen ermordet hat?«

»Nicht wir – das sind die gesetzlichen Vorschriften. Wir haben keinen Beweis. Linda strebt eine Anhörung vor dem Familiengericht an, aber das kann dauern. Offiziell besteht keine Gefahr für das Mädchen. Das Einzige, das gegen ihn vorliegt, ist die Ohrfeige. Das genügt nicht. Linda ist dran, aber sie ist nicht zuversichtlich.«

»Er ist ein Verdächtiger und kennt sich mit Spinnen aus.«

»Wie unzählige andere auch.«

»Und was ist mit der Aussage der Mutter?«

»Gabriela ist bewusstlos und kann keinen Einspruch erheben.«

»Wir müssen zu Ferrer.« Karen versuchte aufzustehen. »Er muss uns helfen.«

Alexis drückte sie zurück in die Kissen. »Du bleibst hier. Ich wollte ohnehin mit ihm sprechen, aber erhoff dir nicht zu viel. Er ist an die Schweigepflicht gebunden und hat bisher auch nichts ausrichten können.«

»Willst du Merle einfach diesem Monster überlassen? Nach all dem, was wir bisher wissen?«

»Natürlich nicht, aber mir sind die Hände gebunden.«

Alexis gab ihr einen Kuss auf die Wange und verabschiedete sich. In Karen brodelte es. Mit einem Mal verstand sie, warum manche Menschen ihre eigenen Kinder entführten. Sie war kurz davor, sich Merle zu schnappen und mit ihr zu verschwinden, und dabei kannte sie das Mädchen erst seit Kurzem. Sie rührte etwas in ihr, das sie nicht genauer benennen konnte.

67

Alexis fuhr gemeinsam mit Oliver zur Praxis des Therapeuten. Ferrer befand sich in einem Gespräch, sodass sie warten mussten. Es dauerte geschlagene zwanzig Minuten, bis sie an der Reihe waren. Alexis kamen sie wie eine Ewigkeit vor. Sie hasste den Geruch von Arztpraxen, die sterile freundliche Maske der Mitarbeiter, die gedämpften Geräusche. Da half auch kein Teppich und Blumen am Empfangstresen.

Endlich öffnete sich die Tür, und der Psychologe bat sie einzutreten. Er sah müde aus und bewegte sich etwas steif. »Ich habe nur fünfzehn Minuten, dann kommt mein nächster Patient. Eine äußerst labile Person, die ich auf keinen Fall warten lassen kann. Wie kann ich Ihnen heute helfen?«

Oliver wollte zu einer Erläuterung ansetzen, aber Alexis

schnitt ihm das Wort ab und fasste sachlich und knapp die Ereignisse der letzten Stunden zusammen.

Ferrer lehnte sich gegen seinen Schreibtisch. »Das käme für Merle einer Katastrophe gleich. Ich möchte mir nicht ausmalen, was es bei diesem Mädchen anrichten könnte. Wie kann ich helfen?«

»Wir haben gehofft, dass Sie uns das sagen können.«

»Mir sind durch die Schweigepflicht die Hände gebunden – mit Ihnen zu sprechen ist schon mehr als grenzwertig. Zudem hat Merle, wie ich bereits gesagt habe, ihren Vater nie eindeutig beschuldigt, und bisher hatten wir keine Gelegenheit zur Hypnosetherapie. Nach den letzten Ereignissen war sie zu aufgewühlt.«

»Aber Sie gehen davon aus, dass der Vater ihr gegenüber gewalttätig ist?«

»Es gibt Anzeichen dafür.«

»Und das genügt nicht?«

»Sie ist in einem Alter, in dem von ihr erwartet wird, selbstständig auszusagen, wenn sie sich weigert, sind wir machtlos.«

»Auch wenn es auf seinen Einfluss zurückzuführen ist?«

»Haben Sie dafür Beweise?«

Alexis fluchte. Selten hatte sie sich so hilflos gefühlt.

»Hören Sie zu«, sagte Ferrer. »Ich habe ein paar Kontakte und werde versuchen, etwas zu erreichen. Doch erhoffen Sie sich nicht zu viel. Das Beste für Merle wird sein, wenn Sie ihren Vater ohne die Aussage des Mädchens aus dem Verkehr ziehen.«

»Und was machen wir nun?«, fragte Oliver, als sie das Gebäude verließen.

»Das, was wir am besten können. Den Täter schnappen und hoffen, dass es Hernandez ist.« Aber wollte sie das wirklich? Ein weiteres Kind, das mit dem Wissen aufwuchs, dass sein Vater ein Serienkiller war. So oder so. Sie musste Merle helfen.

Sie fuhren zurück ins Präsidium, wo ihnen Bauwart entgegeneilte. »Wir haben möglicherweise eine Überlebende.« Er wedelte aufgeregt mit einer Akte. »Sie liegt seit gestern im Krankenhaus.«

»Was sagt sie?«

»Bisher nichts. Sie ist ohne Bewusstsein, und die Ärzte sind sich nicht sicher, ob sie noch mal aufwachen wird.«

»Wie kommt ihr dann darauf, dass sie zu unserem Fall gehört?«

Bauwart öffnete die Akte. »Deswegen.« Er breitete einige Bilder auf ihrem Schreibtisch aus. Sie zeigten zuerst das Ganzkörperbild einer schrecklich zugerichteten jungen Frau mit kurzen, rotbraunen Haaren, auf deren Körper unzählige rote Flecken zu sehen waren. Auf den Nahaufnahmen konnte man sie besser erkennen.

»Spinnenbisse«, sagte Alexis.

»Genau. Die Tests laufen noch, und die Ärzte wollen sich nicht festlegen, aber es deutet alles darauf hin. Es hat ein paar Stunden gedauert, bis sie gerafft haben, was sie da sehen. Deshalb hören wir erst jetzt davon.«

»Dann weiß man auch noch nicht, welche Art es war?«

»Leider nicht.«

»Informier Karen und sorg dafür, dass sie alles bekommt, was sie benötigt. Sie ist garantiert ohnehin schon auf dem Weg ins Labor. Liegt eine Identifizierung vor?«

»Ihre Abdrücke sind nicht im System. Die Ärzte gehen allerdings von einer Prostituierten aus. Es gibt entsprechende Anzeichen.« Bauwart lief tatsächlich rot an.

»Ich verstehe«, sagte Alexis. »Sie sieht jung aus.«

»Vermutlich Anfang zwanzig. Deutlich jünger als die anderen. Davon abgesehen, entspricht sie dem Profil.«

»Trotzdem erstaunlich. Irgendetwas muss seine Aufmerksamkeit erregt haben.«

»Oder etwas hat sich verändert«, sagte Oliver.

»Er steht jetzt im Rampenlicht. Vielleicht hat er weniger Geduld und greift sich, was auch immer sich ergibt. Oder ihm geht der Nachschub aus.«

»Brünette Frauen Ende zwanzig, Anfang dreißig? Da herrscht in Mannheim kein Mangel. Sie sieht noch fast wie ein Kind aus. Auf der Straße hätte ich sie spontan für keine zwanzig gehalten.« Sie starrte das Bild an. Sie musste mit der Frau reden und hoffte, dass sie nicht starb. Eine Überlebende! Ihr Körper begann zu kribbeln. Das könnte der entscheidende Hinweis sein.

»Das bleibt unter uns, verstanden. Kein Wort an die Presse?«

»Der Täter weiß doch eh, dass sie entkommen ist.«

»Ja, aber nicht, wo er sie finden kann. Ich will Polizeischutz für sie.«

»Dolce wird nicht begeistert sein.«

»Das ist mir egal. Sie wird noch weniger begeistert sein, wenn jemand unsere einzige Zeugin umbringt.«

68

Als Alexis am Abend endlich nach Hause kam, stand Stephans Wagen vor ihrer Tür. Sie war ihm die letzten Tage aus dem Weg gegangen, fiel ihr in dem Moment auf. Es war keine bewusste Entscheidung gewesen. Die Ereignisse hatten sich einfach überschlagen.

Sie stieg aus dem Auto aus und sah ihn bereits ihre Auffahrt hochkommen. »Wie lange wartest du schon hier?«

»Lange genug«, antwortete er.

»Du hättest anrufen können«, erwiderte sie und schloss die Haustür auf.

»Wenn ich mir sicher gewesen wäre, dass du rangehst. Ich wollte persönlich mit dir sprechen.«

»Komm rein.« Sie stellte ihre Tasche und Akten ab und zog ihren Mantel aus. »Möchtest du etwas trinken?«

»Im Moment möchte ich nur eines.« Inzwischen stand er so dicht vor ihr, dass sie die grünen Sprenkel in seinen Augen sehen konnte und seinen vertrauten Duft einatmete. Sein Blick zog sie magisch an, und ehe sie wusste, wie ihr geschah, berührten sich ihre Lippen, und sie versanken in einem innigen Kuss, der zugleich aufregend und vertraut, fremd und doch wie das Gefühl nach Hause zu kommen war.

Sie schmiegte sich eng an ihn, genoss das Gefühl seiner kräftigen Hände auf ihrem Rücken und bog sich ihm entgegen, als seine Lippen über ihr Kinn zum Nacken wanderten.

Doch dann schaltete sich ihr Verstand wieder ein. »Nein«, flüsterte sie und drückte ihn von sich. »Es … Es tut mir leid … Ich kann nicht.« Sie wollte sich abwenden, doch er hielt sie auf.

»Das mit uns könnte etwas Großes werden, und genau davor hast du Angst und rennst lieber davon.«

»Das ist es nicht. Es ist nur so viel. Marguerite und ….«

»Willst du es beenden?«

Sie senkte den Kopf. »Ich weiß es nicht.«

»Sieh mir in die Augen, sprich es aus, und ich werde dich nicht mehr belästigen. Aber ich sehne mich jede Nacht nach dir, wünsche mir, dich in meinen Armen zu haben.«

Sie sah auf, aber die Worte blieben ihr im Hals stecken. Wie sollte sie ihm auch sagen, dass sie keine Zweifel hatte, wenn sie doch so groß waren? Zu viel Chaos herrschte in ihrem Gefühlsleben. Ihr Verstand sagte ihr, dass es richtig wäre, Abstand zwischen sie zu bringen, bevor die Situation noch komplizierter wurde. Wenn man am Anfang schon solche Zweifel hegte, sollte man es doch gleich lassen, oder nicht? Oder war es vielleicht doch nur die Angst vor einer festen Bindung?

»Ich verstehe«, sagte er heiser. »Ich hätte dir mehr Mut zugetraut.« Er wandte sich ab, ignorierte, wie sie nach ihm rief, und eilte die Straße hinunter. Hastig stieg er in sein Auto und brauste davon.

Als die Rücklichter von der Dunkelheit verschluckt wurden, sank sie zu Boden. Sie gestattete sich, den Tränen für zwei Minuten freien Lauf zu lassen. Zwei Minuten, nicht mehr, ansonsten würden sie nie mehr versiegen. Sie war so eine Idiotin. Wie konnte sie auch erwarten, dass jemand einen so verkorksten Menschen wie sie lieben könnte? Sie presste die Lippen aufeinander, als sie sich bei diesem Anflug von Selbstmitleid erwischte. Da draußen lief ein Killer frei herum, und sie ließ sich ablenken. Das musste aufhören.

An diesem Abend starrte Alexis dennoch auf die vor ihr ausgebreiteten Fotos der Frauenleichen und ihren Fundorten, ohne sie wirklich wahrzunehmen. Sie war fertig mit der Welt. Konnte einfach nicht mehr. Alles brach über ihr zusammen, und sie hatte keine Ahnung, wie sie diesen Prozess stoppen sollte. Erneut griff sie sich eine Akte. Sie wollte ihre Schuld abtragen - das Böse, das sie getan hatte, ausgleichen und damit abstreifen, aber sie wusste, dass es nicht so einfach war. Das Dunkle legte man nicht ab wie einen alten Mantel. Haftete es einem erst mal an, wurde man es kaum noch los.

Es war nicht so, dass ihre Gedanken abschweiften. In ihrem Kopf herrschte einfach nur Leere. Sie war ausgebrannt, vollkommen erschöpft und von Selbsthass zerfressen.

Nach zwei frustrierenden Stunden gab sie auf, putzte sich die Zähne und verkroch sich ins Bett, aber selbst das Schlafen wollte ihr nicht gelingen, sodass sie die dunkle Decke anstarrte, während das Nichts sie beherrschte.

69

Trotz ihrer eigenen angeschlagenen Gesundheit war Karen zu Merle gefahren und setzte sich neben das Mädchen auf die Couch im Wohnzimmer. »Du musst tapfer sein.«

»Du hast versprochen, auf mich aufzupassen.«

»Und das werde ich.«

»Warum muss ich dann zu ihm?«

Die Panik in ihrem Blick tat Karen fast körperlich weh.

»Ihr habt keine Ahnung, was ihr mir damit anrichtet«, flüsterte Merle fast unhörbar.

»Sag mir, was dir Angst macht, und ich helfe dir.«

Das Mädchen senkte den Kopf, presste ihre Lippen fest aufeinander.

Karen zwang sich, entspannt zu bleiben. Sie hatte vorhin noch mit Ferrer telefoniert, der zu einem Notfall gerufen worden war und nicht anwesend sein konnte. Seine Worte hallten in ihrem Kopf nach. »Geben Sie ihr nicht das Gefühl, schuld an dem zu sein, was mit ihr geschieht, auch wenn es den Anschein hat. Sie kann nicht mit Ihnen sprechen. Ihre Ängste sind größer.«

»Hör mir gut zu«, sagte sie sanft. »Ich trage mein Handy immer bei mir. Wenn du Angst hast oder einfach nur jemanden zum Reden brauchst, dann ruf mich an. Bald darfst du zu deiner Mutter zurück.« Sie hoffte nur, dass es der Wahrheit entsprach. Bisher gab es kein Anzeichen der Besserung, und die Ärzte waren ratlos.

Ihr war schlecht, als sie die Tasche des Mädchens nahm. Sie fühlte sich, als brächte sie Merle zur Schlachtbank. Draußen wurden sie von einer Mitarbeiterin des Jugendamts erwartet, die Merle zu ihrem Vater bringen würde. Karen wollte Hernandez aus dem Weg gehen. Sie konnte nicht für ihr Verhalten garantieren und wollte die Ermittlungen nicht gefährden, indem sie möglicherweise auf den Mann losging. Beweise finden, das war ihre Stärke, und darauf wollte sie sich konzentrieren.

Merle warf ihr einen letzten Blick zu, bevor sie mit ausdruckslosem Gesicht ins Auto stieg.

70

Sie musste Alexis recht geben. Es ergab alles keinen Sinn.

Karen hatte ihre Untersuchungsergebnisse an eine Tafel in der ehemaligen Schule zusammengefasst und versuchte die Zusammenhänge zu verstehen, aber es ergab kein schlüssiges Gesamtbild.

Sie kontrollierte ihr Handy, hoffte, etwas von Merle zu hören, aber es herrschte Funkstille. Alexis war am Morgen bei dem Mädchen vorbeigefahren, doch Hernandez hatte die Tür nicht geöffnet.

Später hatte Karen in der Schule angerufen und beruhigt vernommen, dass Merle unversehrt zum Unterricht gekommen war.

»Er wird ihr nichts tun«, sagte Alexis, als hätte sie ihre Gedanken gelesen. »Er weiß, dass es aus ist, sollte sie auch nur einen Kratzer haben.«

»Glaubst du wirklich, dass das dieses kranke Schwein davon abhält?«

»Vorerst ja«, erwiderte Alexis.

»Ihr verurteilt ihn mir zu schnell«, mischte sich Oliver ein. »Wir haben keinen Beweis für seine Schuld.«

»Außer der Aussage der Mutter, von Dr. Ferrer und Merles eindeutig nicht normales Verhalten, wenn man ihren Vater anspricht.«

Oliver umklammerte seinen Kaffee. »Ihr legt euch zu sehr fest. Es muss immer der Ehemann sein, oder?«

»Bleib locker«, sagte Alexis. »Ich schließe niemanden aus. Aber du musst zugeben, dass irgendetwas an der gesamten Geschichte faul ist. Er mag nicht der Killer sein, aber wir müssen Merle helfen. Ich kann nicht einfach wegsehen.«

Karen sagte dazu nichts. Sie verstand, dass Oliver die Situation als Vater eines Scheidungskindes nicht unvoreingenommen betrachten konnte. Aber war sie so viel besser? »Gebt mir noch einmal den Bericht des Krankenhauses über Frau Thalberg.« Sie blätterte durch die Akten und stutzte, als sie einen Wert entdeckte.

»Wie viele Spinnen wurden am Tatort gefunden?«

»Eine, warum?«

»Kann ich sie sehen?«

»Sie ist bei der KT, aber ich kann sie dir bringen lassen.«

»Ja, bitte. Das ist wichtig.« Sie sah Alexis auffordernd an.

Mit einem Seufzer tätigte ihre Freundin den Anruf. »Nun rück mit der Sprache raus.«

»Die Konzentration des Giftes in ihrem Körper erscheint mir sehr hoch. Ich kenne nur die Zahlen von *Steatoda paykulliana*, einer verwandten Art, aber da werden etwa 0,2 bis 0,3 mg Gift bei einem Biss injiziert. Das wäre niemals ausreichend für eine so hohe Konzentration in ihrem Blut. Ich muss die Spinne untersuchen und Fachliteratur befragen.«

»Dann war es mehr als eine Spinne?«, fragte Oliver.

Alexis hatte Karens Gedankengang zuerst nachverfolgt. »Oder der Täter hat ihr das Gift persönlich injiziert.«

»Wir müssen ins Krankenhaus und sie untersuchen«, sagte Karen und zückte ihr Handy, um Chris anzurufen. Vielleicht würde sein geschultes Auge eine Einstichstelle finden.

Eine halbe Stunde später standen sie am Bett von Frau Thalberg, die blass und mit eingefallenen Wangen in ihrem Bett lag. Chris sah Karen missbilligend von der Seite an. »Solltest du nicht ebenfalls in einem Bett liegen?«

Karen ignorierte seine Frage. Es musste niemand wissen, dass ihr bereits auf den Treppen des Krankenhauses beinahe schwarz vor Augen geworden war und sie eine stete Übelkeit und Schwindelgefühle begleiteten. Ausruhen konnte sie sich, wenn sie Merle in Sicherheit gebracht und den Mörder gefasst hatte. »Wurde sie bisher auf Bissspuren untersucht?«

Chris nahm die Krankenakte und studierte sie. Dann runzelte er verblüfft die Stirn. »Man hat nichts gefunden.«

»Und das hat niemanden gewundert?«

»Das sind keine Profis für Spinnenbisse. In Deutschland kommt derartiges fast nie vor. Zudem dürften sie sich in erster Linie darum bemüht haben, das Leben von Frau Thalberg zu retten.«

Karen setzte sich mit zitternden Knien auf einen Stuhl.

Alexis sah sie besorgt an. »Geht es, oder soll ich dich nach Hause bringen?«

»Jetzt? Niemals.« Sie würde Merle nicht im Stich lassen. Sie wandte sich an Chris. »Kannst du sie bitte auf Bisse und Einstichstellen untersuchen?«

Er nickte und holte eine große Lupe aus der Tasche. »Wie lange ist der Vorfall her?«

»Die Ärzte gehen von fast vierundzwanzig Stunden aus.«

Er wiegte den Kopf. »Für so eine kleine Verletzung ist es eine lange Zeit, aber vielleicht hat das Spinnengift eine entsprechende Reaktion verursacht.« Er ging zum Bett der im Koma liegenden Frau. Neben seiner riesigen Gestalt wirkte sie noch kleiner und blasser. Er ergriff ihren Arm, zögerte. »Jetzt weiß ich wieder, warum ich lieber mit Toten arbeite«, murmelte er. »Das fühlt sich einfach falsch an.« Seine Miene verhärtete sich, als er sich konzentrierte und an die Arbeit machte. Zuerst untersuchte er die Arme und Hände. Er ging dabei äußerst sorgfältig vor. Für Karens Geschmack dauerte es zu lange, und sie rutschte unruhig auf ihrem Stuhl hin und her. Alexis und Oliver gingen immer wieder nach draußen, um Anrufe entgegenzunehmen.

Dann entdeckte Chris etwas am Nacken. »Das sieht nach der Einstichstelle einer Nadel aus, die sich entzündet hat«, sagte er und deutete auf einen winzigen roten Fleck.

Karen ging zu ihm und sah ebenfalls durch das Vergrößerungsglas. Der Fleck befand sich knapp über dem Schlüsselbein auf der linken Seite der Frau.

Alexis stellte sich neben sie und begutachtete ebenfalls ihren Fund. »Dann war er also bei ihr.«

»Und hat sie angefasst«, fügte Oliver hinzu. »Vielleicht kam es zu einem Kampf, oder er hat sie im Schlaf überrascht.«

»Ich rufe die Spurensicherung. Sie müssen sich Frau Thalberg genauer ansehen.«

»Mittlerweile dürftest du sie auf der Kurzwahltaste haben«, frotzelte Oliver.

Karen lehnte sich zufrieden gegen die Zimmerwand. Das war immerhin ein erster Anhaltspunkt. Sobald Gabriela aufwachte, konnte sie möglicherweise helfen, den Täter zu identifizieren, und Merle zu sich zurückholen. Hoffentlich war es bis dahin nicht zu spät.

Teil 4

MANNHEIMER TAGEBLATT

Internationales Geschehen
Freitag, 10.03.2000

Serienmörder auf der Flucht

Pereira – Der wegen Mordes in sechsundzwanzig Fällen zu lebenslanger Haft verurteilte Breno A. ist gestern aus der *Clinica La Carolina* geflohen. Er war in der geschlossenen Station der Psychiatrie untergebracht. Laut einer ersten Stellungnahme der Polizei liegen Hinweise vor, dass er Unterstützung von außerhalb der Klinik erhalten habe.

Breno A. gilt als einer der gefährlichsten Männer des Landes, der seine Opfer vergewaltigte und erstickte. Die Behörden stehen seit der Entlassung *des Monsters der Anden,* Pedro Alonso López, im vergangenen Jahr unter Beschuss. Der Mann hatte gestanden, über dreihundert kleine Mädchen vergewaltigt und ermordet zu haben. Laut kolumbianischem Recht darf jedoch kein Verurteilter länger als zwanzig Jahre in Haft gehalten werden.

71

2000, Kolumbien

Er hob den Kopf in den Wind und sog die Luft durch seine Nasenlöcher ein, wie ein Hund, der eine Witterung aufgenommen hatte. Freiheit. Endlich.

Er hatte nicht geglaubt, sie jemals wieder zu spüren, aber nun war es so weit. Er hatte es seiner Mutter zu verdanken. Sie war anschaffen gegangen, um das Geld aufzutreiben, das einer seiner Ärzte verlangte, um ihn aus der Klinik herauszuholen. Was manche Menschen doch alles für ihre Kinder taten. Frauen waren weich und wertlos. Selbst seine Mutter. Aber es musste auch Schwache geben, damit die Starken erblühen konnten. Und er gehörte zu den Starken.

Seine Flucht war so überraschend gekommen, dass er noch keine genaueren Pläne gemacht hatte. Er wusste nur, dass er nicht in diesem Land bleiben konnte. Die Menschen würden ihn niemals in Ruhe lassen. Er brauchte eine neue Identität und eine neue Heimat. Er brauchte etwas zum Töten.

Er war nicht dumm. Er hatte aus seinen Fehlern gelernt.

Er sprang auf einen vorbeifahrenden Güterzug auf und fuhr mit, bis sich die Sonne dem Horizont entgegenneigte, dann sprang er in der Nähe einer kleinen Ortschaft ab. Seine Mutter würde er erst in einigen Tagen kontaktieren. Die Flucht würde hohe Wellen schlagen, und er wollte nicht, dass sie ihn so schnell wiederfanden.

Er bot einem alten Mann, der mit einem Dutzend Ziegen in einem besseren Verschlag lebte, ein paar Pesos, wenn er ihn bei sich schlafen ließe. Der Mann war schlau genug, keine Fragen zu stellen, und überließ ihm seinen Schlafplatz im Inneren, während er sich bei den Tieren zusammenrollte.

Als es dunkel war und das gleichmäßige Schnarchen des Mannes erklang, schlich er nach draußen. Jeder Ort hatte eine Ecke, an der man bekam, was er brauchte. Drogen und Huren.

Die Drogen fand er als Erstes. Die Huren waren schwieriger zu finden. Schließlich entdeckte er auch sie außerhalb auf einer lehmigen Straße, die in die nächste größere Stadt führte. Die Luft war schwer und roch nach Dung. Es war noch immer warm, und der Staub klebte am Schweiß auf seiner Haut fest und bildete eine salzige Kruste.

Er wählte eine mit brünetten Haaren und dunklen Augen, die sich einen grellen Kussmund geschminkt hatte und in einem Rock umherstolzierte, aus dem die Arschbacken heraushingen. Immerhin waren sie glatt und straff.

Sie reagierte nicht begeistert, als sie realisierte, dass er kein Auto hatte, als er ein paar Scheine drauflegte, stimmte sie jedoch zu und brachte ihn zu einer Reihe verlassener Hütten.

Zuerst vögelte er sie durch. Von hinten und dann von vorne. Kurz bevor er kam, zog er seinen Schwanz heraus, drückte sie auf die Knie und zwang sie, ihn in den Mund zu nehmen. Er genoss das glitschige Gefühl, den demütig auf und ab fahrenden Kopf. Es war wie ein Befreiungsschlag, als er in ihrem Mund abspritzte. Sie wollte den Kopf zurückziehen, aber er hielt sie fest. Zwang sie, seinen pulsierenden Schwanz tief in sich aufzunehmen.

»Arschloch«, sagte sie, als er sie endlich losließ, und spuckte aus. »Das kostet extra.«

»Ich dachte an eine andere Art der Bezahlung.«

»Mann, ich nehme nur Cash. Also rück die Kohle raus.«

Seine Antwort lag in einem Boxhieb in ihre Magengrube. Sie keuchte auf und kippte nach vorne. Er verpasste ihr einen Tritt gegen die Schläfe, sodass sie das Bewusstsein verlor. Ihm blieb nicht viel Zeit, also packte er sie an den Füßen und schleifte sie ein Stück weiter, um sicher zu sein vor den Blicken anderer Huren und Zuhälter. Dann riss er ein Stück von ihrem Shirt ab, stopfte es in ihren Mund und fesselte sie. Er schlug ihr fast schon sanft auf die Wange. »Aufwachen, Schlampe. Sonst macht es keinen Spaß.«

Es war eine spontane Entscheidung gewesen, hier hinzukommen, und noch viel spontaner, die Frau nun auch zu töten. Er setzte sich neben sie, während sie die Augen aufriss und versuchte, sich zu befreien, doch die Kabel hielten. »Wenn du schreist, tue ich dir weh. Wenn du zu fliehen versuchst, tue ich deiner Familie weh.« Es war ein Schuss ins Blaue, aber ihre Reaktion verriet ihm, dass er ins Schwarze getroffen hatte.

Er wollte ihr Schmerzen zufügen, ihre Schreie hören über Stunden hinweg. Allein der Gedanke daran ließ seinen Schwanz wieder hart werden. Aber ihm fehlten sowohl die Zeit als auch die Mittel dazu. Dennoch verschaffte er sich an ihr die Form von Befriedigung, die ihm Sex nie geben konnte.

Er sah auf ihre weit aufgerissenen, starren Augen herab, die anklagend in den Nachthimmel starrten. Er verspürte den Impuls, ihr eine Spinne in den Mund zu legen, aber er hielt sich zurück. Die Zeit lag hinter ihm. Ein neuer Abschnitt seines Lebens hatte begonnen, und er würde sich neu erfinden.

72

Endlich waren die Gele durchgelaufen, und Karen konnte sie abfotografieren und mit dem Vergleich beginnen. Bereits nach kurzer Zeit stand fest, dass Kämmerer nicht ihr Verdächtiger war. Das Blut aus der Spinne stimmte nicht mit seinem überein. Dadurch, dass die DNA stark beschädigt war, lag zwar keine Sicherheit von 99,99 Prozent vor, aber die verbleibenden achtzig Prozent sprachen eine recht eindeutige Sprache.

Zudem hatte Kämmerers Anwalt ihnen eine Liste mit seinen Alibis für die grob geschätzten Nächte gegeben, in denen Jolan, Fuchs, Mareike und eine weitere Frau getötet worden waren. Nachdem die Datenbank nun endlich die Informationen zu den entsprechenden Insektenarten ausgespuckt hatte, konnte sie auch den Todeszeitpunkt genauer angeben. Der ehemalige Stadtrat hatte dafür ein wasserdichtes Alibi, hatte er doch an dem Abend von Fuchs' Tod einen Vortrag in Bremen gehalten.

Karen biss sich vor Aufregung auf die Lippe, als sie das andere Gel nahm. Es musste also Hernandez sein. Sie hoffte so sehr, dass die Untersuchung sie darin bestätigen würde, damit sie Merle endlich aus seinen Fängen befreien konnte. Es hatte die Macht, alle Probleme zu lösen. Sie stellte sich vor, wie erleichtert Merle sein würde, wenn sie Hernandez verhaften würden. Ein Drecksack weniger.

Umso entsetzter war sie, als sie feststellte, dass die Probe auch nicht passte. Sie griff nach ihrem Handy und rief Alexis an.

»Dann ist also keiner von beiden der Täter«, sagte ihre Freundin, nachdem sie ihr den Sachverhalt geschildert hatte.

»Davon kann man nicht ausgehen«, versuchte Karen die

Situation zu retten. »Das Tier könnte auch einfach von einem anderen Menschen getrunken haben. Kämmerer ist entlastet, aber Hernandez hat kein wasserdichtes Alibi …«

»Dennoch sieht es nicht gut aus. Wir haben zwei Verdächtige, aber keinen Beweis, und der Killer fängt an, komplett durchzudrehen. Hast du den Abgleich mit dem Blut aus Kolumbien?«

»Noch nicht. Es dauert noch etwas. Ich muss erst wieder ausreichend DNA gewinnen.«

»Wir brauchen diese Info dringend.«

»Ich mache mir auch so schon genug Druck.«

»Ich weiß.« Alexis seufzte. »Tut mir leid. Ich bin fertig.«

»Wegen Stephan?«

»Wir haben uns getrennt.«

»Wie konntest du das nur zulassen, Süße? Du kannst nicht immer davonrennen.«

»Ich weiß, aber es war einfach zu viel los in letzter Zeit.«

»Dann bekomm deine Prioritäten in den Griff. Irgendwann musst du auch mal ins kalte Wasser springen.«

73

Linda starrte Alexis fassungslos an. »Das kann nicht wahr sein. Kämmerer ist entlastet? Der Drecksack kommt wieder davon?«

»Das glaube ich nicht«, erwiderte Alexis und legte eine Akte auf den Tisch. »Ich hatte ein paar Uniformierte damit beauftragt, nachzuforschen, wer der junge Mann auf dem Foto mit Kämmerer ist.«

»Und?«

»Manuel Kraft. Zum Zeitpunkt der Aufnahmen war er fünfzehn Jahre alt. Er ist bereit, eine Aussage zu machen. Willst du dabei sein?«

»Was für eine Frage!« Linda warf ihr langes Haar zurück und folgte ihr zum Vernehmungsraum. Dort wartete ein schmaler Jüngling auf sie, dessen unregelmäßige Bartstoppeln an Spritzer von schwarzem Schlamm erinnerten. Um seine Augen lagen dunkle Schatten, und der Ausdruck in ihnen verriet Alexis, dass er schon lange die Hoffnung auf ein besseres Leben aufgegeben hatte. Zuerst nahm sie seine Personalien auf, dann zeigte sie ihm ein Foto von Kämmerer. »Kennen Sie diesen Mann?«

»Er war einer meiner Kunden.«

»Was für eine Dienstleistung haben Sie ihm angeboten?«

»Wollen Sie alle Details?« Manuel grinste höhnisch und entblößte dabei eine Zahnlücke.

Alexis ging auf die Provokation nicht ein. »Waren sie sexueller Natur?«

»Kann man wohl sagen.«

»Wie alt waren Sie zu dem Zeitpunkt?«

»Angefangen hat es kurz nach meinem fünfzehnten Geburtstag. Er mochte mein Gesicht, sonst hat er eher Jüngere bevorzugt.«

In der folgenden halben Stunde gab Manuel Kraft detailliert die einzelnen Kontakte zu Protokoll. Alexis sah gelegentlich zu Linda hinüber. Sie machte sich eifrig Notizen, die Wangen gerötet. Manuel Kraft gab ihnen die Namen einiger weiterer Stricher, die womöglich ebenfalls bereit waren, gegen den ehemaligen Stadtrat auszusagen.

Nachdem sie damit fertig waren, folgte sie einer Eingebung und holte ein Bild von Mark Ries hervor. »Kennen Sie diesen Mann?«

»Klar, das ist Mark. Wir haben uns eine Weile ein Zimmer geteilt.«

»Wissen Sie von seinem Verhältnis zu Kämmerer?«

»Er hat ihn nie gevögelt, wenn Sie das wissen wollen. Nicht, dass er es nicht gewollt hätte.«

»Herr Kämmerer?«

»Nee, Mark war mal eine Weile scharf auf ihn. Der war wie eine Vaterfigur für ihn, und irgendwie hatte er es mit alten Knackern. Dann hat er rausgefunden, dass er mein Kunde ist, und schon war es mit der Liebe vorbei. Ich sag Ihnen, der hat ihn gehasst.«

Sie stellte ihm noch einige Fragen, aber am Ende gewannen sie doch keine endgültige Klarheit. Hatte Kämmerer Mark Ries bewusst in den Tod getrieben, nachdem dieser davon erfuhr, dass der ehemalige Stadtrat sich gerne mit kleinen Jungen vergnügte? Oder war Mark Ries einfach am Leben verzweifelt? Verstoßen von einer Familie, die ihm eingeredet hatte, dass er ein sündhafter Mensch war, verraten von einem scheinheiligen Mann, den er liebte und verehrte, ohne eine Zukunftsperspektive?

Wie auch immer die Wahrheit aussehen mochte. Mit den Fotos und der Aussage eines Opfers hatten sie genug, um Kämmerer zu verhaften. Wenn dies erst publik wurde, würden sich vielleicht noch weitere Zeugen und Opfer melden.

Zwei Stunden später ging sie zusammen mit Linda und in Begleitung von zwei Streifenbeamten zu seinem Büro. Es war eine Genugtuung, das Klicken der Handschellen um seine Handgelenke zu hören. Der Mann tobte noch immer, nachdem man die Tür des Polizeiwagens hinter ihm geschlossen hatte. Zahlreiche Passanten standen daneben und filmten seinen Abtransport. Morgen würde das Internet voll damit sein.

Für einen Moment genoss Alexis den Moment, dann holte sie die Angst um Merle wieder ein. Vieles deutete auf ihren Vater als den Serienkiller hin, und sie hatten nichts Handfestes gegen ihn.

Auf dem Rückweg zum Präsidium erkundigte sich auch Linda nach Stephan. Die Reaktion der Staatsanwältin auf die Trennung war ähnlich harsch wie die von Karen. »Ich hoffe, du machst keinen Fehler. Es ist nichts Schlechtes daran, wenn ein Mann zu seiner Vergangenheit steht und für sein Kind sorgen will.«

»Ich weiß nicht, ob ich das kann.«

»Dann finde es heraus, anstatt gleich die Flucht zu ergreifen. Weißt du, was ich dafür tun würde, Sabrina zurückzugewinnen? Ich habe jedoch keine Chance und muss darauf hoffen, dass sie eines Tages von selbst zu mir zurückkehrt. Du kannst etwas für dein Glück tun.«

Als Alexis an diesem Abend nach Hause kam, blinkte das Licht an ihrem Anrufbeantworter. Sie drückte die Taste und spielte die Nachricht ab. Eine fremde und doch seltsam vertraute Stimme erklang. Sie war älter geworden, seit Alexis sie das letzte Mal gehört hatte. Renate Hall. Phillips Mutter. Sie klang gebrechlich und bat Alexis um ein Gespräch. Sie rief sofort zurück und landete in der Zentrale eines modernen Pflegeheims, das am Rand von Heidelberg lag. Kurz darauf saß sie im Auto, um das erste Mal seit fast fünfzehn Jahren ihre Tante zu treffen.

Die Einrichtung, in der sich Renate befand, war von höchstem Standard mit weichen Teppichen im Empfangsbereich und edlen Antiquitäten, die die Gänge säumten. Ihre Tante bewohnte ein Zwei-Zimmer-Appartement mit einer separaten, winzigen Küche. Alexis genügte jedoch ein Blick auf sie, um zu wissen, dass sie die niemals wieder würde benützen können. Eine der Pflegerinnen hatte sie bereits vorgewarnt, dass Renate Hall an einer Nervenerkrankung litt, die ihre Motorik beeinträchtigte und bereits begann, auch ihren Verstand zu zersetzen. Dennoch erkannte sie Alexis auf den ersten Blick, als sie den Raum betrat. »Setz dich, Kind. Ich habe dich ewig nicht gesehen.«

Alexis lag eine bittere Erwiderung auf der Zunge, sie verkniff sie sich aber. Dann sah sie die Zeitung mit dem Artikel über sich auf dem Tisch liegen. »Hast du mich deshalb hergerufen? Willst du mir auch Vorwürfe machen?«

Das Zittern in den Gliedern der alten Frau verstärkte sich. Kaum zu glauben, dass sie sogar jünger als Magnus war. Es schien, als hätte sie mit ihrem Sohn ihre Lebenskraft beerdigt. »Wenn es jemanden gibt, dem man Vorwürfe machen kann, dann mir.«

In dem Moment wurde Alexis alles klar. Wieso hatte sie das nicht früher erkannt? Wie betäubt lauschte sie Renates Worten, ihren Beteuerungen, ihren Entschuldigungen und den Erklärungen voller Reue. Sie war es gewesen, die das Gitter verrückt und nicht richtig geschlossen hatte. Niemals wäre jemand auf sie gekommen. Bereits damals war sie von schwacher Konstitution gewesen und oft kränklich. Das Gitter war schwer gewesen. An dem Tag hatte sie jedoch ihren geliebten Gartenteich reinigen wollen und sich bei der Arbeit so verausgabt, dass sie das Gitter wohl nicht sorgfältig verschlossen hatte.

Renate Hall hatte den Tod ihres eigenen Sohnes verursacht und niemals den Mut gefunden, es einzugestehen. Zuerst weil sie zu überwältigt von ihrem Verlust war, später aus reiner Feigheit.

Alexis konnte ihre Gefühle nicht einordnen. Da war Wut über den Verrat ihrer Tante. Renate hatte sie geopfert, sich einfach von ihr abgewendet. Dann war da Erleichterung, dass sie nicht schuld an Phillips Tod war, gefolgt von einem unerträglichen Maß an Trauer, wenn sie daran dachte, was diese Lüge ihrer Adoptivfamilie angetan hatte.

Ein Ehepaar, das getrennt war. Zwei Brüder, die sich hassten. Ein Onkel, der seine Nichte verachtete.

Der Schaden würde niemals behoben werden können, auch wenn Renate versprach, Magnus alles zu gestehen, damit er seinen Rachefeldzug gegen Alexis einstellte.

Gleichzeitig machte sich Alexis Vorwürfe. Wäre sie nicht so von Selbstzweifeln zerfressen gewesen, hätte sie den Tag im Garten eher hinterfragt. Stattdessen hatte sie bereitwillig die Schuld auf sich genommen und es nicht gewagt, Renate unter die Augen zu treten.

Ironischerweise war sie nun sogar Magnus zu Dank verpflichtet. Ohne seine Schmutzkampagne wäre seine Frau niemals aufgerüttelt worden und Alexis würde sich bis an ihr Lebensende fragen, ob sie nicht doch Schuld an dem Tod des Jungen trug.

74

Merle erwachte in einer Blutlache. Es dauerte, bis sie diese Erkenntnis traf. Zuerst war da nur Kälte und Feuchtigkeit, die ihre Haare verklebte. Sie strich sich eine Strähne aus dem Gesicht und spürte Nässe an ihren Fingern. Sie zog sie zurück und sah ein dunkles Rot, das sich im gelben Licht der Deckenlampe fast in Schwarz verwandelte. Schon wieder. Ihr Schädel tat weh, und sie hatte Schwierigkeiten, sich zu erinnern. Sie versuchte, die letzten Ereignisse zu rekonstruieren. Seit ihre Mutter im Krankenhaus war, lebte sie bei Marco. Wie jeden Abend hatten sie gestritten. Dann hatte das Telefon geklingelt, und nun war da nur noch Schwärze.

Sie richtete sich auf. Die Orientierung fiel ihr schwer. Dann sah sie sich um, versuchte zu ergründen, woher das Blut kam. Sie versicherte sich, dass sie unverletzt war. Ihr Nachthemd war blutverkrustet, ebenso ihre Beine, aber ihr fehlte nichts. Da waren nur die alten Schnitte, und ihr Schädel wollte nicht aufhören zu schmerzen.

Sie traute sich nicht, sich umzudrehen. Sie ahnte, was sie dort sehen würde. Für einen Moment erwog sie, aufzustehen und wegzugehen. Einfach weiterlaufen, bis zum Ende der Welt. Früher hatten die Menschen an so einen Ort geglaubt. Was, wenn sie recht hatten? Wenn man nur lang genug suchen musste, um den Rand der Welt zu erreichen, um sich davon herunterzustürzen? Was mochte einen dort erwarten? Es konnte nicht schlimmer sein als das, was man Leben nannte.

Aber es gab keinen Rand der Welt, und sie musste aufstehen. Raus aus dem Blut. Sie stützte sich ab, darauf bedacht, nicht in das Nass zu fassen, dabei waren ihre Hände ohnehin rot verschmiert.

Dann drehte sie sich um. Sie war nicht überrascht. In dem Moment, in dem sie das Blut gesehen hatte, hatte sie geahnt, was sie sehen würde. Es nun aber vor Augen zu haben erschütterte sie mehr, als sie sagen konnte. Marco lag in einer Blutlache auf dem Boden. Seine Eingeweide waren durch die Einschusslöcher zu erkennen. Blutige Handabdrücke bedeckten seinen Bauch, als hätte jemand versucht, seine Innereien nach innen zu drücken. Sie sah auf ihre Hände hinab, verglich sie mit den Abdrücken. Das musste sie gewesen sein.

Ein Stück weiter lag die Waffe, eine Pistole.

Es überraschte Merle, wie ruhig sie blieb. In ihr gähnte eine Leere, eine Schwärze, von der sie nicht glaubte, dass man sie jemals wieder füllen könnte. Sie sah erneut auf ihre Hände. Wie hatte sie das tun können? Sie versuchte, ihre Erinnerungen zu aktivieren, aber da war nichts. Kein Bild. Nur dumpfe Erinnerungen an einen Streit.

Sie ging zur Couch und sackte zusammen. Sie wusste, dass sie jemanden anrufen sollte. Die Polizei, Karen oder Alexis. Irgendjemand. Aber der Gedanke an andere Menschen, Stimmen und der Geruch von Körpern verursachte ihr Übelkeit. Was würde mit ihr geschehen? Ihre Mutter lag im Koma, Marco war tot. Musste sie nun ins Gefängnis? Vielleicht wäre das gar nicht so schlecht, schoss es ihr durch den Kopf.

Sie wusste nicht, wie viel Zeit vergangen war, als es an der Tür klopfte. »Polizei, machen Sie bitte auf.«

Sie regte sich nicht. Das waren die letzten Sekunden Ruhe.

75

Spät in der Nacht kam der Anruf.

»Du musst kommen«, drang Alexis' Stimme aus dem Handy.

»Eine neue Leiche?«

»Ja, aber wegen der brauchen wir dich nicht. Merle …«

»Was ist mit ihr?«

»Sie hat Hernandez getötet. Zumindest deuten alle Spuren darauf hin.«

»Was?«

»Ich bin auch gerade erst eingetroffen. Komm einfach.«

Karen wäre beinah gegen den Türrahmen gelaufen. Ihr Herz raste, und sie fühlte sich absolut scheußlich. Was musste das Mädchen erlebt haben, dass es sich gezwungen sah, seinen eigenen Vater zu töten? Wie in Trance streifte sie sich die Kleidung von gestern über und verließ das Haus.

Vor dem Haus, in dem sich Hernandez' Wohnung befand, standen Fahrzeuge mit Blaulicht, ein Krankenwagen und ein Leichenwagen. Schaulustige sammelten sich hinter der Absperrung und konnten von den Uniformierten nur mühsam zurückgehalten werden. Das Blaulicht beleuchtete die Hauswände der gegenüberliegenden Gebäude.

Sie suchte nach Merle, konnte sie aber nirgends entdecken.

Eine Gruppe Mitarbeiter der Spurensicherung in ihren weißen Overalls verließ gerade das Haus, als Karen eintraf. Ein Beamter hielt sie auf. »Sie können da nicht rein.«

»Ich bin Kriminalbiologin. Rufen Sie Alexis Hall.«

Der Beamte sprach in sein Funkgerät, dann nickte er ihr zu. Er hob das Absperrband an, damit sie sich darunter bücken konnte.

Im Inneren erwartete sie bereits Oliver. »Alexis ist bei Merle.«

»Kann ich zu ihr?«

»Gleich. Ich möchte, dass du dir das hier erst ansiehst.«

Er führte sie durch das verwüstete Wohnzimmer. Ein Stuhl lag umgefallen auf dem Boden, ein Kissen war zerrissen, und die Füllung quoll heraus, daneben ein zerbrochener Spiegel. Karen schluckte.

Hinter der Couch lag Hernandez. Sein Hemd war blutdurchtränkt. Er hatte eine Schusswunde im Bauch, aus der teilweise die Eingeweide durchschimmerten. Blutspritzer bedeckten die Wände.

»Woher hatte sie die Waffe?«

»Wir untersuchen es noch, aber es sieht so aus, als hätte Hernandez eine kleine Sammlung illegaler Waffen gehabt.«

Mit einem Mal verspürte Karen so etwas wie Genugtuung beim Anblick des Toten. Er war ein Monster gewesen.

Oliver führte sie in einen Nebenraum. In einem Regal standen Plastikboxen. Diverse Spinnen und Heimchen starrten sie aus kalten Augen an. Oliver deutete auf eine Reihe. »Sind das die Kreuzspinnen?«

Karen warf nur einen flüchtigen Blick darauf und nickte. Sie wollte nur noch zu Merle. Bei dem Gedanken an das Mädchen konnte sie die Tränen nicht zurückhalten. Sie war so jung und musste so Schreckliches erleben. Sie hoffte, dass Gabriela wieder aus dem Koma erwachen und mit dem Mädchen wegziehen würde, damit sie beide ein neues Leben anfangen konnten.

Sie ging wieder nach draußen und entdeckte Alexis neben dem Bus der Spurensicherung. »Was ist geschehen?«

»Hausbewohner haben gegen dreiundzwanzig Uhr drei Schüsse gehört und sofort die Polizei alarmiert. Die Beamten trafen dreizehn Minuten später ein, öffneten die Tür und fanden Merle.«

»Wo ist sie?«

»Im Krankenwagen. Sie wird untersucht und anschließend ins Jugendgefängnis überstellt.«

»Sie ist doch das Opfer!«

»Ihr Vater ist tot, Karen. Sie hat dreimal auf ihn geschossen. Zwei Treffer in den Bauch, die andere Kugel ging ins Herz.«

Karen schluckte. Das klang wie eine Hinrichtung. »Sicher, dass sie es war? Es gibt genug Menschen, die ihn hassen könnten. Was sagt Merle?«

»Bisher nichts. Eine erste Untersuchung zeigt Schmauchspuren auf ihren Händen, und es befinden sich Blutspritzer an ihrer Kleidung und im Gesicht.«

»Dann war es Notwehr. Du weißt, was für eine Angst sie vor ihm hatte.«

»Natürlich, und ich werde es auch in meinem Bericht vermerken, ebenso, dass es Hinweise darauf gibt, dass ihr Vater ein Mörder war.«

»Aber sie muss trotzdem ins Gefängnis? Hat das Mädchen nicht schon genug durchgemacht?«

»Mir sind die Hände gebunden. Du kennst das System.«

»Scheiß doch auf das System«, schrie Karen und ging zum Krankenwagen. Den Beamten, der sie am Eintreten hindern wollte, schob sie einfach zur Seite.

Merle saß auf einer Krankentrage in einem zu weiten, grauen Jogginganzug. Ihre Sachen lagen in Beweismitteltüten auf dem Boden. Eine Mitarbeiterin der Spurensicherung nahm Proben von den Blutspritzern in ihrem Gesicht.

»Wie geht es dir?«, fragte Karen und ergriff die Hand des Mädchens. Sie war eiskalt.

»Ist er wirklich tot?«

»Ja.«

Sie schluchzte auf.

Karen wechselte einen Blick mit der Frau, die ihr unmerklich zunickte, während sie die Proben beschriftete. Dann nahm sie Merle in die Arme. »Es ist nicht deine Schuld.«

Doch das Mädchen wollte nicht aufhören zu weinen. »Was geschieht nun mit mir?«

Karen nahm ein feuchtes Tuch, das ihr der Sanitäter

reichte, und begann Merles Gesicht zu säubern. »Es müssen ein paar Untersuchungen gemacht werden. Deshalb fahren wir zusammen ins Krankenhaus. Danach wird man dir ein paar Fragen stellen, und dann sehen wir weiter.«

»Muss ich ins Gefängnis?«

»Wir werden uns um dich kümmern. An was erinnerst du dich?«

Merle würgte, rang nach Luft. »Da ist nichts. Ich habe mit ihm gestritten, weil er mich auf eine andere Schule schicken wollte, und dann hat das Telefon geklingelt. Das ist alles.« Sie sah auf ihre Hände hinab, rieb sie aneinander, als wollte sie die Haut, an der das Blut ihres Vaters geklebt hatte, von sich abreiben.

Karen umfasste ihre Hände und zog das Mädchen an sich. »Es wird alles wieder gut.«

»Ich verstehe das nicht. Warum sollte ich das tun? Ich bin doch keine Mörderin.« Ihre Stimme wurde immer schriller. Ihre Pupillen waren so geweitet, dass ihre Augen tiefschwarz wirkten.

Karen gab dem Notarzt ein Zeichen. Er nickte und nahm eine Spritze. »Das wird kurz piksen, dann geht es dir besser«, sagte er leise, sterilisierte ein Stück Haut am Arm des Mädchens und stach zu.

Merle zuckte kaum zusammen. »Ich will nicht schlafen, nicht schon wieder«, murmelte sie, bevor sie langsam erschlaffte. Karen ließ sie langsam auf die Trage zurückgleiten.

»Immer wenn ich schlafe, geschehen schreckliche Dinge«, flüsterte Merle. »Lass nicht zu, dass es dunkel wird.«

»Was meinst du, Süße?« Karen beugte sich zu ihr vor, doch das Mädchen war bereits eingeschlafen.

Während Alexis mit Oliver zurückblieb, um das weitere Vorgehen zu koordinieren, fuhr Karen mit Merle ins Krankenhaus. Chris erwartete sie bereits und untersuchte das Mädchen in seiner Funktion als Rechtsmediziner. Anschließend rollte sich Merle in ihrem Bett ein, wobei sie Karens Hand hielt.

Am nächsten Morgen betrat Ferrer das Krankenzimmer. Karen sah ihm erleichtert entgegen. »Gut, dass Sie da sind. Merle braucht Sie jetzt.«

»Wenn Sie mir die Aussage gestatten, Sie sehen furchtbar aus. Fahren Sie nach Hause und gönnen Sie sich etwas Ruhe. Ich bleibe bei dem Kind.«

»Was wird mit ihr geschehen?«

»Ich werde dafür sorgen, dass sie in eine therapeutische Einrichtung überwiesen wird, wo man ihr helfen kann. Ihr Vater kann ihr nun nicht mehr wehtun. Sie muss jetzt lernen, das Geschehene zu verarbeiten.«

»Ist das überhaupt möglich?«

»Sie ist auf ihre Weise stark. Haben Sie Vertrauen.«

Karen verabschiedete sich schweren Herzens von dem Mädchen, das noch immer in einem Dämmerschlaf lag. Sie hatte dafür gesorgt, dass Merle in einem Zimmer nicht weit entfernt von ihrer Mutter untergebracht wurde.

Sie fuhr nach Hause, zog sich um und kehrte dann ins Labor zurück. Sie musste die Spurensicherung bitten, ihr die Spinnen aus der Wohnung von Hernandez zu überlassen, damit Sie überprüfen konnte, ob es sich um dieselben Arten handelte, wie die, mit denen er die Frauen getötet und malträtiert hatte. Es wäre ein weiterer Beweis für seine Verbrechen. Zudem mussten sie noch immer seinen Unterschlupf finden, in dem er die Frauen gefoltert und umgebracht hatte. Das war sie Merle schuldig. Sie musste ihr beweisen, dass sie die Welt von einem Monster befreit hatte, auch wenn es ihr eigener Vater war.

76

Am späten Vormittag traf Alexis im Krankenhaus ein, um die Überlebende zu befragen. Mittlerweile wussten sie, dass sie Irina Zuyeva hieß, ursprünglich aus Bulgarien stammte und einundzwanzig Jahre alt war.

Irina war inzwischen aufgewacht, allerdings geschwächt, und man gestattete ihr nur einen kurzen Besuch.

Alexis hatte zuvor mit Karen gesprochen. Ein ausgesprochen unerfreuliches Gespräch, bei dem sie deutlich gespürt hatte, dass ihre Freundin sie für Merles Schicksal verantwortlich machte. Umso wichtiger war es, dass sie zweifelsfrei bewiesen, dass Hernandez ein gefährlicher Serienmörder gewesen war. Nur so konnten sie verhindern, dass das Mädchen zu einer langen Jugendstrafe verurteilt werden würde.

Zwei Beamte standen vor dem Krankenzimmer der Überlebenden und überprüften jeden, der hinein wollte. Zufrieden registrierte Alexis die Gründlichkeit, mit der sie Olivers und ihren Dienstausweis kontrollierten.

Die junge Frau, die sie drinnen erwartete, sah schrecklich aus. Dunkle Ränder säumten ihre Augen, eines war zugeschwollen, die Nase offensichtlich gebrochen, und ihre Haut wies zahlreiche Schürfwunden auf. Der Kopf war geschoren, um die Platzwunden nähen und säubern zu können. Nur der dunkle Schatten auf ihrer Haut ließ erahnen, dass sie einst dunkles Haar gehabt hatte. Dazu ein geschientes Handgelenk. Die Frau war schlank, fast schon mager. Alexis betrachtete sie genauer, versuchte verräterische Anzeichen für eine Drogensucht zu erkennen, aber da war nichts. Die Frau war wohl clean. Dann trafen sich ihre Blicke, und Alexis war beeindruckt von der Willenskraft, die sie in den blauen Augen entdeckte. Diese Frau war nicht gebrochen. Ganz im Gegenteil. Sie wollte töten. Es dem Mann, der ihr das angetan hatte, heimzahlen.

»Wie geht es Ihnen, Frau Zuyeva?«

»Nennen Sie mich Irina. Es ist zu lange her, dass mich jemand mit meinem Familiennamen angesprochen hat«, antworte sie in einem von starkem Akzent geprägten Deutsch.

»Wo kommen Sie her?«

»Aus geht-Sie-nichts-an.«

Oliver lachte und rückte sich einen Stuhl heran. »Ich mag Sie.«

»Sie stinken nach billigem Aftershave.«

Er zeigte sich von der neuerlichen Beleidigung nicht erschüttert. Im Gegenteil, er schien sie ehrlich sympathisch zu finden, und Irina schien das zu merken. Jedenfalls sah sie ihn dann doch an.

»Hören Sie mir bitte zu. Ich weiß, dass Sie mir nicht vertrauen, aber es geht hier um ein Mädchen und seine Mutter. Derselbe Mann, der Sie gefangen gehalten hat, bedroht auch sie.«

»Woher soll ich wissen, dass Sie mir keinen Scheiß erzählen?«

»Gar nicht.«

Irina nickte nachdenklich. Offenbar war Oliver kurz davor, zu ihr durchzudringen.

»Wollen Sie riskieren, dass ich die Wahrheit sage, und Sie haben die Gelegenheit nicht genutzt, um ihnen zu helfen?«

Mit einem Mal wich ihre ablehnende Haltung. »Wie alt ist das Mädchen?«

»Fünfzehn.« Oliver strich sich das Haar aus dem Gesicht. »Haben Sie Kinder?«

Ihnen lagen zwar keine Informationen darüber vor, aber

es wäre nicht das erste Mal, dass eine Zwangsprostituierte schwanger wurde und man ihr das Kind abnahm, um sie unter Druck zu setzen.

Man sah Irina an, wie sie mit sich rang. Auf der einen Seite der Wunsch, mit jemandem über das zu sprechen, was man ihr angetan hatte, auf der anderen Seite das Misstrauen und die Angst.

»Haben Sie Familie in Bulgarien?«

Sie schlug die Augen nieder. »Einen Bruder. Er ist noch jung und …« Sie brach ab, verschränkte ihre Hände fest ineinander.

»Sie haben Angst um ihn?«

»Was denken Sie?«, fragte sie leise.

»Wir können für seine Sicherheit sorgen.«

»Warum sollte ich einem Bullen glauben?«

»Weil wir etwas von Ihnen wollen, und das werden wir nicht bekommen, wenn Sie wieder verschwinden.«

»Hören Sie, Irina«, mischte sich Alexis ein. »Ich weiß, dass Sie Schlimmes erlebt haben und dass Sie um Ihren Bruder fürchten. Aber Sie wollen das Arschloch, das Ihnen das angetan hat, ebenso im Knast sehen wie ich.«

»Als wenn es Sie interessiert, was er einer wie mir antut.«

»Es interessiert mich sehr wohl. Ich weiß, dass es nicht immer einfach ist mit der Polizei. Wir könnten vieles besser machen, aber ich will das Schwein aus dem Verkehr ziehen. Er hat vermutlich noch elf Frauen auf dem Gewissen.«

Irinas Augen weiteten sich.

»Sie sind die Erste, die entkommen konnte. Helfen Sie uns, weitere Morde zu verhindern.«

Alexis sah die widerstreitenden Gefühle im Antlitz der Frau. Sie hatte Angst um ihre Familie, ihr eigenes Leben. »Ich kann die Staatsanwältin holen, die hier und jetzt Papiere aufsetzt, die Ihre Sicherheit garantieren und Ihnen erlauben, Ihre Familie nach Deutschland zu bringen.«

Irina zögerte noch eine Weile, dann stimmte sie zu, sagte aber kein weiteres Wort, bis sie sich die Papiere von einem Dolmetscher hatte übersetzen lassen und sie anschließend selbst durchgegangen war. Alexis betrachtete sie mit wachsendem Respekt. Nicht nur, dass sie es geschafft hatte, dem Killer zu entkommen, sie war offenbar auch sonst nicht auf den Kopf gefallen.

Die Geschichte, die sie in der folgenden Stunde hörte, bestätigte Alexis nur in ihrer Annahme.

»Können Sie sich an Details zur Statur des Angreifers erinnern?«

»Er war groß, mager, und wenn er sich anstrengte, zuckte sein rechtes Bein.«

»Sind Sie sich sicher?« Alexis hätte vor Frustration am liebsten in ihr Notizbuch gebissen. Hernandez war nicht groß. Somit sprach Irinas Aussage nicht für ihn als Täter.

77

Alexis wachte auf und fühlte sich einsam. Sie tastete nach ihren Katzen, die zusammengerollt auf dem leeren Platz neben ihr im Bett lagen. Sie wurde zu dem Klischee einer allein lebenden Frau.

Sie kraulte Cookies Bauch und spürte den schnellen Herzschlag gegen ihre Finger pochen. Ein schwacher Ersatz für Stephan. Bei dem Gedanken an ihn zog sich ihre Brust schmerzhaft zusammen. Sie war sonst nicht der eifersüchtige Typ, aber diese Marguerite brachte eine Saite in ihr zum Klingen, die sie nicht kannte.

Sie legte sich auf den Bauch, vergrub den Kopf im Kissen. Stephan hatte recht. Sie war feige.

Kurz entschlossen nahm sie das Telefon und rief ihn an.

»Weißt du, wie spät es ist?«, fragte er sie mit schlaftrunkener Stimme.

»Eher früh«, erwiderte sie. »Es tut mir leid, aber ich muss dir was sagen und werde heute sicher nicht mehr dazu kommen.« Sie holte tief Luft. »Es tut mir leid. Alles. Ich habe mich unmöglich benommen.«

Er räusperte sich. »Alexis …«

»Nein, lass mich erst aussprechen. Ich bin ein komplett verkorkster Mensch, aber ich will mich bessern. Ich *werde* mich bessern, wenn du mir nur die Chance gibst.«

»Darf ich jetzt sprechen?«

Alexis war erleichtert, das Lächeln in seiner Stimme zu hören. Tränen stiegen ihr in die Augen.

»Ich habe es dir nicht gerade leicht gemacht. Marguerite kann anstrengend sein. Lass uns von vorne anfangen. Darin haben wir ja schon etwas Übung.«

Nachdem Alexis einige Zeit später auf dem Präsidium angerufen hatte, fuhr sie ins Krankenhaus und ging zum Zimmer von Frau Thalberg. Sie benötigte weitere Proben von Frau Thalberg, da nun auch ihr Haus durchsucht wurde, um nach Spuren des Eindringlings zu suchen, der sie damals belästigt hatte. Bitter dachte Alexis, dass erst ein junges Mädchen zur Mörderin hatte werden müssen, bevor die Mittel für solch eine Untersuchung lockergemacht wurden.

Im ersten Moment glaubte Alexis, sie hätte sich im Raum

geirrt. Sie sah nach draußen zu dem Beamten, der vor dem Zimmer Wache stand. »Wo ist Frau Thalberg?«

Der Mann, der den Begriff »mittelalt« besser als jeder Gouda prägte, sah sie verdutzt an und spähte um die Ecke. »Sie müsste in ihrem Bett liegen. Das verstehe ich nicht.« Er starrte in den leeren Raum.

»Haben Sie Ihren Posten verlassen?«

»Natürlich nicht.«

Alexis ging in das Zimmer, öffnete die Tür zu dem kleinen Bad, sah sich auch da gründlich um. Dann öffnete sie alle Schränke. Mit wachsendem Zorn registrierte sie, dass das EKG-Gerät ausgeschaltet war. Sie ging zum Fenster. Es war unverriegelt. Sie öffnete es und starrte nach draußen. Sie befanden sich im zweiten Stock, und die Hauswand war glatt. Niemals hätte sie herunterklettern können. Sie wollte den Beamten gerade anfahren, als sie stutzte. »Wann waren Sie das letzte Mal in dem Raum?«

»Um vier Uhr morgens, als meine Schicht begonnen hat.«

Alexis' Hände fuhren über zwei Stellen, an denen die Farbe abgeplatzt war und Kratzspuren zu erkennen waren. »Und Sie sind sicher, dass sie sich da noch hier befunden hat?«

»Ganz sicher. Sie lag im Bett, und das Ding hat gepiepst.«

Langsam bildete sich in Alexis' Kopf ein Bild, und das gefiel ihr gar nicht. Sie scheuchte den Beamten hinaus und schloss die Tür hinter sich. Am liebsten hätte sie gegen etwas getreten.

Sie nahm ihr Handy und eröffnete eine Videokonferenz mit Karen und Oliver.

»Wir wurden die ganze Zeit an der Nase herumgeführt.«

Zwei fassungslose Gesichter schauten sie von ihrem Handydisplay an. »Was ist geschehen?«

»Gabriela ist verschwunden.«

»Ist sie aufgewacht?«

»Ich gehe davon aus, dass sie schon länger wach ist. Das war ein Trick.«

»Ich verstehe nicht.«

»Jemand hat geholfen, sie aus dem Krankenhaus zu holen. An ihrem Fenster sind Spuren, die auf eine Leiter hindeuten, und der Beamte vor ihrer Tür hat versichert, dass er seinen Posten nicht verlassen hat.«

»Dann hat sie alles nur vorgetäuscht?«

»Das Spinnengift war echt«, sagte Karen. »Sie hatte definitiv Symptome, und die Blutwerte stimmten auch. Vielleicht will sie nur Merle retten oder wurde entführt.«

»Wenn sie im Koma gewesen wäre, kann sie nichts von den letzten Ereignissen wissen, und es gibt keine Kampfspuren. Es muss eine Inszenierung gewesen sein. Vielleicht war das der Plan, um ihren Ex loszuwerden. Sie hat sich das Gift selbst verabreicht. Genau die passende Dosierung, um nicht daran zu sterben. Womöglich zusammen mit einer Droge, die sie in eine tiefe Bewusstlosigkeit versetzt hat. Darauf wurde sie natürlich nie untersucht. Nach den ersten Untersuchungen kam sie wieder zu Bewusstsein, und von da an war es leicht, uns etwas vorzuspielen.«

Sie sah es in Karens Gesicht arbeiten. »Könnte man ihr das verdenken? Er war ein Monster.«

»Und wenn er es nicht war? Wie können wir der Frau noch trauen, wenn sie uns so betrogen hat?«

»Ich weiß nicht.« Karen zögerte. »Aber ich vertraue Merle. Sie hätte ihren Vater nicht ohne Grund getötet.«

Einer Eingebung folgend, ging Alexis zum Nachtschränkchen und öffnete die Schubladen. In der untersten fand sie eine typische Medikamentenschachtel. Sie hielt sie vor die Kamera. »Weißt du, was das ist?«

Karen wurde blass. »Ein starkes Beruhigungsmittel. Es ist nicht frei verkäuflich.«

»Sie hat uns an der Nase herumgeführt.« Alexis pfefferte die Schachtel auf das Bett.

»Das ist jetzt egal. Wir müssen Gabriela finden«, unterbrach Oliver sie. »Ist jemand bei dem Mädchen? Vermutlich will sie zu ihrer Tochter.«

Karen wurde blass, und Alexis fluchte.

Eine Stunde später stand fest, dass sowohl Merle als auch Gabriela verschwunden waren.

Karen trat gegen eine Hauswand. »Das kann nicht wahr sein. Wir stehen vor dem Nichts.«

»Lass mich einen Moment nachdenken.« Alexis hob beschwichtigend die Arme. »Haben wir Gabriela Thalberg jemals überprüft? Hat sie doch noch irgendwo Familie, zu der sie geflohen sein könnte? Ich rufe Volkers an.« Fünf Minuten später hatte sie die gewünschten Informationen. »Leider hat sie die Wahrheit gesagt. Sie wurde adoptiert, ihre leiblichen Eltern sind unbekannt. Die Adoptiveltern starben vor einigen Jahren bei einem Autounfall. Es gibt noch eine Großtante, die in einem Altenheim bei Rosenheim lebt. Ich habe ein paar Beamte hingeschickt, aber ich denke nicht, dass es etwas bringt.«

»Wir sollten zu Merles Freundin, dieser Caro«, sagte Oliver. »Vielleicht weiß sie mehr, als sie bisher zugegeben hat. Vor allem, falls Merle mit ihrer Mutter unter einer Decke steckt. Das ist kein Geheimnis, das man einfach so ausplaudert.«

»Sie verheimlicht uns etwas«, stimmte Alexis ihm zu.

»Fahrt ihr zu Caro. Ich gehe wieder in mein Labor. Eventuell habe ich eine Spur. Mit diesen neuen Informationen stellen sich manche Funde ganz anders dar«, sagte Karen.

Alexis lächelte ihre Freundin an. Endlich verhielt sie sich wieder wie die rationale Partnerin, auf die sie sich jederzeit verlassen konnte.

Gemeinsam mit Oliver fuhr sie zu Caro und sorgte von unterwegs dafür, dass sie von der Schule abgeholt wurde und ihre Mutter anwesend war. Zu dritt gingen sie in das Zimmer des Mädchens.

Alexis sah ihr an, dass sie etwas verbarg. »Darf ich einen Augenblick alleine mit Caro sprechen?«, wandte sie sich an Frau Wiegand. Sie sah das Zögern in deren Gesicht. »Bitte.«

»Ist dir das recht?«

Das Mädchen senkte den Blick, nickte stumm. Mit einem Seufzen stand die Mutter auf und verließ den Raum.

»Du kannst offen mit mir reden.«

»Sagen Sie meiner Ma nichts?«

»Ich will dich nicht anlügen«, entgegnete Alexis. »Ich werde dein Geheimnis bewahren, solange es mir möglich ist. Sollte ich gezwungen sein, ihr etwas zu sagen, werde ich dafür sorgen, dass du keinen Ärger bekommst. Merle ist eventuell in Gefahr, und nur du kannst uns helfen.«

»Ich habe ihr versprochen, nichts zu verraten.«

»Es ist wichtig, seine Versprechen zu halten.« Alexis ergriff Caros Hand, kniete sich vor sie und zwang sie so, sie anzusehen. »Manchmal ist es aber noch wichtiger, sie zu brechen. So wie jetzt, wenn das Leben von jemandem in Gefahr ist und man helfen kann. Und du willst Merle doch helfen, oder?«

Erneut nickte das Mädchen.

»Lass es uns so machen«, schlug Alexis vor. »Ich sage etwas, und wenn ich richtigliege, dann drückst du meine Hand.«

Caro drückte zustimmend zu. In dem Raum herrschte von dem Ticken der Uhr abgesehen eine gespenstische Stille.

»Merle hatte Angst vor ihrem Vater.«

Ein Drücken ihrer Hand.

»Hat er dich bedroht?«

Zuerst ein zaghaftes Drücken, dann schüttelte sie den Kopf, nickte, nur um anschließend resigniert mit den Schultern zu zucken.

Alexis war sich sicher, dass das Mädchen tatsächlich bedroht worden war und weiterhin Angst hatte. War es ihr zu verdenken? Sie sollte Jungs anschmachten, sich ins Kino schleichen und zu lange telefonieren. Ganz sicher sollte sie nicht in diesen Albtraum hineingezogen werden.

»Er ist tot. Was auch immer war. Er kann dir nichts mehr anhaben.«

Das Mädchen reagierte nicht, starrte sie nur mit geweiteten Pupillen an. Einen Augenblick war sich Alexis nicht sicher, ob sie überhaupt atmete. Sie verkniff sich einen resignierten Seufzer. Was ging hier bloß vor? »Ich brauche wirklich deine Hilfe«, sagte sie leise.

»Er wird meine Mutter töten, wenn er erfährt, dass ich mit Ihnen spreche.« Ihre Stimme war so schwach, dass sie fast vom Prasseln des Regens an der Scheibe verschluckt wurde.

»Wer?«, fragte Alexis alarmiert.

Caro schluchzte auf. »Merle hat mich gewarnt, aber dann habe ich etwas zu meiner Mutter gesagt, und mein Kater verschwand.« Tränen rannen in Strömen über ihre Wange. »Er hat mir seinen Schwanz in die Schultasche gesteckt. Einfach abgehackt.«

»Aber Herr Hernandez ist tot, er kann dir nichts anhaben.«

Mit einem Mal riss sie ihre Hände los. »Sie wissen gar nichts. Er war ihre einzige Hoffnung. Ihr echter Vater ...«

Sie brach ab, stand auf und wanderte im Zimmer auf und ab.

»Willst du damit sagen, dass Herr Hernandez nicht ihr leiblicher Vater war?«

»Können Sie meine Mutter wirklich beschützen?«

»Das werde ich, und wer auch immer dir solche Angst macht: Ich werde ihn zur Rechenschaft ziehen. Aber du musst mir endlich sagen, was hier vor sich geht.«

»Merle war schon immer anders«, brach es viel zu schnell wie eine Sturzflut aus dem Mädchen heraus. »Sie hat nur langärmlige Pullis getragen, und ich wusste, dass sie zu einem Therapeuten geht. Trotzdem war sie cool. Nicht so eine Megazicke wie die anderen Mädchen an der Schule. Sie war eine halbe Ewigkeit meine beste Freundin, aber dann fing sie an sich zu verändern. Ich habe gesehen, dass sie Angst hat. Ihre Mutter wurde immer verrückter. Sie durfte kaum aus dem Haus, und wenn sie nur zwei Minuten zu spät kam, rief sie bei meinen Eltern an und machte Terror. Sie wollte ihr sogar verbieten, mich überhaupt zu treffen. Ich habe sie immer wieder gefragt, was los ist, aber sie wollte nicht mit mir reden.« Caro holte ihr Handy aus der Tasche, entsperrte es, tippte und wischte darauf herum, bis sie es umdrehte. Es zeigte ein Bild von Merle, die seitlich vor einem Spiegel stand. Sie trug eine knappe, kurze Hose und einen BH. Ihre gesamte Seite war von Prellungen und blauen Flecken übersät. »Eines Tages habe ich sie beim Shoppen in der Umkleide so gesehen. Da hat sie ein paar Sachen erklärt, nachdem ich ihr gedroht hatte, meiner Mutter davon zu erzählen.«

»Wer hat ihr das angetan?«, fragte Alexis leise. Ihre Hände waren zu Fäusten geballt, und sie hatte Mühe, ruhig auf dem Stuhl sitzen zu bleiben.

»Das war ihr echter Vater.«

»Und wer ist das?«

»Das wollte sie mir nicht sagen.«

»Wusste ihre Mutter davon?« Allmählich klärte sich für Alexis einiges auf. Warum sie nie greifbare Beweise gegen Hernandez hatten. Weshalb Merle keine klare Aussage machen konnte. Aber warum hatte das Mädchen dann Hernandez getötet?

»Ja, sie hat Merle gesagt, dass sie es niemals jemandem verraten dürfe, da dieser Mensch sonst sterben würde. Ich habe es nicht ernst genommen, aber dann ...« Sie schluchzte erneut auf. »Wegen mir ist mein Kater tot. Er hat ihn einfach umgebracht, um mich zu bestrafen.«

Alexis schluckte schwer, stand auf und nahm das Mädchen in die Arme. Sie hatte ihren eigenen Kater unter ähnlichen Umständen verloren. »Es ist nicht deine Schuld. Dieser Mann ist ein Monster.«

»Simone hat er auch getötet. Als Merle mir vor ein paar Jahren davon erzählt hat, dachte ich, die spinnt. Menschen hauen doch einfach ab, aber dann ... Ich habe solche Angst.«

»Die brauchst du nicht mehr zu haben. Lass uns alles deiner Mutter erzählen, und dann stelle ich euch unter Polizeischutz. Es werden Tag und Nacht Beamte vor eurer Tür stehen, bis ich den Mistkerl gefasst habe. Du brauchst keine Angst mehr um sie zu haben. Einverstanden?«

Caro nickte zögerlich. »Was ist mit Merle? Lebt sie noch?«

»Ich hoffe es.« Sie drückte das Mädchen fest an sich, spürte das Zittern ihres knochigen Körpers. »Wusste Herr Hernandez davon?«

»Ich glaube nicht, aber er muss etwas geahnt haben.« Caro löste sich aus der Umarmung und setzte sich. »Anfangs war alles o.k. für Merle. Ihr echter Vater zwang sie, irgendwelche Medikamente zu nehmen. Sie konnte sich oft an nichts erinnern. Dann fing er an, sie zu schlagen.«

»Warum hat Merle ihrer Mutter nicht davon erzählt?«

»Hat sie doch, aber ihr war das egal.«

Alexis versuchte noch immer das Bild, das sie von Gabriela hatte, mit diesen neuen Informationen in Einklang zu bringen. Kurz war sie versucht, die Geschichte des Mädchens als Erfindung abzutun, aber tief in ihrem Inneren wusste sie, dass es die Wahrheit sprach. Wie hatte Gabriela Thalberg das nur zulassen können? Fast war Alexis dankbar für ihre eigenen Eltern. Trotz ihrer Taten hatten sie sie immer beschützt und geliebt. Niemals hätten ihre Eltern ihr so etwas angetan.

»Obwohl«, korrigierte sich Caro. »Egal war es ihr nicht. Sie hatte noch mehr Angst vor ihm als Merle.«

»Warum hat Merle dann nicht mit einem Lehrer gesprochen?«

»Sie hat es versucht, aber kaum hatte sie einen Termin ... Wissen Sie, Merle hatte mal ein süßes Kaninchen. Ganz weiß mit Schlappohren. Wir nannten es Frau Holle. Es hat nie gebissen, war ganz verschmust. Am Abend kam sie zum Abendessen nach Hause. Es gab einen Braten. Erst als sie später in ihr Zimmer kam, fiel ihr auf, dass Frau Holle weg war. Sie haben das arme Tier geschlachtet, und sie hat es gegessen.« Caro zitterte inzwischen am ganzen Leib.

»Es ist nicht deine Schuld«, versuchte Alexis sie zu beschwichtigen. »Männer wie er wissen, wie man Menschen manipuliert. Selbst Erwachsene bemerken es oft erst, wenn es zu spät ist. Aber gerade jetzt bist du tapfer und hilfst mir, deine Freundin zu retten. Du kannst stolz auf dich sein. Hat er Merle dazu gezwungen, Marco Hernandez zu töten?«

»Ich weiß es nicht. Ich habe nicht mehr mit ihr gesprochen, seit das passiert ist. Aber warum sonst hätte sie das tun sollen? Sie hat ihn geliebt und hoffte, dass alles besser wird, wenn sie bei ihm ist, auch wenn sie Angst hatte, was ihr echter Vater machen wird.«

»Ihr hattet gar keinen Kontakt?«

Sie zögerte.

»Keine Geheimnisse mehr. Das ist wichtig.«

»Merle hatte ein Wegwerfhandy. Wir haben uns ein paar Nachrichten per WhatsApp geschrieben.«

Alexis notierte sich die Nummer, rief in der IT-Abteilung an. Vielleicht war das Handy noch aktiv. Sie überflog die Nachrichten, die aber keinen weiteren Hinweis enthielten. Trotzdem fotografierte sie sie mit ihrem eigenen Handy ab.

Dann fuhr sie zu Karen ins Labor.

78

»Du hast vorhin von einer Idee gesprochen«, sagte Alexis und setzte sich auf einen Hocker in Karens Labor. Wie sie befürchtet hatte, war Merles Handy nicht mehr eingeschaltet und die Suche danach ergebnislos verlaufen.

»Eine der Spinnen hatte in ihrem Magen doch das Blut mit dem Erreger der Chagas-Krankheit.«

»Die unter anderem Fieber, Durchfall, Bauchschmerzen, Lymphknotenschwellungen und so weiter hervorruft«, unterbrach Alexis sie.

Karen sah sie überrascht an.

»Ich höre dir manchmal zu. Was hat das mit dem Fall zu tun? Das klingt nicht viel anders als eine Grippe.«

»Nun, jetzt wird es interessant«, sagte Karen. »Die Behandlung ist schwierig, und wenn keine Therapie erfolgt, kann die Krankheit chronisch werden. Man kann damit zwar gut leben, und die Sterblichkeitsrate liegt gerade mal bei zehn Prozent, allerdings werden in der chronischen Phase vor allem das Nervensystem, der Verdauungstrakt und das Herz angegriffen.«

»Und wie hilft uns das weiter?«, fragte Alexis und wurde allmählich ungeduldig. Sie mussten das Mädchen finden.

»Immer mit der Ruhe, ich muss mir erst ganz sicher sein.« Karen nahm einen Artikel, den sie gerade ausgedruckt hatte, und überflog ihn. »Ich habe recht«, sagte sie schließlich. »Durch die Probleme mit dem Verdauungstrakt, die zu einem Megaösophagus führen können, magern die Patienten häufig ab, zudem wird das Herz geschwächt. Fällt dir jemand ein, auf den das zutrifft?«

»Dr. Ferrer«, sagte Alexis tonlos. Er war mager, wirkte oft müde, und seine Bewegungen hatten auch seltsam gewirkt. Normalerweise kein Grund, um jemanden verdächtig zu finden; die Umstände veränderten jedoch alles.

»Der Therapeut?«, fragte Oliver. »Ernsthaft?«

»Wir müssen es überprüfen«, sagte Alexis. »Los, komm mit.«

»Wartet«, sagte Karen. »Ich schließe mich euch an.«

Alexis wollte Einwand erheben, aber die Biologin ließ sie gar nicht erst zu Wort kommen. »Keine Diskussion. Ich habe Merle versprochen, auf sie aufzupassen, und sie vertraut mir. Wenn wir sie finden, braucht sie mich.«

Alexis beschloss, nicht noch mehr Zeit durch eine unnötige Diskussion zu verlieren. »Ich fahre«, rief sie und hastete aus dem Labor, während sie Stephan anrief und ihm die Neuigkeiten durchgab. Sie brauchte mehr Infos über den kolumbianischen Killer und einen Abgleich, ob es sich bei Ferrer um ihn handeln konnte. In dem Moment hatte sie alles vergessen, was zwischen ihnen stand. Sie war nur froh, seine Stimme zu hören.

Sie raste über die Autobahn, um so schnell wie möglich nach Mannheim und zu Ferrers Praxis zu kommen. Dort angekommen sah sie bereits Stephans Auto, während er auf der Straße auf und ab lief und telefonierte.

Sie winkte ihm zu, hielt sich aber nicht weiter auf, sondern rannte mit Karen und Oliver im Schlepptau in das Ärztehaus. Sie ignorierte den Aufzug und rannte die Treppen nach oben, immer zwei Stufen auf einmal nehmend. Karen hielt mit ihr mit. Durch die viele Arbeit im Freien war sie fit, während Oliver ein Stück zurückfiel.

Oben angekommen wollte sie die Tür zur Praxis aufreißen, fand sie aber verschlossen und verlassen vor. Sie fluchte und trat gegen die Tür. Das konnte kein Zufall sein. »Such uns den Hausmeister«, sagte sie zu Oliver. Dieser nickte und verschwand.

Alexis ballte ihre Hände zu Fäusten und spürte, wie ein gewaltiger Energieschwall sie durchströmte. Adrenalin pur. Sie wollte diesem Menschen wehtun. Richtig weh. So sehr, dass er es niemals vergessen würde, ein Brandzeichen in seiner Seele setzen. Ihre Empörung beschleunigte ihren Atem, und ihr ganzer Körper spannte sich an. Wäre sie alleine gewesen, hätte sie laut geschrien oder gegen eine Wand gehämmert. Irgendetwas getan, um diese Wut zu entladen. Der Zorn trieb sie in eine Mischung aus Euphorie und Verlust der Selbstkontrolle.

Immer wenn sie diese Aggressionen in sich aufsteigen

spürte, fragte sie sich, ob das noch normal war. Wer sprach schon über dieses Thema? Sicherlich keine Frau beim Kaffeeklatsch. Es passte nicht zum Selbstverständnis der meisten Frauen, sich einzugestehen, dass auch sie einen mehr oder weniger stark ausgeprägten Hang zur Gewalttätigkeit besaßen. Trotz dieses Wissens konnte sie ihre Emotionen nicht einordnen. War es noch normal oder war sie eine tickende Zeitbombe, die jederzeit hochgehen konnte?

Sie sah zu Karen hinüber, die blass mit weit aufgerissenen Augen an der Wand lehnte. Sie schwankte leicht. »Setz dich«, sagte sie zu ihrer Freundin und drückte sie sanft nieder. »Du hast dir zu viel zugemutet.«

Alexis fühlte sich schuldig, so die Treppen hinaufgerast zu sein. Sie hätte mehr Rücksicht auf ihre Freundin nehmen müssen.

Schließlich kam Oliver mit dem Hausmeister zurück, der kaum Fragen stellte. Die rechtlichen Details musste sie später mit Linda klären. Sie wollte jetzt keine unnötige Zeit verlieren.

Rasch hastete sie durch die Räume. Sie waren offensichtlich zügig, aber nicht überhastet verlassen worden. Sämtliche Patientenakten waren vorhanden, aber Kalender, Notizbücher und handschriftliche Aufzeichnungen von Ferrer waren verschwunden.

In dem Büro des Psychologen trafen sie sich wieder.

»Ferrer ist also die ganze Zeit unser Killer gewesen«, sagte Alexis leise.

»Das alles war eine einzige große Inszenierung.«

»Aber warum?«

»Und wie steckt Frau Thalberg da drin?«, fragte Alexis.

»Dafür habe ich möglicherweise eine Erklärung«, erwiderte Stephan und legte eine geöffnete Mappe auf den Tisch.

»Unser kolumbianischer Killer, bei dem wir mittlerweile wohl davon ausgehen können, dass es sich um Ferrer handelt, hatte eine Schwester. Sein Vater war ein krankes Schwein und die Mutter anscheinend noch viel schlimmer. Man nahm ihr die Tochter weg, aber der Junge war zu dem Zeitpunkt bereits volljährig und blieb bei ihr. Die Tochter wurde von einem deutschen Paar adoptiert.«

»Soll das Gabriela sein?«

»Ich habe einen Spezialisten beauftragt, das einzige Kinderfoto künstlich altern zu lassen. Das Ergebnis liegt noch nicht vor, aber er geht davon aus, dass es zu ihr passen könnte. Sie wurde jedenfalls adoptiert.«

»Dann ist Ferrer ihr Bruder?«, fragte Oliver.

»Und Merles Vater«, fügte Alexis mit einem Schaudern hinzu.

»Was für eine kranke Familie«, murmelte Karen. Sie war noch immer leichenblass.

»Aber wie kam sie wieder in Kontakt mit Ferrer?«

»Das liegt noch im Dunkeln. Bisher haben wir nur eine Theorie. Es gibt Hinweise, dass Frau Thalberg nach ihrem Abitur herausfinden wollte, woher sie wirklich stammt. Ihre Adoptiveltern haben ihr sogar eine Reise bezahlt. Vielleicht hat sie dort ihren Bruder wiedergefunden und ist in alte Muster zurückgefallen. Man kann sich einer Indoktrinierung, die von Kindheit an erfolgt, nicht einfach entziehen. Wir wissen zwar nicht genau, was in Kolumbien geschehen ist, aber nach Thalbergs Verhaltensmuster zu urteilen, gehe ich davon aus, dass man ihr von Geburt an klarmachte, dass sie ihrem Bruder zu gehorchen hat. Zurück in den Fängen ihrer Familie konnte sie ihnen nicht mehr entkommen.«

»Und dann half sie ihm, sich eine neue Identität in Deutschland aufzubauen.«

Stephan hob die Hände. »Wie gesagt, das ist nur eine Theorie.«

»Aber eine sehr passende.«

Obwohl sie Karens steigende Ungeduld spürte, dachte Alexis weiter nach. Sie musste alle Informationen über Ferrer, oder wie auch immer er in Wahrheit hieß, haben, um sich ein genaues Bild von seiner Psyche machen zu können. Nur so wäre sie in der Lage, seinen nächsten Schritt vorauszuahnen. »Wie passt Merle ins Bild? Warum hat sie Hernandez getötet, wenn er doch versucht hat, sie zu retten?«

»Gib mir einen Moment«, sagte Stephan, der sich an Ferrers Schreibtisch gesetzt hatte und hektisch in die Tastatur des PCs tippte. »Der Kerl hält sich für besonders schlau und hat die Festplatte gelöscht, aber Europol ist schlauer. Ich kann die Daten wiederherstellen.«

Einige Minuten später stieß er einen leisen Pfiff aus. Alexis ging zu ihm und spähte über seine Schulter. Auf den beiden Bildschirmen öffnete sich Datei um Datei.

»Ich wüsste zu gern, woher Ferrer diese Informationen hat.« Stephans Stimme klang belegt.

»Was ist das?«

»Karen?«, wandte sich der Franzose an die Kriminalbiologin. »Siehst du, was ich sehe?«

Sie sah von ihrem Handy auf, ging zu ihm und überflog die Dokumente. »Elendiges Dreckschwein«, fluchte sie. »Er hat mit dem Mädchen Experimente zur Bewusstseinskontrolle durchgeführt.«

»Irgendwie ist er an Unterlagen von dem Projekt MKULTRA gekommen«, sagte Stephan. »Es gibt schon lange Befürchtungen, dass ein Teil der Aufzeichnungen in die falschen Hände geriet.«

»Ich kann euch nicht ganz folgen.« Alexis nahm sich ungeduldig ein paar Papiere, verstand aber nur die Hälfte.

»MKULTRA war ein Geheimprojekt der CIA aus den 50er- bis 70er-Jahren«, erläuterte Karen mit unterdrückter Wut in der Stimme. »Damals wurde unter anderem mit Mescalin und LSD experimentiert, um Menschen zu konditionieren und Verhörtechniken zu entwickeln. Als das rauskam, war es ein riesiger Skandal. Dieser Ferrer … « Karen brach ab, warf die Papiere zurück auf den Tisch. »Stephan, sprich du weiter, ich brauche einen Moment.« Sie wandte ihnen den Rücken zu, ging zur Wand, beugte sich vor und stützte sich mit beiden Armen daran ab.

Zuerst wollte Alexis zu ihr gehen, beschloss dann aber, ihrer Freundin ein paar Minuten für sich zu geben. Stattdessen hörte sie Stephan zu.

»Der Kerl hat die Methoden mit moderneren Drogen verfeinert, um aus Merle eine willenlose Befehlsempfängerin zu machen.«

»So etwas geht?«, fragte Alexis entsetzt.

»Leider ja«, sagte Stephan leise. »Gerade in den letzten Jahren des Terrors und der Terrorabwehr herrscht reges Interesse an Drogen und Methoden, um Menschen unter Kontrolle zu bringen. Entweder zur Wahrheitsfindung oder um sie als Waffen zu missbrauchen. Ferrer hat verschiedene Methoden bei Merle angewandt. Hauptsächlich ging es ihm darum, sie unter Drogen zu setzen und ihr in diesem Zustand Dinge einzuflüstern, damit sie ihm hörig wird. Er hat sie also durch eine komplexe Kombination aus Drogen und Hypnosetechniken auf eine bestimmte Tonfolge konditioniert, sodass sie zu einer willenlosen Befehlsempfängerin wurde. Möglicherweise hat sie deshalb Hernandez getötet.«

»Das hilft uns nicht weiter«, unterbrach sie Karen und richtete sich auf. »Wir müssen Ferrer finden. Wo kann er hin sein? Und was ist mit Gabriela und Merle? Fliehen sie vor ihm oder hat er sie in seiner Gewalt?«

Alexis zückte ihr Handy. »Ich gebe eine Fahndung raus.«

»Lasst mich einen Moment nachdenken«, sagte Karen und ging nach draußen.

Alexis sah ihr voller Sorge nach. Ihre Freundin litt noch immer an dem Trauma, das die Entführung vor einigen Monaten hinterlassen hatte, dann wurde ihr Körper von dem Spinnenangriff geschwächt, und Merle ging ihr viel zu nahe.

Oliver nahm ein Foto von Ferrer in die Hand, das ihn in einer Nahaufnahme auf einem Boot zeigte. Er pfiff leise durch die Zähne. »Sieh dir das an. Hier.« Er deutete auf die linke Gesichtshälfte. Eine Windböe hatte seine Haare erfasst und zur Seite geweht.

Alexis konnte anfangs nichts entdecken, aber dann bemerkte sie eine winzige Narbe neben dem Ohr von Ferrer. »Er hat sich operieren lassen, um sein Aussehen zu verändern. Er muss wirklich der kolumbianische Killer sein und kam nach Deutschland, um neu anzufangen.« Sie holte tief Luft und sprach leise weiter. »Wir müssen davon ausgehen, dass Gabriela und Ferrer zusammenarbeiten. Er war regelmäßig im Krankenhaus und konnte ihr die Tabletten besorgen. Ich glaube nicht, dass sie das alles alleine geschafft hat.«

In dem Moment kam Karen aufgeregt zurück in den Raum. »Der Drecksack hat etwas vergessen!«, rief sie triumphierend. »Manchmal kann es einem auch zum Verhängnis werden, wenn man ein Sauberkeitsfanatiker ist. Ich muss in mein Labor.« Damit verschwand sie auch schon wieder.

Alexis hastete ihr hinterher, gefolgt von den Männern. Karen presste eine Tüte an ihre Brust. Erst auf den zweiten

Blick erkannte sie, dass es ein Paar Männerschuhe war. »Was willst du damit?«, fragte sie, während sie die Treppen nach unten hasteten.

»Der Idiot hat seine Schuhe zurückgelassen. Anscheinend hat er sie in seiner Praxis gewechselt. An ihnen klebt jede Menge Dreck.«

»Und wie hilft uns das weiter?«

»Diese Irina hat doch ausgesagt, dass sie am Wald festgehalten wurde. Irgendwo in der Nähe des Flusses.«

»Ja, aber die Angaben sind zu unspezifisch, um uns weiterzubringen.«

»Jetzt nicht mehr. Wenn ich die Erde und Blätter analysiere, finde ich vielleicht ihren Unterschlupf.«

79

Kaum waren sie in ihren Räumen angekommen, rief Karen nach ihrer studentischen Hilfskraft, die gerade die Käfer kontrollierte. Sie ratterte eine Reihe von Büchern und Materialien herunter, die sie benötigte, und stürmte in ihr Labor.

Alexis folgte ihr, streifte sich ebenfalls einen Kittel und Handschuhe über. Karens Hände zitterten so stark, dass sie es kaum schaffte, die Handschuhe anzuziehen.

»Du musst dich beruhigen«, sagte Alexis.

»Ich kann einfach nicht. Sie haben Merle.« Sie holte tief Luft. Unter ihren Augen waren Augenringe, und das Make-up war verlaufen. »Gabriela hat uns an der Nase herumgeführt. Wenn sie Merle etwas antut oder er.« Sie ballte die Fäuste.

»Wir werden es verhindern. Aber du musst dich entspannen, damit du ihr helfen kannst.«

Tatjana kam ins Labor, legte die gewünschten Dinge ab. »Kann ich Ihnen sonst noch behilflich sein?« Die junge Frau wirkte sichtlich schockiert über Karens Anblick.

»Nein, alles in Ordnung. Sie können für heute Schluss machen.«

Die Studentin zögerte, zuckte dann mit den Schultern und verließ das Labor.

»Hätte sie nicht eine Hilfe sein können?«, fragte Alexis.

»Vielleicht, aber dann hätte ich sie in den Fall einweihen müssen, und sie soll noch ein paar Nächte ruhig schlafen.« Sie streckte sich, dann nahm sie die Erde und Blätter, die sie in der Praxis gefunden hatten. »Das ist eine ziemlich schwache Hoffnung, dass wir hier etwas finden, das uns weiterbringt.«

»Oliver und Stephan suchen in der Zwischenzeit nach anderen Hinweisen, wo er seinen Unterschlupf haben könnte. Wir finden sie.« Zudem hatte sie ein paar Beamte in das Krankenhaus geschickt, um die Mitarbeiter zu befragen, wann und wie oft Ferrer bei Gabriela war.

In den nächsten dreißig Minuten beobachtete Alexis Karen bei ihren Untersuchungen. Zwischendurch riefen die Beamten aus dem Krankenhaus an. Alexis ging hinaus, um das Gespräch anzunehmen. Anscheinend war Ferrer im Krankenhaus gewesen und hatte sich über irgendetwas sehr aufgeregt. Das hatte die Neugierde der Polizisten geweckt, und sie hatten herausgefunden, dass er Gabrielas Krankenblatt studiert hatte. Daraufhin sei er nach draußen gestürmt. Eine Krankenschwester gab an, dass sie ihn hätte von einer Hure murmeln hören.

Alexis bedankte sich und legte auf. Sie lehnte sich an die

Wand des Kellerflures und dachte nach. Allmählich ergab sich ein Bild. Sie tätigte noch einen weiteren Anruf, dann wusste sie, was Ferrer so aufgeregt hatte. Er war doch nicht Merles Vater – Hernandez war es gewesen. Sie hatten die Blutproben von dem Mädchen und Gabriela. Die eine hatte Blutgruppe 0, die andere A. Die Probe aus Kolumbien hingegen war B. Ferrer konnte somit nicht Merles Vater sein. Sie hoffte nur, dass er Gabriela und ihre Tochter nicht bereits getötet hatte.

Sie kehrte zu Karen zurück, beschloss, ihr erst später von den neuen Erkenntnissen zu erzählen. Diese sah nur kurz von ihren diversen Bechergläsern und dampfenden Kolben auf.

»Für diese Arbeit bräuchten wir jemanden vom geologischen Institut, aber ich bin mir ziemlich sicher, dass in der Erde Spuren von Schwermetallen sind. Die Pflanzenteile lassen sich einfacher bestimmen. Es sind Brennnesseln, Silberpappeln und Ulmen.«

»Bringt uns das weiter?«

»Brennnesseln sind Stickstoffanzeiger. Sie wachsen gerne in der Nähe von Straßen. Silberpappeln sind hingegen eher selten. Komm mit.«

Sie zog Handschuhe und Kittel aus und ging zum Nebenraum. Dort loggte sie sich in ihren Computer ein und öffnete ein Programm. Nachdem sie etwas eingetippt hatte, breitete sich eine Karte auf dem Bildschirm aus. »Ein Kollege hat vor ein paar Jahren eine Untersuchung zum Verbreitungsgebiet von Silberpappeln gemacht. Die grün eingezeichneten Flächen kommen infrage.«

»Das können wir niemals rechtzeitig absuchen.« Alexis ging unruhig im Raum auf und ab, versuchte sich an etwas zu erinnern.

»Hast du Irinas Aussage dabei?«

Alexis nickte, öffnete ihre Mails und reichte Karen das entsprechende Dokument.

»Das bringt mich schon weiter, aber eindeutig wird es noch immer nicht. Mich irritiert vor allem der hohe Gehalt an Kohlestaub.« Karen seufzte. »Ich könnte raten, aber …«

»Das ist das Beste, was wir momentan haben.«

»Ich …« Karen fuhr sich durch die Haare. »Was, wenn ich falschliege?«

»Dann haben wir immer noch Oliver, Stephan und den Rest der SoKo, die sich darum kümmern. Jetzt spuck es aus, die Zeit drängt.«

Karen atmete tief aus, bewegte den Mauszeiger hastig auf und ab, begleitet von leisem Klicken, wenn sie etwas anwählte. Kurz darauf sprang der Drucker an. Sie riss das Papier regelrecht aus ihm heraus.

»Ich habe den Umkreis auf fünfzig Kilometer reduziert. Viel mehr wird er nicht bewältigt haben, da er die Distanz neben seinem gewöhnlichen Arbeitsalltag aufrechterhalten musste und die Frauen und Spinnen überwacht werden mussten.«

»Das ist schlüssig. Weiter«, trieb Alexis sie an. Es tat gut zu sehen, wie die Konzentration die Panik aus Karens Gesicht vertrieb.

»In Mannheim gibt es ein großes Steinkohlekraftwerk. Das erklärt den Kohlestaub, und wir können uns auf diese Region konzentrieren. Brennnesseln kommen vor allem an Straßen vor. Also müssen wir diese markieren.« Sie nahm einen pinkfarbenen Textmarker und kennzeichnete sie in den grünen Gebieten. »Als Nächstes weiß ich, dass es in der Nähe des Flusses sein muss.« Sie schraffierte weitere Flächen, fügte nach und nach die Infos ein, die sie aus ihren Daten und Irinas Aussage zusammenpuzzelte.

»So eine Scheiße«, sagte sie schließlich. »Es gibt immer noch drei Möglichkeiten.«

Alexis' Gedanken rasten. Ihnen lief die Zeit davon, und noch immer nagte dieses Gefühl an ihr, etwas zu übersehen. Sie schloss die Augen, blendete alles aus und rief sich alle Personen ins Gedächtnis, die in den Fall verwickelt waren. Was wussten sie?

»Ich habe eine Idee«, sagte sie schließlich. Sie rief bei Volkers an. »Schau mal nach, ob Ferrer irgendwelche Gebäude oder Grundstücke besitzt oder gemietet hat«, wies sie ihren Kollegen an.

Das Klappern einer Tastatur war zu hören. »Nichts.«

»Verdammt«, fluchte Alexis. Dann fiel ihr endlich ein, was sie die ganze Zeit beschäftigt hatte. Fünf Minuten später hatte sie eine Adresse und nannte sie Karen. »Stimmt es mit einem deiner drei Gebiete überein?«

»Woher hast du die?«

»Zuerst dachte ich, Ferrer würde vielleicht eine Hütte besitzen, in die er die Frauen verschleppt, aber dann fiel mir Gabriela ein. Ihre Eltern hatten eine kleine Werft, die sie ihr hinterlassen haben. Nach ihrem Tod wurde der Betrieb eingestellt, aber das Gebäude steht noch.«

»Treffer«, rief Karen aus, sprang auf und riss ihre Tasche regelrecht vom Tisch.

»Dann los.«

»Was, wenn ich mich irre?« Mit einem Mal sah Karen furchtbar verletzlich aus. Die Angst, Merle im Stich zu lassen, zeichnete tiefe Falten in ihr Gesicht.

»Das tust du nicht.«

80

Die Schuldgefühle nagten während der gesamten Fahrt an Karen. Deshalb hatte sie keinen Beweis für Hernandez' Schuld gefunden. Anstatt sich auf das zu konzentrieren, was vor ihr lag, hatte sie sich zu einer Hexenjagd hinreißen lassen. Hätte sie den wahren Täter schon längst fassen können? Und was war mit Merle? Steckte sie mit drin oder war sie wirklich das Opfer?

»Wenn Hernandez nicht der Killer war, hat er seiner Familie nichts angetan?«

»Ich fürchte ja.«

Karen schlug mit dem Kopf gegen die Kopfstütze. Sie hatte dazu beigetragen, einem Menschen das Leben zur Hölle zu machen, und jetzt war er tot.

»Vielleicht ja doch«, versuchte Alexis sie zu beruhigen. »Man muss kein Serienkiller sein, um sich wie ein chauvinistischer Drecksack aufzuführen.«

Vielleicht hatte doch ein Funken Wahrheit in Gabrielas Aussage gelegen. Karen wusste, dass sie es sich nur einreden wollte, damit sie sich besser fühlte.

Alexis hatte noch auf dem Weg zum Auto Oliver und Stephan benachrichtigt. Sie würden ihnen mit Verstärkung zu der Lagerhalle folgen.

Alexis' MiTo holperte über den matschigen Feldweg, als sie sich ihrem Ziel näherten, dann parkte sie in einer Nische, die zu einem Hochstand führte, sodass ihr Wagen halbwegs versteckt war. »Ich will nicht, dass er uns kommen sieht«, erklärte sie. »Bleib du hier, ich sehe mich mal um.«

»Auf keinen Fall«, erwiderte Karen und stieg aus. »Ich lasse dich nicht allein.«

»Dann warten wir auf die Verstärkung.«

»Bist du verrückt? Sie werden so einen Lärm machen, dass er es sofort mitbekommen wird. Wer weiß, was er Merle dann antut.«

»Das ist Wahnsinn«, flüsterte Alexis, zog aber ihre Waffe und überprüfte sie.

Karen nickte grimmig. Sie würde nicht tatenlos hier rumstehen, während das Mädchen möglicherweise ihre Hilfe brauchte. Sie hatte Merle ein Versprechen gegeben und sie bisher nur im Stich gelassen.

Sie näherten sich im Schatten der Bäume den Gebäuden. Durch den starken Regen war die Sicht eingeschränkt, trotzdem erspähten sie einen Platz, auf dem früher Schiffe gestanden hatten. Daneben mehrere gewaltige Hallen und auf der anderen Seite ein heruntergekommenes Wohnhaus.

Die Tür zu dem Komplex aus Lagerhallen stand offen. In ihrem Inneren wurde offensichtlich, dass sie seit vielen Jahren nicht mehr genutzt wurden. Eine Vielzahl angerosteter, teilweise mehrere Meter hoher Maschinen reihte sich aneinander, bildeten ein unübersichtliches Labyrinth, das von dem unablässigen Plätschern des Regens auf dem Dach erfüllt war. »Ich will, dass du draußen wartest«, sagte Alexis und zog ihre Waffe.

»Vergiss es«, erwiderte Karen. Sie würde sicherlich nicht alleine im Wald warten, während ein verrückter Killer hier rumrannte. »Ich übernehme die Verantwortung, und du willst doch sicher nicht, dass ich zu schreien anfange.«

Alexis seufzte. »Du kannst ein ganz schön stures Miststück sein. Bleib hinter mir und mach keine Dummheiten.«

Sie gingen die Halle systematisch ab. Alexis sicherte an jeder Ecke und winkte sie schnell auf die andere Seite. Das Quietschen ihrer Schuhe auf dem glatten Boden wurde vom Prasseln des Regens verschluckt.

Mit einem Mal stieg Karen ein vertrauter, aber doch fremdartiger Geruch in die Nase, den sie zuerst nicht einordnen konnte. Dann verstand sie. Das war Blut. Viel Blut. Sie berührte Alexis an der Schulter, doch diese hob nur die Hand und bedeutete ihr, hinten zu bleiben. Dann hörte sie einen dumpfen Schrei, und sie vergaß alle Vorsicht. Sie eilte um die Ecke. Als sie die zusammengesunkene Gestalt an der Wand sah, blieb ihr vor Entsetzen die Luft weg. Die Frau war nackt und mit roten Flecken übersät. Ihr dunkles Haar verdeckte das Gesicht.

Sie hörte Alexis verhalten hinter sich fluchen, als sie nach vorne stürzte und neben dem Mädchen in die Knie ging. Erst als sie ihr das Haar aus dem Gesicht strich, bemerkte sie, dass es weder Merle noch Gabriela war, sondern eine von Ferrers Sekretärinnen.

»Scheiße«, fluchte Alexis und packte Karen grob an der Schulter. »Weg hier! Das ist eine Falle.«

»Wie das?« Karen versuchte aufzustehen und registrierte verwundert, wie schwer es ihr fiel. Ihr Kopf fühlte sich wie in Watte gepackt an. Da entdeckte sie es. Eine kleine Gasflasche war von dem Körper verborgen worden. Sie war geöffnet, sodass ihr Inhalt entströmen und sich auf dem Boden sammeln konnte; der Gasgeruch überdeckt von dem intensiven Geruch nach Blut und Rost, der in der Halle hing. Sie stützte sich ab, krabbelte weg von der Flasche, aber ihre Glieder wurden immer schwerer. Sie hörte Alexis erneut fluchen, nahm am Rand wahr, wie sie zur Seite kippte. Dann steckte ihre Freundin die Waffe weg, packte sie an den Armen, um sie wegzuzerren.

In dem Moment erklang eine Stimme, die ihr inzwischen nur zu vertraut war. Ferrer. »Richten Sie sich langsam auf und werfen Sie Ihre Waffe zur Seite.«

Das war das Letzte, was Karen hörte, bevor die Ohnmacht sie erfasste.

81

Alexis folgte den Anweisungen, wobei sie sich langsam umdrehte. Ferrer stand nur wenige Meter von ihr entfernt, hielt dabei eine großkalibrige Waffe auf sie gerichtet. Selbst ohne Erfahrung im Umgang mit Schusswaffen würde er sie so nicht verfehlen.

»Legen Sie die Waffe auf den Boden und dann schieben Sie sie zu mir.«

Sie ließ sich bei der Ausführung Zeit, auch wenn sie sich nicht sicher war, ob das die richtige Entscheidung war. Die Verstärkung mochte bald eintreffen, aber wenn Ferrer sie zu früh bemerkte, würde er sie alle töten.

Sie gab vor, sich besonders ungeschickt anzustellen, und kickte die Waffe mitten unter eine Mähmaschine.

Ferrer fluchte unterdrückt.

»Geben Sie auf«, sagte Alexis ruhig, vergewisserte sich dabei mit einem Seitenblick, dass Karen noch atmete. Sie selbst hatte nur eine kleine Dosis des Gases abbekommen, aber es genügte, um ihre Gedanken zu verlangsamen. »Das hier ist nicht Kolumbien. Sie können nicht so einfach abtauchen.«

Ferrer wirkte einen Moment irritiert. Offenbar hatte er nicht damit gerechnet, dass sie so viel wussten. Dann lachte er höhnisch. »Quatschen Sie weniger. Schnappen Sie die Arme von der Tussi und dann gehen Sie voran.« Er winkte mit der Waffe in einen schmalen Gang zwischen den Maschinen durch. War sie erst mal dort, könnte sie sich zur Seite werfen, doch dazu würde sie Karen zurücklassen müssen. Sie sah auf die ohnmächtige Freundin hinab. Das kam nicht infrage.

Der schmale Gang mündete in eine Art zentralen Platz, von dessen Decke dicke Metallketten hingen. Merle saß mit Kabelbindern gefesselt in einer Ecke. Das Mädchen sah erbärmlich aus mit dreckverkrustetem Gesicht, in das Tränen helle Streifen zeichneten. Gabriela kauerte neben ihr – das Gesicht ebenfalls von Schlägen gezeichnet.

Alexis zog Karen zu einer alten Planierraupe, die nur wenige Meter von Mutter und Tochter entfernt war. Erneut sah sie zu ihrer Freundin hinab. Täuschte sie sich, oder hatte Karen ihr gerade zugeblinzelt? Da, ein leichter Druck ihrer Hand. Sie war bei Bewusstsein! Alexis erwiderte die Berührung, nickte ihr unmerklich zu und hoffte, dass Karen intuitiv verstand. Sie hatten nur eine Chance.

»Treten Sie zur Seite.« Ferrer musste ahnen, dass die Betäubung durch das Gas nicht ewig dauern würde, holte ein paar Kabelbinder aus seiner Tasche und ging auf Karen zu. »Ich werde sie neben den Weibern ablegen. Sobald ich weg bin, gehen Sie zu Ihrer Kollegin und fesseln erst sie, bevor Sie sich selbst die Beine zusammenbinden.«

Ferrer war so auf Alexis konzentriert, dass er Karen keine Beachtung schenkte, die durch halb geöffnete Augen zu Alexis hinübersah. Ihre Blicke trafen sich.

Als Ferrer neben Karen stehen blieb, nickte Alexis ihr zu. Karen riss die Arme nach oben und schlug sie mit aller Kraft in Ferrers Kniekehlen. Im selben Moment sprintete Alexis nach vorne. Doch der Mann war gut trainiert und hatte schnelle Reflexe. Anstatt zu stürzen, geriet er nur ins

Taumeln. Er zielte auf Karen, sein Finger zuckte am Abzug. In dem Moment, in dem er abdrückte, warf Alexis sich mit ihrem vollen Körpergewicht auf ihn. Das Schussgeräusch war so laut, dass es ihr in den Ohren klingelte.

Sie stürzten zu Boden. Beim Aufprall verlor er die Pistole, die davonschlitterte. Alexis hatte keine Zeit, sich um sie zu kümmern. Ferrer packte ihren Arm, bog ihn schmerzhaft nach hinten. Der Schmerz raubte ihr fast den Verstand. Karen taumelte auf sie zu, noch immer benommen von dem Gas. So würde sie nicht viel ausrichten können.

Alexis wappnete sich für eine neue Welle des Schmerzes, überdehnte ihren Körper noch weiter, um sich gleichzeitig zu drehen und sich so aus Ferrers Griff zu befreien. Sie nutzte den Moment der Überraschung, um ihren Ellenbogen gegen seine Nase zu rammen.

Ein Aufschrei erklang, der von dem Gurgeln strömenden Blutes erstickt wurde.

»Keiner bewegt sich oder ich schieße!«

Im ersten Moment hoffte Alexis, dass endlich die Verstärkung eingetroffen war. Dann erkannte sie die schrille, panikerfüllte Stimme und drehte sich langsam um.

In der Mitte des von Maschinen abgegrenzten Bereichs stand Gabriela mit Ferrers Waffe in der Hand und zielte abwechselnd auf den Mann, Karen und ihre Tochter. Ihre Hände waren noch immer mit Kabelbindern gefesselt, jedoch sehr locker. Dennoch konnte sie die Pistole nicht richtig fassen.

Alexis' Herz zog sich schmerzhaft zusammen. Das konnte nicht gut ausgehen. Sie sammelte ihre letzten Kräfte, ignorierte die stechenden Schmerzen in ihrer Schulter und richtete sich langsam auf. Gabrielas Kopf ruckte zu ihr herum.

»Bleiben Sie liegen.«

Alexis ignorierte sie. Die Frau war dem Wahnsinn nahe, das war unverkennbar, aber ebenso, dass sie keine kaltblütige Killerin war. Ferrer musste sie verprügelt haben, ihr Gesicht war zugeschwollen, und an der Lippe klebte getrocknetes Blut.

»Legen Sie die Waffe weg«, sagte Alexis und ging langsam auf die Frau zu. Sie musste die Kontrolle über das Gespräch gewinnen, oder sie, Karen und Merle waren so gut wie tot.

»Ich kann nicht.« Ihre Hand zitterte, und Alexis fürchtete bereits, dass die Waffe aus Versehen losgehen könnte.

»Natürlich können Sie. Lassen Sie mich Ihnen helfen.«

Gabriela zielte nun auf Alexis, dann schwenkte sie die Pistole zu Merle. »Keinen Schritt weiter, oder ich erschieße sie.«

»Das wollen Sie nicht. Sie lieben Ihre Tochter, das weiß ich.«

»Sie ist ein Monster. Sie sind alle Monster.«

»Er hat Ihnen das angetan. Nicht Merle, nicht Hernandez und wir auch nicht. Legen Sie die Waffe nieder. Es ist vorbei.«

»Er wird uns niemals gehen lassen«, sagte Gabriela unter Tränen.

»Wir werden ihn festnehmen, und er wird den Rest seines Lebens im Gefängnis verbringen.«

»Das haben sie schon einmal gesagt, und dann haben sie ihn freigelassen. Er wird uns immer finden. Ich will so ein Leben nicht für meine Tochter. Sie soll frei sein.«

»Sie zu töten schenkt ihr keine Freiheit.«

Sie zögerte, dann presste sie die Lippen aufeinander. »Sie haben recht.« Erneut schwenkte der Lauf ihrer Waffe herum, zeigte nun auf Ferrer. »Ich habe alles für dich aufgegeben«, brüllte sie. »Alles. Ich habe dich nach Deutschland gebracht, dich jahrelang durchgefüttert, während du Deutsch gelernt und unter falschem Namen ein Fernstudium gemacht hast. Alles nur, damit du den Doktor der Psychologie spielen konntest. Ein normales Leben hat dir ja nicht genügt! Wie konntest du es wagen, unsere Tochter unter Drogen zu setzen und ihren Verstand zu manipulieren?«

»Sie ist nicht von mir, du Hure«, schrie Ferrer sie an und trat einen Schritt auf sie zu. In Gabrielas Augen trat unbändiger Hass. Ihr Finger zuckte am Abzug.

Alexis schrie auf, hechtete nach vorne, um ihr die Pistole aus der Hand zu schlagen, aber es war zu spät. Ein Schuss gellte durch die Luft, wurde von den Wänden der Halle zurückgeworfen und verklang in seinem Echo. Blut spritzte auf, dann sackte ein Körper zu Boden.

Gabriela war eine gute Schützin, oder sie hatte einfach Glück gehabt. In Ferrers Kopf klaffte mitten in der Stirn ein Loch. Er war sofort tot.

Gabriela hingegen brach zusammen, kauerte schluchzend auf dem Boden, die Waffe hielt sie noch immer fest umklammert. Dann zielte sie auf ihren eigenen Kopf.

»Gabriela, nicht«, erklang mit einem Mal Karens Stimme. Die Biologin ging langsam auf sie zu. »Es ist vorbei. Man wird Ihnen helfen.«

Die Waffe schwankte, so stark zitterte sie. »Er hat Simone umgebracht. Ich habe es zugelassen.«

»Sie mussten sich und Merle beschützen.«

Merle bäumte sich in ihren Fesseln auf. Ihr Gesicht war zu einer Maske des Grauens verzerrt.

»Tun Sie das Ihrer Tochter nicht an«, flehte Alexis die Frau an. »Sie braucht Sie.«

Gabrielas Blick hastete rastlos durch den Raum, unfähig, etwas zu fokussieren. »Er hat mich so oft vergewaltigt, und trotzdem hat er mir nie ein Kind machen können«, murmelte sie.

»Merle ist Hernandez' Tochter«, sagte Karen leise. Allmählich ergab alles einen Sinn. Ferrer war endgültig durchgedreht, als er erkannt hatte, dass Merle nicht von ihm war.

Von draußen erklangen Stimmen. Die Verstärkung war eingetroffen. Ihnen blieben nur wenige Sekunden, um Gabriela dazu zu bewegen, die Waffe wegzulegen, sonst wäre sie tot.

Alexis ging langsam zu Merle, nahm ihr den Knebel ab. Das Mädchen brachte vor lauter Schluchzen kaum ein Wort über die Lippen. Doch das eine reichte. »Mami.«

Gabrielas Widerstand war gebrochen. Mit einem Aufschluchzen ließ sie die Pistole fallen.

Die hereinstürmenden Polizisten blieben einen Moment wie erstarrt stehen, als sie den toten Körper von Ferrer sahen.

Alexis erklärte die Situation, beobachtete einen Beamten, wie er sich Gabriela zuwandte, die Waffe an sich nahm und der Frau Handschellen anlegte. Sie leistete keinen Widerstand. Kurz darauf kam auch Stephan mit einem weiteren Trupp Beamten aus einem anderen Teil des Lagerkomplexes. Oliver durchsuchte das Wohnhaus, in dem sie Gefängniszellen und zahlreiche Terrarien gefunden hatten.

Sie gab Anweisungen, wie sie mit der Leiche der Sekretärin zu verfahren hatten. Vermutlich war die arme Frau einfach zur falschen Zeit am falschen Ort gewesen.

Karen kauerte vor Merle, die nur halb bei Bewusstsein war und ohne Unterlass schluchzte. Sie untersuchte sie oberflächlich, fand aber außer einigen Schürfwunden keine äußerlichen Verletzungen. Die gefesselten Hände hatte sie vor das Gesicht gepresst. Vorsichtig löste sie sie. »Komm her, meine Süße«, murmelte Karen und setzte sich neben Merle. Sie legte einen Arm um ihre Schulter und zog sie an sich.

»Er hat herausgefunden, dass ich nicht seine Tochter bin«, stieß sie zwischen zwei Schluchzern hervor.

»Ist ja gut.« Karen strich ihr über den Kopf, doch das Mädchen wollte sich nicht beruhigen. »Als ich im Krankenhaus war, haben sie festgestellt, dass meine Blutgruppe anders ist. Sie passt auch nicht zu meiner Mama. Er ist nicht mein Vater.«

Das Weinen ging in ein stoßartiges Lachen über.

Karen und Alexis wechselten einen Blick. Merle stand kurz vor einem Nervenzusammenbruch und brauchte dringend einen Arzt. Alexis ergriff die Hand des Mädchens. Sie war eiskalt. Kurz entschlossen zog sie ihre Jacke aus und legte sie um den schmächtigen Körper.

Plötzlich krümmte sich Merle, als eine neue Erkenntnis sie überrollte. »Ich habe meinen echten Vater umgebracht«, stieß sie so voller Schmerzen aus, dass Alexis es wie einen Nadelstich tief in ihrem Herzen spürte.

Karen wiegte Merle in den Armen. »Es wird alles gut.«

Alexis betrachtete ihre Freundin und erkannte, dass diese niemals zulassen würde, dass man ihr Merle wegnahm. Sie fühlte sich für das Mädchen verantwortlich.

MANNHEIMER TAGEBLATT

Das Doppelleben des Anton Ferrer

Nachdem der Serienkiller, der die Stadt in den vergangenen Wochen in Atem gehalten hat, gefasst wurde, geht die Spurensuche los. Breno Amirez, der sich in Deutschland als Mannheimer Psychologe Anton Ferrer ausgab, wurde im streng katholischen Kolumbien geboren und dort in den 90er-Jahren wegen Serienmordes verurteilt. Trotz seiner bestialischen Triebe bescheinigen ihm Gutachter eine herausragende Intelligenz, die es ihm ermöglichte, nach seiner Freilassung in Deutschland unterzutauchen und ein neues Leben zu beginnen. Unterstützung bekam er durch seine Schwester, Gabriela T., die als Kind aus dem zerrütteten Elternhaus genommen und von einem deutschen Ehepaar adoptiert wurde.

Bei einer Kolumbienreise auf der Suche nach ihren Wurzeln stieß die damals Achtzehnjährige auf ihren Bruder und verfiel in alte Muster. Psychologen sprechen von einer bedingungslosen, antrainierten Unterwerfung, die auch sexueller Natur war. Sie brachte ihn nach Deutschland, wo er mit eiserner Disziplin die deutsche Sprache lernte und unter falscher Identität ein Fernstudium der Psychologie absolvierte.

Als sie schwanger wurde, heiratete sie Marco Hernandez. Ob Ferrer ursprünglich plante, Hernandez zu ermorden, um an sein Geld zu kommen, darüber lässt sich nur spekulieren. Fest steht, dass Gabriela T. versuchte aus der Beziehung auszubrechen und damit erneut seine Mordlust weckte. Die Morde hielt der Killer auf zahlreichen Videobändern fest.

82

Zwei Wochen später

»Möchtest du wirklich mitkommen?«

Merle nickte. Die Wunden in ihrem Gesicht verheilten langsam, die Narben auf ihrer Seele würden hingegen wohl nie ganz verschwinden.

Seit der Festnahme von Gabriela, die im Gefängnis auf die Anklage wartete, lebte Merle bei Karen. Da Merle viel Betreuung brauchte, hatte sich Karen freigenommen, um bei dem Mädchen zu sein und es zu ihren Ärzten und Therapiesitzungen zu bringen. Die restliche Zeit schloss sich Merle oft in ihrem Zimmer ein. Dabei konnte Karen nicht sagen, dass sie abweisend war. Das Mädchen hatte sich einfach in seine eigene Welt zurückgezogen. Nur bei wenigen Gelegenheiten signalisierte sie Karen, wie wichtig sie ihr inzwischen war. Momente, die Karen hütete, um sie durch die von Zweifeln geprägten restlichen Stunden zu bringen.

»Dann komm.« Sie gingen die Treppe hinunter zu ihrem VW-Bus, den das Mädchen inzwischen zu einer Art zweitem Zuhause auserkoren hatte. Karen erwischte sie oft dabei, wie sie nachts aus ihrem Bett schlich, um sich auf der vorderen Sitzbank zusammenzurollen.

Ihr sollte es recht sein, solange sie zumindest etwas Schlaf fand. Oft genug schreckte Karen nachts auf, wenn Merle von Albträumen geplagt schrie.

Es war ein seltsamer Tag – heute war die Beerdigung von

Marco Hernandez, von dem Merle nun wusste, dass er tatsächlich ihr leiblicher Vater gewesen war. Ihre Mutter saß im Gefängnis, und das Mädchen würde erwachsen sein, bis sie entlassen wurde. Wenn überhaupt. Gutachter stritten noch über Gabrielas Geisteszustand. Sie hatte alles für ihren Bruder aufgegeben. Ihre Jugendliebe Hernandez geheiratet, nur um ihm ein Kind unterzuschieben, von dem Ferrer geglaubt hatte, er sei der Vater. In seiner von Narzissmus geprägten Welt hatte er sich nicht vorstellen können, dass seine Schwester mit einem anderen Mann geschlafen hatte.

Karen startete den Motor des Busses, und sie fuhren zum Friedhof.

Es würde eine Urnenbestattung in kleinem Rahmen werden. Nur wenige Arbeitskollegen von Hernandez würden kommen, dazu Alexis, Oliver, Linda und Stephan. Sie hoffte nur, dass sie auch wirklich mit den Arbeitskollegen gesprochen hatten, damit sie sich Merle gegenüber verhältnismäßig normal benahmen.

Kaum waren sie ausgestiegen und hatten sich vor der Kapelle versammelt, da wurde Karen klar, dass sie nicht erfolgreich gewesen waren. Bei Merles Anblick tuschelten die Menschen. Keiner kam auf sie zu, um ihr Beileid auszusprechen.

Karen ergriff die eiskalte Hand des Mädchens und drückte sie. »Ignorier sie«, sagte sie leise. »Wenn du gehen möchtest, können wir das jederzeit.«

Merle senkte den Kopf und hob ihn kein einziges Mal während der gesamten Zeremonie. Am Ende legten sie weiße Rosen auf das Grab, und Merle hastete davon. Außer Sichtweite lehnte sie sich an einen Baum. Tränen strömten über ihr Gesicht.

»Ich habe ihn geliebt. Wie konnte ich das nur tun?«

»Du warst nicht du. Man hat dich mit Drogen konditioniert.«

Sie hatten weitere detaillierte Aufzeichnungen in Ferrers Unterschlupf gefunden. Merle war zum Opfer eines kranken Experiments geworden, mit dem er seine vermeintlich eigene Tochter zu einem Werkzeug gemacht hatte. Ein Anruf, ein Signalwort, und Merle war zur Mörderin geworden.

Ferrer musste in der Nähe gewartet haben und hatte noch schnell ein paar Spinnen in Hernandez' Wohnung deponiert, um die Ermittler in ihrem Verdacht gegen den Mann zu bestätigen.

»Wer war ich denn dann? Wie kannst du in meiner Gegenwart schlafen? Ich könnte dich jederzeit töten. Simone ist auch nur durch meine Schuld gestorben. Erst habe ich ihr die Wahrheit verraten, und dann habe ich ihm von ihr erzählt. Mama hat sie geliebt, und sie war immer so nett zu mir. Wir dachten wirklich, wir könnten etwas ändern, und dann habe ich mich verplappert.«

Karen zog das Mädchen in ihre Arme. »Ich habe keine Angst vor dir. Niemand wird dich mehr zu irgendwas zwingen. Du bist in Sicherheit.«

»Und was ist mit den anderen Menschen?«

»Um die machen wir uns ein anderes Mal Sorgen. Lass uns zu Louise fahren. Sie hat ein paar violette Macarons nur für dich gebacken.«

Morgen war die Eröffnung von Louises Geschäft, und sie hatte sich bereit erklärt, für Merle, Karen und ihre Freunde einen Leichenschmaus zu veranstalten. Oliver würde mit seiner Tochter dabei sein. Nachdem er einen Anwalt eingeschaltet hatte, war es endlich zu der lange überfälligen Aussprache gekommen, und sie hatten sich Lene zuliebe geeinigt. Fiona würde zwar wegziehen, aber Oliver würde seine

423

Tochter jedes zweite Wochenende bei sich haben. Da Frankfurt nicht so weit weg war, konnte er sie sogar gelegentlich unter der Woche besuchen.

So traurig die Umstände auch waren, freute sich Karen auf den nächsten Tag. Sie musste zugeben, dass sie ihre Schwester für ihren neuen Ehrgeiz bewunderte. Von außen sah der Laden bereits einladend aus. Durch die Glasfront sah man die kleinen Tischchen, an den Wänden hingen farbenfrohe Bilder von stylish angerichtetem Gebäck, und in einer Ecke befand sich eine Süßigkeitenbar für allerlei Naschwerk.

Das Highlight waren aber die selbst gebackenen Muffins. Cupcakes, Macarons und was Louise sonst noch so eingefallen war. Sie rückten die Tische zusammen, sodass sie alle daran Platz fanden.

Karen sah voller Erleichterung, dass Alexis und Stephan das Café Hand in Hand betraten.

Louise eilte strahlend auf sie zu und umarmte Karen. Merle riss die Augen auf, als auch sie umarmt wurde, und stand im ersten Moment ganz steif da, aber dann fing sie an, sich zu entspannen.

»Wie geht es dir in deiner neuen Schule?«, fragte Alexis.

Karen und Merle hatten gemeinsam beschlossen, dass sie auf ein anderes Gymnasium gehen würde. Es stand zwar noch nicht fest, aber Karen hoffte, dass Merle bis zu ihrer Volljährigkeit bei ihr leben würde. Sie hatten eine Schule in ihrer Nähe gewählt, an der sie einen Neuanfang starten konnte. Mit Caro pflegte Merle zwar noch Kontakt, aber die Freundschaft war nicht mehr das, was sie einst war. Das andere Mädchen konnte nicht mit dem umgehen, was geschehen war, und wusste, dass Merle ihren leiblichen Vater getötet hatte. Karen konnte Caro diese Reaktion

nicht verübeln. Das Mädchen war jung und hatte viel mit-
gemacht.

»Schule ist immer ätzend.« Merle zuckte mit den Schultern.

Später unterhielt sich Karen alleine mit Alexis, während
sie Merle beobachtete, wie sie mit Oliver Türme aus Ga-
beln baute. Es war eines der wenigen Male, dass sie das
Mädchen lachen sah.

»Du siehst müde aus«, sagte Alexis.

»Merle wacht jede Nacht schreiend auf.«

»Macht sie Fortschritte in der Therapie?«

»Kaum. Es ist schwer für sie. Ferrer hat ihr gesamtes Vertrauen in diesen Berufszweig vernichtet. Die Therapeutin
trifft sich zwar mit ihr außerhalb der Räume, und ich bleibe
immer in Sichtweite, aber es ist dennoch schwer für sie.«

»Manche Wunden heilen nie.« Alexis sah traurig zu dem
Mädchen.

Karen konnte sich denken, dass sie an ihre Eltern dachte.
Wenn man Mörder als Eltern hatte, zeichnete es einen für den
Rest des Lebens. Sie hoffte nur, dass Merle ihr Leben ebenso
gut meistern würde wie Alexis. »Wie konnte Gabriela nur
zulassen, dass er ihr so etwas antut?«

»Sie ist in dem Glauben aufgewachsen, dass sie selbst sein
Eigentum ist und damit auch ihre Tochter.«

»Aber sie war weg von ihm, raus aus der Familie. Warum
ist sie nach Kolumbien zurückgekehrt?« Karen hatte sich
immer für eine gute Menschenkennerin gehalten. Die Tatsache, dass Gabriela sie so hatte hintergehen können, ließ
ihr seither keine Ruhe.

»Das werden wir wohl nie genau erfahren. Bei den Befragungen macht sie dazu unterschiedliche Angaben. Manchmal sagt sie, dass sie kaum Erinnerungen an ihre Kindheit

hatte und die wenigen Reste für Albträume hielt, die sie mit der Reise austreiben wollte. Ein anderes Mal redet sie von ihrer Pflicht der Familie gegenüber.« Alexis legte ihr eine Hand auf die Schulter. »Sie ist kein Monster, wie Ferrer es war. Als Merle älter wurde, hat sie versucht von ihm loszukommen und eine Beziehung mit Simone angefangen. Damals hatte er sich so lange normal verhalten, dass sie sich eingeredet hatte, dass alles gut werden würde.«

»Da hat sie sich aber gewaltig getäuscht.«

»Leider ja. Hatte Ferrer vorher noch auf sie gehört und seine Triebe unter Kontrolle gehalten, hat dieser Verrat ihn aus der Bahn geworfen. Beinahe hätte er auch Hernandez getötet, aber sie konnte ihn davon überzeugen, dass sein Tod zu auffällig gewesen wäre. Stattdessen wollten sie ihn ins Gefängnis bringen.«

»Deshalb hat Frau Thalberg die Übergriffe und Belästigungen vorgetäuscht?«

»Ja, es war ihre Idee. Durch Ferrer entwickelte es aber eine eigene Dynamik, und er ging weiter, als sie es je vorgehabt hatte.«

»Wie konnte sie das nur ihrer eigenen Tochter antun?«

»Um das Leben ihrer Jugendliebe zu retten. Was hättest du an ihrer Stelle getan? Ferrer hätte ihn ermordet, wenn sie ihn nicht aus dem Weg geschafft hätte, und wir haben Hernandez beide kennengelernt. Er hätte niemals auf ihre Warnungen gehört und sich freiwillig zurückgezogen.«

»Ich …« Karen schluckte. »Ich werde es nie wirklich verstehen können. Es hätte so viele Möglichkeiten gegeben. Polizei, Frauenhäuser …«

»Sie hatte Angst vor der Polizei, steckte schon zu tief in der Sache mit drin. Zudem hatte sie Angst, dass Ferrer Merle zur Strafe töten würde.« Alexis zuckte mit den Schultern. »Sie hat viele Fehler gemacht, aber irgendwie tut sie mir auch leid. Sie hatte eine Chance, und dann ging alles in die Brüche, nur weil sie mehr über ihre leibliche Familie erfahren wollte.«

Karen schwieg und dachte an Merle. Beinahe wäre das Mädchen zwischen dem narzisstischen Vater und der schwachen Mutter aufgerieben worden. Sie wussten inzwischen, dass er bereits in ihrer Kindheit mit der Konditionierung angefangen hatte. Durch sein Studium war er auf MKUL-TRA aufmerksam geworden und hatte darin die Gelegenheit gesehen, sich die perfekte, hörige Sklavin zu erschaffen. Ihm sollte es nicht so ergehen wie dem eigenen Vater. Im Sterben noch gedemütigt von der Mutter. Ferrer sah sich als Herr über die Frauen seiner Familie und die Spinnen.

»Ich habe übrigens eine Nachricht von Irina erhalten«, durchbrach Alexis das Schweigen.

»Wie geht es ihr?«, fragte Karen.

»Sie wurde aus dem Krankenhaus entlassen, und da sie eine wichtige Zeugin ist, wird sie vorerst in ein spezielles Programm der Polizei aufgenommen, mit dem es ihr möglich sein sollte, sich ein neues Leben aufzubauen.«

Im Gegensatz zu Ferrers anderen Opfern, dachte Karen. Sie würden wohl nie erfahren, wie er sie ausgewählt hatte. Einiges deutete darauf hin, dass er sich auf Frauen konzentriert hatte, die wie Mareike im selben Umfeld wie Simone Fuchs verkehrt hatten oder sie gar wie Rebecca Jolan kannten. Bei drei der Toten hatten sie versteckt in ihren Besitztümern weitere Spinnenscheiben gefunden. Offensichtlich hatte er sie auf diese Weise markiert, bevor er sie sich holte.

»Das freut mich für Irina. Sie ist eine starke Frau.«

Sie setzten sich gemeinsam an einen Tisch und beobachteten, wie Merle Louise beim Servieren half. In der sicheren

Umgebung ihrer Freunde blühte das Mädchen etwas auf und ließ die Frau erahnen, zu der sie eines Tages heranwachsen würde. Karen würde alles dafür tun, damit die nächsten Jahre etwas Licht in ihr Leben bringen würden.

Sie sah auf ihr Handy, das vibrierte. Chris. Sie drückte ihn weg. Für jetzt musste sie sich auf ihre neue Rolle konzentrieren.

Ein paar abschließende Worte

Ich habe lange überlegt, wie ich das Nachwort beginnen soll, und fange einfach mal mit einem *Das Auszählen und Bestimmen von Diatomeen ist echt ätzend!* an. Ich habe das im Studium im Rahmen einer meeresbiologischen Exkursion herausgefunden. Wir Studenten durften eigene Experimente durchführen. Eine Studienkollegin und ich hatten die grandiose Idee (wer die Ironie findet, darf sie behalten), uns mit den Besiedlungsabläufen auf unterschiedlichen Materialien im Meer zu befassen. Was taucht da mit als Erstes auf? Richtig, Diatomeen. Wer durfte immer noch diese kleinen Viecher bestimmen, während die anderen beim Grillen saßen? Genau, wir.

Ich konnte also sehr mit Karen mitfühlen, als ich diese Szenen geschrieben habe. Meine Lektorin hat mich auch prompt darauf hingewiesen, dass nach der fünften Wiederholung, wie langweilig und langwierig diese Arbeit ist, es auch der letzte Leser verstanden hat.

Nun, man weiß ja nie. Also zur Sicherheit: Es macht wirklich keinen Spaß – so hübsch die Dinger auch sind.

Warum ich das schreibe? Weil ich damit auch gleich den Hinweis einbringen will, dass die Untersuchung der Diatomeen deutlich länger dauern würde, als ich es in diesem Buch schildere. Da ich Alexis und ihr Team allerdings nicht für ein paar Wochen Däumchen drehen lassen wollte, habe ich den Vorgang etwas beschleunigt. Das trifft wie immer auch auf einige andere Untersuchungen und polizeiinterne Abläufe zu.

Ich kann nur immer wieder betonen: Auch wenn ich mich bemühe, die wissenschaftlichen Details so korrekt wie möglich darzustellen, ist es immer noch Fiktion, die der Unterhaltung dienen soll.

Beim Thema Fiktion möchte ich ebenfalls darauf hinweisen, dass es leider noch keine Einrichtung bei Europol gibt, die der entspricht, für die Stephan arbeitet.

Nun zu der sehr langen Liste an Personen, denen ich Dank schulde.

~

Zuerst möchte ich meinen ganzen wunderbaren Lesern danken. Vor allem jenen, die mir so viele Mails und Briefe geschrieben haben. Das Autorendasein bringt leider oft Selbstzweifel mit sich, und da kann eine liebe Nachricht den Ausschlag geben, dass man das Manuskript nicht einfach in die Ecke pfeffert.

Wie immer möchte ich meinen Eltern und den Hesselmännern für ihre Unterstützung und anhaltende Begeisterung danken.

Meinem Lebensgefährten Markus Wetzel gebührt ein besonderes Dankeschön. Das Leben mit einer Autorin ist nicht immer leicht. Erst recht nicht, wenn man mitten in der Nacht geweckt wird, weil dieser eine besonders originelle Foltermethode eingefallen ist (freut euch auf den dritten Band!). Seine übliche Reaktion ist ein gequältes *Och, Schatz,* woraufhin er sich die Decke über den Kopf zieht.

Kommen wir nun zu der langen Liste an Testlesern, deren wertvolle Rückmeldungen mir geholfen haben. Ein dickes Dankeschön geht an: Katharina Greiffenberg (nicht mosern, du hast es dir verdient!), Dennis Jandt, Sebastian und